# Die Tulpenkönigin

Die Autorin

Martina Sahler, 1963 in Leverkusen geboren, studierte Germanistik und Anglistik in Köln. Sie arbeitete lange Zeit als Lektorin für Belletristik, bevor sie sich mit großer Begeisterung der Schriftstellerei widmete. Seit 15 Jahren schreibt sie Romane für Erwachsene und Jugendliche. Mit ihrer Familie lebt sie im Bergischen Land bei Köln.

Der Autor

Hendrik Gruner, geboren 1958 in Duisburg, lebt seit mehr als 30 Jahren in Flensburg. Das Schreiben historischer Romane ist für ihn die notwendige Ablenkung von seiner Tätigkeit als Kommunalpolitiker und als Mitarbeiter einer Bundestagsabgeordneten. In seiner Freizeit reist er leidenschaftlich gerne durch Deutschland, Holland, Frankreich und Dänemark.

Martina Sahler und Hendrik Gruner

# Die Tulpenkönigin

Roman

Weltbild

Besuchen Sie uns im Internet:
*www.weltbild.de*


Dieses Werk wurde vermittelt durch die Michael Meller Literary Agency GmbH, München.
Umschlaggestaltung: büro**süd**°, München
Umschlagmotiv: akg-images, Berlin / bridgemanart.com (© Christie`s Images)
Satz: Fotosatz Amann, Aichstetten
Druck und Bindung: GGP Media GmbH, Pößneck
Printed in the EU
ISBN 978-3-86365-880-9

2017 2016 2015 2014
Die letzte Jahreszahl gibt die aktuelle Ausgabe an.

# Prolog

Als Eduard van Seeg an diesem späten Abend im April 1634 das Wirtshaus von Bruikelaar verließ, hörte er schon die Stimmen auf der Straße, die zum Haus seines verstorbenen Freundes führte. Das Geschrei aus der Ferne mischte sich mit dem Lärm aus der Citadel, in der sich Bauern und Händler aus den umliegenden Dörfern und Städten im Kampf um die braungoldenen Zwiebeln gegenseitig überboten.

Eduard seufzte. Von Anfang an war ihm klar gewesen, dass die Tulpen Zwietracht in die Stadt bringen würden. Aber er hatte gehofft, dass es länger dauern würde.

Eine massige Gestalt lief in Holzpantinen auf ihn zu. »Mijnheer van Seeg, Mijnheer van Seeg, schnell, kommt …«

Eduard streckte den Arm aus. »Henk, was ist denn passiert?«

Der Knecht drehte sich um. Sein Kopf hob und senkte sich beim schnellen Atmen.

»Seht selbst, die Wachen …« Schon fiel er wieder in hurtigen Trab und eilte vorweg.

Im Garten des Trauerhauses Hoorn, dessen kostbare Tulpenbeete von Zäunen eingefasst waren und die von den beiden schwerbewaffneten Söldnern Carl und Jakobus tagaus, tagein vor zwielichtigen Gestalten beschützt wurden, überblickte Eduard van Seeg sogleich das ganze Verhängnis. Der größere der beiden Wächter, Jakobus, saß auf dem Boden und hielt sich die Wange. Blut sickerte zwischen seinen Fingern hindurch.

Eduard zog Carl zu sich heran. »Was ist hier passiert?«

Der Mann stand in militärisch strammer Haltung vor ihm, was angesichts seiner löchrigen Kleidung, des speckig schimmernden Haares und des wuchernden Bartes geradezu lächerlich wirkte.

»Jakobus hat mich geweckt, weil er ein Geräusch am Zaun gehört hat. Wir schleichen uns leise heran, da buddelt dieser hässliche Vogel da«, er deutete auf die Figur, die verrenkt neben dem Beet lag, »schon an den Blumen herum. Jakobus wollte ihn wegziehen, doch der dreht sich um und stürzt mit dem Messer auf uns zu.«

Eduard schüttelte den Kopf. »Und dann?«

Der Soldat hob eine Schulter. »Mein Schwert war schneller als sein Messer.«

Eduard trat zu dem leblosen Körper, drehte ihn mit der Schuhspitze auf den Rücken und erkannte das hagere Gesicht des Kaufmanns, mit dem er gerade noch in der Citadel gestritten hatte.

»Henk, lauf nach dem Totengräber. Er soll ihn noch heute Nacht abholen und verscharren. Der Halunke hier wird sicher genügend Geld im Beutel haben, um das zu bezahlen. Und durchsucht seine Taschen, ob ihr seinen Namen herausfinden könnt. Seine Angehörigen müssen benachrichtigt werden.«

Der Soldat wendete sich von seinem verletzten Kumpan ab. »Wenn Ihr erlaubt, Mijnheer …«

Eduard blickte ihn mit ausdruckslosen Augen an. »Ja?«

»Lasst ihn uns auf die Straße tragen. Dort soll er bis zum Morgen liegen bleiben.«

»Warum das?«

»Es treibt sich viel Gesindel in Bruikelaar herum. Uns wird die Arbeit leichter, wenn jeder weiß, dass wir hier nicht zum Schabernack auf Wache stehen. Da macht so eine Vogelscheuche mit einem Loch darin schon etwas her, wenn Ihr versteht, was ich meine.«

Eduard nickte. »Macht es so. Aber dann wird Henk die Nacht vor dem Haus Wache stehen. Ich will nicht, dass die Köter den Leichnam anfressen. Wir sind schließlich nicht im Krieg.«

Der Soldat griff den Toten bei den Armen und zog eine Furche durch die Beete an den Tulpen vorbei, als er ihn zur Stalltür schleifte.

»Wenn Ihr Euch da mal nicht täuscht, Mijnheer. Die Schweden haben wegen eines Bildes ganze Städte niedergebrannt. Warum sollte nicht einer wegen ein paar Blumen einen Krieg anfangen?«

»Nun malt den Deibel nicht an die Wand. Schafft ihn fort und geht zurück auf eure Posten. Morgen werdet ihr eine Belohnung für eure Wachsamkeit erhalten.«

Kopfschüttelnd machte Eduard sich auf den Weg nach Hause. Was passierte hier mit diesem Volk, für das Erfolg bisher immer mit Anstand und Ehrbarkeit verbunden war? Welche Gier und Verschwendungssucht, angefacht von betrunkenen Männern in den Hinterzimmern der Schenken, machten sich breit in dieser Gesellschaft? Wann hatte jemals ein Kaufmann sein Leben aufs Spiel gesetzt, um Korn oder Fisch, Gewürz oder Seide in seinen Besitz zu bringen? Welche Wandlung ging hier in den Menschen vor, die über die Grenzen der Vereinigten Niederlande hinaus als sittsam, tugendhaft und sparsam galten? Wie konnten Männer, die die Moral hochhielten, in eine solche Leidenschaft verfallen, dass sie Weib und Kind vergaßen, sich nachts in Gärten schlichen, um im Dreck nach Zwiebeln zu wühlen und sie zu stehlen?

Eine Zeit voller Widersprüche, überlegte Eduard, als er die Stufen zu seiner Schlafkammer hinaufstieg. Da waren einerseits die Schaffensfreude und die Größe der Künstler, die sich in den Städten an der Küste sammelten. Andererseits plagten Kriege, Hungersnöte und Epidemien das Land. Und im Dunkel der Wirtshäuser steckten sich die Menschen Blumenzwiebeln zu, als handele es sich um ein Pfand, das sie vor der Himmelspforte zeigen mussten, um eingelassen zu werden.

Der diebische Händler aus Amsterdam, der sein Leben hier in Bruikelaar gelassen hatte, tat Eduard in einem Winkel seines Herzens leid. Keiner sollte so sein Leben lassen müssen. Aber die Entwicklung der Dinge in diesem Land hatte den beiden Wachen keine andere Wahl gelassen.

Wo sollte das noch hinführen?

Und vor allem: Was würde seine ahnungslose Nichte Mareikje sagen, wenn sie in wenigen Tagen aus Gouda heimkehrte und erfuhr, welch groteske Berühmtheit ihr Gemüsegarten erlangt hatte?

# Erstes Kapitel

Bruikelaar, im Januar 1634

In der Kirche von Bruikelaar saß Onkel Eduard an der Orgel, die Mareikjes Vater erbaut hatte, und spielte das Magnificat von Palestrina. Dumpfe Bässe, die mehr im Bauch als in den Ohren zu spüren waren, eine klagende Melodie, die den bescheiden ausgestatteten Altarraum erfüllte, von den Wänden widerhallte und sich mit den Stimmen der Sänger mischte – das alles hätte Geert Hoorn gefallen.

Mareikje Hoorn traten bei diesem Gedanken wieder Tränen in die Augen. Dieses Stück hatte ihr Vater stets als Erstes auf jeder fertiggestellten Orgel gespielt. Fast andächtig hatte er mit gebeugtem Rücken auf dem Hocker vor dem Instrument Platz genommen. Seine Finger glitten über die Tasten und zogen Register, die Füße wanderten über die Pedale, während die gewaltigen Pfeifen seinem Spiel wie verzaubert folgten.

Mareikje umklammerte den Arm ihrer Tante Annie noch fester. Sie stand in der ersten Bank und ließ den Tränen freien Lauf. Zu ihrer Linken stützte ihre Ziehmutter Rieke sie, obwohl die alte Frau mit den hageren Schultern und den eingefallenen Wangen selbst Halt zu brauchen schien. Immer wieder schluchzte sie auf; dann tätschelte ihr Mann Henk, äußerlich gefasst, Rieke den Rücken und reichte ihr ein Tuch. Das Zittern seiner Finger verriet, dass auch ihm der Abschied von Geert Hoorn, seinem langjährigen Herrn, naheging.

Die letzten Bassläufe verklangen. Mit gesenktem Kopf, die Hände vor dem Wams gefaltet, begab sich Onkel Eduard wieder in die erste Reihe der Sitzbänke. Seine Frau Annie, einen Kopf kleiner als er, blickte dankbar zu ihm auf.

Schweigen lastete auf der Trauergemeinde, als der Pfarrer hinter dem Sarg hervortrat. Seine von dicken Adern durchzogene Hand segnete zuerst Mareikje und Tante Annie, dann die übrigen Mitglieder der Gemeinde, bevor er sich im Mittelgang der Kirche aufstellte.

Die Männer in den blauen Hemden, die seitlich des Altars mit auf dem Rücken verschränkten Armen gewartet hatten, zogen die Mützen über die Ohren, nahmen Aufstellung. Sie hoben den Holzsarg an den seitlich befestigten Ringen und schritten der Trauergemeinde voran.

Der Duft von Kerzenwachs und Weihrauch, von durchnässten Wollmänteln und feuchtem Holz durchzog die Kirche, als die Menschen mit kurzen Schritten den Sargträgern und dem Pfarrer nach draußen folgten.

Vor dem Gotteshaus fuhr Mareikje der Wind schneidend durch die Festtagstracht, der festgetretene Schnee knirschte unter ihren Sohlen. Trotz der Haube fühlten sich ihre Ohren schon eiskalt an. Von hinten kam Onkel Eduard, schob Rieke sachte beiseite und hakte sich bei Mareikje ein.

Der Weg war nur kurz, trotzdem stapften der Pfarrer und die Honoratioren aus ganz Haart van Brabant am offenen Grab mit den Füßen, um nicht allzu sehr zu frieren. Die Träger ließen den Sarg hinab, der Pfarrer segnete Geert Hoorn ein letztes Mal und gab Mareikje schließlich ein Zeichen. Sie trat vor, beugte sich hinunter, nahm eine Hand voll Erde und warf sie in das Grab. Der Geruch des Erdreichs, der ausgestochenen Wurzeln und des Weihrauchs stieg ihr in die Nase. Ihr wurde schwindlig.

Für einen Moment nur schloss Mareikje die Augen und atmete tief ein. Dann sackten ihr die Knie weg.

Das Nächste, was Mareikje spürte, waren die Hände ihres Onkels, die sie auffingen. Gestützt auf Mijnheer van Seeg und Henk, verließ sie die Grabstätte, ohne die Beileidsbekundungen der Besucher entgegenzunehmen.

In der Gaststube Citadel empfingen sie Ofenwärme, der Geruch von gebratenem Fleisch und Butterkuchen und das Geschnatter der Küchenmädchen. Henk und Eduard setzten Mareikje in den Lehnstuhl vor dem grünen Kachelofen, Rieke nahm ihr den Umhang von den Schultern. Tante Annie wieselte um sie herum und hielt ihr immer wieder das Fläschchen mit dem Riechwasser unter die Nase.

Mareikje lächelte schwach. »Ihr seid alle so lieb zu mir.«

Annie setzte sich neben sie und streichelte ihre Wange. »Mein Kindchen! Wir wissen doch, wie schwer es für dich ist. Deine Mutter und ich waren zwar älter als du, als wir unsere geliebten Eltern verloren haben, aber ich erinnere mich immer noch mit wehem Herzen daran.« Sie zog ein Spitzentuch aus der Rocktasche und schnäuzte sich. »Warum nimmt uns der Herrgott gerade die Liebsten so früh?«

Onkel Eduard legte seiner Frau die Hand auf die Schulter. »Lass gut sein, Annie. Mareikje wird sich heute noch genügend Geschichten anhören müssen, hm?«

Mareikje nahm die Hand ihrer Tante und hauchte einen Kuss darauf. Wenn Annie mit dem Reden begann, war es schwer, sie zu unterbrechen, aber das Wort ihres Mannes hatte Gewicht.

Als die übrigen Gäste eintrafen, hatte Mareikje ihre Fassung so weit wiedergefunden, dass sie an Eduard van Seegs Arm die Beileidsbekundungen der vielen Freunde und Bekannten ihres Vaters entgegennehmen konnte.

Die Gäste hatten die Festtagstracht angelegt: Die Frauen kamen in dunklen Röcken und in Blusen, reich mit geklöppelten Spitzen verziert, darüber Jacken und wollene Brusttücher gegen die Kälte. Die Männer trugen dunkelblaue oder schwarze Anzüge, und alle schützten sie ihre Köpfe mit pelzigen Winterhauben, deren Ohrenklappen sie beim Betreten des Gasthauses hochschoben.

All die Mijnheers und Mefrouws aus Tilburg und Breda, aber auch aus dem fernen s'Hertogenbosch und sogar aus Eindhoven … Mareikje schwirrte der Kopf. Der Rhythmus schwerer Stiefel und klappernder Holzpantinen auf den Dielen der Gaststube übertönte beinahe die mitfühlenden Worte.

Viele Pastoren, denen der Vater in monatelanger Arbeit Orgeln gebaut hatte, erwiesen dem tüchtigen Handwerker die letzte Ehre und machten seiner Tochter ihre Aufwartung. Ein Jonkheer verneigte sich würdevoll vor ihr – die Provinzregierung hatte sogar einen Amtmann geschickt, wie Mareikje an der klirrenden Kette vor der Brust des Mannes erkannte.

Jetzt erst fiel ihr auf, wie viele Gäste sogar aus dem Belgischen gekommen waren. Nachdem der Statthalter Friedrich Heinrich mit der Einnahme von s'Hertogenbosch vor wenigen Jahren ganz Brabant erobert und so nebenbei auch den ewigen Religionsstreit beendet hatte, waren viele, vor allem Katholiken, nach Süden gezogen. Die Spaltung in einen katholischen Südteil und den calvinistischen Norden hatte das Land nicht nur im Kampf um die Unabhängigkeit von den verhassten Spaniern geschwächt, sondern auch manch brave Familie beinahe entzweigerissen. Da hatte der Bruder nicht mehr mit dem Bruder gesprochen, nur weil er einer anderen Kirche angehörte. Doch langsam schienen die Verhältnisse zwischen den Menschen wieder normal zu werden. Man feierte zumindest wieder miteinander.

Kannen mit heißem Holundersaft wurden aufgetischt, dazu süße Kuchen. Mareikje setzte sich an den Tisch zu Onkel und Tante und trank aus dem Steinkrug in ihren Händen, während Gesprächsfetzen an ihr Ohr drangen.

Die wenigsten unterhielten sich über den Verstorbenen. Stattdessen nahm man die Trauerfeier zum Anlass, über die Neuigkeiten in Bruikelaar und im ganzen Land zu schwatzen. Hier und da perlte ein Lachen, die tiefen Stimmen der Männer mischten sich mit dem Sopran der Frauen, die sich Gehör verschaffen wollten.

Bruuns beste Stute hatte ihr Fohlen verloren, hörte Mareikje. Drei Monate zu früh war es gekommen und hatte morgens verreckt im Stall gelegen. Das war aber nichts gegen das Leid der Haartooghs; deren einziger Sohn war zur See gegangen und im Kampf gegen die Spanier gefallen. Nicht einmal die Leiche hatten sie zurückbekommen, nur ein Schreiben des Statthalters – ein sehr persönliches, wie Gerda ter Booven zu berichten wusste – und einen Orden gleich mit dazu. »Ein Orden«, brummelte der alte Houvermann, »kann aber keine Kühe melken.«

Und schließlich Amsterdam. Der Bauer Jenkhoff schwelgte in Erinnerungen an seine Reise, beschrieb, wie die ferne Metropole vom Kaufmannsgeist brodelte. Und erzählte von einer königlichen Pflanze, die aus dem osmanischen Reich mit den Handelsreisenden über das Meer nach Europa gekommen war, aber Mareikje verstand weder den Namen noch den Zusammenhang zwischen dem Gewächs und dem Handelsfieber.

Sie sah zu dem Tisch der Jenkhoffs hinüber, der inzwischen von vielen Gästen umringt war. Alle wollten hören, was es mit dieser Blume, die die Paläste der Sultane schmückte, auf sich hatte und ob man durch sie in diesen Tagen wirklich so einfach über Nacht reich werden konnte.

»Ihr glaubt nicht, wie sich da jeder ins Zeug legt!«, rief Jenkhoffs Ältester, der feiste Jan, und sah sich um, ob ihm auch alle zuhörten. »Torfstecher und Gastwirte, Studenten und Geflügelmetzger, Prediger und Richter schlagen sich die Köpfe ein für diese Tulipane!«

»Dummes Geschwätz!«, fuhr der alte Jenkhoff dazwischen. »Um die Blumen geht's doch gar nicht, die können sich eh nur die wirklich reichen Leute leisten. Um die Zwiebeln geht's.«

»Zwiebeln?« Houvermann lachte. »Die können sie bei mir auch kriegen. An Wouters Eck, da wachsen die Dinger wie Unkraut.«

»Was weißt du denn schon von Blumen, Houvermann«, mischte sich Elfie Jenkhoff ein. »Aus den Zwiebeln wachsen Tulipane, um die sich Fürsten und Könige streiten. Da würde manch einer einen Krieg führen, um eine besonders schöne für seine Liebste zu ergattern.« Geziert, als wäre sie eine jener Auserwählten, führte sie die Tasse zum Mund, nahm einen Schluck und genoss sichtlich die Aufmerksamkeit, die ihr entgegengebracht wurde. »Aber zu den Waffen greifen müssen die hohen Herren ja Gott sei Dank nicht. Die haben Geld genug, sich die besten Zwiebeln zu kaufen. Und ihre Gärtner lassen daraus dann die feinsten Tulpen wachsen.«

»Jeder, der etwas auf sich hält, versucht, solche Zwiebeln in seinen Besitz zu bringen«, fügte Willem, der aschblonde jüngste Jenkhoff, hinzu. »Weil sie immer kostbarer werden. Wenn du heute eine kaufst und sie morgen wieder weggibst, kannst du von dem Gewinn ein Jahr lang leben. Und wenn du sie einen Monat lang behältst, dann reicht der Preis, den du bekommst, für ein ganzes Leben.«

»Ja, ja«, Houvermann klatschte mit seiner fleischigen Hand auf die Tischplatte, dass die Tassen und Gläser klappernd hochsprangen. »Und wenn du sie nächstes Jahr verkaufst, gibt Statthalter Friedrich Heinrich dir das ganze Reich dafür, und die neuen Kolonien gleich dazu.« Sein Lachen ging in einen rasselnden Husten über.

»Lach du nur, Houvermann. Es gibt Kaufleute, die ihr Geschäft verpfändet haben, um eine solche Pflanze zu bekommen! Eine einzige nur«, raunte der alte Jenkhoff.

»Und das nicht nur in Amsterdam«, fuhr Willem fort und schob sich die rund eingefasste Brille auf den Nasenrücken zurück. »In Hoorn, Enkhuizen, Utrecht, Rotterdam, Haarlem, Alkmaar – überall sind die Leute wie von Sinnen! Keiner ist sich zu schade, um in den Handel einzusteigen und sein Säckel auf Lebzeiten zu füllen – Barbiere, Schornsteinfeger, Lehrer … Wer von uns hier in Bruikelaar noch untätig herumsitzt, verpasst sein Glück.«

»Ja aber, zum Henker, was nützen sie denn, diese Tulipane? Haben die besondere Heilkräfte, oder wie?«, rief der Rosshändler Pitt Henseler dazwischen, nahm einen Schluck aus seinem Krug und wischte sich mit dem Handrücken den Schaum von der Lippe.

Willem schüttelte den Kopf. »Vielleicht haben sie Heilkräfte, vielleicht auch nicht. Aber darum geht es nicht. Es sind nicht die Apotheker, die hinter den Pflanzen her sind wie der Teufel hinter der armen Seele. Wer heute in den großen Städten was auf sich hält, zeigt seinen Gästen einen gepflegten Garten, und wenn dann auch noch diese türkischen Blüten in all ihrer

Pracht erstrahlen …« Der junge Bursche mit der sommersprossigen Nase und den wirr vom Kopf abstehenden Haaren bemühte sich um einen hochnäsigen Blick. »Andernorts pflanzt man eben Wertvolleres an als sauren Kohl und krumme Karotten. Aber davon versteht ihr nichts!«

Houvermann stieß einmal mehr sein sieches Lachen aus. »Wen wundert's, wenn die reichen Schnösel in all ihrem Protz und Prunk auf dumme Gedanken kommen und ihre Zeit mit der Gärtnerei vertrödeln.«

»Und warum habt ihr keine Zwiebeln mitgebracht, wenn sie euch über Nacht wohlhabend machen?«, wollte Gerda ter Booven wissen.

Bauer Jenkhoff kniff ein Auge zusammen und musterte die Frau mit den faltigen Wangen und den hellwachen Blauaugen.

»Ich war an mehreren Abenden in den Schenken, in denen Handel getrieben wird, habe mir die Nächte in den Hinterzimmern um die Ohren geschlagen, aber bei den Preisen, die dort verlangt wurden, konnte ich nicht mithalten. Der Herrgott soll mein Zeuge sein, Gerda ter Booven, noch im Frühjahr kehre ich nach Amsterdam zurück und komme als sorgenfreier Mann heim nach Bruikelaar.« Elfie Jenkhoff hakte sich bei ihrem Mann unter und nickte Gerda mit gespitzten Lippen lächelnd zu.

Die anderen in der Citadel tuschelten miteinander, verstummten aber abrupt, als Pfarrer van der Weegelhost die Stimme erhob: »Sündige Eitelkeit! Ihr werdet euch wohl nicht ein Beispiel nehmen an dieser Gottlosigkeit? Der Herr hat die Blumen geschaffen, damit wir uns bei der heiligen Messe daran erfreuen können, und nicht, dass die Pharisäer ihren Reibach damit machen.«

Eduard van Seeg nickte zustimmend, obwohl er sich bei

Jenkhoffs unglaublichem Bericht immer wieder nachdenklich über den Spitzbart gestrichen hatte. In den Städten des Nordens hatte die *gereformeerde Kerk* immer noch kaum Anhänger; allein deswegen, so befand der Pfarrer, sollten die Bürger von Bruikelaar allen Strömungen aus diesen Provinzen trotzen. Von Norden her drohte die Nachlässigkeit im Glauben, und nicht weit im Süden saßen schon die verderbten Katholiken. Wie sollte man sonst den wahren Glauben, wie Calvin ihn gelehrt hatte, aufrechterhalten?

Teilnahmslos lauschte Mareikje den Gesprächen. Die lebhafte Unterhaltung im Gasthaus half ihr, den Schmerz besser zu ertragen, der sich immer tiefer in sie hineinfraß: Der Vater war nicht mehr. Er würde nicht wiederkommen, nie mehr. Was sollte aus ihr werden? Ja, da waren der Onkel und die Tante, die sich um sie sorgten und sie auch einem braven Mann an die Hand geben würden, wenn erst einmal der Rechte auftauchte und um sie warb. Ein braver Mann, der für ihr Auskommen sorgen und dem sie Kinder schenken würde. Mareikje stieß einen Seufzer aus. Ihr war nicht wohl bei dem Gedanken, verheiratet zu werden. Und mit wem auch? Konnte sie sich die Männer, die sie umschwirrten, als treusorgende Gatten und Väter ihrer Kinder vorstellen? Und war ein ruhiges Auskommen überhaupt das, was sie sich ersehnte?

Sie lächelte traurig, während sie innerlich Zwiesprache mit ihrem Vater hielt. Wem würdest du mich zur Frau geben, Vater? Dem hübschen Antonius, der sich ein Leben lang auf dem ausruhen kann, was seine Kaufmannsfamilie geschaffen hat? Sie hob den Kopf und hielt nach dem jungen Burschen mit den feinen Gesichtszügen und den eleganten Bewegungen Ausschau. Doch sie konnte ihn nirgendwo unter den Gästen entdecken.

Dafür aber traf ihr Blick den raubeinigen Pitt, der nur auf

diese Gelegenheit gewartet zu haben schien. Er nickte ihr zu, und seine weißen Zähne blitzten. Spitzbübisch hob er die Brauen und strich sich mit den Fingern eine honiggelbe Strähne aus der Stirn. In ungestümen Wellen umrahmten die Haare sein schmales Gesicht mit dem zotteligen Kinnbart. Sein Blick erinnerte sie manchmal an den Fuchs, der sie einmal in der Frühe hinter dem gestapelten Brennholz, ganz in der Nähe des Hühnerstalls, angestarrt hatte, ehe er mit gefletschtem Fang und wehender Rute wieder in den Kiefernwald gesprungen war, um sich für die nächste Gelegenheit auf die Lauer zu legen.

Mareikje nickte Pitt zu und wandte ihr Gesicht rasch wieder ab. Mit Unbehagen dachte sie daran zurück, wie er sie vor einigen Jahren – als sie gerade begonnen hatte, die Burschen mit wärmerem Blick zu betrachten – nach dem Sonnwendfest auf dem Marktplatz von Bruikelaar übermütig gepackt und so lange geküsst hatte, bis es sich in ihrem Kopf drehte wie eine Leierkastenmelodie. Damals hatte sie sich lachend aus seiner Umarmung gewunden und war flink wie ein Mäuschen davongelaufen. Aber wenn Pitt sie anschaute, so wie jetzt, dann kam ihr manchmal in den Sinn, dass er sich tatsächlich erhoffen könnte, sie für sich zu gewinnen.

Sie sah auf, als Hein t'Hoff, der Wirt, die Krüge mit dem Schnaps brachte – weiße mit Brombeerlikör für die Frauen und blaue mit dem *ouide Genever* für das Mannsvolk. Er wurde von allen freudig begrüßt. Aus den Ecken der gemütlichen Gaststube erklangen Trinksprüche. »Auf Geert Hoorn, den besten Orgelbauer, den es jemals gab!« – »Auf unser schönes Bruikelaar!« – »Dass der Herr uns eine reiche Ernte schenke!« Mit jeder Lage, die der Wirt heranbrachte, schwoll der Lärmpegel an.

Ein Leichenschmaus mit munterem Volk, das Abschied

nahm von einem der ihren, von einem, der die Menschen von Bruikelaar ebenso geliebt hatte wie sie ihn. Mareikje schaute in die runden Gesichter, die blanken Augen, und ihr Zorn darüber, dass die Menschen nicht weinten und trauerten um ihren Vater, erlosch so schnell, wie er aufgeflackert war. So und nicht anders hätte Geert Hoorn es gewollt. »Lacht und tanzt, wenn ich einmal gehe«, hatte er nicht lange vor seinem Tod zu Mareikje gesagt. Sie hatte den Kopf geschüttelt und geantwortet: »Du wirst nicht gehen, du nicht – ich brauche dich doch, Vater.«

Aber er hatte nur ihr Gesicht in seine Handwerkerhände genommen. »Du brauchst mich nicht mehr, mein Kind. Ja, du liebst mich, so wie ich dich liebe. Aber in dir fließt mein Blut, du wirst mit erhobenem Kopf den Weg gehen, der dir vorbestimmt ist. Auch wenn ich einmal nicht mehr auf dieser Welt bin.« Er hatte die Hand unter ihr Kinn gelegt und es angehoben. »Du bist etwas Besonderes, Mareikje. Vergiss das nie, mein Kind.«

Der aufkommende Wind machte Zug auf dem bullernden Ofen in der Ecke der Gaststube. Langsam stieg die Temperatur auf ein behagliches Maß. Mareikje legte das Brusttuch ab, faltete es zusammen und steckte es in die Schürzentasche.

Onkel Eduard sah sie über den Tisch hinweg an, während sich das Gespräch bei den Jenkhoffs am Nachbartisch dem neuesten Tratsch aus Bruikelaar zuwandte und die Gemüter sich abkühlten. Manche in der Runde versanken ins Grübeln, als hätten die so hitzig geschilderten Verheißungen eine Saat in ihre Herzen gepflanzt. Eduard von Seeg gehörte nicht dazu. Als gestandener Kaufmann hielt er es mit Zahlen und Kisten voller Waren und ließ sich nicht von paradiesischen Versprechungen blenden.

»Bist ein hübsches Meisje, Mareikje«, wandte er sich an

seine Nichte. »Warum hast du eigentlich noch keinen Bräutigam?«

Ach, so schnell sollte das also besprochen werden, dachte sich Mareikje und hob das Kinn. Tante Annie trat ihrem Mann unter dem Tisch auf den Fuß.

»Eduard van Seeg, wie oft muss ich dir noch sagen, dass du dein Mundwerk geschlossen halten sollst, wenn du Genever getrunken hast? Das hat doch wohl Zeit, oder?« Sie schüttelte den Kopf und lächelte Mareikje entschuldigend an.

Auch Mareikje musste lächeln, als sie sah, wie der Onkel sich unter dem Tisch den Fuß rieb. Sie liebte die Neckereien zwischen den beiden. Wenn es aber darum ging, dass sie einem Mann an die Hand gegeben werden sollte, verstand Mareikje keinen Spaß. Es ging nicht nur darum, wer der Richtige für sie war. Es ging um sehr viel mehr: Es ging um ihr Leben. Und das, was ihr Vater an ihr so geschätzt hatte. Es war etwas ganz Besonderes, auch wenn Mareikje es nicht so recht benennen konnte.

Onkel Eduard brummelte etwas, das sie nicht verstand. Sie beugte sich vor, um nicht über den Tisch schreien zu müssen.

»Ist schon recht, Tante Annie, ich weiß doch, dass er es nur gut meint.«

Eduards Verdruss war verflogen, als er wieder aufsah. »Lass gut sein, Mareikje. Deine Tante hat Recht. Der gute Geert ist ja kaum unter der Erde. Aber du kannst dich darauf verlassen: Ich habe ihm versprochen, dass wir uns um dich kümmern werden, wenn du das willst.« Er nahm die Hand seiner Frau. »Und für ein gottesfürchtiges und dazu noch so hübsches Mädchen, da wird sich schon der rechte Ehemann finden. Meint ihr nicht auch?«

Annie van Seeg lachte und wischte ihrem Mann eine Träne

von der Wange. »Ach, Mijnheer van Seeg. Mach dir lieber Sorgen darüber, wie du nach Hause kommst nach all dem Schnaps. Das andere wird der da oben schon richten.« Sie blickte gegen die rauchschwarze Decke der Gaststube. »Das hat er bisher noch immer getan, nicht wahr?«

Eduard sah sich um, darauf bedacht, dass ihn niemand beobachtet hatte. Rote Augen hatten alle im Raum, die Frauen wie die Männer. Die einen vom Qualm aus dem Ofen, in dem Buchenscheite knisterten, die anderen vom Schnaps – aber das Weinen überließ man besser den Frauen. Er schniefte. »Da wird sich doch wohl einer finden lassen, der noch gerade auf seinen Beinen stehen und einen alten Mann ein Stück des Wegs begleiten kann.«

Mareikje folgte seinem Blick und entdeckte Wim Straaten, der später als die anderen Gäste in der Citadel eingetroffen sein musste. Er saß auf der gemauerten Bank vor dem Kachelofen, einen Rotweinkelch in der Hand, und beobachtete die Trauergemeinde, als gehöre er nicht dazu. Mareikje wusste, dass ihr Vater Straatens Talent als Maler sehr geschätzt hatte. Einige von dessen Werken schmückten die Wände in der Diele und in der Stube ihres Elternhauses. Noch kurz vor seinem Tod hatte der Vater bei dem Künstler ein Porträt von ihr in Auftrag gegeben.

Als kleines Mädchen hatte sie sich vor dem Bild über der Anrichte gefürchtet: eine Seeschlacht in einer Meeresmündung, in leuchtenden Farbtönen gemalt. Fast meinte sie damals, die Kanonenschüsse zu hören, die Fanfaren, das Brechen der Masten und die Schreie der Verwundeten, in deren Gesichtern Straaten Todesangst und Schmerz verewigt hatte. Mit den Jahren wich der Schrecken der Bewunderung für den Künstler. Über Stunden studierte sie die Details des Gemäldes und entdeckte, dass sie manchmal trügerisch waren. Auf den ersten

Blick erschienen sie wie ein Abbild der Wirklichkeit, doch beim genaueren Betrachten fand man Dinge, die nur der Phantasie des Meisters entsprungen sein konnten. Irgendwann würde sie Wim Straaten darauf ansprechen, nahm sich Mareikje vor. Irgendwann, wenn er sie nicht mehr nur als Tochter eines Kunden ansah, der man beim Besuch eine Süßigkeit zusteckte.

»Meister Straaten, was hockt Ihr da allein am Ofen? Hier ist es auch warm! Kommt und gesellt Euch zu uns«, rief Eduard durch den Raum und winkte zu dem Mann mit der verschlissenen Samtkappe hinüber.

Straaten erhob sich und kam auf ihren Tisch zu.

Mareikje straffte den Rücken, fuhr sich mit einer Hand durch die Haare und zupfte den Ausschnitt ihrer Bluse zurecht. Sie erhob sich, als er zuerst Tante Annie und dann ihr die Hand reichte.

Er nahm die Kappe vom halblangen welligen Haar, das an den Seiten von grauen Strähnen durchzogen war, und blickte Mareikje an. »Ihr wart so beschäftigt, als ich hereinkam. Ich hoffe, Ihr verzeiht mir, wenn ich Euch erst jetzt mein Mitgefühl ausdrücke, Mefrouw Hoorn.«

Mareikje schoss das Blut ins Gesicht. Noch nie hatte jemand sie Mefrouw genannt. Mefrouw Hoorn, so schlecht klingt das nicht, dachte sie. »Bitte, Meister Straaten, Ihr kennt mich länger, als ich denken kann. Sagt doch bitte weiter Mareikje zu mir.«

Er schob seine Mütze in die Rocktasche und nickte ihr mit einem Zwinkern in den Augen zu.

»Auch wenn die Schönheit meiner Nichte Euer Malerauge entzückt, Meister, vergesst nicht die Welt um Euch herum«, mischte Eduard van Seeg sich ein.

Um Wims Augen bildeten sich Kränze kleiner Falten, als er

erst Mareikje anlächelte und dann das Grinsen ihres Onkels erwiderte. »Mijnheer van Seeg, verzeiht meine Nachlässigkeit.« Die beiden Männer schüttelten sich die Hand, und Wim ließ sich neben Eduard auf die Bank sinken.

»Bevor ich weitertrinke, Meister, erlaubt mir eine Frage. Werdet Ihr mich nach Haus begleiten, wenn meine liebe Frau mich alleine nicht mehr hier wegbekommt?«, erkundigte sich Eduard van Seeg.

Straaten hielt sich theatralisch die Hand aufs Herz. »So Ihr mir erlaubt, dass ich bei meinem Roten bleibe, trinkt ruhig weiter, Mijnheer. Mit vereinten Kräften werden wir Euch schon den rechten Weg weisen.« Er nahm seinen Kelch vom Tisch und ließ ihn gegen das Schnapsglas van Seegs klingen.

»Wie laufen die Geschäfte, Meister Straaten? Ihr wart im Belgischen, erzählt man sich.«

Mareikje spitzte die Ohren. Wenn er getrunken hatte, nahm der Onkel wahrlich kein Blatt vor den Mund.

Straaten senkte die Stimme. »Man darf es ja kaum sagen in diesen Tagen, aber ein Freund von mir, mit dem ich im Studium die Kammer geteilt habe, lebt jetzt in Antwerpen. Wir haben über die alten Zeiten geredet, als es zwischen Holland und Spanien noch besser ging. Meine Bilder, die ich in Madrid gemalt habe, hängen dort noch immer in allen vornehmen Häusern, erzählte er mir. Aber meine Person ist nicht mehr erwünscht, seit wir mit den Spaniern im Kriege liegen.«

Eduard nickte. »Ich weiß nur zu gut, wovon Ihr sprecht. Geert Hoorn hat mehr als eine Orgel gebaut, die heute in Spanien die Menschen entzückt, aber der Krieg ist keine Zeit, um zu handeln. Laufen Eure Geschäfte denn sonst anständig?«

Wim wiegte den Kopf. »Hin und wieder verkaufe ich ein

Stillleben oder eine Landschaft, aber begehrter sind Bilder von Kaufmannsfrauen, und die am besten halb nackt. Und wenn's dem Auftraggeber nicht schön genug aussieht, dann gibt es nur das halbe Geld.« Er trank seinen Kelch leer und winkte der Schenkmagd zu, ihm einen vollen nachzureichen. »Nein, ein Leben ist es nicht mit der Kunst.«

Eduard van Seeg schenkte sich aus dem Krug Schnaps nach. »Hört, hört! Ihr malt halb nackte Kaufmannsfrauen? Davon hat man hier noch nichts gehört.«

»Nicht ich, Mijnheer van Seeg, dafür ist mein Name nicht bekannt genug, als dass es die Frauen wagen würden, vor mir die Röcke fallen zu lassen. Hier in Brabant ist Tradition gefragt. Ein Porträt in Tilburg, eine Landschaft in Eindhoven, das reicht so gerade zum Leben. Bislang zumindest.« Er nahm dem Mädchen, das an den Tisch getreten war, den vollen Weinkelch aus den Händen.

»Sicher habt Ihr gehört, dass Bauer Jenkhoff das Heilmittel gegen Hunger und Armut gefunden hat, Meister Straaten?« Van Seeg zwinkerte dem Künstler belustigt zu.

Doch Straaten ging nicht auf den freundlichen Spott ein, drehte das Glas vor sich in den Händen. »Was da jetzt für eine Narretei mit den Zwiebeln angestellt wird, will mir nicht in den Kopf. Aber diese Tulpen sind an Schönheit nicht zu übertreffen.« Sein Blick nahm einen Ausdruck an, als erinnere er sich an besondere Liebesfreuden. »Ich habe bislang nur Bilder gesehen, aber die Schönheit und Vielfalt der Blüten stellt sogar Rosen in den Schatten, von Lilien und Narzissen ganz zu schweigen. Ich weiß nicht, wie viele Arten inzwischen in den Gärten gedeihen, aber tagaus, tagein werden neue vorgeführt und gemalt.«

»Ach?« Eduard van Seeg neigte interessiert den Kopf. Auch

Mareikje rückte näher und stützte das Kinn auf die Hände, während sie dem Maler zuhörte.

»Diese Blume besitzt … einen stillen Zauber, so einfach und klar in der Form und so üppig in den Farben. In Paris tragen die Damen sie am Dekolleté wie den allerteuersten Schmuck.«

Mareikje horchte auf. Was in Paris passierte, bestimmte den Geschmack der Frauen in ganz Europa. Selten aber reichten die Nachrichten bis tief in die Provinz nach Bruikelaar.

»Das Einzigartige an ihnen sind die mannigfaltigen Farben, die teils durch Züchtung, teils wie durch göttlichen Zauber entstehen. Am begehrtesten sind diejenigen, deren weiße oder gelbe Grundfarbe durch rote, braune oder violette Flammen aufgebrochen ist. Die Phantasie keines Malers würde ausreichen, eine vollkommenere Blume auf die Leinwand zu bringen. Manche zeigen diese Flammen nur an den Rändern der Blütenblätter oder in der Mitte, ganz fein ziseliert. All die Formen und Farben – es ist, als wäre die Tulpe das Lieblingsspielzeug Gottes.«

Eduard van Seeg lachte. »Ihr geratet ja wie toll ins Schwärmen, Meister Straaten, aber mich überrascht das nicht.« Er wurde wieder ernst. »Auch mein Schwager Geert war von diesen seltsamen Blumen ganz begeistert. Erinnerst du dich noch«, er sah zu seiner Frau hinüber, »wie er davon geschwärmt hat, wenn er von einer Reise in den Orient oder aus Frankreich zurückkehrte?«

Annie nickte.

Wim Straaten hob den Weinkelch. »Ich bin Künstler, Mijnheer van Seeg, sicher werde ich mich nicht unter die Tölpel mischen und Zwiebeln unter dem Schanktisch feilbieten … Aber einmal ein so herrliches Gewächs zu malen, daran hätte ich schon Freude.« Er seufzte und prostete van Seeg zu. »Auf bessere Zeiten, Mijnheer.«

Immer wieder warf Mareikje verstohlene Blicke zu dem Maler. Sie war sicher, dass es nicht mehr lange dauern würde, bis sein Name in aller Munde war. Wenn nicht durch das Malen dieser Tulpen, dann eben durch andere Motive.

»Auf bessere Zeiten, das ist gut«, sagte Eduard. »Darauf sollten wir alle trinken.« Er erhob sich, nahm den Steinkrug und klopfte damit auf den Tisch. In der Gaststätte wurde es still. »Lasst uns gemeinsam trinken, auf bessere Zeiten!«

Alle im Raum standen auf und hoben die Gläser. »Auf bessere Zeiten«, schallte es aus allen Ecken, und Pfarrer van der Weegelhost fügte hinzu: »Und auf frommere dazu!«, was mit Gelächter aus den dunkleren Winkeln beantwortet wurde.

Als Mareikje sich wieder setzte und ihren Becher auf den Tisch stellte, hatte der Onkel den Kopf nach vorne auf die Brust geneigt und schnarchte leise.

Tante Annie stützte ihn von der Seite. »Lass ihn nur, es war ein schwerer Tag für ihn.«

Straaten erhob sich. »Sollen wir ihn nach Hause bringen?«

Die Tante schüttelte den Kopf. »Das würde er uns morgen nicht verzeihen, wenn er nicht der Letzte auf der Feier zu Ehren Geerts gewesen ist. Lasst ihn nur ein wenig ruhen. Er wird den Krug schon noch leeren, wenn er wieder wach wird.« Sie strich ihrem Gatten mit der Hand über die Wange.

Als Hein t'Hoff Eduard auf der Bank schnarchen sah, grinste er und zwängte sich auf den Platz neben ihm. Er stieß dem Kaufmann mit dem Ellbogen in die Seite, holte tief Luft und stimmte an: »Mitten wir im Leben sind, mit dem Tod umfangen …«

Der Onkel rieb sich die roten Augen und brummte mit. Bald

darauf sangen alle in der Gaststätte, und der Pfarrer steuerte zufrieden die Bassstimme bei. Doch als der letzte Ton verklang und Weegelhost das Kreuz nahm, um die braven Bürger zu segnen, hob Pitt Henseler die Stimme. Auch er war in Sangeslaune, und der Genever machte seine Zunge locker.

Mareikje schlug die Hand vor den Mund, als sie erkannte, was er da anstimmte. Es war das frivole Lied vom Mokkel mit den roten Wangen und dem strammen Mieder. Das Gesicht des Pfarrers rötete sich. Er ruderte mit den Armen, um die Gemeinde zum Schweigen zu bringen, aber ohne Erfolg. Einige der Männer stockten, aber anstatt aufzuhören, lachten sie nur und stimmten schließlich in den kühnen Text mit ein. Dann sangen auch die Mädchen mit, zum Schluss die Frauen. Ermattet ließ sich der Pfarrer auf seinen Platz in der Nähe des Ofens fallen. Wie eine Schmeißfliege versuchte er, Hein zu verscheuchen, der sich neben ihn gesetzt hatte, respektlos den Arm um seine Schultern legte und ihn gar zum Mitsingen überreden wollte.

Danach sangen sie die alten Volkslieder. Schon bald wurde in der Gaststube getanzt, und die Holzschuhe klapperten auf den blankgescheuerten Bohlen vor dem Schanktisch. Grete t'Hoff spähte aus der Küche um die Ecke, um den richtigen Moment abzupassen. Als zwischen zwei Liedern eine kurze Pause eintrat, sprang sie hervor.

»So, nun ist's genug mit Spiel und Tanz, jetzt kommt der Braten auf den Tisch!« Sogleich drängten sich die Mädchen durch die enge Tür, trugen Platten mit knusprigem Schweinebraten und gesalzenem Wurzelgemüse an die Tische.

Nach dem Tischgebet des Pfarrers erfüllte nur noch das Klirren der Teller und Bestecke den Schankraum – und gelegentlich ein unterdrückter Schrei, wenn eine Bauersfrau ihrem Mann in die Seite stieß, weil er zu geräuschvoll kaute. Anfangs kamen die Mägde mit dem Nachlegen kaum nach, dann war der Hunger bei den meisten gestillt, und sie konnten sich selbst an den Tisch neben der Küchentür setzen, um einen Happen zu essen, bevor sie die fettigen Teller und leergeschaufelten Platten wieder in die Küche schaffen mussten.

Eine Stunde später rülpste der Pfarrer leise, erhob sich, um ein Gebet zu sprechen; dann verabschiedete er sich von den van Seegs. Er legte Mareikje die Hand auf den Kopf. »Und für dich bitten wir, dass der Herr dich den Weg weitergehen lässt, den dein gottesfürchtiger Vater sich für dich gewünscht hätte.«

Die Worte des Pfarrers waren das Zeichen. Niemand musste mehr erklären, dass dies der Ausklang der Feier war. Von Wim Straaten und Annie gestützt, erhob sich Eduard. Mareikje stellte sich neben ihre Tante und nahm mit ihnen zusammen die Abschiedsgrüße und die guten Wünsche der Gäste entgegen.

Der kalte Wind, der durch die Gassen fegte, ernüchterte Eduard van Seeg, sodass er den Weg fast ohne fremde Hilfe fand. Henk hatte seine Rieke schon vorweg geschickt, um den Ofen in der Küche anzufeuern, damit Mareikje es warm hätte, wenn sie in ihr Elternhaus heimkehrte.

Fürsorglich empfing die Frau das junge Mädchen in der Stube, nahm ihr Mantel und Kappe ab, bevor sie den Topf vom Ofen zog. Dann goss sie warme Milch auf die Kakaokrümel, die sie in die Becher gerieben hatte. »Nach so einem Tag sollten wir uns noch einmal stärken, ehe wir ins kalte Bett steigen!«

Mareikje öffnete die Klappe des Schranks, hinter der ihr Vater seine kostbarsten Vorräte aufbewahrt hatte, und nahm den Steingutkrug heraus. »Ich glaube, Henk hat sich eine besondere Stärkung verdient.« Sie schenkte ihm einen kräftigen Schluck in einen Becher, so wie es ihr Vater auch getan hätte.

Rieke lachte leise. »Tu ihm nur nicht zu viel hinein, sonst schnarcht er wieder, dass es die Tür aus dem Schloss drückt, und ich kriege die ganze Nacht kein Auge zu.«

Henk brummelte und sog den Geruch des Kakaos und des scharfen Schnapses ein. Er sah zu seiner Frau hinüber, bevor er den Becher an die Lippen setzte und in einem Zug leerte.

Rieke nickte ihm zu. »Trink nur, schließlich hast du dich auf der Feier so tapfer zurückgehalten.«

Mareikje genoss den gesüßten Kakao in kleinen Schlucken und erhob sich dann. »Auch wenn ich lieber in der warmen Küche bleiben würde, ich muss jetzt schlafen. Morgen in aller Frühe kommt Meister Straaten zu Besuch. Wir müssen darüber reden, was aus dem Bild von mir wird, das der Vater in Auftrag gegeben hat.« Sie seufzte. »Ach, er fehlt mir schon jetzt. Wie soll ich denn bloß seine Geschäfte fortführen? Ich habe kein Geschick im Verhandeln, und Mijnheer Straaten ist so ein besonders lieber Mann. Ich würde ihm am liebsten jeden Preis zahlen, den er verlangt.«

Rieke kicherte. »Du hast die Klugheit deines Vaters geerbt, mein Kind, aber auch sein weiches Herz. Mijnheer Straaten ist Künstler, kein Geschäftsmann. Ich glaube, du kannst ihm vertrauen. Er wird dich zu nichts überreden, was dir nicht behagt.« Sie stand auf und strich ihr mit dem Knöchel ihres Zeigefingers über die Wangen. »Wenn es dir in deiner Kammer zu kalt ist, kann ich die Decken auf der Ofenbank wärmen.«

Mareikje schüttelte den Kopf. »Lass nur. Was sollen wir denn machen, wenn es erst richtig friert?«

Henk nickte. »So ist's recht. Für Jänner ist es noch gar nicht so kalt. Da haben wir schon schlimmere Frostjahre erlebt.« Er nahm einen armdicken Holzklotz aus dem Weidenkorb und tauchte ihn in den Henkeltrog mit dem Löschwasser, bevor er die Ofenklappe öffnete und ihn hineinschob. »Der sollte reichen, bis der Hahn kräht.«

Rieke nahm den Glaszylinder von der Lampe und löschte den Kerzendocht. »Dann gute Nacht, Mareikje, und ruf mich, wenn du schlecht schläfst.«

Aber Mareikje war schon über den Flur in ihre Kammer gehuscht und hörte sie nicht mehr. Knarzend fiel die Tür hinter ihr ins Schloss.

Nachdem sie in ihr Nachtgewand geschlüpft war, kroch sie bibbernd, die Lippen fahl, die Nasenspitze gerötet, zwischen die Laken, die sie bis zum Hals zog. In der Ferne hörte sie die Kirchturmuhr zweimal schlagen, ein Käuzchen beantwortete das Läuten mit einem kehligen Schrei. Ein Hund schlug an, als ein später Heimkehrer mit schrägem Gesang durch die Gassen zog.

Mareikje schloss die Augen und hoffte, dass sie die paar Stunden Schlaf, die ihr bis zum ersten Hahnenschrei noch blieben, für den morgigen Tag stärken würden.

Nicht nur, dass sie mit Wim Straaten zum ersten Mal in ihrem Leben ein Geschäft regeln müsste. Am Nachmittag würden Onkel Eduard und Tante Annie zu einem hochoffiziellen Besuch kommen, um das Testament ihres Vaters zu verlesen. Mareikje glaubte nicht, dass es Überraschungen enthalten würde – sie kannte die Besitztümer ihres Vaters und ahnte, dass er mit seinem letzten Willen jedem seiner Lieben eine kleine Gefälligkeit erweisen würde. Aber ihr graute vor dem Klang seiner Stimme, der in ihrer Erinnerung widerhallen würde, und sie fürchtete sich vor der Qual, wenn sie all seine Habseligkeiten in den Händen halten würde, um sie weiterzureichen oder selbst zu verwahren.

Sie wischte sich mit dem Handrücken über die Nase, steckte

die klammen Finger wieder unter die Decken und fühlte, wie sie in den Schlaf dämmerte.

Ihr Vater beugte sich zu ihr hinab, küsste sie auf die Stirn. »Ich lass dich nicht im Stich, Mareikje.«

Im Traum wollte sie lächeln, doch es gelang ihr nicht.

# Zweites Kapitel

Da ist er ja, der Pinselkleckser!« Henk beugte seinen massigen Körper zur Seite und blickte aus dem Fenster. Mit dem letzten Kanten Brot wischte er das noch warme Eigelb vom Teller, stand auf und trug das Geschirr zum Spülbecken.

Rieke sprang auf und versuchte, an ihm vorbeizuspähen. »Ah, Meister Straaten!« Sie sah sich um.

Mareikje erhob sich von der Bank und strich die Brotkrumen von der Schürze auf den Küchentisch. Sorgfältig wischte sie die Abfälle zusammen und füllte sie in den Bottich, den Henk später den Hühnern bringen würde.

Rieke stemmte die Hände in die Hüften. »Henk, du sollst nicht so abfällig über Meister Straaten reden. Er ist ein Künstler!«

Der Knecht schnaubte durch die Nase. »Der Schlachter ist ein Künstler, weil er aus einem Schwein Braten, Wurst und Schinken macht, wovon wir alle lange essen können. Sogar die Hühner sind Künstler, denn die machen aus unseren Essensresten Eier.« Er drehte sich um und trat auf den Flur, um durch die Hintertür in den Stall zu gehen. »Ich werde mich jetzt mal um diese Künstler kümmern. Beschäftigt ihr euch ruhig mit dem Pinselschwinger.«

Was ich ohne die beiden nur machen sollte, dachte Mareikje, als sie sich in der Küche umsah. Henk hatte schon lange vor

Sonnenaufgang den Ofen in Gang gebracht, sodass es in der Küche jetzt wohlig warm war. Rieke hatte nicht nur einen Laib Brot gebacken und im Hühnerstall die Eier eingesammelt, sie hatte auch Stube und Küche gefegt und mit ihrem Mann zusammen den kopfsteingepflasterten Weg vom Schnee des Vortages befreit. Sonnenstrahlen fielen hellgelb glitzernd durch das blankgeputzte Fenster in die Küche.

Rieke lächelte Mareikje zu, als die Tür hinter Henk zugefallen war. »Das wird er nicht mehr verstehen – und wenn er noch einmal so alt wird –, dass das Malen einen Menschen satt machen kann.«

Mareikje lachte. »Sag das nicht Meister Straaten, sonst wird er uns erzählen, wie brotlos die Kunst in diesen Tagen ist.« Als der Maler gegen die Eichentür klopfte, sprang sie auf.

»Meister Straaten, wie schön, dass Ihr kommt!«

Der Maler blieb in der Tür stehen, nahm die Kappe vom Kopf und drehte sie in den Händen. »Guten Morgen, Mareikje, guten Morgen, Mefrouw Rieke.«

Rieke gluckste in ihre Hand. Aber ihre geröteten Wangen verrieten, dass sie sich geschmeichelt fühlte. »Erspart Euch die Mefrouw nur für die feinen Damen, Meister. Rieke reicht schon, daran habe ich mich gewöhnt.«

Sie führten ihn in die Küche, Rieke zog ihm einen Stuhl heran und stellte einen Becher warme Milch vor ihn auf den Tisch.

Der Maler legte die Hände um das Gefäß. »Das tut gut bei dieser Kälte.«

Mareikje nahm ihm gegenüber Platz, wartete aufrecht, bis er den Becher wieder absetzte, und machte eine ernste Miene. »Meister Straaten, lasst uns nun zum Geschäft kommen!«

Wim lächelte. »Weißt du meinen Namen nicht, Mareikje?«

Dann kratzte er sich den Bart. »Oder behagt es dir nicht, mich Wim zu nennen?«

Mareikje hatte sich ihre Worte so genau zurechtgelegt, doch schon nach dem ersten Satz geriet sie ins Straucheln. Es beruhigte sie – und irgendwie berührte es sie auch seltsam –, dass sich die Ohren des Malers röteten. Nein, Wim war kein ausgefuchster Geschäftsmann, vor dem sie auf der Hut sein musste. Er fühlte sich nicht weniger unsicher als sie, und dieses Wissen half ihr, zu ihrer natürlichen Wesensart zurückzufinden.

»Du hast Recht. Wim.« Sie schwieg ein paar Atemzüge lang und betrachtete ihn ohne Scheu. Nein, er war kein schmucker Mann. Weder hatte er die kantigen Gesichtszüge und das heißblütige Temperament eines Pitt Henseler, noch bewegte er sich so geschmeidig wie Antonius van Haider. Seine dunklen Augen lagen tief in den Höhlen, wie bei so vielen älteren Männern. Die Wangenknochen standen scharf hervor. Das kam, wie Mareikje wusste, daher, dass man im Dorf am Anfang des Winters noch darauf bedacht war, die Vorräte nicht allzu sorglos aufzubrauchen. Kaum einer wagte es, sich satt zu essen, vor lauter Furcht, später hungern zu müssen.

Wim bemerkte, dass sie ihn musterte. Sie sah wieder die kleinen Falten um seine Augen, die nicht nur der Kummer dort gezeichnet hatte, sondern auch das Lachen und eine widerspenstige Freude am Leben, die den Maler trotz aller Nöte nie zu verlassen schien. »Nun, Mareikje, ich weiß nicht, was dein Vater dir über den Auftrag, den er mir erteilt hat, berichtet hat.«

»Ich weiß, dass er sich sehr auf das Porträt von mir gefreut hat. Er hatte schon einen Platz an der Wand in der Stube dafür frei geräumt. Und einmal sah ich, wie er dich bezahlte, nachdem du eine Stunde an dem Bild gemalt hattest.«

Wim nickte und griff in die Innentasche seines Wamses. »Wir haben einen Vertrag gemacht und alles festgehalten.« Er zog einen Bogen Papier heraus und faltete ihn auf. Sorgsam strich er das Blatt auf dem Tisch glatt und schob es zu Mareikje hinüber. »Hier ist der Auftrag. Die Summe und jede Zahlung haben wir beide bescheinigt.« Er sah Mareikje an. »Kannst du lesen?«

Sie nickte. »Mein Vater hat darauf bestanden, dass ich Lesen, Schreiben und Rechnen lerne. Immer wieder hat er mit mir hier am Tisch gesessen und es mir beigebracht.«

»Du wirst in den Dokumenten deines Vaters ein weiteres Exemplar des Vertrages finden, in dem genau dasselbe steht.«

Mareikje las den Text und rechnete im Kopf die Summen zusammen, die teilweise in der klaren Schrift ihres Vaters eingetragen, teilweise mit schwungvollen Lettern vom Maler geschrieben worden waren. »Vierzig Gulden fehlen noch. Ist das richtig?«

Wim stutzte kurz. Offenbar überraschte ihn ihr hellwacher Verstand. Sie lächelten einander an, dann nickte er. »Bis heute habe ich das Geld für die Leinwand, die Farben und ein wenig für meine Arbeit bekommen. Die letzten Gulden sind der Künstlerlohn, und der wird erst bezahlt, wenn das Bild fertig ist.«

Mareikje wiegte den Kopf. »Ich weiß noch nicht, was der Vater mir hinterlassen hat. Ich werde erst heute Nachmittag vom Onkel hören, was mein Erbe ist.«

Wim faltete das Blatt wieder zusammen und verstaute es in der Jackentasche. »Es eilt nicht, noch ist das Porträt nicht fertig. Länger als eine Stunde kann ich nicht daran arbeiten, denn dann werden mir in der Werkstatt die Finger kalt, und die Farben frieren ein.«

Mareikje sah ihn an. »Ich möchte dich trotzdem nicht mit

leeren Händen gehen lassen.« Sie wandte sich zu Rieke, die mit dem Rücken zu ihnen am Schrank stand und so tat, als gäbe es nichts Wichtigeres, als das Geschirr einzuräumen. Mareikje bemerkte, dass sie die Haube ein Stück weit nach hinten geschoben hatte, damit sie kein Wort verpasste. »Rieke, gib dem Meister ein halbes Brot, einen Streifen Speck, ein paar Eier und eine Kanne Milch mit.«

Wim stand auf. »Nein, Mareikje, vielen Dank, aber das kann ich nicht annehmen. Mein Künstlerlohn …«

Bittend sah sie zu ihm auf. »Tu es mir zuliebe.« Sie trat an den Weidenkorb neben dem Ofen. »Und nimm ein paar Holzscheite mit. Gegen die kalten Finger und damit die Farben nicht wieder so schnell einfrieren.«

Der Maler zögerte kurz, aber dann sah er in Mareikjes hellblaue Augen – eine kluge junge Frau, die einen anschaute wie ein Mädchen, dem man keinen Wunsch verwehren konnte. Und wenn er daran dachte, dass er sich an diesem Abend in seiner behaglich warmen Kate ein gebratenes Ei auf ein dick mit Speck belegtes Brot packen würde …

Rieke drückte ihm einen Korb mit den Lebensmitteln in die Hand, Mareikje legte ein Band um die Holzscheite und schnürte sie zu einem Bündel.

Wim grinste verlegen. »Ich danke dir, aber …«

Wieder unterbrach Mareikje ihn. »Wir werden das in die Rechnung einbeziehen, sorg dich nicht darum.«

Dann geleitete sie ihn zur Tür und winkte ihm nach, als er sich an der Pforte noch einmal umdrehte und grüßend die Hand hob. Rieke stand neben ihr. »Pass auf, dass du es nicht übertreibst mit deiner Gutherzigkeit.«

Mareikje lachte unbekümmert. »Solange wir nicht darben müssen … Er hat doch nichts, oder?«

Rieke wischte sich die Hände an der Schürze ab. »Wer hat schon was?« Sie schloss die Tür, rückte ihre Haube wieder zurecht und ging in die Küche zurück.

In den nächsten Stunden hielt Rieke Mareikje auf Trab, um sie bis zur Ankunft von Onkel und Tante von den trüben Gedanken über den Tod des Vaters und von der Sorge um ihre Zukunft abzulenken. Zu erledigen gab es in der Kate genug. Da war die Stube zu lüften und zu putzen, die Asche aus dem Ofen musste zum Streukübel getragen werden, das Futter für die Schweine stand auf dem Herd und köchelte vor sich hin, Karotten wurden geputzt, Speck in Würfel geschnitten.

Beim Essen konnte Mareikje allerdings kaum noch still sitzen. Immer wieder beugte sie sich vor, lugte an Rieke vorbei aus dem Fenster, und wenn jemand auf der Dorfstraße am Häuschen vorbeiging, sprang sie jedes Mal auf und wollte hinauslaufen. Bis es Rieke zu viel wurde. »Nun sitz endlich still und iss! Mijnheer van Seeg ist ein vielbeschäftigter Mann. Du musst dich gedulden.«

Onkel Eduard hatte mit dem Vater zwar einen der treuesten Lieferanten verloren, aber sein Geschäft beruhte nicht allein auf Geert Hoorns Orgeln. Er verkaufte Flöten, Gamben, Violinen und ab und zu auch einmal ein Spinett oder ein Cembalo. Auch mit anderen Gütern handelte er. Er war der Erste, der den neuen Tai, den die Amsterdamer Tee nannten, verkauft hatte, nachdem der Vater ihm einen Ballen von einer Reise mitgebracht hatte. Sein kleines Lagerhaus stand voll mit Kaffeesäcken, Kisten voller Kakaobohnen und Tabaksblättern, und Düfte fremder Gewürze kitzelten in der Nase, wenn man hineinging. Stets hatte Mijnheer van Seeg Händel mit dem Pfarrer, der gegen die fremden Waren wetterte, weil er sie für gottlos hielt.

Überdies hatte der Onkel auch als Amtsvorsteher von Bruikelaar alle Hände voll zu tun.

Widerstrebend legte Mareikje sich auf die Liege in der Stube, nachdem sie mit Rieke zusammen den Abwasch erledigt hatte.

Henk hatte währenddessen die Tiere versorgt und den Weg vom Tor zur Haustür erneut vom frischgefallenen Schnee befreit. Nun lag er auf der Ofenbank und schnarchte, Rieke saß neben ihm und stickte an einem Tuch. Die Wärme ließ Mareikje trotz ihrer inneren Unruhe schläfrig werden.

In leichten Träumen sah sie die roten Ohren von Wim, sein verschmitztes Lächeln und wie er sich am Tor noch einmal umgedreht hatte. Dann schoben sich vor diese Bilder Pitts Augen, das Glimmen darin, das ihr stets einen Schauer über den Rücken jagte, und das mädchenhaft schöne Gesicht von Antonius. Die drei verschwammen in ihrem Dämmerschlaf zu einem Mann, veränderten schemenhaft ihre Gestalt, einmal waren sie ihr Vater, der sich ihr gütig zuneigte, dann verzerrte sich das Bild zu einer Teufelsfratze, die sich höhnisch lachend näherte.

Mareikje zuckte zusammen und erwachte. Irritiert schaute sie sich um, bis ihr Blick auf Rieke fiel, die im Hausflur hantierte. Aus dem Stall tönte es dumpf, Henk war längst wach und kümmerte sich um das Brennholz für die nächsten Tage. Mareikje reckte sich, schlug die Decke zurück, die ihr Rieke während ihres Nickerchens offenbar über die Beine gelegt hatte, und stand auf. Durch die Fenster fiel das letzte Licht der Wintersonne in die Stube.

Rieke legte das Filztuch zur Seite, mit dem sie gerade die Rahmen der Ölgemälde im Flur abgestaubt hatte.

»Wenn du dich nützlich machen willst, dann nimm ein paar Bohnen aus dem Kästchen deines Vaters und mahl sie.

Der Mijnheer wird einen Becher Kaffee zu schätzen wissen.«

Mareikje strich sich die Schürze glatt und ging in die Küche, um zu tun, was Rieke ihr aufgetragen hatte. Kaum hatte sie die kostbaren Kaffeebohnen zu einem Pulver zerstoßen, sah sie auch schon den Onkel und die Tante auf der Dorfstraße herannahen. Übermütig wirbelte sie durch den Flur. »Rieke, Henk! Sie kommen!«

Rieke richtete sich die Haare und nestelte an der Haube, Henk brummelte durch die angelehnte Tür, und kurz darauf hörten die beiden Frauen die Pumpe im Stall quietschen. Als der Knecht in den Flur trat, glänzte sein Gesicht rot vom kalten Wasser, und er wischte seine Pranken an der Hose trocken.

Da schlug auch schon die Türglocke an.

»Onkel Eduard, Tante Annie!« Mareikje umarmte den Onkel und ließ sich von der Tante die Wange küssen. »Nun lass uns doch erst einmal ins Warme. Den ganzen Tag bin ich in der Kälte auf den Feldern herumgelaufen, um den Streit zwischen deBoer und Hinsken wegen der Ackergrenze zu schlichten. Und dann musste ich mir auch noch die Jenkhoff-Brüder vorknöpfen. Mit ihrer Schwätzerei um diese Tulipane bringen sie ganz Bruikelaar in Aufruhr.«

Mareikje zog die beiden Alten in die Stube und brachte ihnen Mandelkuchen und würzig duftenden Kaffee, den auch ihr Vater nur bei ganz besonderen Gelegenheiten aufgebrüht hatte. Doch konnte man sich ein würdigeres Ereignis als die Verlesung seines letzten Willens vorstellen?

Der Onkel ließ sich in dem braunsamtigen Lehnsessel nieder, den Mareikjes Vater allenfalls für seinen besten Freund geräumt hatte, griff in die Innentasche seiner Jacke und zog ein zu einem Brief gefaltetes Dokument hervor. Mit ernster Miene sah er Mareikje an, während er es auf den Tisch legte. »Auch wenn dein Vater und ich immer die treuesten Freunde waren, haben wir uns bei der Abfassung seines letzten Willens streng an die Vorschrift gehalten. Du siehst, das Siegel ist unverletzt, alles ist so, wie er es bei mir im Kontor hinterlassen hat.«

Mareikje nickte. An der Vertrauenswürdigkeit ihres Onkels zweifelte sie nicht.

Eduard van Seeg brach das Siegel, faltete die gelblichen Papiere auf und reichte sie seiner Nichte. »Lies selbst.«

Mareikje zog die Stirn kraus. Die Schriftstücke knisterten in ihren Händen.

*Mein liebes Kind …*

Sie fühlte einen Kloß im Hals, Tränen brannten in ihren Augen. Sie meinte, seine Stimme zu hören, wie im Traum, doch als er diesen Brief verfasst hatte, lebte er noch. Seine letzten Worte an sie …

Es war mehr als ein letzter Wille. Geert Hoorn hatte den Brief wie einen Lebensbericht geschrieben. Erlebnisse, die ihn in Trauer gestürzt hatten, wie der frühe Tod seiner Frau im Kindbett, ein kraftloses kleines Wesen im Arm; Momente, die ihn mit Lebenslust erfüllt hatten, wie die Arbeit an seinen Orgeln, die Musik, die nirgendwo so schön klang wie in der Kirche von Bruikelaar. Der erste kraftvolle Schrei seiner Tochter, die als Einziges seiner drei Kinder überlebt hatte und zu einem prächtigen Mädchen herangewachsen war, auf das er stolz war. Seine Handelsfahrten durch Holland und die angrenzenden Länder, nach Italien und Spanien. Und seine wochenlangen Reisen auf dem Landweg von Wien nach Konstantinopel. Zweimal war Geert Hoorn in das Osmanische Reich aufgebrochen. Mareikje erinnerte sich noch, dass Riekes Gesicht grau vor Sorge war, dass ihre Wangen glühten und ihre Augen vor Erleichterung blitzten, als das Getrappel der beiden Gäule und das Rattern der Kutschräder Geert Hoorns Heimkehr verhießen. Damals war für Mareikje nichts von größerer Bedeutung gewesen, als die Freude in Riekes Gesicht, die Reiseberichte ihres Vaters rauschten wie eine Frühlingsbrise an ihren Kinderohren vorbei.

Aber in seinem letzten Willen erzählte Geert Hoorn ihr nun in aller Ausführlichkeit von seinen Erlebnissen in den türkischen Städten und Palästen, von seinen Besuchen in kaiserlichen Gärten und Höfen, als handelte es sich bei seinem Wissen und seinen außergewöhnlichen Erlebnissen um einen kostbaren Schatz. Alles im Morgenland erschien ihm so wundersam: die Liebe der Türken zu farbenfrohen Gewächsen, die sie weder als Nahrungsmittel noch als Heilkraut anpflanzten, sondern aus reiner Freude an der Schönheit; die Eleganz der kostbar geschmückten Moscheen, der Trubel auf den asiatischen Basaren, der Prunk der Sultane, denen er, in der Gefolgschaft von hohen Gesandten und befreundeten Händlern, begegnet war.

Immer wieder erinnerte er Mareikje in seinem Schreiben aber auch an seine aufrichtige Freundschaft zu Eduard van Seeg und seine tiefe Verbundenheit Henk und Rieke gegenüber, ohne deren Fleiß und Treue all seine abenteuerlichen Unternehmungen in dieser Zeit nicht möglich gewesen wären.

Mittlerweile war die Abenddämmerung hereingebrochen und warf Schatten durch die Fenster. Nur die Flammen im Ofen tanzten gelb und rot, als Rieke die Eisenluke öffnete, um einen Holzstab zu entfachen und die Wandkerzen damit anzuzünden. Das Klappern ihrer Holzschuhe, das Zischen der Dochte und hin und wieder das Räuspern ihres Onkels waren die einzigen Geräusche in der Kate, während Mareikje Seite um Seite las. Einmal kitzelte es an ihrer Wange – eine Träne, die sie mit zwei Fingern wegwischte, ehe sie weiterblätterte. Als sie die ersten Sätze der letzten Seite las, richtete sie sich auf und blickte die anderen an. Rieke nahm ihr gegenüber neben Tante Annie Platz.

Laut las Mareikje vor:

*»Große Reichtümer habe ich nicht angesammelt, aber es sollte wohl genügen, dich, meine geliebte Tochter, durch die nächsten Jahre zu bringen und auch Henk und Rieke zu versorgen, die mir immer treu gedient haben.*

*So habe ich meinen Freund Eduard van Seeg angewiesen, die Besitzurkunde über mein Haus in Bruikelaar auf dich zu übertragen. Auch habe ich ihm eine Summe Geldes zu treuen Händen übergeben, von der er dir, Mareikje, jeden Monat fünf Gulden auszahlen wird.*

*Henk und Rieke sollen bis an ihr Ende ein Wohnrecht im Haus behalten und von dir versorgt werden.*

*Weiters soll Henk meine Jacken, Hosen, Schuhe und meinen Mantel bekommen. Ich bin mir sicher, er wird sie zu schätzen wissen.*

*Rieke soll mein in Leder gebundenes Gesangbuch haben.*

*Meine weiteren Besitztümer, die Erinnerungsstücke an meine Reisen, den Schmuck und das Kruzifix meiner geliebten Frau vermache ich dir, meine liebe Mareikje.*

*Ich hoffe, dir wird in deinem Leben ebenso viel Glück und Liebe beschieden sein, wie es mir zugekommen ist. Ich gehe nicht gern, doch in dem Wissen, dich alles Notwendige gelehrt zu haben, zufrieden zu meinem Schöpfer.*

*Bruikelaar, am ersten Tag des Oktobers, im Jahre des Herrn 1633. Ausgefertigt und unterzeichnet von mir selbst in Anwesenheit des Amtsvorstehers Eduard van Seeg.*

*Geert Hoorn«*

Mareikje legte das Schriftstück nieder. Tante Annie und Rieke wühlten in den Rockschößen nach ihren Tüchern. Henk räusperte sich ein ums andere Mal. Onkel Eduard stieß ihn an und deutete auf die leeren Tassen. Henk wischte sich mit dem Hemdsärmel über das Gesicht und goss in stillem Einvernehmen Branntwein in die Becher, den die beiden Männer in einem Zug tranken.

Mijnheer van Seeg legte die Hände auf den Tisch. »So hat dein Vater es gewollt, so hat er es aufgeschrieben und für dich bei mir hinterlegt.« Er ließ sich von Rieke Kaffee nachschenken. »Auch wenn es nicht sehr viel ist, so ist es doch mehr, als die meisten in diesen Zeiten haben.«

Seine Frau nickte. »Und es wird vielleicht bis zu deiner Hochzeit reichen.«

Mareikje starrte die Tante an. Stets beschlich sie Unbehagen, wenn die Rede auf eine mögliche Vermählung kam. Sie mochte nicht daran denken, welchem Mann aus Bruikelaar sie anvertraut werden könnte. Die Worte ihres Vaters hatten sie berührt, hatten sie mitgenommen auf eine Reise in die Vergangenheit, die sie als Kind mit anderen Augen gesehen hatte. Dieser Brief gab Zeugnis davon, welch feinfühlender Mensch ihr Vater gewesen war. Das Wissen um seinen Gefühlsreichtum linderte ihren Schmerz – er war gegangen, aber er hatte Sommer voller Liebe und Freundschaft verbracht, Erfolge gefeiert und seine Musik geliebt. Wie sehr sie ihn doch in den nächsten Jahren gebraucht hätte, wenn sie Entscheidungen treffen musste, die bis an ihr Lebensende Gültigkeit haben sollten …

Sicher, Onkel Eduard und Tante Annie waren für sie da, auch Henk und Rieke würden ihr zur Seite stehen, wenn sie sie brauchte. Aber zum ersten Mal in ihrem Leben spürte Mareikje, dass sie ganz alleine war, dass niemand die Verantwortung für ihr Leben trug als nur sie selbst. Sie schluchzte, sprang auf und lief aus der Stube.

Eduard van Seeg hielt die beiden Frauen zurück, die Mareikje hinterhereilen wollten.

»Lasst sie nur.« Er lehnte sich in seinem Sessel zurück. »Macht inzwischen die Lampen fertig, damit wir auf den Dachboden gehen und Geerts Nachlass verteilen können. Wir werden eine halbe Stunde warten, dann wird das Meisje uns begleiten können.«

Beinahe ehrfurchtsvoll zog Rieke oben unter den Dachschrägen ein Teil nach dem anderen aus der Holztruhe mit Geert Hoorns Nachlass. Zu oft schon hatte Henk abgelegte Kleidung seines Herrn übernommen, als dass er die Hosen und Jacken aus dunkelblauem rauen Wollstoff und braunem Samt hätte anprobieren müssen. Rieke würde die Schulternähte auftrennen und Ärmel und Beine auslassen müssen, dann reichten die Kleidungsstücke sogar für den sonntäglichen Kirchgang. Der Knecht nahm sein Erbteil entgegen und legte alles ordentlich auf seinen Arm.

Mareikje hatte das kostbare Gesangbuch vom Nachtschrank des Vaters geholt und überreichte es Rieke, die es mit beiden Händen vor die Brust presste. Zwischen den Fingern der Magd baumelte eine Silberkette mit einer geschnitzten Gemme – eines der Erbstücke Mareikjes, das sie gerne an ihre Ziehmutter weitergegeben hatte.

Mijnheer van Seeg beugte sich hinab, schnaufte und steckte den Kopf in die Truhe. »Henk, geh und trag die Sachen nach unten, damit du mir helfen kannst«, drang seine Stimme dumpf zu den anderen. »Hier sind nur noch ein paar Säcke, zu schwer für mein Advokatenkreuz.« Er selbst nahm einen hölzernen Kerzenständer, eine orientalische Maske und zwei exotische Flöten an sich, Tante Annie trug die italienische Gambe, und

Rieke und Mareikje nahmen jede einen Stapel der Bücher, die der Vater auf dem Boden verstaut hatte, mit nach unten. Kurz darauf stiegen Henk und Eduard noch einmal die Treppe hinauf. Der Knecht buckelte drei schwere Rupfensäcke und schleppte sie an den Frauen vorbei in die Abstellkammer im Stall. Mijnheer van Seeg schloss die Dachluke und folgte ihm nach.

»Drei Säcke voll mit trockener Erde. Ich weiß auch nicht, was Geert sich dabei gedacht hat, sie unterm Dach aufzubewahren. Ich habe Henk aufgetragen, sie bis zum Frühjahr im Stall zu lagern. Dann könnt ihr damit die frühen Beete auffüllen.«

Nachdem sie Onkel und Tante wenig später mit einem Kuss verabschiedet hatte und Henk sich anschickte, die van Seegs mit einer Laterne sicher nach Hause zu geleiten, ließ Mareikje sich auf die Bank am Ofen fallen. »Ach Rieke, wie soll es mit uns nur weitergehen?«

Die Magd setzte sich auf den Holzschemel und strich ihr über den Arm. »Mein Mädchen, mach dir nicht zu viele Sorgen. Hast doch gehört, was der Mijnheer gesagt hat: Überall schlagen sie sich gegenseitig die Köpfe ein. Die Schweden marodieren, die Katholiken und die Hussiten streiten sich, wer den besseren Glauben hat, und dazu kommt noch das schwarze Fieber, das immer wieder aufflackert. Da können wir doch von Glück reden. Wir leben hier in Bruikelaar in Frieden, nichts haben wir mitbekommen vom Kampf gegen die Spanier und von der Abkehr der Provinzen vom König. Wir haben sogar genug zu essen und ein Dach über dem Kopf. Was wollen wir denn noch verlangen?«

Mareikje zuckte mit den Schultern. »Eine Zeit lang wird es schon gut gehen, aber … Einen Mann soll ich mir suchen, ehe die Erde über Vaters Grab eingefallen ist! Und selbst wenn ich einen finde, was wird dann aus euch?«

Rieke winkte ab. »Egal, wen du auswählst, einen starken Knecht und eine Magd, die sich so auf den Haushalt versteht wie ich, die nimmt ein jeder gerne. Auch dein Mann.«

Mareikje setzte gerade zu einer Antwort an, als vor der Kate stapfende Fußtritte laut wurden und jemand gegen die Tür klopfte. Sie tauschte einen Blick mit Rieke. »Das kann nicht Henk sein, der ist sicher noch nicht einmal bei den van Seegs losgegangen.«

Die Magd runzelte die Stirn. »Ich werde nachschauen. Vielleicht ein Reisender, der hofft, deinen Vater anzutreffen, und der noch nicht weiß, was passiert ist.«

Mareikje nickte. Ihr Vater hatte häufig Besuch bekommen von Handwerkern und Künstlern, die er auf seinen Reisen kennengelernt hatte, und niemand hatte sich je über mangelnde Gastfreundschaft im Hause Hoorn beklagen können.

Erstaunt stand sie auf, als Rieke mit dem Gast die Küche betrat. »Pitt, was führt dich hierher, um diese Zeit?«

Pitt Henseler hielt sich nicht ganz sicher auf den Beinen. Den Mantel trug er trotz der Kälte offen, die Schnüre an seinem Hemd baumelten lose am Hals. Er grinste schief. »Auf der Feier gestern hatten wir ja kaum Gelegenheit, miteinander zu reden. Da dachte ich, du freust dich über einen Besuch.«

Höflich wies Mareikje auf einen Stuhl. Noch nie zuvor war Pitt einfach so »zu Besuch« gekommen. Er würde doch wohl nicht um sie werben wollen – einen Tag, nachdem sie ihren Vater zu Grabe getragen hatte?

Pitt streifte den Mantel ab und warf ihn auf die Bank, bevor er sich auf einen Stuhl plumpsen ließ. »Nicht, dass der Maler der Einzige bleibt, der hier empfangen wird.«

Mareikje hob das Kinn. »Mit Meister Straaten gibt es Geschäfte zu erledigen.«

Pitt stieß ein meckerndes Lachen aus. »So nennst du das!«

Rieke wich einen Schritt von Pitt zurück, und Mareikje rümpfte die Nase. »Hast du getrunken?«

»Ach was, nicht mehr als sonst auch. Habt ihr nicht einen Krug Bier oder einen Genever da?« Er rülpste.

Mareikje wechselte einen Blick mit Rieke, die nun vom Herd zum Tisch wirbelte. »Wir haben weder Bier noch Schnaps im Haus. Schon gar nicht für unangemeldete Gäste – mitten in der Nacht! Wenn Ihr es wünscht, werde ich gerne einen Topf Milch aufwärmen, das hilft am besten gegen die Kälte.«

Pitt musterte sie verächtlich. »Das fehlt mir noch, dass ich mir von einem alten Waschweib sagen lassen muss, was ich zu trinken habe.«

Zorn stieg in Mareikje auf. Abrupt erhob sie sich. »Ich glaube, es ist besser, wenn du jetzt gehst. Ich würde mich freuen, dich zu Gast zu haben, wenn du nüchtern bist«, sagte sie. Das Zittern ihrer Hände versuchte sie zu verbergen.

Pitt blieb sitzen. »Lass gut sein, ich bin ja schon still. Ich will etwas mit dir besprechen.«

Hinter seinem Rücken machte Mareikje Rieke ein Zeichen. Die Magd verschwand in der Speisekammer.

Pitt räusperte sich. »Am nächsten Wochenende werde ich mit Antonius nach Breda fahren, zum Winterfest. Wir nehmen meine Kutsche. Gerda ter Booven kommt auch mit. Magst du uns vielleicht begleiten?« Mit blutunterlaufenen Augen sah er zu ihr auf.

Mareikje starrte ihn ungläubig an. »Pitt, mein Vater ist gerade einen Tag unter der Erde, da werde ich sicher nicht zu einem Tanzvergnügen reisen.«

»Du machst ihn auch nicht wieder lebendig, wenn du dich hier in deinem Haus eingräbst, oder? Du bist doch ein gesundes junges Ding, und hübsch noch dazu. Was ist schon dabei? Wir werden auf dem Eis laufen, den Markt besuchen und abends ein wenig tanzen.« Er sah Mareikje abschätzend an. »Du kannst dir sogar aussuchen, ob du mit mir oder mit Antonius aufs Zimmer gehen willst, Gerda ist das egal.« Er lachte erneut.

Mareikje schüttelte den Kopf. War es wirklich nur der Schnaps, der Pitt so anders erscheinen ließ, als sie ihn kannte? Oder zeigte er ihr gerade eine Seite, die ihr bisher verborgen geblieben war? Ihrem Vater gegenüber war er stets demütig und unterwürfig aufgetreten, fast hündisch ergeben. Doch nun plusterte er sich auf, als hätte sie durch Vaters Tod all ihre Rechte verloren. Früher, als kleiner Junge, hatte er ihr manchmal leidgetan, weil sein eigener Vater ihn mit der Knute erzogen hatte. Beulen, blaue Flecke und rote Striemen hatten zu ihm gehört wie das wirre Blondhaar und der intensive Blick seiner grauen Augen, wenn er am Hafen von Bruikelaar umhergestreunt war. Aber so wie er jetzt vor ihr saß, die Strähnen schmierig um den Kopf, die schmale Nase rot geädert vom Schnaps und von der Kälte, sein trüber Blick an ihrem Kleid und ihrer Schürze hinabgleitend, da fühlte sie nichts als Wut auf ihn und sein loses Mundwerk.

Sie zischte über den Tisch: »Du solltest besser nachdenken, bevor du so etwas sagst.«

»Ach, stell dich nicht so an. Ich weiß doch selbst, wie es ist, wenn der Alte endlich in den Sarg springt. Man macht ein betroffenes Gesicht, wartet, bis das Erbteil ausgezahlt ist, und dann kann man endlich die Freuden des Lebens genießen.«

Mareikje stieg eine dunkle Röte in die Wangen. Sie spürte Scham ob seiner Worte. Jeder in Bruikelaar hatte es nur gerecht gefunden, dass Pitt schon im jungen Alter den Rosshandel seines Vaters übernehmen konnte. Aber welcher Hass auf seinen Vater auch nach dessen Tod in ihm loderte und welch verderbte Gedanken ihn umtrieben, das vermutete wohl niemand. Fieberhaft überlegte Mareikje, wie sie Pitt dazu bringen konnte, ihr Haus zu verlassen. Allmählich machte ihr der Kerl Angst. Es reute sie, dass sie Rieke aus dem Raum geschickt hatte. Und wann kehrte Henk endlich heim?

Pitt lehnte sich schwankend zurück und hakte die Daumen unter den Aufschlag seiner Weste. »Ich weiß nicht, warum du dich aufregst. Antonius würde dich mit offenen Armen nehmen, sicher wird sein Vater bald bei den van Seegs auftauchen und das Geschäft einfädeln wollen.«

Er stand auf, beugte sich vor und fixierte sie mit seinem Blick. Vor Unbehagen beschleunigte sich ihr Herzschlag.

»Aber keiner kennt dich so gut wie ich, Mareikje, mit mir wirst du mehr Spaß haben«, raunte er ihr zu. »Ich hab noch was gut bei dir, Liebchen. Weißt du das?«

»Was nimmst du dir heraus«, fuhr sie ihn an. Natürlich war es ihm nicht entgangen, dass er sie damals, als er sie geküsst hatte, mehr erregt hatte, als sie sich selbst eingestehen mochte. Wie hatte sie etwas anderes hoffen können? »Geh jetzt. Auf der Stelle.«

Er erhob sich, fasste nach Mareikjes Handgelenken und hielt sie fest. »Nun stell dich nicht so an. Gerda hat sich auch erst geziert. Nun kann sie gar nicht genug bekommen.« Er zog sie an sich heran. »Und mit uns beiden … Ich weiß, was eine Frau wie du braucht, wenn ihr Rock brennt.« Er drückte seine Lippen auf ihren Hals.

Mareikje zerrte und zog, aber sie konnte ihre Hände nicht aus seinem Griff lösen.

Noch dichter presste er seinen Körper gegen ihren. »Komm schon …«

Er griff ihr in den Nacken, riss die Haube von ihrem Haar und zog so fest daran, dass sie zu ihm aufschauen musste. Sie stieß einen unterdrückten Schmerzensschrei aus, starrte ihn mit ihren Mädchenaugen an, in die ein Ausdruck von Pein getreten war. Aber da war noch etwas. Eine Glut, die nichts mit ihrem Zorn zu tun hatte. Etwas, das Mareikje mit unendlicher Scham erfüllte, für das sie jedoch keine Worte fand. Doch sie bog sich zur Seite und wich seinem Atem aus.

»Lass mich los, sonst schreie ich.«

Pitt lachte leise. »Glaubst du, ich hätte Angst vor der alten Vettel? Und dein Knecht sitzt mit dem alten van Seeg am Kamin beim Genever.« Er schob sein Knie zwischen Mareikjes Beine und drückte sie auseinander, während seine Finger von ihrem Kinn langsam in ihren Ausschnitt glitten.

»Deine Brüste sind schöner geworden seit damals. Prall und rund wie zwei …«, flüsterte er ihr ins Ohr.

Mareikje erstarrte. »Hör auf damit …«

Im gleichen Moment öffnete sich die Tür zur Speisekammer. »Aufhören, hör sofort auf damit!« Rieke stand mitten in der Küche, die gusseiserne Pfanne in der Hand.

Pitt hielt inne. »Pack dich, du alte Vettel, das geht dich nichts an.«

Mit einem Ruck hob die Magd die Pfanne, aber Pitt war schneller. Er machte einen Satz auf sie zu, holte aus und schlug ihr mitten ins Gesicht. Die alte Frau ließ die Pfanne fallen und stolperte gegen den Küchenschrank, in dem das Glas und Steingut klirrte. Entsetzt fuhr sie sich über die Wange und betrachtete ihre Handfläche. Pitts Ring hatte ihr eine Wunde ins Gesicht gerissen.

Pitt Henseler drehte sich wieder zu Mareikje. Abwehrend hob sie die Hände, schüttelte ein ums andere Mal den Kopf. »Nein … nein … nein …« Lächelnd kam er auf sie zu. »Wart nur ab, es wird dir gefallen, das verspreche ich dir.«

»Nichts wird ihr gefallen!«

Mareikje blickte erleichtert zu Henk, der breitbeinig in der Tür stand, die Hände in die Hüften gestützt.

Pitt drehte sich um und sah den alten Knecht an. »Verschwinde besser, Schweinehirt, bevor ich wütend werde.« Er ballte die Fäuste.

»Nein!« Mareikje war mit zwei Schritten bei ihm. »Pitt, bitte geh jetzt. Bitte!«

Der stand dem älteren Mann gegenüber. Die beiden starrten sich an.

»Ihr habt gehört, worum man Euch gebeten hat. Geht!«, rief Henk.

Pitt holte mit der rechten Hand aus. »Ein Knecht, der mir befehlen will?«

Henk fing seinen Schlag ab. Es knackte in seiner Pranke, wie wenn ein Hühnerbein zwischen den Zähnen bricht. Pitt schrie auf. »Lass mich los, du Hundsfott, du!«

Wie in einem Schraubstock hielt Henk das Handgelenk seines Widersachers. »Ihr werdet jetzt gehen.« Mit der freien Hand nahm er die Mütze des jungen Mannes vom Tisch und zog ihn mit der anderen durch die Diele zur Haustür. Er öffnete die Tür, warf die Kappe ins Dunkel und Pitt hinterher. »Und getraut Euch nicht, noch einmal hier aufzutauchen, wenn Ihr nicht eingeladen seid.« Schnaubend nahm er die Jacke, die Mareikje ihm reichte, und schleuderte sie in die Finsternis. »Wagt es nicht!« Seine Schultern bebten.

Er schloss die Tür, verriegelte sie und ging zu Rieke, die

immer noch benommen, gegen den Schrank gelehnt, dasaß. Behutsam half er ihr auf die Beine und führte sie zum Tisch.

Von draußen drang Pitts Stimme zu ihnen. »Du wirst sehen, was du davon hast, Mareikje! Ich will dich jetzt noch mehr als vorher! Und ich bekomme, was ich will – immer! Warte nur!«

Mit zittrigen Beinen trat Mareikje ans Fenster und beobachtete, wie Pitt Henseler sich aus dem Schnee aufrappelte und fluchend davonstapfte.

Sie drehte sich um und konnte Henk gerade noch aufhalten, als der die Tür wieder öffnen wollte, um dem Trunkenbold eine Abreibung zu verpassen. Besänftigend nahm sie seine Hand und hielt ihn zurück. »Nein, Henk, lass ihn. Pitt ist betrunken, morgen wird es ihm leidtun.«

»Du nimmst ihn auch noch in Schutz?« In Henks Augen loderte Wut.

Mareikje senkte den Blick. »Er ist nicht bei Sinnen. Morgen wird er sich entschuldigen«, beharrte sie.

»Wir werden Mijnheer van Seeg von der Sache erzählen, der wird ihm den Kopf schon geraderücken.«

»Nein, das sorgt nur für Unfrieden und Aufruhr. Es ist ja nichts passiert. Kein Wort davon zu Onkel Eduard, verstanden?« Mareikje hob den Kopf und sah den Knecht an, der schweigend die Lippen aufeinanderpresste.

»Henk?« Sie sah ihm direkt in die Augen.

Abrupt wandte er sich ab und stapfte zum Stall davon, um das Vieh für die Nacht zu versorgen. »Das nimmt kein gutes Ende mit dem Kerl«, hörte Mareikje ihn brummen.

Sie ging zurück ans Küchenfenster und biss sich auf die Unterlippe, während sie durch den schneebedeckten Garten nach draußen auf die Dorfstraße blickte, wo Pitts wankende Gestalt im Mondlicht hinter den Häusern verschwand.

# Drittes Kapitel

Viele der Bürger Bruikelaars, die kein redliches Handwerk erlernt hatten, suchten im Torfstechen und beim Fischfang ein Auskommen. Das Gebiet aus Moor und Sumpfland rings um die Stadtmauern bot wenig Möglichkeiten zum Ackerbau, in manchen Jahren hatten die Viehzüchter schon ihre liebe Not damit, die Rinder und Schafe satt zu bekommen. Davon, dass sie fett wurden, wagten die Besitzer nicht einmal zu träumen.

Auch das Handelswesen zog an der kleinen Provinzstadt vorüber. Weiter an der Küste entlang Richtung Norden, wo sich das quirlige und geschäftige Amsterdam zu einer der wohlhabendsten Städte Europas entwickelte, tummelten sich die Kaufleute aus aller Herren Länder. Von dort aus legten die meisten Schiffe nach Indien ab, um mit Tee und Seide beladen zurückzukehren, die heimischen Speicherhäuser zu füllen und den Kaufmannsfamilien ein Leben in Überfluss zu ermöglichen.

Bruikelaar in *Noord-Brabant* mit seinen schmalen Häusern und matschigen Gassen, dem lückenhaften Grachtennetz, in dem in diesen Wochen Eisschollen knarzten und krachten, mit dem kopfsteingepflasterten Marktplatz vor dem Rathaus und dem von zwei spitzzulaufenden Türmen gekrönten Stadttor am Rande des kleinen Hafens an der Maas erschien wie ein vernachlässigtes Stiefkind dieser Handelsmetropole. Aber auch wie ein Nest für diejenigen, denen der kalte Wind des Kaufmannslebens zu schneidend war.

Hin und wieder verirrte sich eine Bake oder Schute von Handelsreisenden zwischen die Fischerboote, die im Hafen schaukelnd vor sich hin dösten. Dann hatte ein Kaufmann seine Waren in Amsterdam umgeladen und sich auf die mühsame Reise in die Provinz begeben, um auch dort ein ordentliches Geschäft zu machen. Die Kaufleute waren nicht nur als Händler willkommen, Bruikelaar gierte regelrecht danach, von ihnen die neuesten Nachrichten aus der Hauptstadt und aus den Ländern jenseits des Meeres zu hören. Aber nicht alle, die auf diesem Weg am Stadttor um Einlass baten, wollten ehrlichen Handel treiben. So mancher Schwindler und Scharlatan schlich sich unter das rechtschaffene Volk – in der Annahme, die Provinzler in Bruikelaar seien leichter hinters Licht zu führen als die welterfahrenen Amsterdamer.

In unregelmäßigen Abständen lief das Postschiff ein, das die Städte von Brabant abfuhr. Doch wegen einer Hand voll Nachrichten nahm der Kapitän nicht den Abzweig der Maas zu den Dörfern rund um Bruikelaar, und so dauerte es manchmal Monate, ehe ein Brief aus Haarlem oder Amsterdam den Adressaten in der kleinen Stadt erreichte.

Als an diesem wolkenverhangenen Nachmittag im Februar der Postkutter die dichten Nebelfetzen über dem Hafenwasser teilte, zuckte Cornelius Gruner zusammen. Erst vor einem Jahr war der hagere Mann zum Torwächter bestellt worden. Die Berufung in dieses Amt hatte ihn seinerzeit zwar mit Ehrgefühl erfüllt und seine Brust vor Stolz anschwellen lassen, aber seitdem verfiel er oft darüber ins Grübeln, ob das Leben als Gehilfe des Metzgers, das er zuvor geführt hatte, nicht erquicklicher war.

Hastig zog er sich seine Dienstjacke mit den mattsilbern schimmernden Knöpfen über und setzte das Barett auf den von grauen Flusen umkränzten kahlen Kopf, um das Postschiff am Kai in Empfang zu nehmen. Aber der Kapitän hatte es nicht einmal für nötig befunden, den Anker zu werfen und auf eine warme Mahlzeit im Houvenkrog vorbeizuschauen. Er warf den Jutesack einfach über die Reling auf das Pflaster, tippte grüßend an die Mütze und ließ das Schiff von seinen Matrosen wieder rückwärts aus dem Hafen hinausstaken.

Cornelius nutzte die Gelegenheit, um aus der kalten Wachstube im Torhaus zu verschwinden und sich an einem der Schanktische im Gasthaus niederzulassen. Das Entziffern der Adressen ging leichter, wenn ihm Antje einen Krug Bier dazu reichte und dafür sorgte, dass dieser immer gut gefüllt war. Nach dem dritten Krug zeigte Cornelius ihr seine gelbbraunen Zähne und gab ihr einen saftigen Klaps auf ihren Prachthintern. Ihr Kichern ließ ihn darüber sinnieren, wie viel wärmer es doch in ihrem Bett zwischen ihren Schenkeln wäre.

Antje zierte sich selten, die Röcke zu heben, aber von Zeit zu Zeit musste man sich ihr gegenüber auch großzügig erweisen, und das fiel Cornelius im Moment recht schwer. Torwächter war zwar ein Vertrauensposten, die Kaufmannschaft entlohnte ihn auch zuverlässig mit allem, was er zum Leben brauchte – aber Antjes Liebesdienste zählten in den Augen der feinen Herren eben nicht dazu. So gab es nur ab und zu einmal einen Gulden extra, der dann prompt bei der jungen Schankmagd landete.

Bis zum Abend hatte er es geschafft, die Post zu sortieren. Links von seinem Krug lagen die Nachrichten für die Kaufleute im Zentrum des Ortes, rechts hatte er zwei kleinere Stapel aufgehäuft, einen für die Leute in Nord-Bruikelaar und den kleinsten für Süd-Bruikelaar, wo kaum jemand lebte, der lesen und schreiben konnte. Er steckte all die Umschläge in seine Ledertasche und rief den nichtsnutzigen Hinrich Dullaert, einen jungen Mann mit Ohren wie Kohlblätter und verfilzten gelben Haarsträhnen, zu sich. Bei der Aussicht, bei einem Botengang durch die Stadt ein paar Stüver zu verdienen, strahlte Hinrich über das ganze pockenvernarbte Gesicht.

Aber in Bruikelaar hatte kaum einer Geld zu verschenken. Im Tuchladen der van Halders trat der Bote von einem Fuß auf den anderen, nachdem er dem Kaufmann ein versiegeltes Schreiben aus Amsterdam überbracht hatte. Aber das vorgeschriebene Kupferstück war alles, was der alte Geizhals ihm zusteckte, und so trollte Hinrich sich wieder und stieß einen Fluch über die Pfeffersäcke aus.

Bei den van Seegs drückte ihm die gute Frau zwei der begehrten Münzen in die Hand, von denen er die eine in den Schuh steckte. Deshalb ertrug er es wacker, dass Pfarrer Weegelhost ihn zum Lohn nur segnete, nachdem er ihm ein dickgepolstertes und mit Hanfstricken verknotetes Päckchen aus Italien überreicht hatte. Das Kupferstück rückte der Pfaffe erst auf Nachfrage heraus.

»Ihr wisst doch, Hochwürden, der Torwächter schlägt mich zum Krüppel, wenn ich nicht ordentlich abrechne.« Mit verkniffenem Mund und gefurchter Stirn griff der Pfarrer nach dem Beutel und drückte ihm die Münze in die Hand.

Auch der Lehrer, der Stellmacher und der Maler Straaten gaben nur die Pflichtzahlung und ein dankbares Lächeln für seinen emsigen Lauf durch die Stadt. Und so kam er mit missmutiger Laune am Trauerhaus der Hoorns an, um der Dienstmagd Rieke ein Schreiben zu übergeben, auf dem mit runder Mädchenschrift der Name der Alten stand. Rieke eilte in die

Stube zurück, nachdem sie dem Boten die Tür geöffnet und den Brief in Empfang genommen hatte, und kehrte alsbald mit einem rotbackigen Apfel zurück.

Während er mit den Resten seines schadhaften Gebisses in die Frucht biss und ihm der Saft über das Kinn tropfte, machte sich Hinrich ohne Eile auf den Weg zurück zum Hafen und entschied nach langem Abwägen, dass sich Cornelius beim nächsten Mal einen anderen Dummerjan suchen sollte.

Matt schien die Wintersonne durch die Fenster der Hoorn'schen Kate und vermochte die Stube kaum zu erhellen. Rieke klagte über schwere Füße und Schmerzen im Rücken. Kein Wunder bei dieser Kälte, dachte Mareikje und setzte sich zu der Haushälterin auf die Bank am Ofen.

Mareikje zog den Hocker heran und half Rieke, ihre Beine darauf zu legen. Die Alte fasste sich mit der Hand ins Kreuz und stöhnte. Die Furchen und Runzeln schienen sich während der letzten Stunden, die Mareikje in ihrer Kammer mit den Büchern vom Vater verbracht hatte, tiefer in ihr Gesicht eingegraben zu haben.

Mareikje sah sie von der Seite her an. »Rieke, du bleibst heute hier und legst dich hin. Es ist ja gar nicht mit anzusehen, wie du dich quälst. Ein Tag Bettruhe, dann wird's schon wieder werden.«

Rieke ächzte und zog sich an Mareikjes Arm hoch. Das Kreuz machte ihr zu schaffen, besonders im Winter, wenn sie sich bückte oder den Boden auf den Knien wischen musste.

»Aber der Korbmacher wartet auf mich«, presste sie hervor, als sie sich auf dem Lager niederließ. »Und bei Jenkhoff habe ich einen halben Schinken bestellt. Ach, ach, ach …«

Mit sorgenvollem Gesicht setzte Mareikje sich neben sie und

schaute in ihre Augen, die verhangen wirkten wie die einer todkranken Frau. Sie erschrak, als Rieke ihrem Blick auswich und ihr eine Träne in einer Hautfalte die Schläfe hinabrollte.

»Meine liebe Rieke, was ist denn nur mit dir?«

Die Alte wandte sich ab und weinte leise in das Kissen, das Mareikje ihr unter den Kopf geschoben hatte. »Ach Mareikje, du hast Kummer genug, da will ich dich nicht auch noch mit meinem Elend belasten.«

Mareikje strich ihr mit der Hand über die Wange. »Kann ich denn nicht auch mit all meinen Nöten stets zu dir kommen? Erzähl es mir, und dann …«

Rieke schluchzte. »Es ist wegen Tildie.«

Mareikje hob die Brauen. Riekes Tochter war lange Jahre ihre beste Freundin gewesen, bis sie mit vierzehn eine Stelle als Dienstmagd angenommen hatte. Mareikjes Vater hatte sie noch länger im Haus behalten wollen – nicht nur als Freundin für Mareikje. Er hatte Gefallen an dem klugen Mädchen gefunden, aber Henk und Rieke hatten sich durchgesetzt. »Sie kann ja später wiederkommen«, war Henks letztes Wort gewesen, »jetzt ist es an der Zeit, dass sie etwas lernt.«

»Was ist mit Tildie? Hat sie dir geschrieben? Ist ihr etwas zugestoßen?«

Rieke stöhnte. »Hinrich hat gestern Post gebracht. Ein Kind trägt sie unterm Herzen. Das wird ihr alles verderben, das ganze Leben!«

Mareikje schlug sich die Hand vor den Mund. Dann aber verbarg sie ihren Schrecken und beugte sich zu der Magd hinunter.

»Rieke, Tildie ist zwanzig. Viele junge Frauen haben in dem Alter schon zwei oder drei Kinder. Das ist kein Grund, sich so zu sorgen.«

»Es ist nicht das Kind allein. Der Vater ist ihr Dienstherr. Wenn seine Frau dahinterkommt, wird man sie vom Hof jagen. Was soll dann aus ihr werden?«

Mareikje schluckte. Mit einem Kind war es für eine Frau noch schwieriger, den Richtigen zu finden. Manch eine bekam einen alten Witwer, der sie heiratete, aber dann wurde sie selten gut behandelt.

»Und was nun?«

Der alten Frau liefen die Tränen über die Wangen. »Es gibt in s'Hertogenbosch eine Frau, die …« Sie schluchzte. »Es gibt wohl keinen anderen Weg, und es kostet nicht so viel. Henk und ich werden das nötige Geld schon auftreiben, auch wenn es ans Gesparte geht.« Sie drehte sich von Mareikje weg und vergrub das Gesicht im Kissen.

»Rieke, das darf sie nicht tun, das ist …« Mareikje war entsetzt. Ein Kind, das war ein Geschenk des Herrgotts! Das musste man annehmen – komme, was wolle. »Tildie kann doch hierher zurückkehren. Sie kann ihr Kind zur Welt bringen, und dann …«

Rieke lachte bitter. »Ja, was dann? Sie wird im Leben keinen Mann mehr finden, mit einem Kind an den Hacken.«

Mareikje spürte, wie auch ihr die Tränen in die Augen stiegen, wenn sie an das Elend der Freundin dachte. »Was sagt Tildie selbst dazu?«

Rieke schluchzte. »Sie will es auch nicht so, aber alles andere kostet zu viel Geld.«

»Gibt es nicht doch einen anderen Weg?« Mareikje biss beim Nachdenken auf den Knöchel ihres Zeigefingers.

»Es gibt da ein Kloster in Apeldoorn«, sagte die alte Frau nach einer Weile. »Dort können junge Frauen eine Zeit lang leben und ihre Kinder zur Welt bringen. Anschließend werden die Kleinen im Waisenhaus aufgenommen. Sie werden fromm erzogen und gut ernährt. Die Mädchen treten später oft selbst ins Kloster ein. Für die Jungen finden sich Bauern, die zwei kräftige Hände bei der Arbeit gut gebrauchen können.«

Mareikje sprang auf. »Dann werden wir Tildie dorthin bringen. So kann sie ihr Kind bekommen.«

Rieke winkte ab. »Die Nonnen verlangen hundert Gulden, wenn sie eine Frau aufnehmen.«

Mareikje fiel auf ihren Stuhl zurück. Hundert Gulden! Das war ein Vermögen. So viel Geld würden die Dienstleute ihr Leben lang nicht besitzen. Sie schwieg und hielt Riekes Hand.

Mareikje suchte Decken und Kissen zusammen, die sie der alten Frau gegen das Kreuz legte. »Wein nicht mehr, Rieke. Wir werden einen Weg finden. Ich gehe jetzt erst einmal die Körbe und den Schinken abholen.« Und bei der Gelegenheit schauen, wie Meister Straaten mit dem Porträt vorankommt, fügte sie in Gedanken hinzu.

Ob sie mit Onkel Eduard reden sollte? Vielleicht war er bereit, ihr einen Teil des Erbteils vorab auszuhändigen. Rieke war ihr lieb wie eine Mutter, und Tildie war immer ihre beste Freundin gewesen. War es da nicht Mareikjes Herzenspflicht, ihnen zu helfen?

Auf dem Marktplatz in der Mitte des kleinen Städtchens gingen allerlei Handwerker und Kaufleute ihren Geschäften nach: Da hämmerte der Stellmacher in seiner von Spänen übersäten Werkstatt, in dem Backsteinhaus gegenüber teilten sich der Schlachter und der Korbmacher einen Laden, daneben befand sich der Schuppen des Holzschuhmachers.

Zu den wenigen Kaufleuten von Bruikelaar, die es mit eigenem Geschick oder ererbtem Vermögen zu Reichtum gebracht hatten, gehörte neben Eduard van Seeg der Tuchhändler Gerard van Halder. Während van Seeg seine Augen überall zu haben schien und bei jeder Gelegenheit die weite Reise nach Amsterdam auf sich nahm, um sein Lager mit Handelsgütern zu füllen, hatte sich van Halder am Rande des Marktplatzes von Bruikelaar ein über die Stadtgrenzen hinaus bekanntes Geschäft für feine Tuchwaren aus aller Herren Länder aufgebaut.

Van Halder betonte stets, dass sein Sohn Antonius bei der Arbeit keinen Pfifferling wert war. Manchmal fragte er sich, ob der Herrgott ihn mit diesem Jammerlappen hatte bestrafen wollen. Zudem war van Halders Frau Wilhelmine ihm mehr Last denn Hilfe. Nach Antonius hatte Wilhelmine fünf Kinder im Kindsbett verloren, und in so mancher kalten Nacht haderte van Halder gallebitter, dass sie nicht gleich mit einem der Blagen ihren letzten Atemzug getan hatte. So lag sie einen um den anderen Tag in ihrem Bett, stierte an die Holzbalkendecke und wartete auf die Nacht.

Als Antonius noch die Dorfschule besuchte, hatte er einmal eine fahrende Heilerin zu ihnen ins Haus gebracht. Gerard war nichts übrig geblieben, als das zänkische alte Weib zum Krankenlager seiner Frau vorzulassen. Die Alte hatte unverständliches Zeug von schwarzer Galle und Melancholie gebrabbelt, dann hatte van Halder sie mit einem Stoß auf die Straße gesetzt, wo sie ihn, mit der knorrigen Faust fuchtelnd, verflucht hatte.

Seine Wut über die Eigenmächtigkeit des Sohnes hatte Antonius am Abend zu spüren bekommen. Die blutigen Striemen auf den hervorstehenden Schulterblättern des Jungen, seine schrillen Schreie und sein Flehen hatten van Halder nur noch mehr angestachelt.

Während van Halder an diesem Tag in seinem Lager die Vorräte überprüfte und die Zahlen mit spitzer Feder in seine

Bücher übertrug, vernahm er Stimmen aus dem Laden, der mit zwei großen Fenstern, einer zweiflügeligen Tür und einem Wetterverschlag auf den Marktplatz hinausging. Ein Kunde um diese Zeit vor der Mittagsstunde war zwar ungewöhnlich, aber höchst willkommen. Sein Gesichtsausdruck verdüsterte sich, als ihm einfiel, dass Antonius nicht nur den Geschäftssinn des Vaters missen ließ, sondern auch dessen Verkaufstalent.

»Es wird allmählich Zeit, dass der Winter sich verabschiedet«, hörte van Halder eine helle Frauenstimme sagen. »Es ist keine Freude, durch die Stadt zu schlendern bei dieser Eiseskälte.«

»Da sagst du was«, murmelte Antonius. »Und die Arbeit nimmt einem keiner ab …«

Dann musste van Halder mit anhören, wie sein missratener Bengel darüber zu jammern begann, dass er den Karren ausladen musste, den van Halder persönlich in den Morgenstunden am Hafen mit den indischen Stoffballen eines Seefahrers beladen hatte – froh, in diesem verschlafenen Nest überhaupt mit jemandem ins Geschäft zu kommen. Van Halder hatte die Ware für den Bruchteil dessen erstanden, was er dafür in Amsterdam, Utrecht oder Rotterdam hätte bezahlen müssen. Und anstatt sich über den Einkauf die Hände zu reiben, hatte Antonius nichts Besseres zu tun, als die alte Leier von seinem Leid anzustimmen.

»Aber du hast Recht, eigentlich habe ich keinen Grund, mich zu beklagen«, fuhr Antonius fort. »Andere tragen auch ihr Päckchen und jammern nicht. Wie kommst du denn zurecht ohne …«

»Das Leben geht weiter. Mit Rieke und Henk habe ich die treuesten Gefährten, die ich mir wünschen kann. Obwohl …«

»Wenn du Hilfe brauchst«, antwortete Antonius schüchtern.

In diesem Moment trat Gerard van Halder in den Laden, das bärtige Gesicht vor Zorn verzerrt, die Fäuste in die Hüften gestemmt.

»Was trödelst du da, Antonius? An die Arbeit mit dir, du elender Pflastertreter!«

Als er aber sah, mit wem sein missratener Sohn die Zeit vertat, entspannten sich seine Züge. Er breitete die Arme aus und trat auf Mareikje zu, die scheu den Blick senkte.

»Mareikje Hoorn, mein liebes Kind. Was führt dich zu uns? Gestern habe ich herrliche Seidenstoffe ausgepackt, die ich im letzten Sommer von einem englischen Händler in Amsterdam direkt am Hafen erstanden habe. Komm, ich zeig sie dir, ich mache dir auch einen guten Preis. Ein so schmuckes Mädchen wie du sollte sich nur in das edelste Tuch hüllen!«

»Ihr macht mich verlegen, Mijnheer van Halder«, erwiderte Mareikje lächelnd, während Antonius den Kopf zwischen die Schultern zog. Er versuchte gar nicht erst, die Furcht vor seinem Vater zu verbergen.

»Aber daran, mich herauszuputzen, mag ich in diesen Zeiten, wo doch so viele in Bruikelaar Hunger und Kälte leiden müssen, gar nicht denken.«

Van Halder stieß ein Lachen aus. »Die Hungerleider in Bruikelaar haben es nicht besser verdient. Wer gesunde Arme und Beine hat, der kann mit redlicher Arbeit sein Brot verdienen. Oder«, er warf einen verächtlichen Blick auf seinen Sohn, »wenn es der Herrgott gut mit ihm gemeint hat, sich am Tisch des Vaters stärken, ohne auch nur einen Finger krumm zu machen.«

»Ich bin gleich fertig mit den Ballen«, beeilte sich Antonius zu sagen, zog die Mütze tiefer in den Nacken, öffnete die Ladentür und ließ einen Windzug in den Raum fegen.

Mareikje knickste vor van Halder. »Es war meine Schuld«, sagte sie. »Ich habe Antonius von der Arbeit abgehalten. Aber ich muss jetzt ohnehin weiter.« Lächelnd verließ sie das Kontor.

»Du bist in meinem Haus ein stets gern gesehener Gast, Mareikje.«

Ja, sie ist eine Augenweide, die kleine Hoorn, dachte der Kaufmann, als er dem Mädchen mit Wohlgefallen nachsah. Doch nicht ihr weiblicher Liebreiz oder das Blond ihrer Locken nahmen den alten van Halder für sie ein. Es lag etwas für eine Frau ungewöhnlich Kraftvolles in ihrem Blick und in ihrer Haltung. Wie sie, fast einen Kopf kleiner als er, vor ihm stand, als wäre sie diejenige, die zu ihm hinabschauen müsste – und das auch noch ohne eine Spur von Hochmut. Eine Gewissheit bestimmte ihre Gesten, die deutlich machte, dass sie nicht untergehen würde, ganz gleich was das Leben für sie bereithielt.

Während Mareikje ihren Weg zu Wim Straaten fortsetzte und im Vorbeigehen Bekannte und Freunde grüßte, überlegte sie, womit sie sich die Zuneigung des alten Kaufmanns erworben hatte. Sie merkte deutlich, dass Gerald van Halder sich eine Verbindung zwischen ihr und seinem Sohn Antonius wünschte. Ihr wurde der Hals eng bei dem Gedanken. Mareikje wusste, dass er schon im letzten Herbst mit ihrem Vater in der Citadel darüber zusammengesessen hatte. Ihr Vater hatte ihm erwidert, dass er diese Entscheidung Mareikje überlassen werde. Sie selbst hatte damals keinen Grund gesehen, sich darüber den Kopf zu zerbrechen. Damals war das alles nur bedeutungsloses Geschwätz gewesen. Aber nun? Mit dem Tod des Vaters hatten sich die Dinge verändert.

Sicher konnte man Antonius als Gemahl in Erwägung ziehen – es gab schlechtere Männer. Viele Mädchen in Bruikelaar hatten ein Auge auf den Jungen geworfen. Das Mädchen, das er zur Frau nehmen würde, brauchte sich keine Sorgen zu machen. Das Nest bei den van Halders würde warm und heimelig sein. Die paar Gulden für ein Porträt der Schwiegertochter zöge van Halder auch noch mit Leichtigkeit aus dem Beutel. Aber Mareikje spürte, dass ihr Wohlstand und Behaglichkeit nicht ausreichen würden, um im Leben glücklich zu sein.

Außerdem missfiel es ihr, wie Gerard van Halder mit seinem Sohn umsprang. Antonius war zwar sicher nicht der Mann, den sich ein Kaufmann als Nachfolger wünschte, aber er kam seinen Pflichten nach und gab sich Mühe, es dem Alten recht zu machen. Das war wohl auch der Grund, warum er so oft, wenn sich die Dämmerung über die Dächer der Stadt legte, mit wehendem Umhang ins Wirtshaus eilte, sich betrank und dann über die Stränge schlug. Wie ein junges Fohlen, dem man keinen Platz gab, sich auszutoben, dachte Mareikje. Trotzdem schien Antonius nicht einmal auf den Gedanken zu kommen, dem Vater Widerworte zu geben. Immer tat er, was der Alte wollte. Ob er es bei der Brautwahl auch so halten würde?

Mareikje verlangsamte den Schritt, als sie das Haus erreichte, in dem Meister Straaten seine Werkstatt untergebracht hatte, und blieb vor der Tür stehen. An der unteren Kante war das Holz morsch, die Platte unter dem Türklopfer war faulig. Hinter den beiden Fassadenfenstern hingen keine Gardinen, nur das filigrane Muster der Eisblumen auf den Scheiben verhinderte den Blick nach innen.

Beim Anblick des heruntergekommenen Hauses verspürte sie ein leichtes Unbehagen.

Schickte es sich für eine 19-jährige Frau in Bruikelaar, einem älteren Mann einen Besuch abzustatten?

Mareikje blickte sich um. Ob jemand sie beobachtete? Aber die Menschen in den Gassen waren wohl viel zu sehr mit Besorgungen beschäftigt, um möglichst schnell in ihre geheizten Stuben zurückzukehren. Keiner schenkte ihr Beachtung.

Was sollte sie zur Antwort geben, wenn Wim Straaten sie fragte, was sie zu ihm führe? Ich wollte nur sichergehen, dass du es gut hast?

Sie betätigte dreimal kräftig den Klopfer. Im Rhythmus ihres Herzschlags, wie sie bemerkte. Dann wartete sie und lauschte auf die Schritte. Sie sah den Schemen hinter dem Fenster, bevor die Tür in den Angeln knarrte und zögernd geöffnet wurde.

Ein flüchtiges Lächeln erschien auf Wims Gesicht, als er sie erblickte und begrüßte. Er machte keine Geste, sie ins Haus zu bitten.

Mareikje rieb die Hände aneinander und trat von einem Fuß auf den anderen, während sie sein Gesicht betrachtete und ihr Erschrecken zu verbergen suchte. Seine Augen lagen matt und lichtlos in den Höhlen, die Wangen waren eingefallen, und auf beiden Seiten des Mundes hatten sich, wie ihr schien, seit ihrer letzten Begegnung Kerben eingezeichnet. Über seinem fadenscheinigen Leinenhemd trug er eine Weste aus Schaffell, die Füße steckten in geflickten ledernen Stiefeln.

»Ich möchte mir gern anschauen, wie du mit meinem Porträt vorangekommen bist, Wim. Darf ich eintreten?«

Sie spürte seine Beklemmung, aber er trat einen Schritt ins Haus hinein und bedeutete ihr mit der Hand, ihm zu folgen. »Ich habe leider nichts anzubieten, und zum Aufwärmen ist meine Werkstatt auch nicht der richtige Ort.«

In der Werkstatt war es kaum gemütlicher als draußen in der Kälte. Ein Ofen auf drei Beinen, nicht größer als ein Melkschemel, war die einzige Wärmequelle in dem weitläufigen Raum mit den schiefen Bohlen, dessen Mittelpunkt eine Staffelei bildete. Auf dem wackeligen Tisch davor standen Farbtöpfe, drei Pinsel lagen über einer Palette. An den Wänden lehnten mehrere unfertige Gemälde, zum Teil von löchrigen Tüchern verhüllt, daneben eine mit einer Staubschicht überzogene Kommode. Eine einzige Kerze in einem eisernen Wandhalter neben der Staffelei erhellte den Arbeitsbereich. »Ich will dich gar nicht von der Arbeit abhalten, Wim. Ich habe viel zu erledigen, Rieke liegt krank in der Stube, und ich muss zum Korbmacher und einen Schinken bei Jenkhoff holen. Aber weil ich eh mit dem Onkel besprechen muss, wann er mir die Gulden aus meinem Erbteil gibt – damit ich dich entlohnen kann –, wollte ich flugs schauen, wann es denn so weit ist.« Sie hielt inne, als ihr Blick auf das Porträt auf der Staffelei fiel.

Von Schneewolken gedämpftes Tageslicht fiel durch die beschlagenen Fensterscheiben, reichte aber kaum aus, um überhaupt ein Motiv auf dem Leintuch zu erhellen, geschweige denn, es dem Maler zu ermöglichen, die passenden Farbtöne zu mischen. Mit zögernden Schritten trat Mareikje auf das Porträt zu. Eine Duftmischung wie von frischem Öl und vertrocknetem Herbstlaub drang ihr in die Nase.

»Möchtest du ein Glas heißes Wasser?« Wims Stimme klang gequält, als er ihr das Einzige anbot, was er sich in diesen Tagen leisten konnte. Er zog einen Becher aus der Kommode, wischte ihn mit einem Lappen sauber und füllte ihn mit siedendem Wasser, das in einem Topf auf dem Ofen vor sich hin köchelte.

Als Mareikje all diese Eindrücke aufnahm und ihr klar wurde, unter welch unwürdigen Bedingungen der Künstler seine Arbeit vollbrachte, glaubte sie zu spüren, wie dieses Elend ihr den Brustkorb zusammenschnürte. Die Worte Gerard van

Halders kamen ihr in den Sinn: *Kein gesunder Mann muss Hunger und Kälte leiden.* Aber was war mit diesem Künstler hier, der mit steifen Fingern Tupfer um Tupfer auf die Leinwand brachte, um so ihr Ebenbild zu erschaffen? Ein Bild, das ihr einmal ein schier unbezahlbares Andenken an glückliche Tage sein würde. Eine Erinnerung an die Zeit, in der ihr Gesicht noch mädchenhaft rund strahlte und ihre Augen blitzten. Staunend betrachtete Mareikje das Werk aus der Nähe. Ihr Antlitz, von den blonden Strähnen und Locken umrahmt und von der Haube gekrönt, wirkte vollendet. Nur am Kragen ihres weißen Kleides, an den Schultern und am Ansatz der Brust arbeitete Wim noch.

»Gefällt es dir?« Unbemerkt war er hinter sie getreten und reichte ihr das Wasser. Rasch zog sie ihre Fäustlinge aus, nahm den Becher und schlang die Finger darum. Sie nippte und sah ihn über den Rand des Gefäßes an.

»Du hast mich viel zu schön gemalt«, sagte sie mit einem Schmunzeln. »Hattest du Angst, ich würde es sonst nicht annehmen?«

Wims Augen wurden groß und rund. »Du findest dich zu schön auf dem Bild? Gibt es in deinem Haus keinen Spiegel? Ich schwöre, ich habe niemals ein naturgetreueres Porträt gemalt als dieses.«

Mareikje blickte wieder auf die Leinwand. »Die Nase wirkt königlich, die Haut so zart …«

Sanft streichelte er mit dem Daumen über ihr Kinn, mit dem kleinen Finger über ihre Schläfe.

»Ich habe befürchtet, ich könnte die Zartheit deiner Haut niemals in einem Bild festhalten. Und doch …«, er blickte nun selbst mit einem Anflug von Stolz auf sein Werk, »… doch ist es mir gelungen.«

Sie hauchte einen Kuss in seine Handinnenfläche und spürte,

wie ihr Tränen in die Augen stiegen. »Vater wäre mächtig beeindruckt gewesen.«

Wim zog sie in die Arme, umschlang sie fest und gab ihr einen Kuss auf die Stirn.

»Es ist so kalt bei dir«, murmelte sie, den Kopf an seine Schulter gelegt. Dann stemmte sie plötzlich die Hände gegen seine Schultern und sah ihn mit leuchtenden Augen an.

»In Vaters Studierzimmer steht ein Ofen, der ist doppelt so groß wie deiner! Er wird bei uns nicht mehr gebraucht, der Kamin in der Stube reicht für das gesamte untere Stockwerk. Soll ich Henk beauftragen, dir den Ofen herüberzubringen? Mit deinem zusammen sollte er es schaffen, die Kälte aus dem Raum zu treiben.«

Wims Bemühungen, sie in ihrem Eifer zu bremsen, waren vergebens. Schon am nächsten Tag schaffte Henk den Bullerofen auf einem Karren herbei und einen Sack voller Buchenholz obendrein. Außerdem hatte Mareikje sämtliche Kerzenstummel im Haus zusammengesucht, die sie in der Werkstatt platzierte und entzündete. Kurz darauf erfüllte ein warmes gelbes Licht den Raum. Mittendrin schimmerte ihr Porträt, wie mit Gold überzogen.

# Viertes Kapitel

Mareikje hatte sich in Pitt nicht getäuscht: Wie ein getretener Hund stand er einige Tage später vor ihrer Tür, den Blick gesenkt und die Kappe in den Händen knetend.

Äußerlich unbewegt hörte sich Mareikje die gestammelten Worte seiner Entschuldigung an, ohne ihn in die Stube zu bitten. Er reichte ihr einen kleinen Karton mit belgischem Konfekt und bat sie, diesen ihrer Magd zu geben. Wenn er getrunken habe, sei er manchmal nicht Herr seiner Sinne und dann …

»Geh jetzt«, sagte Mareikje leise, »und komm bitte nicht mehr wieder. Ich will dich nicht mehr sehen.«

Sie hörte selbst, wie hohl ihre Worte klangen, und im gleichen Moment wusste sie, dass sie das, was sie da ausgesprochen hatte, selbst nicht glaubte. Es würde ihr nicht gelingen, Pitt aus ihrem Leben zu verbannen. Bruikelaar war nur ein großes Dorf, auch wenn es längst das Stadtrecht erhalten hatte. Man traf sich auf den Märkten und Festen, bei Gottesdiensten und Trauerfeiern, und auch sonst konnte man sich nicht aus dem Weg gehen. Nicht einmal, wenn man es wirklich wollte. Aber wollte sie es überhaupt?

Als sie die Tür geschlossen hatte, stand Henk hinter ihr, die Hände zu Fäusten geballt, die Augen hellwach und lauernd. »Was wollte der Lumpensack?«, zischte er.

Mareikje legte eine Hand auf die Schulter des Knechts. »Es

ist, wie ich es gesagt habe, Henk. Er war betrunken, und heute tut es ihm leid. Er war hier, um sich zu entschuldigen, und für Rieke hat er Konfekt gebracht. Ich brauche ihn nicht zu fürchten, Henk, glaub mir.«

»Dein Wort in Gottes Ohr«, murmelte Henk und machte sich wieder an sein Tagewerk.

Während der nächsten Wochen begann Mareikje, sich auf das Leben ohne den Vater einzustellen. Er fehlte ihr in so vielen Stunden, gerade jetzt, wo Rieke so sehr um ihre Tochter bangte. Sicher hätte der Vater einen Weg gefunden, ihr zu helfen.

Manchmal, wenn Rieke auf dem Markt war und Henk im Stall das Vieh und die beiden Pferde versorgte, setzte sich Mareikje in den Sessel am Kamin, legte das Gesicht in die Hände und weinte, weil sie jeden Tag ein bisschen mehr fühlte, welches Loch der Tod ihres Vaters in ihr Leben gerissen hatte.

Doch wenn sie mit Schwung den Besen durch die Stube zog oder leise singend die Eier im Hühnerstall einsammelte, war ihr manchmal so leicht ums Herz, dass sie innehielt und in sich hineinhorchte: Und dann war sie immer in Gedanken bei Wim Straaten.

So zauberhaft sich ihre Sehnsucht nach ihm anfühlte, so bleiern lastete seine Not auf ihrem Herzen. Was nützten schon der Ofen und die Kerzen, die sie ihm gebracht hatte? Erst wenn das Porträt fertig war und sie ihn bezahlt hatte, würde es ihm eine Weile gut gehen.

Und wenn sie ihm das Geld jetzt schon gäbe? Würde es sich nicht beschwingter malen, wenn der Bauch nicht vor Hunger knurrte und die Finger nicht von der Kälte steif wären? Mareikje stützte sich auf den Besenstiel und blickte hinaus in den von hellen Holzlatten umzäunten Garten, wo die Reste von Schneeinseln schmolzen und in der noch halbgefrorenen Erde versickerten.

Ob der Onkel sich mit der vorzeitigen Auszahlung einverstanden erklären würde? Vielleicht könnte er den Betrag sogar großzügig nach oben aufrunden, damit sie Rieke und Henk einen angemessenen Lohn für ihre Dienste bezahlen konnte? Dann wäre es den beiden möglich, Tildie zu den Nonnen zu schicken.

Kurz entschlossen stellte sie ihren Besen ab, schrubbte sich die Hände unter der Wasserpumpe und zog den Mantel an, um Onkel und Tante einen Besuch abzustatten.

»Na, du siehst ja aus, als wäre dir der Leibhaftige begegnet. Was ist denn los?«, erkundigte sich Annie van Seeg, als sie ihre Nichte empfing.

Mareikje setzte sich an den Tisch, legte das Gesicht in die Handflächen und seufzte. »Ach, Tante Annie, es ist alles viel schwieriger, als ich es mir vorgestellt habe.«

Die Tante nahm neben Mareikje Platz und legte ihr den Arm um die Schultern.

»So ist das, wenn man ganz allein auf der Welt ist.« Sie verkniff sich weitere Bemerkungen und wartete, bis das Mädchen ruhig genug wurde, um zu erzählen, was es bedrückte.

Nachdem sie der Tante die Sorge um Wim Straaten anvertraut hatte, die ihr auf der Seele lag, fühlte Mareikje sich ein ganzes Stück besser, auch wenn eine Lösung noch in weiter Ferne lag.

Annie strich ihr über die Wangen. »Manchmal, mein Kind, muss man Dinge tun, die einem nicht gefallen. Am Ende merkt man dann, dass es genau das Richtige war.«

In diesem Augenblick flog die Haustür auf. Onkel Eduard trat in die Diele. Er stampfte sich den Matsch von den Stiefeln und hängte den Mantel, den er stets zur Arbeit trug, zum Auslüften an den Haken.

»Annie, van Halder und sein Sohn haben ihren Besuch angekündigt. Sie wollen noch vor Mittag vorbeikommen!«, rief er seiner Frau zu.

Annie van Seeg und Mareikje wechselten einen Blick. Gerald van Halder und sein Sohn Antonius – was hatte das zu bedeuten? Sollte Pitt Recht behalten mit seiner Befürchtung, dass van Halder keine Zeit verlieren würde, um über Mareikjes Vermählung mit seinem Sohn zu verhandeln?

»Na, das ist ja eine feine Überraschung! So ein lieber Besuch, wenn man von der Arbeit kommt«, rief Eduard, als er die Stube betrat und Mareikje entdeckte, die flugs von ihrem Platz aufsprang. Strahlend nahm er sie in die Arme.

»Onkel Eduard, ich bin so froh, dass ich euch habe, dich und Tante Annie.« Dann legte Mareikje den Kopf schief und blickte zum Onkel auf, der sie um Haupteslänge überragte. »Was will denn van Halder von dir?«

Eduard van Seeg lachte über die unverhohlene Neugier seiner Nichte, aber sein Lachen klang aufgesetzt. Als er sich den Bart kratzte und die Brauen zusammenzog, ohne eine Antwort zu geben, wusste Annie, dass irgendwas im Gange war, mit dem ihr Mann erst einmal selbst ins Reine kommen wollte. Sie gab Mareikje ein Zeichen, nicht weiter in ihn zu dringen. Wenn die Zeit gekommen wäre, würde er schon sprechen, da war sie sicher.

Eduard ließ sich neben der Nichte auf die Bank fallen und winkte seiner Frau, ihm einen Schluck Bier einzuschenken. »Na, was treibt dich her, Meisje?«

Mareikje druckste und stotterte. Erst Annies gutes Zureden

brachte sie dazu, auch dem Onkel anzuvertrauen, was ihr auf dem Herzen lag.

»Es ist das Geld, Onkel, immer nur das Geld. Nie hätte ich gedacht, dass es so schnell so bedeutsam werden würde.«

Der Onkel nickte. Er hatte wohl schon geahnt, dass dieses Gespräch anstehen würde.

Mareikje berichtete von den unwürdigen Bedingungen in der Malerwerkstatt, von dem Porträt, das der Vater in Auftrag gegeben hatte, und von der gewaltigen Summe, die sie noch zu bezahlen hatte.

Eduard van Seegs Gesicht verdunkelte sich. »Es geht um viel Geld. Auf die Schnelle wird er es nicht bekommen können, selbst dann nicht, wenn ich aus meiner Schatulle aushelfe. Wir müssten erst die Schuldverschreibungen, die dein Vater dir hinterlassen hat, aufkündigen. Dein Vater hat dafür gesorgt, dass du ein Auskommen hast – aber nicht dafür, dass du halb Bruikelaar über den Winter hilfst.«

Mareikje schluckte und spürte, dass ihre Hände zitterten. Mit dieser Antwort hatte sie nicht gerechnet. Sie hob den Kopf. »Es geht doch nur darum, dass er vorzeitig das bekommt, was ihm ohnehin zusteht. Vater hat ihm den Auftrag schließlich gegeben.«

Eduard stieß einen Seufzer aus. »Versteh mich nicht falsch, Meisje. Ich mag Straaten sehr, aber wenn ich mich für jeden, den ich mag, als Kreditgeber verdingt hätte, wären wir heute nicht da, wo wir sind.« Er machte eine ausholende Bewegung, die die mit edlem Mobiliar aus Kirschbaumholz ausgestattete Stube und das ganze zweistöckige Haus mit einschloss. Sein Blick zeigte den Frauen, dass er auch die Dienstmägde und den Kutscher meinte, die er anheuerte, weil ihm viele Arbeiten für sich oder seine Frau zu beschwerlich erschienen.

Mareikje drehte den Zinnbecher in ihren Händen. »Nicht jeder ist vom Glück so begünstigt wie du, Onkel Eduard.« Sie blickte ihm flehend ins Gesicht. »Wim Straaten ist ein großer Künstler. Ich weiß, was er kann, und ich bin überzeugt, dass er bald berühmt und geachtet sein wird ...«

Eduard lächelte über die Emsigkeit seiner Nichte. »Wenn du mich fragst, ist Straaten als Geschäftsmann so übel, wie er als Künstler meisterlich ist. Warum beschäftigt er keinen Kunsthändler, der seine Werke nach Amsterdam zur Versteigerung trägt? Die wenigen Durchreisenden und die paar gutgestellten Bürger von Bruikelaar können einen Künstler kaum ernähren.«

Annie van Seeg rutschte neben ihren Mann auf die Bank und stieß ihm den Ellbogen in die Seite. »Eduard, nun sei doch nicht so schwer von Begriff. Du siehst es doch!«

»Was sehe ich?« Er blickte zwischen den beiden Frauen hin und her. »So gern ich euch auch hab, manchmal seid ihr schon ein vertracktes Weibsvolk. Warum sagt ihr mir nicht einfach, was euch auf dem Herzen liegt?«

Annie van Seeg legte ihrem Mann die Hand auf den Arm. »Jetzt stell dir mal vor, meine Eltern hätten mich mit einem Blick auf den Geldbeutel verheiratet ...«

Eduard sah sie an. »Was dann?«

»Meinst du, dann hätten sie mich diesem schmucken Kerl gegeben, der mit weit über dreißig noch lieber neben meinem Bruder an der Orgel saß, statt endlich sein Geschäft in Gang zu bringen?«

Eduard richtete sich auf. »Halt einmal, ich habe damals schon guten Handel betrieben ...«

»Ja, immer wenn du Geld brauchtest. Aber solange du noch etwas im Säckel hattest, hast du lieber mit Geert musiziert und bist um seine kleine Schwester herumscharwenzelt.« Sie gab ihm einen Kuss auf die große Nase.

»Na ja, aber nach der Hochzeit …«

»Eduard van Seeg, du brauchst dich nicht zu verteidigen. Ich habe mich niemals über dich beklagt, weil ich niemals Grund dazu hatte. Aber wenn meine Eltern damals so abschätzig über dich geredet hätten, dann wäre ich jetzt vielleicht Mefrouw te Kaat, oder …«

»Marinus te Kaat, dieser Lumpensack!« Nur mit Mühe konnte die lachende Annie ihren Mann auf dem Stuhl halten. »Der soll froh sein, dass er …«

Die beiden Frauen hörten nicht mehr, worüber Annies früherer Bewunderer froh sein sollte, denn Eduard brach den Satz ab, als er bemerkte, dass seine Frau sich vor Lachen kaum noch halten konnte.

Spielerisch drohte er Annie: »Du weißt nur zu gut, wie mich das immer noch aufbringt, und deshalb versuchst du auch, mich damit aufzuziehen.«

Doch die beiden Frauen lachten aus vollem Herzen weiter. Schließlich fiel auch Eduard van Seeg mit ein und packte seine Frau liebevoll an der Schulter, ehe er sie umarmte.

Für den Moment hatte Mareikje ihren Kummer vergessen. Ach, dachte sie, wenn man sich nach all den Jahren noch so gern hat wie der Onkel und die Tante, dann treten alle Sorgen in den Hintergrund.

»Und trotzdem weiß ich immer noch nicht, wie ich dir bei dieser Sache helfen soll. Du willst in absehbarer Zeit nicht heiraten, also wirst du mit deinem Geld haushalten müssen. Auf der anderen Seite willst du aber jetzt schon ausgeben, was du noch gar nicht in den Händen hältst. Wie soll das gehen?«

Mareikje presste die Lippen aufeinander und schwieg, weil

sie dem nichts entgegenzusetzen hatte. Sie wusste ja selbst nicht, was ein Künstler tun musste, um ein Auskommen zu haben. Wenn sie doch nur … Unmerklich richtete sie sich auf, doch als der Onkel sie fragend anschaute, sackte sie wieder in sich zusammen und starrte traurig aus dem Fenster. Da kam ihr Rieke in den Sinn. Vielleicht würde die Not der treuen Magd den Onkel erweichen?

»Es geht ja nicht nur um Meister Straaten. Da ist auch noch die Sache mit Tildie.«

Annie sah sie erschrocken an. »Riekes Tildie? Was ist mit ihr?«

»Was ist mit deinen Dienstleuten? Sind sie unzufrieden?«, brummte Onkel Eduard.

Mareikje winkte ab. »Die beiden treuen Seelen würden eher hungern, als zuzulassen, dass es mir an etwas fehlt. Aber … ich fürchte, ich kann es mir nicht leisten, die beiden weiter in meinen Diensten zu behalten. Sie bekommen viel zu wenig für das, was sie tun. Und jetzt …« Mareikje schniefte. Annie nestelte ein Tuch für sie aus ihrer Rocktasche hervor. »Rieke hat Post bekommen von Tildie. Sie geht schwanger mit einem Kind von ihrem Dienstherrn. Sie wird das Kind wegmachen müssen, wenn Rieke nicht das Geld aufbringt, um sie nach Apeldoorn zu den Nonnen zu schicken.« Tränen liefen über Mareikjes Gesicht. »Und ich werde schuld daran sein, weil ich ihnen zu wenig Lohn zahle.«

Eduard nahm einen Schluck aus dem Becher. »Aber darüber haben wir doch gesprochen. Sie haben ein Wohnrecht bei dir. Reicht das nicht? Sollen sie Tildie doch zu sich holen, mitsamt dem Balg.«

Annie warf ihrem Mann einen bösen Blick zu. »Nun lass es aber gut sein, Eduard van Seeg. Muss ich dir wirklich erklären, wie es einer unverheirateten Mutter in Bruikelaar ergehen würde?«

Eduard murmelte etwas in seinen Bart und setzte einen sturen Blick auf.

Mareikje stützte die Stirn auf die Handflächen. »Kurz nach Vaters Tod schien alles so einfach: Für eine Zeit würde mir das Geld reichen, das er hinterlassen hat. Aber es langt nicht, um Wim Straaten zu bezahlen, und Tildie muss auch zusehen, wo sie bleibt …«

Eduard rutschte auf der Bank hin und her. Ihm war deutlich anzusehen, dass er genau wie seine Frau die Not des Mädchens verstand. Aber ihr Erbteil anzutasten, bevor sie einen Mann gefunden hatte – das hätte auch Geert Hoorn nicht zugelassen.

»Vielleicht könntest du mir im Geschäft helfen und dir etwas Geld dazuverdienen«, sagte er schließlich fast widerwillig, nur um die Enttäuschung aus den Augen der jungen Frau zu vertreiben.

»Aber das kann ich doch gar nicht …«, rief sie bestürzt.

»Du kannst lesen, schreiben und rechnen. Den Rest würde ich dir schon beibringen. So hätte ich ein wenig Entlastung, und du könntest Geld verdienen. Von mir aus, um der Magd und dem Knecht mehr zu bezahlen. Das müsstest du dann selbst entscheiden. Zumindest bis …«

Annie richtete sich auf und starrte ihren Mann über die Tischplatte hinweg an. »Bis was?«

»Nun ja, bis sie heiratet. Ich denke nicht, dass ihr Mann damit einverstanden sein wird, dass sie … Wenn sie überhaupt einen findet, als Kauffrau, meine ich. Welcher Mann will schon eine Frau, die ihr eigenes Geld verdient?«

Annie zwinkerte Mareikje zu. »Glaub ihm kein Wort. Erst im letzten Sommer hat er mir erzählt, wie viele Frauen in Amsterdam jetzt Handel treiben. Frauen, die aus Britannien herüberkommen, mit einer eigenen Leibwache! Wirklich reiche und mächtige Frauen.«

»Das ist wohl ein Unterschied. Mareikje ist keine englische Adelige. Wer weiß, ob diese Frauen je einen Mann bekommen? Sind ja das ganze Jahr unterwegs … Andererseits könnte ich ein wenig Unterstützung gut gebrauchen.«

»Auch hier im Haus wäre etwas Hilfe vonnöten. Luise lässt für meinen Geschmack viel zu oft den Herrgott einen guten Mann sein.« Annie seufzte. »Im Garten und beim Brennholz spüre ich immer öfter die alten Knochen.«

Eduard sah seine Frau an. »Das wird aber ein wenig viel für die Kleine – mir zur Hand zu gehen und dir auch.«

»Ach, Mijnheer van Seeg. Ich spreche doch nicht von Mareikje. Aber wenn Rieke und Henk ein- oder zweimal in der Woche für ein paar Stüver Lohn herüberkommen könnten …«

Ein lautes Klopfen an der Haustür unterbrach das Gespräch. Mareikje hatte gerade noch Zeit, dankbar die Hand ihrer Tante zu drücken, da traten auch schon der alte und der junge van Halder in die Stube.

Eduard begrüßte den Kaufmann mit ausgestreckten Armen, klopfte Antonius, der hinter seinem Vater stand, auf die Schulter und bat die beiden Männer, am Tisch Platz zu nehmen. Annie stand auf, um zwei weitere Becher zu holen. Gerard van Halder nickte Mareikje charmant zu. Antonius grinste verlegen.

Van Halder räusperte sich. Alle Blicke waren auf ihn gerichtet.

»Nun, schön, dich hier anzutreffen, Mareikje. Schließlich geht es um dich.« Er lachte auf, aber keiner stimmte ein.

»Dann können wir ja anfangen.« Als niemand etwas sagte und das Schweigen unangenehm zu werden drohte, legte er seine behaarte Hand auf Mareikjes Unterarm. »Wie du sicher bemerkt hast, mag ich dich sehr gern. Und auch Antonius«, er sah den Sohn eindringlich an, »geht es so.«

Hilfesuchend warf Mareikje einen Blick zu ihrer Tante, aber die betrachtete mit gerunzelter Stirn den Kaufmann und seinen Sohn.

Van Halder fuhr fort: »Um es kurz zu machen, ich könnte mir gut vorstellen, dass die beiden sich vermählen.« Er hatte die letzten Worte nicht mehr an Mareikje gerichtet, sondern an Onkel Eduard, auf dessen Reaktion jetzt alle warteten.

Der lehnte sich zurück, nahm einen Schluck Bier und öffnete die Knöpfe seiner Weste.

»Lieber Gerard, wir kennen uns nun schon fast ein ganzes Leben lang. Du darfst mir glauben, nichts würde mich glücklicher machen als eine Verbindung unserer beider Familien.«

Mareikje meinte, den Boden unter den Füßen zu verlieren. Sollte es das gewesen sein? Wollte der Onkel sie jetzt Antonius van Halder versprechen? Antonius schien das Gespräch zwar peinlich zu sein, aber trotzdem hatte er bei den Worten ihres Onkels angefangen zu strahlen.

Doch Eduard van Seeg sprach weiter. »Aber wie du weißt, ist Mareikje die Tochter von Geert Hoorn, meinem besten Freund seit Kindertagen.« Als er kurz zu Mareikje blickte, meinte sie, in seinen Augen ein Zwinkern zu entdecken. »Noch auf dem Sterbebett habe ich Geert versprochen, dass ich Mareikje die Entscheidung über ihren künftigen Ehemann selbst überlassen werde.«

Den beiden van Halders fielen die Kinnladen herunter. Mareikje und Annie mussten sich ein Schmunzeln verkneifen. So etwas hatte man aus Amsterdam schon gehört – aber in Bruikelaar? Eine Frau, die sich ihren Mann selbst aussuchen sollte!

Eduard hob seinen Krug und hielt ihn Antonius' Vater hin. »Natürlich werden meine Frau und ich auf das Mädchen einwirken, ihr helfen, dein großzügiges Angebot richtig einzuschätzen, aber versprechen kann ich dir leider nichts.«

Die Männer tranken und setzten die Krüge wieder ab. Van Halder hatte offenbar seine Mühe, die Tatsache zu verdauen, dass die neuen Sitten jetzt auch in Bruikelaar Einzug hielten. Er nahm noch einen kräftigen Schluck, dann räusperte er sich und begann, von dem Häuschen zu erzählen, das er am Ortsrand für das junge Paar bauen lassen wollte, und davon, dass er sich bald zurückziehen würde. Er sprach von so viel Geld, dass Mareikje beinahe schwindlig wurde. Sein Umsatz im Vorjahr, die Aussichten für das kommende Jahr, Außenstände, Schulden, Verschreibungen. Mareikje hörte schon bald nicht mehr hin. Erst als er zum Schluss kam, horchte sie auf.

»Und natürlich gebe ich auch ein Brautgeschenk. Ich dachte an einhundert Gulden für Mareikje, mit denen sie machen kann, was immer sie möchte.«

Mareikje stockte der Atem. Einhundert Gulden!

Onkel Eduard stand auf. »Nun gut, ich sehe ja auch, wie die beiden sich anschauen. Ich werde mit Mareikje über alles reden und euch dann bald eine Antwort zukommen lassen.«

Mareikje drehte den Kopf und sah zu Antonius hinüber, der sie mit glühenden Wangen und feuchtblauen Augen anstarrte.

Doch es war sein Vater, der auf sie zukam und sie in den Arm nahm. Mareikje versuchte, Abstand zu halten, aber der Kaufmann drückte sie mit seinen kräftigen Armen an sich, bis es ihr unangenehm wurde. Sein säuerlicher Schweißgeruch stieg ihr in die Nase, sie versteifte sich, aber das schien den Alten noch mehr zu reizen. Er presste seinen Bauch gegen ihre Brust und hielt sie so fest an sich, dass sie ihn mit den Händen wegschieben musste, weil sie befürchtete, keine Luft mehr zu bekommen.

»Und ich würde mich sehr freuen, wenn du uns im nächsten Monat begleiten würdest. Wir fahren zu einer Familienfeier nach Gouda, da könntest du gleich die ganze Verwandtschaft kennenlernen. Vielleicht hilft dir das bei der Entscheidung.«

Dann wandte er sich an Tante Annie. »Antonius' Mutter fährt auch mit – wenn es ihre Gesundheit erlaubt –, sodass ihr euch keine Sorgen zu machen braucht. Außerdem«, er zog seinen Sohn zu sich herüber und gab ihm mit den Fingerknöcheln eine Kopfnuss, »ist er ganz umgänglich, wenn er nicht gerade betrunken ist.«

Mareikje war froh, als sie sich verabschiedeten und sie endlich wieder tief durchatmen konnte.

Doch in dieser Nacht fand sie in ihrer Kammer keine Ruhe, drehte sich schweißnass zwischen den Laken, warf den Kopf in grauenvollen Albträumen hin und her und war erleichtert, als der Hahn in der ersten Morgenstunde auf den Misthaufen hinter dem Hühnerstall flatterte und zum Tagesanbruch krähte.

# Fünftes Kapitel

Hinrich Dullaert haderte mit seinem Schicksal. Er hatte es für einen klugen Zug gehalten, den rotznasigen Ruprecht Duiker, der am Kai mit Steinen nach Aalen geworfen hatte, an seiner statt als Boten durch die Stadt zu treiben. Ein Handelsschiff hatte sich in den Hafen von Bruikelaar verirrt. Der schmerbäuchige Kaufmann war gemeinsam mit seinem Offizier und einem Matrosen von Bord gegangen, um sich beim Torwächter zu melden und eine Stärkung bei Antje einzunehmen. Dort hatte er lautstark getönt, dass Bruikelaar wohl von allem Weltlichen ab sei, wenn die Bürger ihn mit seinen kostbaren Waren nicht mit offenen Armen empfingen. Torwächter Cornelius hatte Hinrich einen Tritt verpasst, auf dass der die Beine in die Hand nehme und die Nachricht in der Stadt verbreite, aber nach der mageren Ausbeute beim letzten Botengang verspürte Hinrich wenig Lust dazu, und so lief ihm Ruprecht gerade zur rechten Zeit über den Weg.

Der Junge mit den geflickten Hosen und der fettigen Ohrenmütze war sogleich losgewetzt, um die Kunde von dem Handelsschiff und dem dicken Mann in der Stadt zu verbreiten, und als er zurückkehrte, klingelte sein Lederbeutel am Hosengürtel nur so von all den Stüvern, die er eingeheimst hatte. Aus der Ferne zeigte Ruprecht dem Tagelöhner eine lange Nase und streckte ihm die Zunge heraus, woraufhin Hinrich die Faust hob und schüttelte. Ihm nachzulaufen, um ihm eine ordentliche Tracht Prügel zu verabreichen, war zwecklos. Der Junge hatte flinkere Beine. Also trat Hinrich gegen einen Stein, steckte die Hände in die Taschen und trollte sich, leise vor sich hin fluchend, in die Schankstube, aus der bereits laute Stimmen drangen.

Im Hinterzimmer hatte Antje eilfertig zwei der Eichentische zusammengeschoben und die massiven Stühle mit aus Weiden geflochtenen Sitzflächen im Raum verteilt. Hurtig brachte sie die Bierkrüge heran und schaffte es dabei auch noch, dem schmucken Offizier mit dem blonden Spitzbart ein verheißungsvolles Lächeln zuzuwerfen, obwohl es der Matrose war, der sich unauffällig im Schritt kratzte und den Blick nicht von den schwingenden Röcken über ihrem runden Hinterteil lassen konnte. Aber Antje wusste, mit wem sich ein schnelles Vergnügen lohnte und mit wem nicht. Und sie wusste auch, wann es an der Zeit war, ihre Base Elsbeth und deren Freundin Margrit dazuzurufen. Noch hatte die tüchtige Magd alles im Griff, und die Aussicht auf ein saftiges Trinkgeld, das sie mit keinem teilen musste, ließ sie frohlocken.

Jan van Beverwijk – wie sich der Händler aus Haarlem vorgestellt hatte – schwang am Tisch große Reden, die Daumen in die Ärmellöcher seiner Weste eingehakt, den Kürbisbauch vorgestreckt. Die Bruikelaarer hörten ihm teils mit aufgerissenen Mündern, teils mit skeptisch zusammengekniffenen Augen zu, während er ausschweifend und schwärmerisch von Händlern und Züchtern berichtete, die bei dem Wort »Tulipan« in Verzückung gerieten und im Kampf um dieses kostbare Gut weder Tod noch Teufel fürchteten. Als wolle er einen Schatz vorzeigen, breitete er ein samtenes Tuch auf dem Tisch aus und brachte sechs knorrige Zwiebeln zum Vorschein.

»Das sind die Kostbarkeiten dieser Zeit. Teurer als Gold, begehrter als Edelsteine. Noch sind es unscheinbare Zwiebeln, aber wenn man sie nur lange genug ans Licht lässt und ihnen etwas Wasser gibt«, er schlug das Tuch wieder zu, als wolle er die Preziosen vor den Blicken der Anwesenden schützen, »dann werden es die begehrtesten Schätze im ganzen Land.« Er sah triumphierend in die Runde. »Und von Tag zu Tag steigen sie im Wert. Wenn ich sie jetzt in Amsterdam auf den Markt bringen würde …«

Der Knecht Frederik, den sein Dienstherr Hein t'Hoff in den Houvenkrog geschickt hatte, damit er für ihn die Ohren aufhielt, lachte heiser. »Und warum tut Ihr das nicht, Mijnheer? Warum bringt Ihr sie nach Bruikelaar, wo kaum jemand so einen prallen Säckel hat, Eure ›Schätze‹ zu bezahlen?«

Van Beverwijk schien auf diesen Einwand vorbereitet. »Auch ein Kaufmann muss seine Ehre haben. In Amsterdam lungern mehr Engländer, Franzosen und verkleidete Spanier herum als irgendwo sonst in der Welt. Und auf Ehr und Gewissen«, er hob seinen Krug, »niemals werde ich es zulassen, dass diese meine Schätze außer Landes gehen.«

Den einfachen Bürgern schien diese Erklärung zu genügen, sie drängelten sich um den Tisch und versuchten, noch einen Blick auf die goldbraunen trockenen Zwiebeln zu erhaschen.

Da flog krachend die Tür auf, und Pitt Henseler stürmte in den Raum. »Hier gibt es Schätze aus Amsterdam zu besichtigen, munkelt man im Dorf. Stimmt das?«

Die anderen machten eine schmale Gasse für den jungen Rosshändler frei. Van Beverwijk stand auf und reichte ihm die Hand. »Seid mir gegrüßt, edler Herr. Ihr habt recht gehört. Ich bringe Tulpenzwiebeln nach Bruikelaar, die größten und seltensten Kostbarkeiten unseres Jahrhunderts, die Lieblinge der

Könige von ganz Europa und die größte Freude der Sultane im Morgenland.«

Pitt winkte Antje, die sich ebenfalls über den Tisch gebeugt hatte, ihm einen Krug Bier zu bringen. Die Leute lachten, als der hübsche Soldat seine Hand nicht schnell genug unter ihren Röcken herausbekam. Dann kehrte wieder Ruhe ein, und van Beverwijk faltete erneut das Tuch auf. Spöttisch lächelnd drehte der Rosshändler die unscheinbaren Knollen zwischen den Fingern.

»Was soll daran so besonders sein?«

Der Kaufmann schnäuzte sich geräuschvoll die Nase und sah auf die Tür zur Küche, die gerade hinter Antje und seinem Soldaten zugefallen war. »Tja, Mijnheer … was treibt Könige und Fürsten dazu, ihre Schlösser und Paläste aufs Spiel zu setzen für eine Hand voll Blumen? Diese Zwiebel hier«, er nahm sie Pitt aus der Hand, »habe ich vor nicht einmal sechs Wochen in Amsterdam von einem orientalischen Händler gekauft. Ich will ganz ehrlich zu Euch sein, ich habe gut gehandelt und nicht mehr als zwanzig Gulden dafür gegeben. Jetzt stehe ich vor der Wahl …«

Erneut donnerte die Tür gegen die Wand der Gaststube. Diesmal waren es Gerard van Halder und sein Sohn, die eintraten. Die Leute wussten, was sich gehörte, und machten ehrfürchtig Platz, sodass der Alte sich an den Tisch zu dem Kaufmann setzen konnte. Antonius stellte sich hinter seinen Vater.

Van Beverwijk legte die Zwiebel auf das Tuch und machte einiges Aufheben darum, es wieder zusammenzufalten. Er sah van Halder ins Gesicht. »Für zwanzig Gulden gekauft, vor genau sechs Wochen, und jetzt stehe ich vor der schweren Wahl: Nehme ich sie wieder mit nach Amsterdam und biete sie auf dem Markt für zweihundert Gulden an? Ich bin sicher, die Leute würden sie mir aus der Hand reißen. Aber die Schurken auf den Straßen ahnen, welche Schätze ich mit mir führe. Sicher würden sie mir schon auflauern, sobald Bruikelaar aus der Sichtweite ist. Also warum soll ich dieses Juwel nicht Euch anbieten? Den feinsten und wohlhabendsten Kaufleuten in ganz Brabant, wie man sich erzählt. Ich würde sie Euch anbieten für …«, er kratzte sich mit den Fingern hinter dem Ohr, als müsse er überlegen, »für einhundertfünfzig Gulden.«

Die einfachen Kaufleute, Knechte und Dienstmägde zogen geräuschvoll die Luft ein. Einhundertfünfzig Gulden! Ein Vermögen für alle am Tisch – für alle, außer für Gerard van Halder und Pitt Henseler.

Van Halder lachte schallend. »Ihr scherzt, Mijnheer. Antje!« Seine Stimme dröhnte durch die Gaststube. »Bring mir ein Bier! Und ein Wasserbier für den Nichtsnutz, den ich mit durchfüttern muss, weil er mein Sohn ist.«

Die Küchentür flog auf, und Antje hastete hinter den Schanktisch. Mit roten Wangen strich sie sich die Röcke glatt. Hinter ihr tauchte der Offizier auf und kam dümmlich lächelnd zum Tisch zurück. Er schob die Leute weg und stellte sich wieder hinter seinen Dienstherrn.

Van Beverwijk beugte sich vertraulich zu van Halder, sprach aber laut genug, dass alle seine Worte mithören konnten. »Überlegt es Euch, Mijnheer. Man sagt, diese Tulipane wirken Wunder. Der spanische König hat seiner Tochter eine geschenkt, und sie wurde von der Schwermut geheilt. Die englischen Herren schenken ihren Kindern welche, und keiner hat mehr Sorgen um die Erbfolge. Die Tulipane wirken bei der Brautsuche, und sie sorgen für den Nachwuchs, wenn Ihr versteht …«

Van Halder nahm die Knolle und wog sie in einer Hand.

»Ach, und bei Blasenschwäche helfen sie sicher auch, nicht wahr?« Er lachte schallend und nahm den Krug, den Antje vor ihn hinstellte.

Van Beverwijk blieb ernst. »Ich sehe, Ihr seid ein Mann von Welt.«

»Ich glaube, Ihr erzählt mir Lügengeschichten, Mijnheer.«

Der Kaufmann legte seine Hand mit gespreizten Fingern auf die Brust und machte Augen wie ein junger Hund. »Mijnheer! Ich gebe Euch das Wort eines ehrbaren Kaufmannes.«

Pitt Henseler stemmte sich auf die Tischkante. »Dann könnt Ihr sicher auch Beweis erbringen für das, was Ihr hier behauptet, oder?«

Mit einem Griff in sein Bündel zog der Kaufmann ein gelbes Büchlein hervor und schob es den beiden Bruikelaarern hinüber. »Da, schaut, wenn Ihr des Lesens mächtig seid. Oder seht Euch die Bilder an.«

Pitt streckte den Arm aus, aber van Beverwijk legte die Hand auf das Buch, auf dem langstielige Blumen mit spitzen und ovalen, geschlossenen und gebogenen Blütenblättern in verschiedenen Rottönen abgebildet waren. Am anderen Ende der Stiele befand sich jeweils eine Knolle – genau wie die, die sich im Tuch des Kaufmanns verbargen – mit welligem Wurzelwerk. Unter jeder einzelnen Pflanze stand mit feinem Federstrich eine lateinische Bezeichnung.

»Halt! Dieses Buch verkündet alle Geheimnisse der Tulpen. Wie man sie jedes Jahr erneut zum Erblühen bringt und wie man die begehrtesten Formen und Farben züchtet. Wie man aus einer Zuchtzwiebel zwei macht, und aus den zweien vier, und dann acht. Überlegt nur: Nächstes Jahr könntet Ihr acht Zwiebeln Euer Eigen nennen! Und bis dahin ist ihr Wert noch weiter gestiegen. Mit vieren könntet Ihr in Amsterdam Euren

Einsatz vervielfachen, und aus den anderen vieren macht Ihr erneut acht.«

Pitt versuchte, ihm das Buch zu entwinden. Kurz blitzten die Augen des Kaufmanns wie Klingen im Licht. Erst als Pitt losließ, spitzte er die Lippen zu einem höflichen Lächeln.

»Ich gebe es Euch, zusammen mit der Zwiebel. Für …«, er überlegte kurz, »zweihundert Gulden.«

Pitt blähte die Wangen auf und stieß die Luft prustend wieder aus. »Mijnheer. Ihr seht, ich bin wirklich interessiert, aber ich bin nur ein armer Rosshändler. Gebt mir das Buch und die Zwiebel für einhundert, und wir sind uns einig.«

Die Leute rund um den Tisch hielten den Atem an. Van Beverwijk neigte den Kopf hin und her. Er brummte leise und tat, als rechne er seinen Profit an den Fingern aus. »Einhundertfünfzig!«

Pitt hielt seinem Blick stand. »Einhundertzehn.«

Der Kaufmann packte das Büchlein und die Zwiebel in ein neues Tuch, das er aus seinem Bündel zog. »Mein letztes Wort, Herr Rosshändler: Einhundertzwanzig und meine Zeche hier an diesem Tisch.« Er streckte die Hand aus. Pitt schlug ein.

»Mein Herr Sekretär und mein Matrose werden Euch zu Eurem Haus begleiten und das Geschäft dort perfekt machen, wenn Ihr gestattet.«

Pitt war aufgesprungen und an den Schanktresen getreten. »Antje! Meine Rechnung.« Wiederum sprang die Tür zur Küche auf. Die Haare der Magd waren zerzaust, ihr Bluse schräg geknöpft. Pitt sah sich um. Der Matrose des fremden Kaufmanns fehlte. Grinsend zahlte er seine Zeche und die seines Handelspartners gleich dazu, ehe er sich noch einmal zu dem Kaufmann umwandte. »Mir scheint, bei Eurem Matrosen wirkt der Zauber des Tulipans schon.«

Van Beverwijk lachte. »Wartet nur, sobald Ihr die Zwiebel in Eurem Haus habt, wird auch Euch keine mehr widerstehen können.«

Pitt fiel in sein Gelächter ein. »Da macht Euch mal keine Sorgen, von mir können Weiber eh nicht die Finger lassen. Ich will mit der Blume Geld verdienen! Mit Blasenschwäche und zänkischen Frauenzimmern hat es noch Zeit.« Er steckte das Wechselgeld in seinen Beutel und verschnürte ihn wieder am Gürtel. Dann verließ er mit van Beverwijks Gehilfen die Gaststube.

Van Halder sah ihm nach. »Er ist nicht nur ein Weiberheld, sondern auch ein Tölpel.«

Van Beverwijk hob eine Braue. »Was wollt Ihr damit sagen?«

»Ich habe Handelsfreunde in Utrecht und in Rotterdam. Wie mir berichtet wurde, werden Tulpen da zum Bruchteil Eures Preises angeboten. Solche gewöhnlichen Zwiebeln, wie Ihr sie ihm gegeben habt, wechseln dort an jeder Ecke für ein paar Gulden den Besitzer.«

Der Kaufmann richtete sich auf. »Mijnheer! Unterstellt mir nicht Unredlichkeit. Der junge Mann hat eine der edelsten Züchtungen von mir bekommen, die man in Europa finden wird.«

Van Halder grinste. »Natürlich, Mijnheer. Entschuldigt mich. Aber vielleicht habt Ihr für mich noch ein paar minderwertige Tulipane und eines von den weisen Büchern zu einem etwas günstigeren Preis.«

Van Beverwijk fasste erneut in seinen Beutel und holte einen Stapel Papier heraus. »Das, Mijnheer, ist mein persönliches Exemplar. Ich werde es ohnehin nicht brauchen, da ich mich zur Ruhe setzen will, wenn die letzten Zwiebeln verkauft ...«

»Ich verstehe schon«, unterbrach van Halder ihn. »Ich gebe

Euch zwanzig Gulden dafür, und Ihr gebt mir die restlichen Zwiebeln aus Eurem Beutel dazu.«

Der Kaufmann fuhr sich mit der Hand an die Kehle, als würde ihm die Luft zum Atmen knapp. »Ihr wollt mich ruinieren! Für jede einzelne Zwiebel habe ich so viel bezahlt, wie Ihr mir für alle geben wollt. Und das Buch dazu …«

»Dreißig!« Van Halders Miene blieb unbewegt.

Nach schier endlosen Verhandlungen – längst waren van Beverwijks Leute mit Pitt Henselers Goldstücken wieder zurück im Wirtshaus – einigten sich die beiden auf fünfzig Gulden für zwei Zwiebeln und ein Buch. Dafür gewährte der Tuchhändler dem fremden Kaufmann auch noch das Gastrecht für die Nacht.

Die Menge aus dem Hinterzimmer zerstreute sich, und schon bald wusste jeder in Bruikelaar, was passiert war. Pitt Henseler und Gerard van Halder waren im Besitz der Wunderblumen, die die Gärten von Fürsten, Königen und Sultanen genauso schmückten wie die Dekolletés der Frauen in Paris; die einen Wert hatten wie Juwelen und die wahrscheinlich auch noch Lahme zum Gehen bringen und Blinde sehen machen konnten. Je weiter man vom Ort des Geschehens wegkam, umso erstaunlicher wurden die Fähigkeiten des Tulipans. In den Hütten am Ortsrand erzählte man sich noch am selben Abend, dass sich ein Gulden, den man bei Vollmond in die Zwiebel steckte, über Nacht verdoppelte. Aber wer in den Holzbaracken hatte schon einen Gulden?

Ganz Bruikelaar schien in dieser ersten lauen Frühlingsnacht im Tulpenwahn zu fiebern. Nur Antje kümmerte sich nicht um die seltsamen Blumen. Sie lag zwischen einem schmucken Offizier und einem wilden Matrosen und verdiente sich ihren Gulden auf eine Art, auf die sie sich besser verstand als die Bruikelaarer auf Tulipane.

Die drei waren so in ihr Treiben vertieft, dass es weder dem Offizier noch dem Matrosen auffiel, wie sich die Tür zu Antjes Kammer langsam öffnete. Ein Arm wurde durch den Spalt geschoben und griff nach dem Beutel, den der Kaufmann seinen kampferprobten Männern anvertraut hatte. Die hatten ihn jedoch leichtfertig in dem Schlafraum neben dem Stuhl abgestellt. Finger tasteten zwischen Papier und Tüchern und fanden schließlich, was die Leute noch ein paar Stunden zuvor mit offenen Mündern auf dem Tisch der Schenke bestaunt hatten: Tulpenzwiebeln.

Niemand hatte auf den hageren Mann geachtet, der bis zum Ende der Verhandlungen an der Theke gestanden und sich an seinem Krug festgehalten hatte. Einzelheiten waren bis zu Hinrichs Hirn nicht vorgedrungen, wohl aber, welch leichtes Spiel es bedeutete, mit den Tulipanen zu handeln. An diesem Abend wollte er sein Glück beim Schopfe packen, das hatte er beschlossen, als die beiden Männer die Stufen hinauf hinter dem Rock der Magd her scharwenzelten, den Tulpenbeutel nachlässig am Gürtel befestigt.

Und so stieg Hinrich Dullaert an diesem Abend vom Tagelöhner zum Tulpenbesitzer auf und packte noch in derselben Stunde sein Bündel, um seinen Reichtum in der Ferne zu mehren.

Am anderen Ende der Stadt, im Haus des verstorbenen Geert Hoorn, ächzte Rieke unter den Jutesäcken, die sie unterm Dach gefunden hatten. Sie schüttete den Inhalt in die unbenutzten Steintröge, die im Hühnerstall herumstanden. Aus der trockenen Erde purzelten fünf, sechs, sieben … Rieke schätzte, dass es knapp fünf Dutzend Zwiebeln waren, als sie alle vor sich ausgebreitet hatte. Die alte Magd konnte sich keinen Reim darauf machen, warum ihr Dienstherr die Säcke unter dem Dach aufbewahrt hatte und nicht etwa im Stall. Vielleicht war es ihm zu schwer gewesen, sie in den Garten zu tragen, die Lauchzwiebeln einzupflanzen und zu wässern? Warum hatte er sie überhaupt die Stiege hochgetragen? Das alles ergab keinen Sinn, doch Rieke fand es müßig, sich darüber den Kopf zu zerbrechen; Geert Hoorn war in den Augen der Magd ohnehin ein wunderlicher Mensch gewesen.

Mit Hilfe eines Kochlöffels stach sie tiefe Löcher in die Erde, um die vermeintlichen Speisezwiebeln einzusetzen und anzugießen. Wenn das erste zarte Lauchgrün im April an die Oberfläche drang, hätte sie so ein feines Gewürz für allerlei Gerichte. Bevor sie die Zwiebeln tief in die Erde drückte und bedeckte, kam ihr ein anderer Gedanke. Sie könnte ihren Henk an diesem Abend mit einem besonders würzigen Zwiebeleintopf überraschen, ein halbes Suppenhuhn vom Vortag war auch noch übrig und würde den Festschmaus besonders gehaltvoll machen. Andererseits hatte Henk in den letzten Wochen einige Male über Bauchgrimmen geklagt, und das Meisje mochte sowieso die süßen Pfannkuchen mit Honig lieber.

Zwiebelsuppe oder keine Zwiebelsuppe? Rieke biss sich auf die Unterlippe, während sie nachdachte.

Dann entschied sie sich dagegen.

# Sechstes Kapitel

Die Dämmerung senkte sich langsam über die flache Landschaft von Brabant, die Kälte war nicht mehr so beißend. Kaum ein Lüftchen regte sich. Die Sicht war so klar wie sonst nur an frostigen Wintertagen. Mareikje sah Antonius schon von weitem, als er auf sie zu wankte. Er kam wohl aus dem Houvenkrog.

Mareikje schmunzelte, denn dass jemand früh am Abend schon betrunken war, musste nichts heißen. Oft fanden im Krog Nachmittagstafeln statt, gerade im Winter, wenn die Bauern und Geschäftsleute etwas mehr freie Zeit hatten. Da traf man sich, trank einen über den Durst und trollte sich dann anständig nach Hause. Oft genug waren es die Frauen, die mehr torkelten, als dass sie liefen. Spätestens im nächsten Monat würden diese Feste wieder seltener werden, dann mussten die Bauern hinaus auf die Felder, und die Straßen waren so fest, dass die Kaufleute wieder auf Reisen gingen.

Antonius hatte sie im fahlen Abendlicht noch nicht bemerkt. Er setzte angestrengt einen Fuß vor den anderen und pfiff die ersten Takte eines neuen Liedes, das Mareikje im letzten Herbst zum ersten Mal gehört hatte. Sie hielt inne, denn es waren nur noch wenige Schritte, bis er abbiegen musste. Vielleicht käme sie um ein Gespräch herum und wäre umso früher in der warmen Stube. Aber vergebens. Bevor er in die Gasse einbog, die zum Marktplatz führte, hob er den Kopf und sah in ihre Richtung. Er winkte ihr zu.

Mareikje seufzte und erwiderte den Gruß. »Mareikje Hoorn, wie schön, dich zu sehen!«, rief er und wischte sich mit Daumen und Zeigefinger die Mundwinkel, als würde das helfen, sein Lallen zu verbergen.

»Antonius. Kommst du von einer Feier?«

»So kann man es auch nennen«, erwiderte er spöttisch. »Im Houvenkrog haben ein paar Männer darauf angestoßen, dass sie morgen im Reichtum ertrinken werden.«

Mareikje blickte ihn fragend an, doch Antonius machte nur eine abfällige Handbewegung. »Mein Vater und Pitt. Alles Träumer«, murmelte er. »Lassen sich von einem dahergelaufenen Schlitzohr einreden, diese Tulipane wären der Schlüssel zum Himmel. Die anderen konnten es sich nicht leisten. Aber du hättest mal den Glanz in den Augen vom Lehrer Rijn sehen sollen, und Bauer Leyden hätte auch fast seinen Säckel gezückt. Die werden sich alle noch umschauen, wenn sie merken, dass sie einem Spitzbuben aufgesessen sind.« Er spuckte aus.

Mareikje verstand kein Wort, aber bei Antonius' Zustand machte es auch keinen Sinn, nachzufragen. Sie wollte sich verabschieden, aber er hielt sie an der Schulter fest und nahm dann ihre beiden Hände in seine. Seine Augen wirkten groß und feucht, als er sie ansah. »Mareikje …«

Sie wich seinem Blick aus, ahnte, was er sie fragen wollte, aber die Zeit war noch nicht reif für ein Gespräch. Nicht jetzt an diesem kalten Winterabend – und schon gar nicht mit diesem Biergeruch, der ihn umwehte.

»Hast du über die Worte meines Vaters nachgedacht? Ich meine … es ist mein innigster Wunsch, auch wenn mein Vater ihn ausgesprochen hat. Wirst du mitkommen nach Gouda?«

Mareikje straffte die Schultern. »Ich werde es mir überlegen«, sagte sie kühl. »Guten Abend, Antonius.« Sie hastete davon.

»Halt! Bleib stehen …« Mit einem schnellen Schritt war er bei ihr und hielt sie am Mantel. »Kannst du auch einmal bedenken, wie es anderen dabei geht?«

Sie hob das Kinn. »Ich habe dir gesagt, dass ich noch Zeit brauche.«

Seine Finger krallten sich fester in ihre Schultern, als sich sein Gesicht ihrem näherte. Sie sah die Traurigkeit in seinen Augen, die nicht zu dem ungewohnt entschlossenen Zug um seinen Mund passte.

»Wenn du meine Frau wirst, Mareikje, wird alles gut. Denk nur, welch reiches Leben du führen könntest. Du bräuchtest dir um nichts mehr Sorgen zu machen. Ich wäre dir ein guter Mann, Mareikje, der beste, den du dir wünschen kannst!« Er kam ihr noch näher, und Mareikje wandte mit einem Ruck den Kopf ab, als er versuchte, sie zu küssen.

»Mareikje, du darfst mich nicht abweisen …« Seine Stimme erstarb, seine Augen füllten sich mit Tränen. »Ohne dich bin ich verloren, verstehst du? Verloren bin ich, wenn du nicht meine Frau wirst. Du kennst meinen Vater …«

»Ja, ich kenne ihn«, erwiderte sie kühl. »Jeder weiß, dass er dich behandelt wie einen Hund. Warum lässt du dir das gefallen?«

Nun liefen die Tränen über sein glattes Gesicht. »Ich werde es mir nicht länger gefallen lassen, das verspreche ich dir! Ich werde mich ändern. Für dich, Mareikje, nur für dich! Wir beide gemeinsam – wir könnten ihm die Stirn bieten! Und wir könnten Mutter zu uns holen. Sie hat es nicht gut bei ihm, weißt du.«

Mareikje spürte, wie sich Verzweiflung in ihr ausbreitete. Was verlangte er da von ihr?

»Lass mir Zeit«, fuhr sie ihn entschieden an und gab ihm einen kleinen Schubs.

Er stand vor ihr, schlang die Arme um den Körper und ließ seinen Tränen freien Lauf. Mareikje blickte sich hilflos um.

»Du bist genau wie alle anderen. Und ich dachte, du willst mir helfen.« Antonius wischte sich Rotz und Tränen aus dem Gesicht. »Aber so ist es wohl nicht. Ich bin dir egal, ich bin allen egal. Ich weiß gar nicht, warum ich überhaupt weiterleben soll.«

Mareikje musterte ihn, ungeduldig und mitleidig zugleich. »Antonius, so etwas darfst du nicht …«

Er schluchzte auf. »Sagen, meinst du? Du täuschst dich, Mareikje Hoorn. Ich werde es sogar machen! Siehst du das?«

Er griff in sein Wams und zog ein funkelndes Stück Metall hervor. Mareikje griff danach, aber er zog blitzschnell die Hand weg.

»Schau es dir nur an, das ist das Messer, mit dem Antonius van Halder sich das Leben nehmen wird. Und du …«, er spuckte auf den Boden, »du kannst dich ans Grab stellen und denken: ›Ich war schuld daran.‹ Alle werden es wissen, dass es deine Schuld war!«

Mareikje schloss die Augen. Er war nicht bei Sinnen. Was sollte sie tun? Bei den Mädchen war Antonius beliebt, weil man vor ihm keine Angst haben musste. Er war vielen Meisjes im Dorf ein guter Freund, aber es wurde nicht gekichert und mit den Röcken geraschelt, wenn das Gespräch auf ihn kam. Über Antonius redete man wie über die alten Männer oder wie über ein anderes Mädchen, das nicht dabei war. Nur einmal, da hatte er Grietje Bertels nachgestellt, die hinterher erzählte, er küsse wie ein Fisch, so kalt, und unten an der Au sei er eingeschlafen, und überhaupt sei er ein jämmerlicher Schlappschwanz. Aber Grietje war auch älter als Mareikje und Antonius, und Mareikje verstand nicht, was sie meinte oder warum die anderen Mädchen kicherten. Danach hatte Antonius nächtelang vor Grietjes Haus gestanden, bis der alte Bertels ihn mit einem Eimer Wasser vertrieb. Zu Hause bekam er dafür noch eine gehörige Tracht Prügel, und das war auch Mareikje lustig erschienen.

Heute war Antonius anders. Er war ein Mann, er sah hübsch aus, und Mareikje wünschte sich wirklich, ihn zum Freund zu haben. Aber dass er ein Feuer in ihr zum Glühen bringen könnte, das war ihr unvorstellbar. Er war nicht wie Wim, und schon gar nicht so wie Pitt Henseler.

»Steck das Messer weg«, sagte sie kühl. »Wir reden morgen.« Sie wandte sich zum Gehen, als seine Hand sank. Das Messer fiel zu Boden.

»Mareikje, warte!«

Sie seufzte schwer.

»Bitte, versprich, dass du mitkommst nach Gouda! Wir würden viel Spaß haben. Meine Verwandten sind …«

»Antonius, ich habe es deinem Vater gesagt und dir doch auch: Das kommt zu früh, und es geht mir zu schnell. Ich mag mich nicht drängen lassen!«

»Lass uns nur darüber reden«, wiederholte er mit der Beharrlichkeit eines Betrunkenen. »Du bist doch auch in dem Alter, dass du …« Er hielt inne.

»Dass ich was?« Mareikje sah ihn an. »Sag es ruhig! Dass ich einen Mann brauche?«

Antonius antwortete nicht.

Wütend stapfte Mareikje mit dem Fuß auf den harten Boden. »Na los, sag es schon!«

»Nun ja, du bist alt genug, und ich auch. Überleg doch mal, wenn wir heiraten, nimmt mein Vater mich ins Geschäft auf. Wir könnten die Kammern über dem Lagerhaus bekommen,. Wenn ein Kind unterwegs wäre, würde Vater uns ein eigenes Haus bauen und dann ...«

Mareikje unterbrach ihn. »Dann könntest du mein Kind so behandeln, wie dein Vater dich behandelt hat, oder wie? Und mit mir könntest du so umgehen wie dein Vater mit deiner Mutter. Ist es das, was du willst?« Es war im ganzen Dorf bekannt, dass van Halder auch seine Frau schlug, wenn ihm etwas nicht passte. Ein misslungenes Geschäft, schlechtes Wetter oder ein versalzener Grünkohl-Eintopf – ihm war jeder Anlass recht. In der Citadel hatte er einmal ein Holzscheit herumgezeigt, wie es die Hebammen den Gebärenden zwischen die Zähne schoben, damit ihre Schreie nicht sämtliche Frauen des Dorfes verschreckten. Es war tief eingekerbt und verbissen; eine Menge Schmerz musste in das unscheinbare Holzstück gewandert sein. Die anderen hatten ihn nur verständnislos angeschaut, aber der alte van Halder hatte den Bierkrug gehoben und feist gegrinst. »Meint ihr denn, ich will jede Nacht den Pfarrer auf dem Hals haben?«

Antonius packte Mareikje bei den Armen. »So hör mir doch zu. Alles wird anders, wenn ich erst verheiratet bin. Ich brauche nur eine Frau, dann wird der Vater sich ändern. Dann kann er doch nichts mehr an mir aussetzen.«

Mareikje unterbrach ihn. »Jawohl, Antonius van Halder, das ist es: Du brauchst nur eine Frau. Irgendeine Frau. Und da käme dir Mareikje Hoorn gerade recht. Genau wie deinem Vater. Hat ja schon ein Haus, das Meisje, und ein wenig Geld hat sie auch geerbt, das wäre genau richtig.« Wütend marschierte sie weiter. »Wie es mir damit geht, das kümmert ihn nicht. Und dich schon gar nicht.«

Antonius lief ihr hinterher. »Ach, kümmert es dich denn, wie es mir geht? Was meinst du, was mit mir geschieht, wenn du weiter bockig wie eine junge Ziege bist?« Schlagartig änderte Antonius seinen Tonfall wieder, ging vor ihr auf die Knie und umfasste ihre Beine. »Er schlägt mich tot. Irgendwann schlägt er mich tot!«

Mareikje löste seine Hand von ihrem Bein und zog ihn hoch. Zu ihrem Missmut gegenüber dem jammernden jungen Mann gesellten sich gleichzeitig Mitleid und Zorn. Einerseits konnte er nichts dafür, aber andererseits widerte sein Wehklagen sie an. »Antonius, bitte, hör auf zu weinen. Es muss einen anderen Weg geben. Du könntest nach Amsterdam gehen und …«

Er lehnte sich an ihre Schulter, seine Tränen tropften ihr in den Kragen. »Nichts hilft mir. Was soll ich in Amsterdam? Ohne Geld werde ich da erst recht unter die Räder kommen. So wie Pitt, dieser Strohkopf, der sein halbes Vermögen ausgibt, um mit den Tulipanen zu handeln. Er wird schon noch merken, welchem Schabernack er aufgesessen ist!« Sein Blick wurde wieder treu und flehend. »Kannst du nicht einfach … ich würde auch … ich meine …« Er ließ sie los, sank wieder haltlos zu Boden, als hätte ein Puppenspieler die Fäden an einer Marionette gelockert. Er wimmerte leise vor sich hin.

Mareikje ging vor ihm in die Hocke. »Antonius …«

Er verstummte, starrte Mareikje an. »Wir könnten auch … du musst nicht – verstehst du? Du könntest, wenn wir verheiratet sind, ein eigenes Schlafzimmer haben, wenn du willst, das stört mich nicht. Wenn dir Pitt lieber ist oder sonst wer, es würde mich nicht stören, wirklich.«

Mareikje holte tief Luft. »Antonius van Halder, wie heruntergekommen muss einer sein, der einer Frau einen solchen Vorschlag macht! Schämen solltest du dich, wirklich schämen!«

Mühsam rappelte sich Antonius auf, sah sie ein letztes Mal aus traurigen Augen an und ging ein paar Schritte voraus bis auf die Holzbrücke, die die beiden Teile des Dorfes, die durch die Gracht getrennt waren, miteinander verband. Er beugte den Kopf über das Geländer und starrte hinab.

Fassungslos beobachtete Mareikje, wie er das linke Bein anzog und über das Geländer schwang.

»Antonius, nein, bitte, ich habe es …«

Im nächsten Augenblick verschwand Antonius van Halders Körper in der dunklen Tiefe.

Mareikje rannte zur Brücke. Kaum war sie losgelaufen, da hörte sie schon das Knirschen, als Antonius durch das Eis brach, das Gluckern des Wassers, das ihn an seinen Kleidern nach unten zerrte.

»Antonius!«

Er lag seitlich auf dem Eis, die Beine im zähflüssigen Wasser, und sah sie mit großen Augen an, als könne er selbst nicht fassen, was er getan hatte. Stück für Stück glitt sein Körper erst bis zur Taille, dann bis zur Brust, zu den Schultern in die eisige Brühe.

Mareikje rannte neben der Brücke den Hang hinunter. Hier mussten irgendwo Latten liegen, für den Fall, dass jemand im Eis einbrach. Sie atmete heftig. »Antonius, halt aus, ich komme!«

Da war eine Leiter! Sie zerrte sie aus dem hochgewachsenen Ufergras, das seit dem Sommer um die Sprossen herumgewuchert war, und schob sie auf das Eis. Vorsichtig bugsierte sie sie zu dem Loch, aus dem nur noch Antonius' Kopf und Arme ragten. Sie streifte den Mantel ab und schob sich auf die Sprossen. Behutsam robbte sie auf Antonius zu, schrie ihn an, aber er antwortete nicht. Wieder rutschte er ein Stück tiefer. Sein Kopf baumelte direkt über dem kalten Wasser, seine Augen waren geschlossen. Noch ein Meter. Das Eis unter ihr knirschte und knackte. Mit eisernem Willen zog sich Mareikje weiter. Jetzt waren es nur noch ein paar Handbreit. Sie streckte den Arm aus und versuchte, Antonius' Ärmel zu fassen, der noch auf der Scholle lag. In diesem Moment versank der Körper des jungen Mannes in dem Loch.

Mareikje schrie auf. Ohne auf ihre eigene Sicherheit zu achten, ging sie auf die Knie und griff mit dem Arm ins Wasser. Sie glaubte, ihr Herz müsse stehen bleiben, so kalt war es dort unter dem Eis. Wie in einem Wäschetrog rührte sie mit dem Arm, bis sie etwas spürte. Wollstoff. Sie legte sich wieder lang auf die Leiter und schob den zweiten Arm auch ins Wasser. Jetzt konnte sie Antonius' Handgelenk umfassen. Mit übermenschlicher Kraft fing sie an zu ziehen. Zentimeter um Zentimeter zerrte sie den schlaffen Körper aus der Gracht. Endlich tauchte Antonius' Gesicht an der Wasseroberfläche auf. Es war weiß wie der letzte Schnee, der noch in einzelnen Placken am Ufer lag. Mareikje keuchte. Antonius war nicht klein, aber recht dünn. Und das Wasser trug ihn. Sie zerrte und zog, bis seine Schultern wieder auf dem Eis lagen.

Ein grässliches Knirschen ließ sie innehalten. Sie blickte zur Seite. Direkt neben der Leiter, auf der sie lag, brach die Eisfläche. Der Riss bewegte sich in Zacken auf sie zu. Mareikje schaute sich um. Niemand war in Rufweite. Das Eis knirschte.

Mit letzter Kraft gelang es ihr, den jungen Mann ans sichere Ufer zu zerren, wo sie keuchend und stöhnend über ihm zusammenbrach. Antonius fing an zu husten und zu spucken, während sein Körper von Zittern geschüttelt wurde. Als sich ihr Atem etwas beruhigt hatte, gab sie ihm links und rechts ein paar saftige Backpfeifen – nicht nur, um ihn ins Leben zurückzuholen.

Er schlug die Augen auf. »Warum hast du mich gerettet?«

Der Ausdruck von Hoffnung in seinen Jungenaugen war ihr unerträglich. Sie rappelte sich hoch und sah auf ihn hinab, als er sich ächzend zum Sitzen aufrichtete.

»Geh jetzt nach Hause, Antonius van Halder.«

Ohne ein weiteres Wort drehte sie sich um und ging davon. Weg von diesem Mann, der ihr eine Bürde aufzulasten versuchte, die sie nicht tragen wollte. Ihm zu helfen hieße, den Traum vom eigenen Glück aufzugeben …

Antonius hatte sich bei seinem Sturz in die Gracht eine üble Erkältung zugezogen und lag in den nächsten Tagen, vom Fieber niedergestreckt und vom Vater verspottet, im Bett. Einmal brachte Mareikje ihm einen Kräutersud, den Rieke zubereitet hatte, aber das weinerliche Flehen in Antonius' Blick und der hoffnungsvoll fragende Ausdruck im Gesicht seines Vaters schnürten ihr die Luft ab. Mit eiligen Schritten, die Kapuze des Umhangs ins Gesicht gezogen, verließ sie das Haus. In den schwarzen Balken des Flures und in dem Dachzimmer, das Antonius bewohnte, schien ein Geruch von Siechtum zu hängen, und der hatte nichts mit seinem Fieber zu tun.

Riekes Rückenschmerzen waren inzwischen abgeklungen. Das Angebot, bei den van Seegs zu helfen, stieß sowohl bei Rieke als auch bei Henk zunächst auf freudige Zustimmung, dann auf Argwohn.

»Das hast du doch eingefädelt, Mareikje«, brummelte Henk.

Mareikjes Wangen röteten sich. »Sie brauchen doch Hilfe«, antwortete sie ein bisschen trotzig. »Und ich kenne keine zuverlässigeren Leutchen als euch.«

Die Magd und der Knecht wechselten einen Blick, dann lächelte Rieke ihre Ziehtochter an. »Dein Onkel und deine Tante können sich auf uns verlassen.«

Später half Mareikje Rieke, eine Nachricht an Tildie zu schreiben. Zwar wussten sie alle noch nicht, wie sie dem Mädchen helfen sollten, aber wenn Rieke jeden Stüver dreimal umdrehte und wenn sie noch eine weitere Anstellung fand ... Erst mal sollte Tildie wissen, dass die Eltern sie nicht im Stich ließen.

In diesen frühen Märztagen zog es Mareikje fast täglich in die Stadt. Aber es war nicht nur die Freude darüber, dass in den zart begrünten Ästen der Linden und Ulmen endlich die Spatzen und Meisen zu zwitschern anfingen und das letzte Eis des Winters in den Grachten geschmolzen war, die sie aus dem Haus trieb.

Sie hatte es sich zur Gewohnheit gemacht, die Werkstatt von Wim Straaten bei ihren Besuchen mit allerlei Kleinigkeiten, die sie im Haus und bei den Kaufleuten in Bruikelaar gefunden hatte, auszustaffieren und nach und nach in einen behaglichen Raum zu verwandeln. Einmal hatte sie einen alten Teppich mitgebracht, der ihrem Vater als Bettvorleger gedient hatte, ein anderes Mal Tuchreste, die van Halder ihr gönnerhaft zugesteckt hatte. Mareikje wusste, warum er so großzügig war, aber sie versuchte, nicht daran zu denken, dass er auf ihre Entscheidung wartete. Noch war Zeit, noch wollte sie dieses warme Gefühl genießen, das sie in Wims Gegenwart mit einer tiefen Freude am Leben erfüllte.

Mit Schere, Nadel und Faden schneiderte sie aus van Halders Stoffen Kissenhüllen und Vorhänge für die Fenster. Diese hatte sie blank poliert, nachdem die ersten warmen Tage die Eisblumen zum Tauen gebracht hatten. Jetzt gaben sie endlich den Blick auf die Straße frei.

Wim ließ sie werkeln und nähen, putzen und rücken. Ohnehin ließ sie sich nicht aufhalten, und ja, er genoss ihre Fürsorglichkeit, die heitere Herzlichkeit, die ihn umgab, während er sein Gemälde vollendete.

An diesem Nachmittag hatte sie einen halben Kuchen mit Rosinen und Haselnüssen mitgebracht, von Rieke gebacken, dazu tranken sie heißen Apfelsaft.

»Warum tust du das alles für mich, Mareikje?« Wim hatte sich neben sie auf die mit kleinen Kissen übersäte Sitzbank gesetzt, die Mareikje ächzend aus seinem Schlafraum in die Werkstatt gezogen hatte. Er legte die Hand unter ihr Kinn und drehte ihren Kopf, sodass sie ihn ansehen musste. Er kannte die Antwort längst, aber es war an der Zeit, es auszusprechen. Er wusste, wie enttäuschend dieses Gespräch für sie – und letzten Endes auch für ihn – verlaufen musste, aber hatte er eine Wahl?

Mareikje rückte nah an ihn heran, schmiegte sich an ihn und legte den Kopf an seine Schulter. »Wenn ich bei dir bin, habe ich das Gefühl, dass ich mir im Leben nichts mehr wünschen muss«, sagte sie so einfach und ehrlich, dass es ihn die größte Anstrengung kostete, ihren Mund nicht kurzerhand mit seinen Lippen zum Schweigen zu bringen.

»Bei dir zu sein bedeutet mir Trost und Halt. Du gibst mir eine Geborgenheit, wie ich sie noch nie erlebt habe.«

Wim holte tief Luft, küsste sie trocken auf die Wange und erhob sich abrupt.

»Ich bin doppelt so alt wie du, Mareikje«, sagte er heiser und starrte auf ihr Porträt, um die Trauer in ihren Augen nicht sehen zu müssen. »Ich könnte dein …«

»Nein!«, unterbrach sie ihn. »Du könntest nicht mein Vater sein! Was ich für dich empfinde, hat nichts damit zu tun, was eine Tochter empfindet. Ich … ich schaue dich so gern an, Wim. Ich schaue so gern zu, wie dein Kinn sich bewegt, wenn du beim Malen glaubst, ich beobachte dich nicht. Ich mag die Bewegung, wenn du einen Schritt zurücktrittst, um ein Detail aus der Ferne zu betrachten, und ich warte darauf, dass du das rechte Auge zusammenkneifst und mit zwei Fingern über den Bart an deinem Hals streichst. Ich liebe es, wie deine Hände den Pinsel halten und wie du scheinbar gedankenverloren in den Farbklecksen auf deiner Palette suchst …«

Wieder schlich sich der bittere Ton in seine Stimme, als er mit einer Kopfbewegung in die Werkstatt deutete. »Schau dich um, wie ich lebe. Ich bin das Schlechteste, was einer Frau wie dir begegnen kann, Mareikje. Niemals würden dein Onkel und deine Tante ihre Erlaubnis zu unserer Hochzeit geben, und sie haben recht, wenn sie es nicht tun.«

Wie betäubt saß Mareikje auf der Liege. Wieso sollte das recht sein? War das, was sie spürte, nicht die Liebe, von der sie so oft mit ihrem Vater gesprochen hatte? Ihr Vater hatte sie nie entmutigt. *Wenn es so weit ist*, hatte er gesagt, *wird der Herrgott dir schon den Weg weisen*. Und dann hatte er sie auf die Stirn geküsst und gesagt: *Nur gehen musst du diesen Weg selber, das wird der Herr dir nicht abnehmen.*

Was war der richtige Weg? Antonius und sein Vater warteten voller Zuversicht und Ungeduld, Onkel Eduard und Tante Annie würden mit Freuden einer Vermählung zustimmen, waren doch die van Halders eine der angesehensten Familien in der ganzen Provinz.

Sollte es letztlich doch darauf hinauslaufen, dass nichts anderes zählte als ein Leben frei von Geldsorgen? Wohin dann mit ihrem inneren Reichtum? Ihrer Liebe, ihrer Sehnsucht, ihrer Leidenschaft?

»Onkel Eduard hat gefragt, warum du nicht mit einem Kunsthändler zusammenarbeitest. Er könnte dir die Geschäfte abnehmen und wichtige Verbindungen zu ausländischen Kaufleuten knüpfen. Dann könntest du dich ganz der Kunst widmen!«

Wim winkte ab. »Kunsthändler streichen einen großen Teil des Verkaufserlöses für sich selbst ein. Und manchmal«, fügte er hinzu, »auch die gesamte Summe. Ich traue ihnen nicht über den Weg. Doch selbst wenn ich einen ehrlichen fände, könnte ich es mir nicht leisten, ihn an meinem schmalen Gewinn teilhaben zu lassen.«

»Vielleicht – vielleicht malst du nicht das Richtige?«, überlegte sie und spürte, wie heiß ihre Wangen wurden, als er sie mit hochgezogenen Brauen ansah. »Verzeih, Wim, freilich weißt du das besser als ich ... Aber vielleicht wollen die Leute anderes als Porträts und Landschaften. Du hast doch mal erzählt von diesen Kaufmannsfrauen – du weißt schon ...« Sie stockte.

Wim stieß ein Lachen aus, aber es klang nicht fröhlich. Er setzte sich zu ihr und nahm ihr Gesicht in beide Hände. »Du bist hinreißend, Mareikje.« Er küsste sie auf die Nasenspitze, dann nahm er sie fest in die Arme und seufzte schwer.

Mareikje lehnte sich an ihn. Über seine Schulter blickte sie auf das unschuldige Porträt, das fast vollendet war. Sie schaute in ihre eigenen Augen, in die Wim ein winziges Glimmen gezaubert hatte. Ein Leuchten, das verschwinden würde – vielleicht für immer –, wenn sie Antonius' Frau würde.

Daheim in ihrer Kammer lag sie die ganze Nacht über wach und grübelte. Am nächsten Morgen stand ihr Entschluss fest.

Gleich nach dem Frühstück schickte sie Henk und Rieke zu Onkel Eduard und Tante Annie, sodass sie in Ruhe die Vorbereitungen treffen konnte. Beide waren es gewöhnt, dass Mareikje öfter badete als die meisten anderen im Ort, aber mitten in der Woche am Vormittag in den Zuber zu steigen, das hätte nur unnötige Fragen heraufbeschworen.

Mareikje schleppte die schweren Töpfe und Kessel mit Wasser in die Küche, stellte sie auf die heiße Mitte der Ofenplatte und goss kaltes Wasser in den Zuber. Dann füllte sie den Trog mit heißem Wasser auf, stieg aus ihren Kleidern und ließ sich in das angenehm warme Bad gleiten. Sie konnte gewiss sein, dass die Alten nicht vor Mittag heimkehrten – es war undenkbar, dass Tante Annie sie ohne eine warme Mahlzeit wieder losschicken würde.

Mareikje stieg das Blut in den Kopf, allerdings nicht nur wegen der Hitze des Wassers. Sie lehnte sich zurück, schloss die Augen und malte sich aus, wie sie Wim vor seiner Staffelei begegnen würde. Was würde er davon halten, wenn sie vor ihm die Kleider fallen ließ, um ihm als Künstler ein ganz besonders kostbares Motiv zu schenken? Und wie würde er sich als Mann verhalten, wo sie doch beide spürten, wie sehr sie einander begehrten?

Er war bereits einmal verheiratet gewesen, wusste Mareikje. Das hängte er zwar nicht an die große Glocke, aber er verschwieg es auch nicht. Was für eine Frau mochte sie gewesen sein? Ob er sie geliebt hatte? Ob sie deutlich jünger als er gewesen war?

Das Wasser im Zuber kühlte allmählich ab. Mareikje beugte sich zu den beiden Kesseln auf den heißen Steinen vor der

Wanne und goss warmes Wasser nach. Dann griff sie zur Bürste und fing an, sich zu schrubben.

Die Märzsonne blinzelte durch den hohen Nebel, als sie sich auf den Weg begab. Im Korb am Arm trug sie ein Stück weißes Brot, das Rieke am Tag zuvor gebacken hatte, einen Streifen Speck und etwas Käse. Sie war froh, dass jetzt alle beim Mittagsmahl saßen und ihr niemand begegnete. Das Herz klopfte ihr bis zum Hals, während sie auf der Holzbrücke die Gracht überquerte, um zur Dorfmitte zu gelangen. Ihr heutiger Besuch bei Wim würde ein ganz besonderer sein.

# Siebtes Kapitel

Wieder einmal hatte Wim Straaten in der Werkstatt geschlafen – trotz der grimmigen Kälte, denn wieder einmal hatte er bis spät in die Nacht hinein an dem Porträt gemalt. Als ihm dann beim Auswaschen der Pinsel und Aufräumen eine Kohlezeichnung in die Hände fiel, die er seit sieben Jahren nicht mehr angerührt hatte, war alles um ihn herum unwichtig geworden. Das Licht, das die flackernden Kerzen verströmten, war gerade hell genug, um die Schatten auf der Zeichnung zum Leben zu erwecken. Zu einem kranken, einem bemitleidenswerten Leben.

Er betrachtete die Furchen und Falten, die auf dem viel zu jungen Gesicht zu sehen waren, zog mit einem Stück Kohle eine sanfte Linie unter die Augen, um die Müdigkeit ein letztes Mal so zu betonen, wie er sie in Erinnerung hatte.

Mit fünfundzwanzig Lenzen hatte er Katharina kennengelernt. Sie war ein paar Jahre älter gewesen als er. Er erinnerte sich noch genau, wie sie gebeugt am Arm ihres Vaters, einem Torfstecher aus Roosendaal, aus der Kutsche vor der Citadel ausgestiegen war. Sie hatten Rast eingelegt auf ihrer Reise von Zwolle ins nördlichste Brabant. Obwohl Katha schon damals von Krankheit gezeichnet war, hatte sich zwischen Wim und ihr etwas Tiefes entwickelt, das vielleicht nicht mehr als ein gegenseitiges Festhalten in stürmischen Zeiten gewesen war. Damals hatte er es für Liebe gehalten.

Sie hatten geheiratet, und dass der Herrgott ihnen keine Kinder schenkte, nahmen sie beide mit stoischem Gleichmut hin. Oft hatten sie an lauen Sommerabenden dem Zirpen der Grillen im Ufergestrüpp der Grachten gelauscht und die Störche beobachtet, die aus ihrem Nest hoch oben auf dem Kirchturm die Stadt überblickten. Wenn dann braungebrannte Kinder ihre Reifen durch die Gassen schoben und Murmeln warfen und sich das Lachen der jungen Mädchen aus den versteckten Auen in den Weiden verfing … dann schaute Wim in das gelbfahle Gesicht seiner Frau und wusste, dass sie eine Schwangerschaft vermutlich nicht überleben würde. Vielleicht wusste sie es auch und achtete deswegen so sorgsam darauf, dass er sich ihr nur in ganz bestimmten Momenten näherte, ihrem ausgezehrten Körper, der seine zärtlichen Hände über sich ergehen ließ, während sie die Augen schloss und die Lippen aufeinanderpresste, als betete sie zu Gott, er möge es niemals der Seele eines Kindes antun, in diesem Leib ums Überleben kämpfen zu müssen.

Wim strich mit einem Finger über die Kohle und verwischte eine winzige Spur an Kathas Hals. Er hatte sie gezeichnet, als sie schon das Bild des Todes auf ihrem Antlitz trug. Als sich der Schleim nach quälenden fiebrigen Hustenanfällen rot verfärbt hatte und sie nicht mehr in der Lage war, das Bett zu verlassen.

Oft hatte er bei ihr gesessen, ihre kalten Hände in seinen zu wärmen versucht, ihre knochigen Schultern in dem Leinennachthemd an seine Brust gezogen und sich zu ihr ins Bett gelegt, um sie zu trösten und um ihr Halt zu geben.

Sie war mit einem Lächeln auf den blutleeren Lippen eingeschlafen. Doch Wim wusste, dass es nicht ein Lächeln der Erinnerung war, sondern die Freude auf das, was sie im Tod erwartete.

Es konnte nur besser sein.

Wim hatte die Heirat mit Katha nie bereut. Auf ihre Art hatte sie ihm vielleicht mehr gegeben, als es eine vor Leben sprühende Frau vermocht hätte. Im Zusammensein mit ihr hatten seine Bilder eine ganz neue Tiefe bekommen, mochte sie von nicht gelebter Leidenschaft hergerührt oder einem betäubenden Rausch geglichen haben. In dieser Zeit war eines seiner besonders gelungenen Werke entstanden. Es hing im Haus des verstorbenen Geert Hoorn. Er lächelte, als er daran dachte, wie Mareikje ihm erzählt hatte, dass sie sich als Kind vor dem Bild gefürchtet hatte.

Natürlich hatte sie sich gefürchtet, dieses behütete Kind, das nun zur Frau herangewachsen war und ihn plötzlich wieder mit Leben erfüllte wie einen Baum, der im Sommerregen seine Äste in den Himmel reckt. Irgendwann, der Morgen graute schon, war Wim mit der Zeichnung auf dem Schoß und dem Stift in der Hand eingeschlafen.

Die Glocke der Kirchturmuhr schlug zur Mittagsstunde, als Mareikje an seine Tür klopfte. Schnell faltete er die Decken zusammen und öffnete. Die Helligkeit des Märztages blendete ihn, der Duft nach aus weicher Erde dringendem Gras und Kräutern wirbelte herein und mischte sich mit dem ölig schweren Geruch der Farben und der kalten Asche im Kanonenofen.

Mareikje fiel ihm um den Hals, dass ihn ihre Locken am Kinn kitzelten. Sie drückte ihm den Korb, den sie mitgebracht hatte, in die Hand und eilte zum Ofen, um Scheite nachzulegen.

»Dass ihr Mannsbilder aber auch so ungemütlich sein müsst!«, schimpfte sie dabei munter und blickte über die Schulter zu ihm. »Mach die Tür zu, Wim. So reichlich Holz hast du auch wieder nicht, dass wir ganz Bruikelaar wärmen könnten, oder?«

Straaten lachte. Nach der Nacht, in der er über der Zeichnung von Katha gebrütet hatte, schien es ihm, als bringe Mareikje das blühende und warme Leben mit. Wim fragte sich nach langer Zeit zum ersten Mal, ob er wirklich so weitermachen wollte wie seit Kathas Tod. Er stieß die Luft aus und strich sich das lange Haar aus der Stirn.

»Ach Mareikje, es ist so schön, wenn du mich besuchen kommst.« Er warf einen Blick in den Korb. »Aber du sollst nicht immer etwas mitbringen. Ich freue mich, dich hier zu haben, weil die Arbeit mir dann noch einmal so leicht von der Hand geht, aber ich werde niemals wiedergutmachen können, was du alles für mich tust.«

Mareikje zog ihn zu seiner Staffelei. »Doch, Wim, das wirst du.«

Er sah sie fragend an und bemerkte, dass sie seinem Blick auswich, während sie den Mantel aufknöpfte.

»Ich möchte, dass du noch ein Bild von mir malst. Ein anderes diesmal.«

Wim spürte, dass sein Mund trocken wurde, als sie den Mantel von ihren Schultern nahm und auf den Schemel legte. Sie trug nur ein Unterkleid und warme weiße Strümpfe darunter. Ohne ihn anzusehen, stellte sie den Fuß auf den Hocker und rollte einen Strumpf herunter.

»Mareikje, was machst du?«

Er sah, wie sich die Röte in ihrem Gesicht ausbreitete, bemerkte, dass ihre Hände zitterten, aber sie hörte nicht auf, streifte auch den zweiten Strumpf vom Fuß. Sie drehte Wim den Rücken zu und zog das Unterkleid über den Kopf, dann schloss sie die Augen und drehte sich um. »Wim, ich möchte, dass du mich so malst.«

Ihm stockte der Atem, als sein Blick an ihrem makellosen

Körper hinabglitt, und es war nicht der Blick des Malers. Wie wunderschön sie war. Die cremeweiße Wölbung ihres Bauches und ihrer Hüfte verlief wie von Künstlerhand geschaffen, über der Kurve ihrer Taille reckten sich ihre festen Brüste zwischen den schmalen Schultern.

»Aber«, Wim bemühte sich, seine Fassung wiederzugewinnen, »das geht nicht, Mareikje, das ist …«

»So, wie der Herrgott mich geschaffen hat, sollst du mich malen. Was ist daran nicht richtig?« Als verlasse sie der Mut, bedeckte sie nun die Brüste mit einem Arm, die andere Hand legte sie über ihre Scham. »Sag mir, was daran nicht richtig sein soll?«

Wim schwieg betreten, während sich sein Atem langsam beruhigte, und er spürte, wie die Enge in seiner Hose nachließ. Er holte tief Luft, schließlich gelang es ihm, sie anzulächeln.

»Dreh dich, Mareikje.«

Sie tat es, ohne den Blick von ihm zu lassen, langsam, mit ausgebreiteten Armen und natürlicher Anmut. Wim kniff ein Auge zusammen, wechselte die Position und hielt eine Kerze so, dass die Schatten an ihren Schulterblättern schwächer wurden. Er verharrte, während er ihren Anblick minutenlang bewunderte. Als er bemerkte, dass sie sich wieder bedeckte und ihn abwartend anschaute, lächelte er ihr zu.

»Wo willst du so ein Bild denn aufhängen?«

Mareikje atmete aus.

»Hast du nicht selbst gesagt, die Bilder nackter Frauen ließen sich gut verkaufen? Wäre das nicht …«

»Mareikje …« Wim nahm eine Decke von der Liege und legte sie ihr behutsam über die Schultern, als er bemerkte, dass sich die blonden Härchen an ihren Unterarmen aufrichteten.

»Das gilt für van Rijn und Lievens, aber doch nicht für Wim Straaten.« Er ging zum Ofen und schichtete mit dem Eisen das Holz um. »Dafür muss man einer von den Großen sein.«

»Ich weiß nicht, wer die Männer sind, die du meinst, aber ich bin mir sicher, dass sie nicht besser malen als du.«

Wim richtete sich auf und lachte. »Rembrandt van Rijn und Jan Lievens sind die berühmtesten Maler von ganz Holland. Sie sind wahre Meister, auch wenn ich mein Licht nicht unter den Scheffel stellen will, aber die beiden sind ...«

»Du kennst sie? Können sie dir nicht helfen, deine Werke zu verkaufen?«

Wim setzte sich auf den Stuhl und starrte Mareikje an, die die Decke fester zusammenzog.

»Ich habe eine Zeit mit ihnen zusammen studiert, bei Meister Jacob van Swanenburgh in Leiden, aber wenn jeder, der sie kennt, mit so einer Bitte daherkäme ...« Er schüttelte den Kopf. »Nein, das geht nicht.«

Mareikje seufzte und setzte sich auf die Bettstatt. »Dann versuch es doch einfach! Mal mich, und mal mich so gut, wie du es kannst. Ich bin sicher, sie werden dir das Bild aus den Händen reißen, und dann ...« Sie nahm die Decke von den Schultern und ließ sie zu Boden fallen.

Wim zögerte einen Moment. Dann sprang er auf, trat an die Staffelei, nahm den Rahmen herunter und stellte ihn in die Ecke. Er griff zu einem Blatt Papier, das er glatt strich und auf ein Holzbrett legte, nahm die Kohle vom Tisch und fing an zu zeichnen.

Mareikje, die Tücher um ihre Hüften geschlungen, den Oberkörper über die Lehne der Sitzbank gebeugt, sah ihm fasziniert zu. Die Momente der Scham und der Unsicherheit waren verflogen. Über den Rand des Papiers sah Wim abwechselnd zu ihr und zu den Linien auf seinem Blatt. Sein Blick wanderte von ihren Füßen zur Hüfte hinauf, weiter zu ihren Brüsten, zu den Schultern und zum Kopf. Wieder abwärts, seitwärts, wieder hoch. Und währenddessen flog die Hand mit dem Kohlestift über das Papier.

Dann lehnte er das Blatt gegen die Staffelei und trat einen Schritt zurück. Er kniff ein Auge zu, sah sie an, wandte den Kopf, öffnete das Auge wieder und blickte auf das Papier. Er rückte die Staffelei zurecht und wiederholte die Prozedur. Endlich schien er zufrieden und wurde ruhiger. Er setzte sich und sah sie schweigend an.

Mareikje hob die Decke auf und legte sie über ihre Blöße. »Nun, was sagst du?«

Er holte tief Luft. »Ich will dich malen. Aber ich will dich nicht malen, um mit dem Bild reich und berühmt zu werden. Das wird mir ohnehin nicht gelingen, fürchte ich.«

»Warum dann?« Sie biss sich auf die Unterlippe.

Er antwortete, ohne zu überlegen. »Mareikje, du bist wunderschön, und Gott – davon bin ich überzeugt – hat uns Malern aufgetragen, all das Schöne, das er geschaffen hat, festzuhalten. Also werde ich dich malen, und wenn ich fertig bin, werden wir entscheiden, was mit dem Bild geschehen soll. Ich will nicht, dass jeder in Bruikelaar geifernd daran vorbeigehen kann und mit genügend Genever im Leib darüber spekuliert, ob die anderen auch schon die Brüste von Mareikje Hoorn gesehen haben.«

Sie schürzte die Lippen. »Wen wird es schon kümmern, wenn du das Bild an einen reichen Kaufmann aus Amsterdam verkaufst? Da kennt mich keiner.«

Der Maler nahm einen Rahmen vom Stapel in der Ecke und suchte ein passendes Stück Leinwand heraus. »All das werden wir sehen, wenn es so weit ist. Jetzt wickle dich nur warm ein, bis ich mit den Vorbereitungen fertig bin, sonst wird dir kalt, und dann schimmert die Haut ganz bleich.«

Mareikje versuchte, die Unterhaltung in Gang halten, aber Wim richtete seine ganze Aufmerksamkeit darauf, die Leinwand auf den Rahmen zu spannen, die passenden Werkzeuge parat zu legen und die Farben für den Grund des Bildes anzumischen.

»Wir müssen die wenigen Stunden nutzen, in denen die Sonne durch das Fenster scheint, von kurz nach Mittag bis zum Abendrot. Das ist das Licht, in dem ich deine Schönheit einfangen will.«

Endlich war er fertig, und schon zeigten sich die ersten roten Wölkchen am Himmel. Er trat ans Fenster und runzelte die Stirn. »Eigentlich ist es zu spät, um anzufangen, aber ich will noch ein paar Versuche mit den Farben für die Haut machen, dann kommen wir morgen schneller voran.«

Er ließ Mareikje aufstehen, ans Fenster gehen und die Decken ablegen. Im ersten Moment war sie verlegen und hielt sich die Hände vor den Körper, aber Wim war wieder ganz der Künstler. Er ließ sie sich erneut drehen, betrachtete das Spiel des Lichtes auf ihrem Rücken und auf ihrem Bauch, trat an sie heran und studierte den Schatten, den ihre Brüste auf die fein geschwungenen Bogen ihrer Rippen warfen. Immer wieder ging er zu seinem Blatt zurück, korrigierte ein Detail, warf eine Skizze auf das Papier oder kratzte mit einem Messer die Stellen weg, die ihm nicht gefielen.

Dann zog er ein Stück Leinwand aus dem Stapel und tupfte etwas Farbe darauf. Er wedelte mit dem Lappen, betrachtete sein Werk von der Seite, hielt es in die warme Luft, die vom Ofen aufstieg, bis es endlich trocken war. Nun trat er zu Mareikje, die immer noch am Fenster stand. Er drückte ihr den Leinwandfetzen in die Hand, ließ sie ihn gegen ihren Bauch halten und trat zurück. »Jetzt dreh dich.«

Mareikje tat, was er gesagt hatte. Sie drehte sich hin und her, hob das Stück Leinwand an ihre Brust, bis zum Hals, ließ es dann an der Seite ihres Körpers abwärtsgleiten, so, wie er es leise flüsternd von ihr verlangte.

Irgendwann war Wim zufrieden. »Jetzt reicht es, das Sonnenlicht hat mittlerweile zu viel Rot. Wir müssen aufhören.« Wim reichte Mareikje ihre Kleider.

Sie zog sich schweigend an, bevor sie den Korb auf den Tisch stellte und die Holzstühle heranzog.

»Ich habe Brot und Fleisch mitgebracht.« Sie setzte sich mit dem Rücken zum Ofen an den Tisch und nahm die Lebensmittel aus dem Korb.

»Wim?« Ihre Stimme klang ungewohnt leise.

Er blickte auf.

»Du hast mich betrachtet, wie du einen Baum anschaust, eine Brücke oder eine Kuh.« Sie schluckte. »Für dich bin ich gar nicht Mareikje Hoorn, ich bin nur ein Gegenstand, den du malen willst, oder?« Eine Träne lief ihr über die Wange. Sie hob den Saum des Kleides an und wischte sie weg.

»So etwas darfst du nicht sagen, das …« Verzweifelt rang er um Worte der Erklärung.

»Was ist es sonst, dass du mich abweist? Sind dir meine Brüste nicht groß genug? Ist dir mein Hintern zu breit? Warum lasse ich dich so kalt?«

Die Bitterkeit in ihren Worten passte nicht zu dem verletzten Ausdruck in ihren Augen. Wim sah sie verwirrt an.

»Wim, bitte … verzeih mir, ich … ich weiß nicht, was in mich gefahren ist.« Im nächsten Augenblick ließ sie sich in seine Arme fallen und schmiegte sich an ihn. Sie spürte, wie sein Herz klopfte, genau wie das ihre. »Ach, Wim …«

Er drückte sie fester an sich und streichelte ihren Rücken. Dann waren seine Lippen auf ihren, seine Hände griffen wie von selbst nach ihren und hielten sie fest. Er hörte ihr Seufzen, als sie ihn langsam zur Liege an der Wand der Werkstatt zog. »Wim, ich will …«

»Bitte, Mareikje, lass uns aufhören. Es ist … es ist nicht recht, was wir tun.«

Er sah, wie sie sich anspannte, als sie das Kinn hob. »Warum soll es nicht recht sein? Du bist ein Mann, und ich bin eine Frau, was ist falsch an dem, was wir tun?«

Wim kniete vor dem Bett nieder und legte seine Hand auf ihre Hüfte. Er sah ihr in die Augen. »Seit vielen Jahren habe ich niemanden mehr so begehrt wie dich. Aber das, was wir beide wollen, ist etwas, das Mann und Frau vorbehalten ist. Es ist kein Spiel, das man spielt, und dann geht jeder wieder seiner Wege.«

»Dann werden wir heiraten.« Trotzig hielt sie seinem Blick stand. Es gab ihm einen Stich, als er den verletzten Stolz in ihren Augen sah. »Oder magst du mich nicht so sehr, wie ich dich?«

Wim strich mit seinem Zeigefinger über ihre Wange. »Frag mich nicht, wie sehr ich dich mag, Mareikje. Dafür gibt es keine Worte. Aber wir können nicht heiraten. Es geht nicht.«

Mareikje schloss für einen Moment die Augen, setzte sich dann auf und richtete mit zitternden Händen ihr Kleid am Hals und in der Taille. Er beobachtete sie voller Schmerz und wünschte, er müsste ihr nicht so wehtun.

»Dein Onkel würde niemals einer Heirat zustimmen. Und recht hätte er damit, Mareikje. Ich würde dich ins Unglück stürzen.« Kathas Gesicht kam ihm in den Sinn, ihre von der

Krankheit gezeichneten Züge. War es nicht auch seine Schuld gewesen, dass sie nie wirklich Lust am Leben empfand? Er erinnerte sich an ihre bittend ausgestreckten Hände, wenn er auf Reisen ging und sie verlassen musste. Und manchmal, wenn das Geld knapp war, hatte ihn der Verdacht beschlichen, sie würde auf seine Kosten hungern, nur um ihm abends ein Stück Fleisch in den Kohleintopf legen zu können. Der Gedanke, er könne durch sein eigenbrötlerisches und armseliges Künstlerleben das Lachen aus Mareikjes Gesicht treiben, war ihm unerträglich.

»Es gibt so viele junge Männer, die für dich in Frage kommen«, sagte er. Es kostete ihn schier unmenschliche Überwindung, Mareikje einen anderen Mann ans Herz zu legen. »Antonius van Halder, Pitt Henseler … Beide könnten dir ein sorgenfreies Leben bieten.«

Mareikje wandte sich mit einem Ruck um, als Wim den Namen des jungen Rosshändlers nannte. In ihre Augen trat ein Glitzern, das ihn irritierte. Doch er beschloss, nicht weiter in sie zu dringen.

Schweigend aßen sie zusammen. Als er sie auf die Wange küssen wollte, wich sie aus, sodass seine Lippen nur ihre Schläfe berührten.

»Wirst du morgen wiederkommen?«, fragte er leise.

»Ich weiß es noch nicht«, erwiderte sie und verließ überstürzt sein Haus.

Wim blieb in der offenen Tür stehen, bis sie aus seinem Sichtfeld verschwand.

# Achtes Kapitel

Die van Halders waren in Gouda seit Jahrhunderten eine angesehene Familie. Auf dem großen Käsemarkt wurden im Hochsommer alljährlich mehrere Stände für sie aufgebaut, denn Namensvettern aus Alkmaar, Groningen oder Amsterdam waren zugegen. Die Sippe war mittlerweile in ganz Holland verbreitet und einflussreich.

So war es auch kein aufsehenerregendes Ereignis, als an diesem warmen Märzmorgen ein Bote in den Hof der Käsehandlung von Theophil van Halder geritten kam. Die kleinen Steine vor der Laderampe flogen in alle Richtungen, als er sein Pferd genau vor dem Kontor zum Stehen brachte. Einer der Jungen aus dem Dorf, die den Käsemeistern beim Transport der schweren gelben Räder halfen, stürzte auf sein Kommando herbei, nahm die Zügel des Rappen und führte das edle Tier zu den Stallungen, wo es der Futtermeister in seine Obhut nahm.

Der Bote öffnete währenddessen schwungvoll die Tür zum Kontor. Er sah sich kurz um und trat auf Theophil zu, den hier alle nur Theo nannten. »Mijnheer van Halder?«

Theo nickte und trat hinter seinem Pult hervor. »Was führt Euch zu mir?«

»Eine Nachricht aus Brabant.« Der Mann klemmte den modischen Federhut unter den Arm und öffnete die lederne Posttasche, die er über der Schulter trug. Er zog einen versiegelten

Umschlag heraus und betrachtete die Angaben darauf. »Aus Bruikelaar.«

»Regine, Martha!« Der Alte brüllte durch den Raum ins Lager. »Ein Brief von Gerard. Kommt her!«

Der Bote händigte dem Kaufmann das Schreiben aus. Theo sah ihn mit einem zusammengekniffenen Auge an. »Wenn Ihr es nicht so eilig habt, wie es aussieht, dann geht in die Küche. Die Mägde sollen Euch einen Krug Bier, einen Kanten Brot und ein gutes Stück vom alten Käse zurechtmachen.«

Der junge Mann nickte erfreut, grüßte Theos Frau und Tochter, indem er den Arm mit dem Federhut in der Hand weit von sich streckte und das Knie beugte. Dann verließ er den Laden.

Theo schüttelte den Kopf. »Das wird kein gutes Ende nehmen mit diesem Land, wenn jetzt schon die Boten wie Gecken auftreten.«

Seine Frau Martha nahm ihm den Brief aus der Hand. »Nun reg dich nicht auf. Wenn Regine nicht im Raum gewesen wäre, hätte er sicher nicht so einen Aufstand gemacht.« Sie stieß ihrer Tochter, die dem galanten Reiter mit großen Augen hinterherblickte, mit dem Ellbogen in die Seite. »Du solltest dich langsam daran gewöhnt haben, dass du verheiratet bist, Meisje. Komm, mach das Schreiben deines Onkels auf und lies es uns vor.«

Es war seit langem Sitte, dass im Hause van Halder in Gouda auch die Frauen lesen lernten, aber Regine beherrschte diese Kunst nur unvollkommen. Sie vermochte zwar, die Buchstaben zu entziffern, auch zu Worten zusammensetzen konnte sie die Lettern, aber gleichzeitig den Sinn dessen, was sie da las, zu erfassen, das war zu viel für sie. Vor allem, weil ihr immer noch die festen Hinterbacken des jungen Boten im Kopf herumspukten. Mehrmals musste ihre Mutter sie ermahnen, bis es dem Vater zu viel wurde. Er riss ihr das Schreiben aus der Hand und überflog es.

»Na also. Gerard kommt mit seiner Frau und Antonius.« Er hielt das Schreiben ins Licht. »Und der Taugenichts hat wohl endlich eine Frau gefunden. Jedenfalls hoffen sie das alle, obwohl sie noch zögert. Aber zum Marktfest wird sie ihn begleiten, schreibt Gerard.«

Martha van Halder überlegte bereits, welche Mägde und Knechte ihre Kammern für die Gäste räumen mussten. »Kommt noch jemand mit, den ich bedenken muss?«

Der Alte nickte versonnen. »Dieser Freund von Antonius, der Rosstäuscher. Pitt Henseler.«

Martha schlug die Hände vors Gesicht. »Da brauche ich ja noch ein Zimmer, und …«

»… drei starke Männer, die Regine ans Bett gefesselt halten«, ergänzte ihr Mann. »Wenn dieser Bruder Leichtfuß dabei ist, führt sie sich wahrscheinlich wieder auf wie eine läufige Hündin.«

Obwohl Regine sich bemühte, die Vorfreude auf das Familienfest nicht zu zeigen, strahlte ihr Gesicht wie die frischgewaschenen Käselaibe im Lagerhaus.

Der Alte seufzte. »Wenn dein Mann dir doch nur einmal richtig den Hintern versohlen würde. Vielleicht würde dir das die Dummheit aus dem Leib prügeln.«

Im fernen Bruikelaar rieb sich derweil Gerard van Halder zufrieden die Hände. Er hatte sich mächtig ins Zeug legen müssen, das Meisje zu überreden, nach Gouda mitzukommen. Zwei Stunden hatte er mit Eduard van Seeg am Schanktisch in der Citadel gesessen und ihn bearbeitet, bis der Kaufmann endlich das Wams zugeschnürt hatte und mit ihm zu Mareikje Hoorn gegangen war.

Dieses Mädchen verblüffte ihn immer wieder, beinahe erinnerte sie Gerard an ihre Mutter, die sich vor vielen Jahren seinem Werben hartnäckig widersetzt und lieber den Tunichtgut Geert Hoorn genommen hatte, der den lieben langen Tag nur sein Orgelspiel im Kopf hatte.

Mareikje schwieg während des Gesprächs zumeist, aber wenn sie sich von ihm und ihrem Onkel in die Ecke gedrängt fühlte, schüttelte sie fest den Kopf, und van Seeg schaute ihn dann nur abbittend an, als wolle er sagen: »Was soll ich denn bloß machen bei so einem Dickkopf?« Insgeheim aber, das spürte Gerard genau, war van Seeg stolz auf seine widerspenstige Nichte.

Am Ende erfüllten das Bier und die wenigen Schlucke, die sie vom Genever genommen hatte, doch ihren Zweck. Wenigstens stimmte sie zu, mit ihm und Antonius nach Gouda zu fahren und die van Halders kennenzulernen.

Aber das Verhandeln war zäh gewesen. Erst als der Tuchhändler erwähnte, dass auch Pitt Henseler mitfahren wolle, hatte sich in ihren Augen etwas verändert. Als er dann noch betonte, dass auch seine Frau mit von der Partie sein würde, hatte sie ganz zögernd genickt. Die ausgefuchsten Kaufleute wussten natürlich sofort, was zu tun war: Eduard sprach von der neuen Festtracht, die sie zu diesem Anlass brauchen würde, und Gerard nahm den Beutel vom Gürtel, legte ein goldenes Fünfguldenstück auf den Tisch. Und als sie immer noch zögerte, sagte er: »Wenn's nicht reicht, schick die Schneiderin zu mir, dann wird sie auch den Rest bekommen.«

Als er endlich das Haus des alten Hoorn verließ, blies ihm der frische Wind ins Gesicht, und Gerard van Halder überlegte, ob er noch einmal in der Citadel einkehren sollte. Doch da würden nur besoffene alte Männer herumsitzen, die warteten, bis ihre Frauen den Knecht losschickten, um sie nach Hause zu holen.

Von den Bildern, die nach dem Besuch bei dem bockigen jungen Mädchen in seinem Kopf herumspukten, würde ihn nur Antje im Houvenkrog erlösen können. Er wechselte die Richtung und ging den Weg zum Stadttor hinunter. Genüsslich leckte er sich die Lippen, als er daran dachte, wie er Mareikje Hoorn zum Abschied in den Arm genommen hatte. Feste kleine Brüste hatte sie, die sich durch das dünne Tuch gegen seine heiße Brust gepresst hatten. Sie war ein wenig rot geworden, aber als angehender Schwiegervater sollte er doch wohl das Recht haben, das Meisje einmal zu drücken.

Immer noch erregt, öffnete er die Tür zum Krog. Antje saß allein hinterm Schanktisch. Gerard musste keine großen Worte machen, sechs Stüver und der Blick in seinen Augen sagten der Magd, was er wollte. Sie schob das Geld in ihre Kitteltasche, schürzte die Röcke und winkte ihn in den Nebenraum.

Lange überlegte Mareikje am Morgen darauf, ob sie Wim über ihren Besuch in Gouda unterrichten sollte. Sie wusste, sie war es ihm schuldig, aber immer noch brannte der Schmerz über die Zurückweisung in ihr. Sie war bereit gewesen, ihm alles zu geben und er – hatte sie abgewiesen. War es am Ende also nicht seine Schuld, dass sie dem Drängen des alten van Halder nachgegeben hatte?

Natürlich klang alles noch ganz unverbindlich: Sie hatte nicht mehr versprochen, als mit den van Halders zu einem Familienfest zu fahren. Aber Mareikje konnte durchaus einschätzen, was es bedeutete, Zuwendungen des Tuchhändlers anzunehmen. Wenn sie mitfuhr, kam das beinahe einem Eheversprechen mit Antonius gleich. So verlangte es die Moral. Sonst würden die Leute anfangen zu munkeln.

Schließlich entschied sie, dass es ihr unerträglich wäre, Wim bei ihrem Abschied in die Augen zu sehen – nach allem, was geschehen war. Stattdessen schrieb sie ihm einen langen Brief, in dem sie ihm erklärte, wie sehr sie ihn liebte und wie weh es ihr tat, dass er sie verschmähte; aber auch, dass sie Verständnis habe, wenn er sie nicht wolle. Nun müsse aber auch er verstehen, dass sie sich für Antonius entscheiden werde, denn die Ehe mit ihm bedeute, dass sie frei von Geldsorgen sein würde. Und mit all dem Geld könne sie ihn, den großen Künstler, an dessen Talent sie bis an ihr Lebensende glauben werde, unterstützen, und sie könne auch Rieke und Henk und Tildie mit ihrem Kind helfen.

Die Tränen, die sich aus ihren Augen gelöst hatten, wischte sie mit zwei Fingern weg. Sie würde Rieke den Brief geben und sie bitten, ihn Wim auszuhändigen, wenn er nach ihr fragte. Ja, so war es richtig: Nur falls er sich nach ihr erkundigte, sollte Rieke ihm das Schreiben überreichen.

Die Sonne schien durch das Fenster, Staubkörnchen flirrten in der Luft. Es würde ein schöner warmer Tag werden. Mareikje holte tief Luft, zog den braunen Vorhang vors Fenster und stieg aus ihren Kleidern, um für den Besuch bei der Schneiderin die alte Sonntagstracht anzulegen. Für fünf Gulden würde ihr die Putzmacherin auch noch ein Unterkleid zur neuen Tracht nähen, und wenn Antonius' Vater sogar noch etwas darauflegen wollte … Bei diesem Gedanken lächelte Mareikje zum ersten Mal an diesem Morgen. Auch wenn sie es wie die meisten Frauen in Bruikelaar nicht zugeben würde, liebte sie es, sich auszustaffieren. Wenn Geld keine Rolle spielte, war es ein wahrlich himmlisches Vergnügen! Sie versuchte, nicht darüber nachzudenken, dass van Halder sich mit seinem großzügigen Angebot nicht nur ihre Freude, sondern auch ihre Gunst erkaufen wollte.

Gut gelaunt ging sie in den Garten, wo Rieke auf den Knien und vornübergebeugt in den Gemüsebeeten harkte und zupfte. »Rieke, ich gehe zu Mine Hennecker. Ich werde sicher nicht so bald wieder zurück sein.«

Ächzend richtete die Magd sich auf. »Na, was willst du denn bei Mine?«

»Ich fahre doch im nächsten Monat mit den van Halders nach Gouda, zum Familienfest. Und weil's da eine neue Tracht braucht, hat Antonius' Vater sie mir spendiert.« Breit lächelnd zog sie die goldene Münze aus der Tasche und zeigte sie der alten Frau auf der flachen Hand.

Das Schmunzeln zauberte eine Faltenlandschaft auf Riekes Gesicht. »Ist schon recht. Mit Antonius wirst du keine Schwierigkeiten haben. Wer so viel Prügel eingesteckt hat, der wird sich seiner Frau gegenüber zu benehmen wissen.«

Mareikje winkte ihr zu und machte sich auf den Weg, um noch vor der Mittagsstunde bei der Putzmacherin anzuklopfen.

Auch Mine hatte ihren Laden am Marktplatz, nicht weit entfernt von dem Tuchhändler. Die Schneiderstube war eng und muffig, auf Regalen und Bänken lagen zusammengerollte und gefaltete Ballen Stoff, halb fertige Röcke, zugeschnittene Teile von Mänteln und Westen. In offenen Schubladen schimmerten Knöpfe aus Perlmutt neben Haken, Schnüren und kleinen polierten Holzkeilen. Der Ankleideraum neben der Werkstatt war gelüftet und vom Sonnenlicht durchflutet. Ein Holzpodest stand in der Mitte, daneben ein Raumteiler, um die Kundschaft vor unerwünschten Blicken zu schützen. Auf einem Tisch stand ein geflochtener Nähkorb, daneben mehrere Scheren, Garne und Nadeln sowie ein Stapel von Papieren mit Zeichnungen. Im ganzen Raum lagen verschiedenfarbige Tuchreste auf den Dielen verstreut. Es roch würzig nach einem fremdartigen Kraut, das die Putzmacherin – wohl gegen die Motten und anderes Ungeziefer – in kleinen Säcken aufgehängt hatte.

Mareikje legte der Schneiderin die Münze auf den Tisch, die diese kritisch betrachtete. Sie nahm das Geldstück, drehte es zwischen den Fingern und biss mit dem einzigen verbliebenen Eckzahn darauf, bevor sie es tief in ihrem Nähkorb verstaute. »Dafür gibt's eine Festtagspracht, die in Bruikelaar ihresgleichen sucht. Weißt du das?«

Mareikje nickte.

»Willst du nicht lieber etwas Einfacheres? Du könntest leicht zwei oder drei Gulden sparen, wenn wir nicht die kostbarsten Stoffe nehmen.«

Mareikje schüttelte den Kopf. »Es ist für eine ganz besondere Feier. Nur wenn Ihr mir für das Geld noch ein Unterkleid dazu schneidern könntet – das alte ist schon ganz verschlissen.«

Mine nickte versonnen. »Van Halder hat im Herbst ganz weiche Stoffe bekommen, aus der Neuen Welt, wie er sagt. Die spürst du gar nicht auf der Haut.« Sie hielt ihr ein Stück Tuch von der Größe eines Suppentellers hin. Begeistert strich Mareikje mit der Wange über den kühlen weichen Stoff.

»Das ist wunderbar. Was ist das für ein Gewebe?«

Die Schneiderin nahm ihr den Lappen aus der Hand. »Man nennt es Seide. Bisher konnten es nur sehr reiche Leute kaufen, weil es aus dem fernen China kam. Aber seit ein paar Jahren können sie es wohl auch in Frankreich und in Italien bestellen, dadurch wird es billiger. Ich werde ein wenig an der Spitze sparen, dann ist das Unterkleid mit drin.«

»Gerard van Halder sagt, wenn das Geld nicht ausreicht, sollt Ihr den Rest bei ihm einfordern.«

Die Alte lachte meckernd. »Das hat er sich ja schlau ausgedacht. Da wird er mir sicher wieder einen Ballen Stoff geben wollen, den er sonst nicht losbringt, der alte Halsabschneider.«

Ohne Scheu legte Mareikje ihr Kleid ab und stellte sich nackt vor Mine Hennecker auf das Podest.

Mine betrachtete sie mit halb zugekniffenen Augen. »Du bist eine richtige Frau geworden, seit du das letzte Mal hier gestanden hast.« Sie legte das Maßband um Mareikjes Brustkorb und murmelte ein paar Zahlen.

Mareikje sah auf sie hinunter. »Ich habe das Gefühl, meine Brust ist gar nicht mehr gewachsen, seit ich mit sechzehn die letzte Tracht bekommen habe.«

Die Alte lachte wieder. »Die Brust wächst, wenn ein Kind daran hängt, das weiß man. Dafür nähe ich ein wenig Stoff ein, den wir später rauslassen können. Aber dein Hinterteil ist rund geworden. Dass du das überhaupt noch in die alte Tracht hineinbekommst …« Sie schnalzte mit der Zunge, legte beide Arme um Mareikjes Bauch und ließ das Band nach unten gleiten. Wieder murmelte sie einige Zahlen, dann vermaß sie Bauch und Schultern. »In der Taille werde ich ein Band einnähen, das kann man dann später lösen, wenn du schwanger gehst.« Sie lächelte hintergründig. »Obwohl Antonius sich sicher nicht lumpen lassen wird, wenn du sein Kind unter dem Herzen trägst.«

Sie ließ Mareikje die Arme anheben und nahm auch hier das Maß.

»Die Frau meines Bruders klöppelt die feinste Spitze von ganz Brabant. Wir werden mit einem Streifen davon den Ausschnitt verzieren. Sicher macht sie uns einen guten Preis, und ein Kleid für fünf Gulden soll ja auch keines für alle Tage sein, nicht wahr?«

In diesem Moment flog die Tür zur Schneiderstube auf. Mine Hennecker drehte sich erbost ob der Störung um. Mareikje war mit einem Satz hinter den Raumteiler gesprungen.

»Lasst Euch nicht stören, wir bringen nur den Stoff, den Ihr letzte Woche bestellt habt!« Gerard van Halders Stimme erfüllte die Stube. Hinter ihm trat mit kleinen, abgehackt wirkenden Schritten Antonius ein.

Mareikje lugte hinter dem straff gespannten Stoff hervor, wo sie vor den Blicken geschützt war. Die Schneiderin blickte zwischen ihr und den beiden Tuchhändlern hin und her.

Breit grinsend schob sich van Halder an der Alten vorbei. »Na, was stellst du dich denn so an, Mareikje. Gehörst doch schon fast zur Familie.« Er wandte sich mit einem Grinsen um und winkte seinem Sohn, näher zu treten.

Antonius machte einen Schritt, blieb dann aber stehen. »Vater, nun komm doch raus hier. Du siehst doch ...«

Knallend landete Gerard van Halders flache Hand auf der Wange seines Sohnes. »Du wirst mich nicht lehren wollen, was sich schickt. Oder? Schleich dich, du Waschlappen!«

Antonius presste die Lippen aufeinander und hielt sich die schmerzende Wange. Für einen kurzen Moment flammte in seinen Pupillen Zorn auf. Doch schnell erlosch das Aufbegehren gegen den Vater, und er trollte sich in Richtung Tür. Van Halder lachte voller Abscheu, während sein Blick dem vor Scham heftig erröteten Antonius folgte.

Mareikje holte tief Luft. Wut durchflutete sie. »Mijnheer van Halder, es ist genug! Wenn Ihr nicht augenblicklich diesen Raum verlasst, dann werfe ich Euch Euer Geld vor die Füße, und die Fahrt nach Gouda findet ohne mich statt!«

Van Halder verzog den Mund. »So ist es recht. Eine Wildkatze wird den Nichtsnutz schon auf Trab bringen.« Als wäre nichts geschehen, lüpfte er die Mütze zum Gruß. »Die Rechnung kommt dann in den nächsten Tagen, Mefrouw Hennecker. Und macht dem Meisje ein schmuckes Kleid. Wenn's Geld nicht reicht, dann gebt mir nur Bescheid. Es soll Euer Schaden nicht sein.«

Mine spuckte auf den Boden, als er die Nähstube verlassen hatte. »Worauf Ihr Euch verlassen könnt, Mijnheer van Halder, diesen Auftritt werdet Ihr bezahlen.« Sie drehte sich um und nahm Mareikje in den Arm, die jetzt am ganzen Körper schlotterte. »Mit Antonius machst du einen guten Fang, Kind. Aber vor dem Alten, vor dem nimm dich in Acht.«

Noch während die Putzmacherin verschiedene Stoffe herbeiholte, um mit Mareikje zusammen die schönsten Farben und Garne auszusuchen, hielt sich ein paar Häuser weiter Antonius schützend die Arme über den Kopf, um den Schlägen seines Vaters auszuweichen. Der Alte hatte einen Maßstock in der Hand und prügelte wie wild auf den Sohn ein.

»Einmal noch Widerworte von dir, und ich werde dich totschlagen, gleich an Ort und Stelle, das schwöre ich dir.« Er hielt schnaufend inne, nachdem Antonius sich nach hinten in den Lagerraum weggedrückt hatte. »Du bleibst hier und räumst das Geschäft auf, hast du das verstanden?«

Ein Schluchzen aus dem Lager war die Antwort.

»Und wehe dir, es ist nicht alles blitzblank, wenn ich wiederkomme.«

Fröhlich pfeifend stieg er die Tür zur Stube seiner Frau hinauf. Sicher würde sie sich wieder schlafend stellen, aber was scherte ihn das? Das Beißholz lag griffbereit auf der Ablage neben der Tür. Er würde sie schon wach bekommen.

# Neuntes Kapitel

Mitte April waren in *Noord-Brabant* auch die letzten Schneehügel in den schattigen Gassen und auf den der Sonne abgeneigten Uferwiesen geschmolzen. Krokusse und Kräuter drängelten ans Licht, erdbraunes feuchtes Gras richtete sich auf. Die Lindenbäume auf dem Marktplatz trieben hellgrüne Triebe aus, und die Störche sammelten Blätter und Äste im umliegenden Land, um auf der Kirchturmspitze von Bruikelaar ihr Quartier zu beziehen. Rings um den belebten Marktplatz rangelten ihre kleineren Artgenossen schimpfend um die besten Plätze zum Nestbau.

An diesem späten Samstagnachmittag ließ Gerard van Halder ganze Heerscharen von Dienstboten antreten, um die beiden Kutschen zu beladen. Zum Dank für die Einladung hatte Pitt Henseler zwei seiner schönsten Rösser vor die offene Kutsche gespannt, auf der er und Antonius das Gepäck transportieren sollten.

Mareikje, die vor Aufregung kaum still sitzen konnte, reiste mit Gerard van Halder und seiner Frau Wilhelmine im geschlossenen Wagen, den zwei von van Halders Braunen zogen. Die allgemeine Anspannung schien auch Antonius' Mutter erfasst zu haben, denn zum ersten Mal, seit Mareikje sie kannte, nahm sie mit Blicken und unauffälligen Gesten am Geschehen teil. Am Arm ihres Mannes war sie in die Kutsche gestiegen.

Aus dem Inneren des Gefährts beobachtete Mareikje die beiden jungen Männer, die den Dienstboten Anweisungen zum Beladen der Kutsche erteilten. Sie zuckte zusammen, als Pitt die Peitsche gegen einen der Knechte hob, weil dieser eine Kiste unsanft neben dem Speichenrad abgestellt hatte. Aber der Bursche fegte blitzschnell aus der Reichweite des jähzornigen Rosshändlers.

Durch das rückwärtige Fenster winkte Mareikje Rieke und Henk zu, die ihr zu Ehren bis zum Stadttor gelaufen waren und zusammen mit den Knechten und Mägden der anderen Familien die Kutschen verabschiedeten.

Mareikje sah die Traurigkeit in Riekes Gesicht, und sie wusste, ihr Kummer hatte nicht nur mit ihrem Fortgehen zu tun. Vor zwei Tagen hatten sie noch einen Brief an Tildie geschrieben. Mareikje selbst hatte ihn zum Hafen gebracht, bevor das Postschiff wieder auslief, aber wer wusste schon, wann das Schreiben das Mädchen erreichen würde? So liebe Worte ihrer Eltern, die ihr versicherten, dass sie jederzeit heimkehren könne und dass die Alten zu ihr halten würden, egal, was die Leute auch redeten. Und dass sie sparten, damit Tildie das Kind zu den Nonnen bringen könne.

Mareikje seufzte, als sie sich umdrehte und den Blick nach vorn richtete. Schlammige Äcker, gelbbraune Wiesen, über denen ein feiner Nebel lag. Darin versanken scheinbar die Hufe der Rinder und Schafe, die vereinzelt zwischen den über das Land verstreuten Windmühlen und Gehöften mit wiegenden Köpfen, malmenden Kiefern und hervorstakenden Schulterblättern nach Nahrung suchten.

Zwar war der Frühling schon lange ins Land gezogen, aber die Wege waren noch immer matschig. Oft sanken die Pferde bis über die Fesseln in den Schlamm, oder die Räder blieben im Morast stecken. Dann sprangen Antonius und Pitt vom Wagen, griffen in die hölzernen Speichen und machten das Gefährt wieder flott.

Bald schon waren die Schimmel bis über den Bauch mit Dreck bespritzt, und den Braunen klebte der Matsch in den Schweifen. Van Halder dachte gar nicht daran, den jungen Männern beim Freimachen der Wagen zu helfen. Er hatte die Hände gefaltet auf dem Bauch liegen, die Augen halb geschlossen. Auch Wilhelmine van Halder döste vor sich hin oder schaute aus dem Wagenfenster, wenn sie das Rütteln geweckt hatte. Denn mitunter war der Weg so uneben, dass sich alle Insassen an den Griffen festhalten mussten.

Als die Sonne schon hoch über ihnen stand, klopfte van Halder an die Kutschenwand. Der Kutscher gab das Zeichen rufend nach vorne weiter, und kurz darauf hielten sie abseits des schlammigen Weges neben einer kleinen Au. Schnell waren die Vorräte ausgepackt und die Decken ausgebreitet.

Verwundert sah Mareikje sich nach dem Kutscher um. Er wirbelte mit einem Stück Brot in der Hand um die Wagen herum und zog die gröbsten Äste aus den Fahrgestellen. Mareikje ging zu ihm hinüber. »Willst du nicht auch etwas essen?«

Er schüttelte den Kopf. »Das mag Mijnheer van Halder nicht, wenn ich auf der faulen Haut liege. Und ich habe keine Lust, selbst die Peitsche zu spüren zu bekommen.« Er lächelte sie an und arbeitete weiter.

So unterschiedlich sind die Menschen, dachte Mareikje. Ihr wäre es nie in den Sinn gekommen, Henk und Rieke weiterarbeiten zu lassen, während sie beim Essen saß. Sie beschloss, dieses Thema später, irgendwann einmal, mit Antonius zu besprechen. Es konnte doch nicht sein, dass er genauso dachte wie sein Vater!

Kaum hatte Mareikje sich an den festen Boden unter den Füßen gewöhnt, begannen die Männer schon wieder mit dem Einladen. Der alte van Halder stand mit hinter dem Rücken verschränkten Armen dabei und gab Anweisungen.

»Antonius, du Rindviech, trödele nicht so. Wir müssen heute das erste Drittel der Strecke schaffen. Ich will nicht erst bei Anbruch der Dunkelheit bei meinem Geschäftsfreund, der uns beherbergt, auf den Hof fahren.« Er nahm einen Kiesel vom Boden auf und warf ihn nach seinem Sohn, der die Schultern hochzog.

Pitt Henseler schüttelte den Kopf, als er neben Antonius eine Kiste festzurrte. »Wenn du nicht endlich anfängst, dich zu wehren, wird er dich eines Tages totschlagen«, zischte er ihm zu.

Antonius stieg auf den Kutschbock, als hätte er ihn nicht gehört. »Wir sind fertig, los geht's.« Er winkte dem Kutscher, ihnen zu folgen.

Je näher sie Gouda kamen, desto betriebsamer wurde es auf der Strecke. Händler und Kauflustige, Gaukler und Musikanten aus Dordrecht, Rotterdam und den kleineren Städten und Dörfern aus Süd-Holland stießen auf dem Weg zum Käsemarkt zu ihnen. Schon jetzt, noch fast zwei Tagesreisen von Gouda entfernt, war es kaum noch ein Fortkommen, weil immer wieder die Räder in den Furchen stecken blieben.

Mareikje wäre gern abgesprungen und zwischen all den Leuten umhergelaufen, denn das lange Stillsitzen zwischen den van Halders machte sie ganz unruhig. Aber das erlaubte Gerard van Halder nicht. Allerdings ließ sie es sich nicht verbieten, sich zu Rink auf den Kutschbock zu setzen und das Gewimmel und den Trubel von dieser erhöhten Position aus zu beobachten.

Es mussten hunderte von Gespannen sein, die meisten ärmlich, mit einem Esel, einem Maultier oder einem Ochsen vorneweg, aber einige waren sogar noch prächtiger als das van Halder'sche. Und neben jedem Gefährt liefen Reisende her. Hier ein griesgrämig dreinblickender Alter, der mit dem Knüppel das Zugtier antrieb, dort eine Schar von zerlumpten Kindern, die sich neckten, an anderen Wagen zu betteln versuchten oder einfach nur genauso neugierig wie Mareikje in der Gegend herumschauten.

Vom Vorderwagen grinste Antonius zu ihr herüber. »Warte nur, bis wir in Gouda sind, da wird es noch viel schlimmer. Der Zug aus Brabant ist einer von den kleinen. Später kommen aus dem Norden die Händler aus Amsterdam und Haarlem dazu, vom Westen her die Leute aus Nijmegen und Arnhem und aus dem Süden die Belgier, die sich nur noch im Marktgetümmel nach Holland wagen. Die aus Rotterdam, Leiden und Delft sind dann sicher schon in der Stadt, denn für sie ist es ja nur ein Katzensprung. Und die Käsehändler aus der ganzen Gegend warten schon – der Markt wird von Jahr zu Jahr größer.«

Als am nächsten Tag die Mauern von Gouda am Horizont auftauchten, schob sich ein Einspänner an ihnen vorbei. Mareikje sah der Frau auf dem Kutschbock in die Augen. Ihre ebenmäßigen Züge verunzierte nur eine leuchtend rote Narbe auf der Wange. Ihre runden Formen hatte sie in eine bunte Tracht gekleidet, an den Füßen prangten kunstvoll bemalte Holzschuhe. Die dunklen Haare waren auf dem Hinterkopf zu einem Knoten gebunden. Die Frau grüßte freundlich und drehte sich zu ihrer jüngeren Begleiterin um; die zerrte an den Radspeichen und half so dem klapprigen Pferd, das Gespann neben dem Weg an den anderen Wagen vorbeizumanövrieren.

Die Frau lächelte. »Geht's noch, Liebling? Wir könnten uns doch langsam einreihen.«

Das Mädchen warf den Kopf in den Nacken und strich sich mit der dreckverschmierten Hand die Haare aus dem Gesicht. »Du siehst doch, was hier los ist. In Gouda wird es noch voller sein. Da kostet uns jede Stunde, die wir hier herumstehen, teures Geld.« Die Räder der Kutsche lösten sich, und sie sprang ruckartig nach vorne.

Mareikje beobachtete, wie das Mädchen die Röcke schürzte und anmutig auf den Wagen stieg. Sicher war sie die Tochter der Frau auf dem Bock, denn auch sie war wundervoll anzusehen: groß, schlank und sehnig, aber mit Brüsten, die sich deutlich unter dem dünnen Stoff abzeichneten. Sie lächelte Mareikje an, und diese grüßte zurück.

»Was verkauft ihr denn in Gouda, dass ihr es so eilig habt?«

Das Mädchen lachte. »Uns selbst, Mefrouw, wenn's beliebt.«

Mareikje spürte, wie ihr das Blut in den Kopf schoss. So sahen also solche Frauen aus.

Die Kutsche der beiden war jetzt schon an der von Antonius und Pitt vorbeigezogen. Das Mädchen musste sich umdrehen und rufen, damit Mareikje sie noch verstand. Sie winkte freundlich.

»Ihr braucht euch nicht zu genieren, unsere Zunft ist auf dem Markt genauso gern gesehen wie alle anderen. Und besser besucht.«

Mareikje starrte auf den Holzboden neben ihre Füße. Vorne richtete sich Pitt auf.

»Schert euch zum Teufel und lasst die Mefrouw in Ruhe, ihr Hurenpack.« Er warf einen Holzklotz in ihre Richtung, doch die beiden waren längst zu weit davongezogen. Das Mädchen lachte hell, stand auf, hob die Röcke und streckte Pitt ihr blankes Hinterteil entgegen. »Wartet nur ab mit Eurem Urteil. Vielleicht sehen wir uns ja in Gouda wieder. Ihr findet uns am

Engelsmarkt. Fragt einfach nach Carolien.« Lachend setzte sie sich wieder hin.

Mareikje schämte sich für das Gebaren der Huren, aber Pitt lachte. Er drehte sich zu Antonius. »Wenn die sich mal nicht täuschen. Zur Marktzeit sind doch so viele Meisjes in der Stadt, wer muss da schon zu den Huren gehen?«

Antonius zog den Kopf zwischen die Schultern und ließ die Peitsche über den Pferderücken schnalzen.

# Zehntes Kapitel

»Der Herrgott soll mein Zeuge sein, das sind doch nie im Leben Speisezwiebeln!«

Rieke richtete sich auf, wischte sich mit dem Handrücken die Schweißperlen von der Stirn und stemmte die Hände in die breiten Hüften. Sie starrte auf die fleischigen Blätter, die sich aus der lockeren schwarzen Erde dem Sonnenlicht entgegengeschoben hatten. Der Stiel in der Mitte trug eine von festen grünen Blättern umschlossene Knospe. Vor einigen Tagen erst hatte sie die kleinen Pflanzen aus den Trögen im Hühnerstall genommen und im geschützten Eck des Gemüsegartens eingepflanzt.

Die Magd hob die Stimme und rief nach ihrem Mann. »Schau dir das an«, sagte sie, nachdem Henk den Spaten in den Boden gerammt hatte, in dem schon bald die ersten Frühkartoffeln reif sein würden. Er wischte sich die Hände an der Hose ab und kniete sich vor das Beet.

»Das sind keine Zwiebeln, oder?«, beharrte Rieke, und eine innere Unruhe erfasste sie.

Henk schob die Erde von den Blättern. Er schüttelte den Kopf. »Ich weiß zwar nicht, was das ist, aber eine Zwiebel ist es nie und nimmer.«

Für eine Sekunde schoss Rieke durch den Kopf, dass sie erst kürzlich etwas von Zwiebeln gehört hatte – etwas Wichtiges –, aber dann wurde die Erinnerung schon wieder von den Gedanken an die schwangere Tochter verdrängt, die den Brief inzwischen sicher erhalten hatte. War sie wohl schon auf dem Weg? Und dann war da noch das Schreiben an den Maler, das auf dem Stubentisch lag. Henk hätte es am liebsten schon am Morgen abgeliefert, aber sie hatte darauf bestanden, dass sie sich an Mareikjes Anweisungen hielten. *Gebt es ihm erst, wenn er sich nach mir erkundigt*, hatte sie gesagt, während Rieke sie in ihren Armen hielt, um ihr die Möglichkeit zu geben, ihre Tränen zu verstecken.

Um sie vor der nächtlichen Kälte zu schützen, schob sie jetzt die Erde wieder zu Häufchen um die Pflanzen herum und deckte diese mit einem Büschel Stroh ab.

»Wir werden schon sehen, was es ist. Ist ja noch keine Pflanze in der Erde geblieben, oder?«

Henk lachte. »Und verkehrt herum eingegraben haben wir auch noch keine.«

Als sie am nächsten Morgen in der Küche beim Essen saßen, klopfte jemand an der Haustür. Henk wischte sich mit dem Ärmel über den Mund, bevor er öffnete. Vor ihm stand Wim Straaten.

»Ich habe Mefrouw Hoorn so lange nicht gesehen. Ob ihr vielleicht wisst, wie es ihr geht? Die Leute munkeln, sie ist in Gouda.«

Henk führte ihn in die Küche. Rieke zog einen Stuhl aus der Ecke an den Tisch heran und bedeutete Wim, Platz zu nehmen.

»Setzt Euch erst einmal, Meister Straaten, und esst einen Happen mit uns.«

Dankbar ließ der Maler sich am Tisch nieder und nahm die Scheibe Brot, die Henk vom Laib säbelte und ihm wortlos reichte.

»Mareikje hat etwas dagelassen für Euch, Meister«, sagte Rieke. Sie ging an den Küchenschrank, nahm den versiegelten Umschlag heraus und gab ihn dem Maler. Der öffnete ihn und stellte sich ans Fenster ins Licht. Mit jedem Satz, den er las, legte sich seine Stirn mehr in Falten. Henk hatte den Raum schon verlassen, als Wim das Schreiben sinken ließ, es zusammenfaltete und in seiner Jacke verstaute.

»Sie wird wohl Recht haben, vermute ich«, brachte er bitter hervor.

Rieke sah ihn über die Schulter an. »Recht ist immer das, was geschieht, weil der da oben doch unser Schicksal lenkt, oder etwa nicht?«

»Wenn es nur so einfach wäre. Der da oben lenkt das Schicksal, ja. Aber manchmal wehren wir uns auch, und dann lässt er uns die Fehler begehen, die wir machen müssen.« Er starrte vor sich hin. Geld. Immer ging es nur ums Geld. »Weißt du, Rieke, meine Eltern waren wohlhabende Leute, und ich war der Älteste. Ich hätte den Schankkrug meines Vaters übernehmen können, auf halbem Weg zwischen Rotterdam und Den Haag. Eine Goldgrube wegen all der Seeleute und Händler, die die Strecke bereisen. Aber ich wollte immer nur eines: malen. Als Kind schon rupfte ich den Rössern der Gäste die Schweifhaare aus und bastelte mir daraus Pinsel. Dann habe ich Erde gesammelt und mir mit ein wenig Fett selbst Farben gemischt, um malen zu können. So musste mein jüngerer Bruder Dietrich den Krug weiterführen, nachdem mein Vater bei einer Rauferei das Leben gelassen hatte. Dietrich, der immer nur zur See fahren wollte.« Er schüttelte den Kopf und sagte wie zu sich selbst: »Jetzt sitze ich in Bruikelaar, ein armer und unglücklicher Maler, und er sitzt in Den Haag, ein reicher und unglücklicher Schankwirt.«

»Ihr könntet tauschen. Ihr übernehmt den Krug und habt genug Geld zum Malen, während er um die Welt fährt.« Rieke hielt praktische Lösungen immer für die besten.

Wim lachte. »Selbst wenn wir dadurch beide glücklich würden, wir sind uns so feind, dass wir schon seit zwanzig Jahren kein Wort mehr gewechselt haben. Er nimmt es mir noch immer übel, dass ich in die Malerlehre gegangen bin, als unser Vater starb.«

Energisch klopfte Rieke mit den Knöcheln auf den Tisch. »Nun verfallt mir nicht in Selbstmitleid, Meister. Mareikje hat uns aufgetragen, Euch etwas aus der Speisekammer mitzugeben, sobald Ihr kommt. Geht nur hinaus zu meinem Mann, der soll Euch den Korb mit den Rüben und dem Speckstreifen aus der Kammer holen.«

Wim lächelte sie an. »Du hast Recht, ich sollte dich nicht mit meiner Jammerei von der Arbeit abhalten. Besser wird es davon eh nicht.« Er setzte das Barett auf den Kopf und verließ das Haus durch den Hintereingang zum Garten.

Henk kniete neben dem Beet. Er hatte die eigenartigen Pflänzchen von Stroh und Erde befreit, damit sie die Wärme und das Sonnenlicht alsbald in ihrem Wachstum voranbrachten. Er sah auf, als er den Maler kommen hörte.

»Ah, Meister Straaten. Schaut einmal her. Ich will einen Besen fressen, wenn das Zwiebeln sind.« Henk hielt den Maler zwar für einen Narren, der seine Tage damit verbrachte, die Wunder der Natur auf die Leinwand zu bringen, aber er wusste auch, dass Straaten sehr belesen und auf seinen Reisen in der Welt herumgekommen war. Vielleicht konnte er sich einen Reim auf das sonderbare Pflänzchen im Gemüsegarten machen.

Wim ging neben ihm in die Knie und teilte mit den Fingern vorsichtig die Blütenblätter. Ein sonnengelber Farbklecks schimmerte durch die geschlossene Blüte. Wim hielt den Atem an.

»Henk, das ist eine … Nein, das kann nicht sein, nicht hier in Bruikelaar!«

Henk sah ihn mit großen Augen an. »Was soll das sein?«

»Es scheint mir tatsächlich ein Tulipan zu sein. Aber wie in Dreiteufelsnamen soll der in euren Garten geraten sein?«

Henk rutschte einen Schritt zur Seite und zeigte dem Maler auch die anderen Pflanzen.

»Das sind die Zwiebeln aus dem Nachlass von Mijnheer Hoorn. Rieke hat sie zuerst im Stall in die Erdwannen gedrückt und nach dem Frost hier ins geschützte Humusbeet.« Er musterte den Maler, der blass um die Nase wurde. »Was hat das auf sich mit den Tulipanen?«

Wim Straaten schüttelte ungläubig den Kopf. »Soll das heißen, ihr habt noch mehr davon?«

Henk wackelte mit dem Kopf. »Natürlich. Die ganze Reihe hier.« Er begann, an seinen Fingern abzuzählen. »Ach was, zählt doch selbst, Ihr könnt das besser.«

Der Maler stand auf und schritt murmelnd am Beet entlang. »Zwölf Tulpen!« Mit wildem Blick beugte er sich zu Henk hinunter. »Du darfst mit niemandem darüber reden, hörst du?«

Der Knecht nickte. Eigentlich wusste er ohnehin nie, mit wem er über irgendetwas reden sollte, außer mit Mareikje oder mit seiner Frau.

Wim hatte genug über Tulpenzucht gelesen, um zu wissen, dass die Zwiebeln in diesem sonnigen Beet aus Humus und trockenem Sand den besten Nährboden hatten. Er hob den Kopf, beschattete die Augen mit den Händen und blickte in den Himmel. Wichtig war allerdings, dass die Tulpen nicht der prallen Mittagshitze ausgesetzt waren, wofür die dicken Zweige und das Geäst des Apfelbaums sorgen würden, der nur wenige Meter entfernt stand. Am prächtigsten gediehen sie in der milden Morgen- oder Abendsonne, und wie es aussah, hatten die alten Dienstleute durch Zufall die allerbesten Bedingungen für die kostbaren Pflanzen geschaffen.

»Hat euch in eurem Garten in den vergangenen Sommern Ungeziefer geplagt? Ratten, Wühlmäuse, Siebenschläfer?«, fragte er den Knecht.

Henk kratzte sich am Kopf. »Den Kohl und die Kartoffeln haben sie jedenfalls wachsen lassen«, brummelte er. So ganz leuchtete ihm noch nicht ein, warum Straaten einen solchen Lärm um diesen Fund machte.

»Du solltest das Beet in jedem Fall einfassen, Henk«, sagte der Maler eindringlich. »Zieh mit dem Spaten einen Graben«, er deutete mit den Armen das Maß an, »und setze Bretter oder Steine zum Schutz gegen Nager ein.«

Henk nickte gehorsam. So zupackend hatte er den Pinselkleckser noch nicht gesehen.

Der Maler rieb sich mit der Hand das Kinn, während er auf das Wunder zu seinen Füßen blickte.

»Das müssen wir Mijnheer van Seeg zeigen. Der wird wissen, was mit einem solchen Schatz zu tun ist.« Er drehte sich um. »Schick Rieke hinüber zu den van Seegs, und du«, er fasste Henk an den Schultern, »du bewachst die Pflanzen, hast du verstanden?«

»Ihr tut ja grade so, als ob das Kraut Gott weiß wie kostbar wäre.«

Der Maler holte tief Luft. »Kostbar? Mareikje dürfte mit diesen Pflänzchen die reichste Frau von Brabant sein. Mit zwölf Tulpenzwiebeln könnte sie sich wahrscheinlich ganz Bruikelaar kaufen, wenn sie das wollte.«

Henk hob den Kopf. Also hatte er ein Vermögen zu bewachen – wenn's denn sein sollte, würde er das genauso ordentlich und sorgfältig tun, wie er alles tat, was ihm aufgetragen wurde. Ihm war die Aufregung wegen ein paar Zwiebeln zwar unverständlich, aber wenn das Ganze dem Meisje helfen würde, sich anständig durchs Leben zu schlagen, würde er das Seine dazu beitragen. Dass im Trog im Stall noch viel mehr von diesen Dingern lagen, verschwieg er aber vorsichtshalber. Was damit geschehen sollte, würde Mareikje schon wissen, wenn sie erst einmal wieder zu Hause wäre.

Mit weitausholenden Schritten ging er zum Haus, um Rieke in knappen Worten die Anweisungen des Malers mitzuteilen, bevor er ihr in den Mantel half und sie zu den van Seegs schickte.

Als Eduard van Seeg kurz darauf breitbeinig vor dem Blumenbeet stand, überraschte seine Reaktion Wim und die Dienstleute. Mit allem hatten die drei gerechnet, aber nicht damit, dass der Kaufmann beim Anblick der Tulpen in schallendes Gelächter ausbrechen würde.

Henk und Rieke wechselten einen Blick, als befürchteten sie, der alte Kaufmann habe den Verstand verloren. Wim hob fragend die Brauen.

»Bezweifelt Ihr, dass es sich um Tulpen handelt?«, erkundigte sich der Maler.

Van Seeg wischte sich die Lachtränen von den Wangen.

»Keineswegs, Meister Straaten! Ich teile Eure Einschätzung. Hier in diesem Gemüsegarten wächst für meine Nichte ein wahres Vermögen heran. Es handelt sich eindeutig um die begehrte Pflanze, deren Zwiebeln auf dem Markt einen beträchtlichen Gewinn erzielen werden. Ihr habt recht daran getan,

Henk sie einfassen und bewachen zu lassen.« Er wurde ernst und wandte sich an alle drei. »Wir sollten niemandem in Bruikelaar verraten, welch kostbares Gut dieser Garten beherbergt!« Mit zu Schlitzen verengten Augen fixierte er die Magd. »Rieke?«

Die alte Frau richtete sich zu voller Größe auf. »Wollt Ihr mich des Tratschens beschuldigen?«

Van Seeg tätschelte ihre Wange. »Nein, natürlich nicht. Aber denk daran, Rieke: Ihr werdet Eure wohlverdiente Nachtruhe vermissen, wenn sich herumsprechen sollte, dass hinter dem Trauerhaus die kostbarsten Blumen der ganzen Welt sprießen.«

Rieke und Henk begriffen nur, dass es darum ging, den Besitz des Meisjes zu schützen, und genau das würden sie tun, bis Mareikje aus Gouda heimkehrte.

»Was ist der Grund für Eure Erheiterung?«, fragte Wim Straaten den Kaufmann.

Um van Seegs Backenbart zuckte es erneut. »Es passt so wunderbar zum alten Geert. Hinterlässt seiner Tochter drei Rupfensäcke, ohne zu erwähnen, welches Vermögen sich darin befindet. Er ist sein Leben lang ein Tagträumer gewesen, wahrscheinlich hat er es in seiner Zerstreutheit einfach vergessen.«

Wim Straaten hob die Schultern. »Vielleicht hat er auch nicht gewusst, wie wertvoll die Zwiebeln sind.«

Eduard van Seeg wiegte den Kopf. »Das glaube ich nicht. Er war mehrere Male bei den Türken gewesen. Nach seiner letzten Reise erzählte er mir, dass man in Konstantinopel keinen Schritt tun kann, ohne dass einem die Tulpen aufgedrängt werden. Wir haben damals darüber gelacht, aber er verschwieg, dass er selbst welche im Reisesäckel hatte.«

Eine Weile starrten die beiden Männer auf die sattgrünen Blätter.

»Was werdet Ihr nun unternehmen, Mijnheer van Seeg?«

Eduard strich sich über den Bart. »Ich muss wohl warten, bis Mareikje heimkehrt. Schließlich sind diese Tulpen Teil ihres Erbes. Dann werde ich, ihr Einverständnis vorausgesetzt, die Tulpen redlich in den Handel bringen und mit dem Erlös ihre Mitgift aufbessern. Auf sie zu warten ist natürlich reine Formsache«, er zwinkerte dem Maler zu, »was verstehen Frauen schon vom Handel? Aber Ihr kennt das Meisje: Auch wenn sie den Liebreiz eines Engels besitzt, so macht sie uns doch ein ums andere Mal mit der Sturheit eines Maultieres das Leben schwer. Also will ich ihr keinen Grund geben, sich Flausen in das blonde Köpfchen zu setzen.«

Wim verschränkte die Arme vor der Brust und grinste vor sich hin. Wenn Eduard van Seeg Mareikje da mal nicht unterschätzte.

Von Stund an ging Wim Straaten im Haus des verstorbenen Geert Hoorn ein und aus. Rieke freute sich, den Maler beköstigen zu dürfen, der sich freilich nicht lumpen ließ und mal ein frischgeschlachtetes Huhn, mal eine Grützwurst vom Metzger mitbrachte und so zum Haushalt beitrug.

Henk war dankbar, jemanden an der Seite zu haben, mit dem er hin und wieder ein Gespräch unter Männern führen konnte. Denn auch wenn er seine Rieke von Herzen liebte, so entlockten ihm ihre Geschichten aus dem Dorf – um den Fiebertod des ältesten Knechts von Houvermann oder um den Streit des Stellmachers mit dem Korbflechter – doch meist nur ein Gähnen. Der Pinselkleckser war viel bodenständiger, als Henk angenommen hatte. Auch wenn er die meiste Zeit im Garten vor seiner Staffelei hockte und das Wachstum der Blumen in flammenden Farben festhielt. Er malte, wie Henk bei einem misstrauischen Blick über des Künstlers Schulter feststellte, an verschiedenen Werken gleichzeitig. Auf quadratischen Papierstücken hielt er mit Tusche, Feder und Kohlestift jedes Detail fest: die Äderung der Blätter, die Form der Blütenknospe, ja, er legte sogar die untere Hälfte einer Zwiebel frei, um das filigrane, haarige Wurzelwerk des Tulipans zu skizzieren.

Ganz anders die hohe Leinwand, die er auf den Holzrahmen gespannt hatte: Hier konnte Henk staunend mitverfolgen, wie sie sich mit allen Farben des Regenbogens füllte, eingebettet in einen dunkelbraunen Hintergrund, der an satte Erde erinnerte. Straaten verewigte in seinem Gemälde sämtliche Blumen, die Riekes Garten zierten – Narzissen, Krokusse, Kirschblüten –, bündelte sie mit Künstlerhand zu einem üppigen Strauß und flocht Tulpen in allen Stadien der Entwicklung mit ein. Henk kratzte sich im Nacken, als er entdeckte, dass Straaten unter den Blumenstrauß einen erst auf den zweiten Blick erkennbaren kleinen Totenschädel setzte. Sah es und vergaß es – so waren sie eben, die Künstler. Verschroben, versponnen und auf ihre Art dem wahren Leben entrückt.

Drei Tage später ließ ein Schrei den Knecht zusammenfahren, als er im Stall gerade den Ackergaul striegelte. Sofort ließ Henk die Bürste fallen und war bei Wim Straaten, der auf der Erde lag und mit der Nase an der ersten geöffneten Blüte hing.

»Was gibt es, Meister Straaten?«, rief Henk mit rasselndem Atem. »Haben wir uns getäuscht? Sind es doch keine Tulipane?«

Die Hände schützend wie einen Kelch um die Blüte gelegt, konnte Wim nur flüstern: »Doch, Henk, es sind Tulpen. Und was für welche! Schau dir diese Blüte an: Es ist eine ganz besondere Züchtung. Wenn ich mich nicht täusche, dürften diese

Zwiebeln um ein Vielfaches teurer zu verkaufen sein als herkömmliche. Sieh dir nur diese roten Ränder an, die wie Flammen aus dem gelben Blütenkelch züngeln! Einzigartig. Ein Gottesgeschenk, Henk, ein wahres Mysterium!«

Henk ächzte, als er sich hinabbeugte, um das Wunder zu bestaunen, aber mehr als eine recht gefällige Blume konnte er nicht erkennen. Der Maler wird schon wissen, was das zu bedeuten hat, dachte er bei sich und freute sich einfach mit.

Er wirbelte herum, als in diesem Augenblick ein Schatten über das Beet huschte, und auch Wim richtete sich alarmiert auf. Ein fetter schwarzer Kater zischte wie eine Kanonenkugel durch den Garten. Sofort erkannten die beiden Männer, welche Katastrophe sich da anbahnte: denn die Katze war auf der Flucht vor einem der gescheckten Dorfhunde, der mit heraushängender Zunge und fliegendem Schweif über den Zaun auf das Grundstück hechtete.

»Nein!«, schrie Wim und schützte mit beiden Armen sämtliche Tulpen in seiner Nähe, während sich Henk instinktiv dem Köter in den Weg warf. Der Hund stoppte, knurrte den Alten an und bekam aus Wims Richtung einen Klumpen frische Erde zwischen die Ohren, was Henk Zeit gab, sich aufzurichten und mit dem Spaten drohend auf den Kläffer zuzugehen. Der zog den Schwanz ein und trollte sich durch ein Loch im Zaun auf die Straße. Dann war der Spuk vorbei.

Henk und Wim klopften sich schwer atmend den Dreck von den Beinkleidern.

»Wir müssen den Zaun reparieren«, brummte Henk.

»Und so erhöhen, dass auch keiner reinschauen kann«, fügte Wim hinzu. »Es wird nicht lange dauern, dann werden sich die Gaffer vom Weg aus die Hälse nach diesen Schönheiten hier verrenken.«

Das bezweifelte Henk zwar, aber er begann sogleich, Bretter, Hanfseil, Eisenstifte, Messer und Hammer im Schuppen zusammenzusuchen, um mit der Arbeit zu beginnen.

Wim vermisste sie.

Er hatte nicht gewusst, dass Mareikje ihm so sehr fehlen würde.

Während er von morgens bis abends im Garten vor den Tulpen saß und den Pinsel in die Farben tunkte, abstreifte und Züge und Tupfen, Kratzlinien und Verwischungen über die Flächen verteilte, gingen seine Gedanken immer wieder zu der jungen Frau, die im fernen Gouda tanzte und ihre Verlobung mit Antonius feierte.

Noch vor wenigen Wochen war es ihm richtig erschienen, sie zu dem anderen zu schicken, auch wenn es ihm selbst beinahe das Herz gebrochen hatte. Aber jetzt, da er allein in Bruikelaar hockte, überlegte er, ob sie sich nicht doch über alle Hindernisse und Bedenken hinwegsetzen und ihr Glück miteinander hätten versuchen sollen.

Nun war es zu spät. Mareikjes Brief ließ keine Fragen offen, sie hatte sich für die van Halders entschieden. Es entsprach nicht ihrer Art, wankelmütig zu werden. Warum auch? Schließlich war er derjenige gewesen, der sie von sich gewiesen hatte; der verschwiegen hatte, dass der Duft ihrer Haut, die Zartheit ihrer Schenkel, der Schwung ihrer Taille ein Verlangen in ihm auslösten, wie er es nicht erlebt hatte, seit er ein Mann geworden war.

Nun sollte dies alles Antonius gehören. Seine unkundigen Hände würden sie packen, und sie würde sich ihm hingeben, die Beine öffnen, um ihn zu sich zu lassen und das zu empfangen, was sie von ihm begehrt hatte. Ob sie dabei an ihn denken würde?

Welche Bedeutung hatte dabei das Vermögen, das zu seinen Füßen im Mutterboden wuchs? Hätte es Einfluss auf ihre Entscheidung gehabt? Wim hoffte, dass Mareikje sich damit ein Stück Freiheit innerhalb der Ehe erkämpfen konnte – aber nach Recht und Sitte würde ihre Mitgift in das Vermögen ihres Mannes übergehen.

Als die Leuchtkraft der Sonne nachließ und der Schatten des Apfelbaums einen Schleier über die Motive legte, packte Wim, wie jeden Abend, seine Staffelei, Farben und Pinsel zusammen und stellte die Utensilien in eine Ecke im Hühnerstall, ehe er sich von Henk und Rieke verabschiedete und der Knecht die Wachablösung vor den Tulpen übernahm.

Als er zu Hause ankam, erwartete ihn vor seiner Tür ein Mann, den er noch nie zuvor gesehen hatte. Wim war sicher, dass er nicht aus Bruikelaar stammte: Seine Kleidung war modisch, das Haar in Locken gelegt und von einem Barett bedeckt. Sein Mantel aus Brokatstoff war mit Pelz verbrämt, die samtene Weste blitzte darunter hervor. Er blickte Wim entgegen, als dieser näher trat, legte eine Hand auf die Brust und deutete eine Verbeugung an. Er grüßte höflich, stellte sich als Nicolas de Jongh vor und erkundigte sich, ob er mit dem Maler Wim Straaten spreche.

»So ist es«, erwiderte Wim, entriegelte die Tür und wandte sich um. »Was kann ich für Euch tun?«

»Meister Straaten, ich komme von weit her, aus Haarlem, um genau zu sein. Ich habe den langen Weg auf mich genommen, um Euch kennenzulernen und um Euch ein Geschäft vorzuschlagen.«

Wim hob eine Braue. »Ein Geschäft mit mir?«

De Jongh nickte. »Ich bin Gastwirt und Kunsthändler in Haarlem. Ich erziele weithin die besten Preise für Gemälde, die in meine Obhut gelangen. Mir wäre sehr daran gelegen, auch für Euch in den Verkauf einzusteigen.«

Misstrauisch musterte Wim den Fremden. Sein Gesicht wirkte offen, in seinen Augen lag ein Anflug von vornehmer Melancholie, die Glätte der Wangen, die bleiche Hautfarbe, die schmale aristokratische Nase – alles ließ darauf schließen, dass er kein Mann war, der sich der Trunkenheit maßlos hingab, auch wenn er als Gastwirt zweifellos von lasterhaftem Volk umgeben war. Endlich machte Wim eine einladende Geste und gewährte dem Fremden Einlass.

»Woher kennt Ihr meinen Namen?«, fragte Wim und nahm ein paar Laken und Papiere von der Bank, damit er seinem Gast einen Platz anbieten konnte.

»Die Geschichte wird Euch nicht gefallen, Meister Straaten«, antwortete de Jongh.

Wim verschränkte die Arme und wartete auf das, was der Fremde ihm zu erzählen hatte.

»Ihr habt vor etwa fünf Jahren einen Lautenspieler porträtiert.«

»Ja, ich erinnere mich. Er war der Sohn eines Pelzhändlers aus Alkmaar und spielte zur Freude aller in der Citadel auf. Sein munteres Wesen, die Fröhlichkeit in seiner Mimik und die Lebendigkeit seines Spiels haben mich dazu bewegt, ihn zu skizzieren. Sein Vater sah die Handzeichnung und war so angetan, dass er seinen Aufenthalt hier in Bruikelaar verlängerte, damit ich ein Porträt von seinem Sohn erstellen konnte.« Ein stolzes Lächeln lag in Wims Mundwinkeln. »Ich habe damals 70 Gulden dafür bekommen, obwohl das Gemälde in Höhe und Breite nicht mehr als eine Elle maß.«

Nicolas de Jongh nickte mit gespitzten Lippen. »Das habe ich befürchtet«, murmelte er.

Wim blickte ihn verständnislos an.

»Bei einer Versteigerung in Amsterdam hat das Bild für 360 Gulden den Besitzer gewechselt.«

»Was? Das ist ja unglaublich! Wer zahlt so viel für ein kleines Porträt?« Empörung und gleichzeitig Zorn darüber, dass jemand anderes mit seinem Gemälde so viel Geld verdient hatte, machten sich in Wim breit, aber Nicolas de Jongh beschwichtigte ihn.

Geduldig erklärte ihm der Kunsthändler, wie sehr sich die Zeiten in den Niederlanden geändert hatten. »Mit Frans und Dirck Hals hat sich in Haarlem eine neue Künstlergeneration entwickelt. Die Bürger sind wohlhabend und suchen nach Möglichkeiten, ihr Geld lukrativ und ohne Risiko anzulegen. Gemälde werden zu Wertobjekten, und so ist die Nachfrage auf dem Kunstmarkt überwältigend! Es sind nicht mehr nur die feinen Leute, die sich mit Kunst umgeben. Zinngießer, Bäcker, Torwächter – alle erwerben Kunstwerke. Wahrlich goldene Zeiten für Künstler, Meister Straaten. Ich bin gekommen, um Euch aus diesem Nest zu führen, in dem Ihr die Blüte des Kunsthandels verschlaft. Kommt mit mir nach Haarlem und lasst mich Eure Gemälde verkaufen und versteigern. Es soll Euer Schaden nicht sein. Selbstverständlich«, fügte er mit einem freundlichen Lächeln hinzu, »wehre auch ich mich nicht gegen ein weiteres Zubrot, das ich mir als Vermittler Eurer Werke verdienen werde.«

Als Wim schwieg, fragte de Jongh: »Oder habt Ihr etwa der Kunst den Rücken gekehrt?« Als sein Blick aber auf die an den Wänden lehnenden, von Stoffen bedeckten Bilder fiel, stand er auf und lupfte vorsichtig, von dem tief in Gedanken versunkenen Wim beobachtet, den Zipfel eines der Tücher. Er stieß einen überraschten Schrei aus, als er sah, was Wim da auf die Leinwand gebracht hatte.

»Ihr malt Tulpen!«, rief er und klatschte vor Begeisterung in die Hände, nachdem er den kompletten Stoff von dem Gemälde abgezogen hatte. »Tulpen in allen Entwicklungsstufen – wie meisterhaft!« In der Euphorie ließ er sich dazu hinreißen, auch die Bedeckung der anderen Gemälde abzunehmen, noch ehe Wim ihn daran hindern konnte. Und plötzlich lastete Schweigen über der Werkstatt, während die beiden Männer das unvollendete Gemälde von der halb nackten Mareikje anstarrten.

»Unglaublich! Das muss den Vergleich mit Werken von Meister Rembrandt nicht scheuen! Ihr habt großes Talent, Meister Straaten, noch mehr, als ich vermutet hatte. Dieses Bild dürfte mindestens 1000 Gulden einbringen. Wenn ich für Euch erst einen Mäzen gefunden habe, der Euch regelmäßig Eure Werke abnimmt, dann ist Euer – und, Ihr erlaubt, auch mein – Auskommen bis ans Lebensende gesichert!«

Wims Starre löste sich. Er bückte sich und griff nach dem Leinentuch, um damit das Bild von Mareikje wieder zu verhüllen. Sein Gesichtsausdruck hatte sich verdüstert. »Dieses Bild ist nicht zu verkaufen«, murmelte er.

Dem Händler entging der drohende Unterton des Malers nicht. Er trat ein paar Schritte zurück und entschuldigte sich ob seiner Euphorie. Selbstverständlich liege es im Ermessen des Künstlers, welche Gemälde veräußert werden sollten. Besonders das Tulpenmotiv sei aber überaus vielversprechend.

»Aber sind es nicht die farbenfrohen Wirtshausszenen, die fröhlichen Gesellschaften, die allerorten gemalt und vom kunstsinnigen Publikum bewundert werden?«, fragte Wim.

De Jongh nickte. »Ihr habt Recht, Meister Straaten. Die Zeiten der mythologischen und biblischen Darstellungen scheinen allmählich vorbei zu sein. Viele Künstler haben sich stattdessen der Abbildung des lasterhaften Treibens, des vergnüglichen Lebens verschrieben. Es ist ja auch sinnvoll, sich je nach Talent und persönlichen Lebensumständen auf Themen zu konzentrieren, denen man ein Leben lang treu bleibt. Sicher werden wir gemeinsam herausfinden, welche Motive für Euren Stil besonders lukrativ sind. Aber«, er tippte sich mit dem Zeigefinger an den Kinnbart, »ich habe den Verdacht, dass Ihr mit den Tulpen ganz besondere Aufmerksamkeit erregen werdet.« In seine Augen trat ein lauernder Glanz. »Züchtet Ihr sie selbst?«

Wim war auf der Hut. Obwohl de Jongh einen wirklich vertrauenerweckenden Eindruck auf ihn machte, wusste Wim, dass viele Menschen den Verstand verloren, wenn es um einen Batzen Geld ging.

»Ich habe sie aus dem Gedächtnis gemalt«, log er. »Oder glaubt Ihr, in Bruikelaar fände man im Verborgenen solche Kostbarkeiten?«

De Jongh stimmte herzlich in Wims Lachen ein.

»Also, Meister Straaten, was haltet Ihr von meinem Angebot, mich nach Haarlem zu begleiten und Euch meinen Geschicken als Händler anzuvertrauen?« Er legte die Hand aufs Herz. »Auf Ehre und Gewissen, ich will mein Bestes geben, um Euch zu Ruhm und Reichtum zu verhelfen.«

»Lasst mir Zeit. Wie soll ich an einem Abend mein ganzes Leben auf den Kopf stellen? Ich habe hier meine Werkstatt, meine Freunde und, ja, sogar meine Kunden – auch wenn ich meine Verkäufe in den letzten Jahren an einer Hand abzählen kann.«

»Bitte fühlt Euch nicht bedrängt von mir, Meister Straaten! Ich werde bis zum Ende dieser Woche hier in Bruikelaar bleiben und Eure Entscheidung abwarten.«

Wim starrte einen Moment vor sich hin. Niemals zuvor war die Aussicht, die Heimat zu verlassen und in der Großstadt sein Glück zu versuchen, verlockender gewesen. Der offenbar redliche Kaufmann, der ihn unter die Fittiche nehmen wollte, Mareikjes Hinwendung zu Antonius, diese elende Armut, aus der es hier kein Entrinnen gab … Ein freudiger Glanz trat in Wims Augen, als er den Kopf hob und de Jongh in die Augen blickte.

»Und wo sollte ich in Haarlem leben?«

De Jongh erwiderte sein Grinsen. »Bis Ihr Euch von dem Erlös Eurer Tulpenbilder eine Prachtvilla in Amsterdam leisten könnt, könnt Ihr in meiner Herberge ein Zimmer beziehen.«

# Elftes Kapitel

Mareikje hielt sich die Hände auf die Ohren – der Lärm war unerträglich. Sie saß immer noch neben dem Kutscher auf dem Bock und betrachtete das Gewimmel mit offenem Mund. Bruikelaar war gewiss nicht klein, und sie hatte mit ihrem Vater sogar schon s'Hertogenbosch besucht, aber das hier war übler, als sie es sich hätte vorstellen können.

Menschen, wohin man auch sah, und alle schienen zu schreien, zu zetern oder zu musizieren. Da priesen die Fischhändler den ersten frischen Hering des Jahres an, daneben versuchte ein anderer, die letzten Fässer vom vergangenen Jahr loszuschlagen. Der eine ging mit dem Preis so lange hinunter, bis ihm der andere einen von seinen bräunlichen Fischen in den weitaufgerissenen Mund stopfte. Und dann prügelten sie sich – unter reger Anteilnahme aller, die herumstanden. Wetten wurden abgeschlossen, wobei die meisten auf den großen breitschultrigen Fischer aus Hoek setzten. Erst als die herumlungernden Diebe den Auflauf für sich entdeckten und einer von ihnen einem Kaufmann den Beutel losschnitt, ließen die beiden voneinander ab und setzten mit der ganzen Meute dem Gauner hinterher.

An der Ecke erwischten sie ihn, und es setzte eine Tracht Prügel. Schließlich rückte er den Beutel des Kaufmanns heraus und trollte sich, froh, nicht im Arbeitshaus zu landen. Bei ihrer

Rückkehr fanden die beiden Marktschreier ihre Fässer geplündert vor, aber der bestohlene Kaufmann vergalt ihnen den Schaden.

Zwei Tage lang waren die Leute aus Bruikelaar inmitten von ehrbaren Händlern und hergelaufenem Gesindel auf Gouda zugefahren. Nun offenbarte sich ihnen der Tumult, den Pitt vorhergesagt hatte. Dabei war der Zug aus Brabant tatsächlich noch der kleinste gewesen. Als sie durch das Stadttor fuhren, reichte die Reihe von Wagen hinter ihnen fast bis zum Horizont, aber das war nichts gegen die Menge von Menschen, die aus Richtung Amsterdam heranströmten.

An diesem Tor hatte die Stadt Wächter abgestellt, die die Reihen abliefen und die reichen Kaufleute am Tross vorbei zu den weniger belebten Zugängen lotsten. Wütendes Fluchen und Verwünschungen wurden von allen Seiten laut, aber die Gulden der Kaufleute ließen die Stadtwachen flugs die Ruten ziehen. Im Schnalzen und Knallen der Peitschen verstummte das Gebrüll.

Antonius drehte sich auf dem Sitz des Gepäckwagens um und winkte Mareikje zu. Er musste schreien, damit sie ihn überhaupt verstand.

»Na, haben wir dir zu viel versprochen?«

Mareikje zuckte mit den Schultern. Das Gewühl verursachte ihr Übelkeit. Sie schlug die Hand vor den Mund, als sie sah, wie Pitt einem Einbeinigen, der das Gespann mit seiner Krücke aufhalten wollte, mit dem Fuß gegen die Brust trat. Der Mann fiel wie ein Käfer auf den Rücken und kam nicht wieder hoch. Niemand half ihm.

Mareikje schloss die Augen. Wie lange würden sie noch brauchen? Der Kutscher lächelte ihr zu und schob mit seiner Peitsche sanft eine junge Frau zur Seite, die mit ihrem Säugling auf dem Arm zwischen den Reisenden umherlief und versuchte, Backwerk an den Mann zu bringen.

»Es sind nur noch zwei Straßen, aber bei diesem Gewimmel kann das noch eine Stunde dauern.«

Mareikje nickte. Nach all dem Dreck und Staub auf der Fahrt und diesem Wirrtreiben in Gouda freute sie sich nur noch auf ein heißes Bad, eine warme Mahlzeit und ein frisch bezogenes weiches Bett.

Vor dem Haus der Hoorns legte ein ungepflegter bärtiger Mann, über dessen Brust sich zwei breite, um die Schultern gelegte Riemen kreuzten, die Hand an den Schwertknauf. »Und wenn Ihr der Statthalter der siebzehn Provinzen persönlich seid, hier gibt's kein Durchkommen.«

Wim hielt inne. Der bewaffnete Mann sah nicht so aus, als könne man mit ihm einen Sachverhalt erörtern – eher würde er kurzen Prozess machen und ihn, ohne sein Schwert aus der Scheide zu ziehen, mit einem kräftigen Faustschlag durch das Gartentor befördern.

»Nun hört doch, was ich sage, ich bin …«

»Meister Straaten, Meister, wartet!« So schnell es ihre Beine erlaubten, kam Rieke, die Röcke mit krummen Fingern gerafft, durch den Garten gerannt. Mit grimmigem Blick wandte sie sich an den Söldner: »Mijnheer Straaten ist ein persönlicher Freund der van Seegs.« Sie stemmte die Hände in die Hüften und sah zu dem Soldaten auf. »Und Ihr solltet Euch merken, dass Ihr es hier nicht mit den Schweden zu tun habt.«

Sein Kamerad – mit weiten Stiefelschäften und einem matt schimmernden Brust- und Rückenpanzer über dem schmutzigen Hemd – trat breitbeinig heran. »Ist schon gut, Jakobus, lass ihn durch.« Er sah zu Wim hinüber. »Verzeiht, Mijnheer, aber unser Auftrag lautet: Im Zweifel lieber einen zu viel abweisen.«

Wim schlängelte sich an Jakobus vorbei, der längst wieder mit vorgerecktem Kinn und zusammengekniffenen Augen die Straße beobachtete. »Ist schon recht, dafür werdet ihr ja wohl bezahlt.«

Henk kniete grinsend neben dem Beet mit den Tulipanen. Als er Wim bemerkte, richtete er sich auf, klopfte sich die Erde von den Knien und kam ihm entgegen.

»Ganz schön bärbeißig, die beiden, nicht wahr? Wie man hört, soll heute noch ein Dritter kommen, der sich nur um die Blumen kümmern wird. Wenn das so weitergeht, wird Mijnheer van Seeg noch eine Magd und einen Knecht einstellen, die für Rieke und mich sorgen.« Er schob Wim vom Beet weg. »Lasst uns erst einmal in die Küche gehen. Ihr seht nicht aus, als hättet ihr heute schon etwas zwischen den Zähnen gehabt. Die Blüten öffnen sich ohnehin erst in einer Stunde.«

Wim stellte die Staffelei neben der Stalltür ab und nickte dankbar. Bei bewölktem Himmel konnte es in der Tat dauern, bis sich die Blumen von ihrer schönsten Seite zeigten.

Rieke war immer noch aufgebracht. »Als ob es in Bruikelaar jemand wagen würde, eine von diesen Zwiebeln zu stehlen! Eine Wache – das ist doch nicht zu glauben. Und dann noch solche Rabauken …« Sie schüttelte den Kopf.

»Du hast doch die Kutschen vor der Citadel gesehen, Rieke. Alles Leute, die nur wegen der Tulipane hier sind. Täusch dich nur nicht: Wo es leichtes Geld zu verdienen gibt, da treibt sich schnell Pack aus allen Provinzen herum.«

Rieke brummelte. Immerhin, das musste sie zugeben, kamen die beiden vierschrötigen Gesellen, die van Seeg aus Breda herbestellt hatte, ihrer Arbeit ordentlich nach. Des Nachts lag der eine auf einem Strohsack im Hühnerstall, der andere machte seine Gänge am Zaun entlang und zwischen den Beeten. Natürlich war sie mehrmals aufgestanden, um zu überprüfen, ob sie nicht beide schliefen. Immerhin zahlte Mijnheer van Seeg ihnen einen ganzen Gulden am Tag, und die Kost bekamen sie obendrein. Und wie die beiden beim Essen zulangten! Da konnte nicht einmal ihr Henk mithalten.

»Zu viel Geld bringt Unfrieden zwischen die Menschen. Es ist nicht nur ein Segen, sondern auch ein Fluch«, sagte sie, an den Maler gewandt.

Wim schüttelte den Kopf. »Denk nur daran, was Mareikje mit all dem Geld Gutes tun kann, wenn sie es will.« Er unterbrach sich. Würde Mareikje Gutes tun wollen mit dem Geld? War ihre Vermählung mit Antonius van Halder bereits verkündet? Wenn sie nur von ihrem unverhofften Reichtum wüsste! Vielleicht würde sie dann ihre Entscheidung ändern … Ob er einen Boten zu ihr schicken sollte? Aber wer wusste schon, wann die Nachricht sie erreichen würde. Schlimmstenfalls wäre sie dann schon längst wieder auf dem Weg nach Bruikelaar, als angehende Mefrouw van Halder.

Er seufzte. Es hatte keinen Zweck, sich darüber den Kopf zu zerbrechen. Er sollte seine Pinsel nehmen und sich seiner Arbeit widmen. Solch verwirrende Muster zeigten die Blütenblätter, dass ihm die wenigen Stunden Tageslicht kaum ausreichen würden, sie zu Papier zu bringen.

Derweil bezweifelte Mareikje, dass es in Gouda überhaupt jemanden gab, der nicht den Namen van Halder trug. Fast zwei Tage war sie nun schon hier, und immer noch wurden ihr weitere Familienmitglieder vorgestellt: angeheiratete, verschwägerte, Tanten aus dem Norden, Vettern aus Amsterdam, und sogar aus dem Belgischen waren einige angereist. Dazu kamen noch die Geschäftsfreunde der Familie, die im Anwesen oder in einem der für sie angemieteten Häuser untergebracht waren. Nur mit Mühe konnte sie sich die Gesichter merken und einige Namen noch dazu.

Mit Regine hatte sie sich ein wenig angefreundet – obwohl sie die junge Frau merkwürdig fand. Die Tochter ihres Gastgebers hatte ihr die Räumlichkeiten und das Anwesen der van Halders gezeigt. Danach hatte die verheiratete junge Frau vor den Stalljungen, die Kessel mit heißem Wasser ins Bad geschleppt hatten, ihre Kleider abgelegt und war nackt in den großen Trog gestiegen. Mit hochrotem Kopf und von Scham überwältigt, hatte Mareikje die dampferfüllte Badestube verlassen. Was mochte sich Regine dabei nur gedacht haben? Ob es ihr Spaß machte, die jungen Männer in Versuchung zu führen? Was ihr Mann wohl mit ihr anstellen würde, wenn er erführe, wie ungeniert sie sich verhielt?

Beim Abendessen an der langen Tafel, die mit Bergen von in Scheiben geschnittenen reifem und jungem Käse, gesalzener Butter und Weißbrot gedeckt war, hatte Regine sie über ihren Weinbecher hinweg nur spöttisch angelächelt und kein Wort mehr über diesen Vorfall verloren.

Alles in Gouda drehte sich um Käse. Überall waren die Tore der Lagerhäuser geöffnet und gaben den Blick frei auf die golden glänzenden Räder. Davor standen die Kaufleute, ins Gespräch vertieft: Da ging es um Qualität und Alter der Ware, um Gewicht und Farbe, um Preisnachlässe und Lieferung. Je länger ein Käse lagerte, so erzählte Antonius' Onkel, desto leichter wurde er, aber der Geschmack nahm mit jedem Jahr an Würze zu.

Jeder, der Käse herstellte, hütete sein Geheimnis. Den Sud, mit dem die van Halder'schen Laibe seit Generationen täglich gewaschen wurden, hatte schon Antonius' Großvater benutzt. Regelmäßig musste der kostbare Saft durch Leintücher gegossen werden, um Verschmutzungen zu vermeiden; behutsam wurde der Verlust an Flüssigkeit durch das Hinzugeben von Salzlake ausgeglichen. Manch einer in Gouda hätte alles dafür gegeben, ein Fass davon sein Eigen zu nennen.

Im Lagerhaus bestaunte Mareikje die begehrte Handelsware in allen Stadien. Ganz frisch wurde die fette Milch angeliefert, mit Lab versetzt und in großen Bottichen täglich gerührt. An anderer Stelle trennten die Arbeiter das Wasser von dem dickflüssigen Brei, bevor die Masse in Formen gegossen wurde und irgendwann als hellgelb schimmerndes Käserad wieder auftauchte. Tag für Tag wurden die Laibe im Sud gewaschen und auf ihren Regalplätzen gewendet, bis sie erst goldgelb, dann fast braun zum Verkauf freigegeben wurden. Die kostbarsten Exemplare lagen schon viele Jahre in den Speichern der Familie.

In diesen Tagen lief allerdings ein anderes Handelsgut dem Käse auf dem jährlichen Markt den Rang ab. Am Abend, als die Küchenmägde Geschirr, Besteck und Käserinden von der Tafel geräumt hatten, regte sich Theo van Halder mit großen Gesten darüber auf.

»Tulpen, Tulpen, Tulpen! Überall reden sie nur von Blumen. Für den Käse können sie kein Geld ausgeben, weil sie Tulpenzwiebeln gekauft haben und am liebsten noch mehr kaufen wollen. Wenn das so weitergeht, veranstalten wir hier bald einen Blumenmarkt.«

Pitt Henseler und Gerard van Halder schmunzelten wissend. »Reg dich nicht auf, Theo«, beruhigte Gerard den Bruder. »Ich habe mein Geschäft schon gemacht mit den Tulpen.«

Die anderen hielten inne, umklammerten die Henkel ihrer Krüge und starrten den Tuchhändler gespannt an.

»Ich habe von einem windigen Händler in Bruikelaar eine Hand voll Zwiebeln gekauft und sie hier sofort an einen anderen Ganoven weiterverscherbelt. Nach einem solchen Profit bräuchte ich eigentlich das ganze Jahr nicht mehr zu arbeiten.« Gerard wandte sich an Pitt. »Was ist mit dir? Du hast doch auch eine Zwiebel erstanden?«

Pitt nahm einen langen Schluck aus dem Bierkrug und wischte sich ohne Hast mit dem Handrücken den Schaum aus dem Bart. Nicht einmal Antonius hatte er erzählt, wie es um seinen Schatz stand. Nichts war es gewesen mit der Vermehrung von Goldstücken, die man in die Zwiebel drücken sollte, und jetzt hatte das kostbare Stück eine hässliche braune Delle an der Seite. Gott sei Dank schien es ihr nichts auszumachen, denn die ersten Blättchen hatten sich bereits gezeigt, als er aus Bruikelaar abgereist war, aber das alles musste er ja keinem auf die Nase binden.

»Ich werde noch ein wenig warten, die Zwiebeln vermehren sich ja von selbst, wenn sie erst geblüht haben. Bis dahin werde ich sie brechen, dann werden sie noch kostbarer.«

Der alte van Halder stieß ein heiseres Lachen aus. »Du glaubst, was in diesem Traktat zu lesen war?«

Pitt hob die Schultern.

»Dann begieß die Pflanzen nur fleißig mit Ochsenblut und lass eine Jungfrau darauf pinkeln, damit die Blüten rot mit gelben Feuerzungen werden!«

Der junge Rosshändler, der sich sonst nicht für dumm verkaufen ließ, hüstelte. Das war ihm auch merkwürdig erschienen. Trotzdem hatte er keinen Grund gesehen, den Anweisungen im Buch zu misstrauen. Er wollte nichts unversucht lassen und hatte den Töchtern von Houvermans Knecht zwei Stüver dafür gegeben, dass sie sich einmal am Tag über die kleine Blume hockten. Er hob seinen Krug.

»Wir werden sehen, wer am Ende besser dasteht. Bis jetzt steigen die Zwiebeln Tag für Tag im Wert.«

Am nächsten Morgen erlebte Mareikje zum ersten Mal, wie um die Zwiebeln gefeilscht wurde. Ein Kaufmann aus dem Norden stattete den van Halders einen Besuch ab, zog ein paar Zwiebeln aus der Tasche, legte sie auf den Tisch in der Wohnstube, und schon fingen die Männer an, sich gegenseitig zu überbieten. Der Verkäufer hatte ungelenke Zeichnungen dabei, die den Käufern zeigen sollten, wie die Blumen einmal aussehen würden.

Während die Stimmen um sie herum immer lauter wurden, wanderte Mareikjes Blick zum Fenster, schweiften ihre Gedanken von den stümperhaften Zeichnungen des Händlers zu Wim Straatens herrlichen Bildern. Sie nahm das Gefeilsche nur noch wie durch einen Nebel wahr. Direkt vor dem Wohnhaus der van Halders führte die Hauptstraße vorbei, auf der sie in einigen Tagen wieder nach Bruikelaar reisen würde. Sie spürte, wie ihr das Herz schwer wurde, als sie an den Maler in Bruikelaar dachte. Ob er ihren Brief bekommen hatte? Vielleicht würde er sich auf den Weg machen, um sie … Aber nein. Was für eine törichte Tagträumerei.

Ein Kind zerrte an ihren Röcken und holte sie ins Hier und Jetzt zurück. Mareikje fasste Antonius, der neben ihr saß, am Arm und zog ihn von dem Tisch weg, wo die Männer sich immer noch brüllend um die wenigen Tulpenzwiebeln stritten.

»Komm, lass uns eine Käseauktion besuchen.«

Seit sie zugestimmt hatte, ihn zu dem Familienfest zu begleiten, war Antonius wie ausgewechselt. Er verströmte eine Ruhe, als hätte er endlich Frieden mit sich gemacht. Stets war er ihr ein freundlicher Begleiter, während der Fahrt ebenso wie bei allen Zusammenkünften, zu denen Theo van Halder seine

Gäste einlud. Ein bisschen erinnerte er sie an früher, an ihre unbeschwerten Kindertage. Für Antonius schien es eine gewaltige Erleichterung zu sein, dass er sich keine Gedanken mehr um eine passende Frau machen musste. Mareikje war ihm sicher. Antonius mochte sie zwar, das konnte Mareikje nicht bestreiten. Aber sie überlegte, ob es vielleicht eher eine Zuneigung war, wie sie Bruder und Schwester füreinander empfanden. Andererseits – vielleicht brauchte es nicht mehr für eine eheliche Gemeinschaft in Eintracht.

In der Lagerhalle empfing sie Kühle – eine Wohltat gegen das hitzige Treiben auf den Straßen. Die Käufer verhandelten mit sinistren Mienen zwischen den einzelnen Tragen, auf denen die Käselaibe gelagert waren, prüften mit dem Daumen die Beschaffenheit der Rinde oder ließen sich von den Käsemeistern Proben reichen, die diese mit einem scharfen Hohlmesser dem Inneren entnahmen. Fand die Qualität Zustimmung, ging der Handel los: ruhig, sachlich und ohne jede Aufregung. Die Käufer entfalteten Zettel, auf denen sie Preise von anderen Auktionen vermerkt hatten, es wurde nach oben und unten in wohlüberlegten Worten und auf gesittete Art und Weise gefeilscht. Manchmal trugen Helfer noch einen Laib dazu, Geld wechselte den Besitzer, und dann war der Handel perfekt. Auf ein Zeichen des Verkäufers hin rollten Arbeiter in braunen Schürzen die Ware aus der Halle und brachten ein neues Lot herein.

Hier merkte man nichts von der fieberhaften Aufregung, die sich einstellte, sobald es um Tulpen ging. Hier gingen ehrenwerte Händler ihren Geschäften nach – auf die gleiche Art und Weise, wie es vermutlich schon ihre Väter und Großväter getan hatten.

Außerhalb der Lagerhäuser wich Mareikje keinen Schritt von Antonius' Seite. Zu fremd waren ihr diese Menschen: Bettler und Gaukler, Huren und Händler, Taschendiebe und ehrbare Bürger – zur Zeit des Käsemarktes war hier alles vertreten.

Und am Abend sollte es nicht besser werden. Theo van Halder hatte den Saal der benachbarten Schenke gemietet, um mit der gesamten Verwandtschaft ein Fest zu feiern und dabei auch sie – Mareikje – in ihrer Mitte willkommen zu heißen. Die Verlobung sollte erst zwei Tage später offiziell bekannt gegeben werden, auf einer Feier, die Antonius' Vater ausrichten würde. Eine geplante Vermählung mehrmals öffentlich kundzutun, gab denen, die etwas gegen die Eheschließung einzuwenden hatten, auch die Möglichkeit, ihre Bedenken zu äußern, wie Mareikje wusste.

Sie hatte mitbekommen, wie Theo im Gespräch mit seinen Brüdern widerwillig zugestimmt hatte, nicht mehr als zwei Gänge servieren zu lassen. Nur vier Musiker durfte er bestellen, die mit Lauten und Flöten zum Tanz aufspielen sollten. Auf Festlichkeiten kam es in diesen Tagen immer wieder zu Ausschreitungen und Rangeleien. Obwohl bislang keine Gesetze erlassen worden waren, die die Trinklaune, Sangesfreude und Wollust bei Festen einschränkten, waren die Gastgeber doch – um des nachbarschaftlichen Friedens willen – gehalten, Maß zu halten. Theo dagegen sehnte wehmütig die guten alten Zeiten herbei, als man noch weit nach der Morgenglocke die Krüge klingen lassen und den Mädchen die Röcke heben konnte.

Zwei Stunden vor dem Fest geleitete Antonius Mareikje die Stiege zu ihrer Kammer oberhalb von Theophils Kontor hinauf.

»Warte noch einen Moment!«, bat er, als sie seine eigene Kammer passierten.

Sekunden später kehrte er mit einem in rotes Tuch eingeschlagenen und mit Hanf umwickelten Päckchen zurück. Er drückte es ihr in die Hand.

»Für dich«, brachte er heraus, wobei sein Gesicht beinahe die Farbe des Tuches annahm.

Mareikje blickte überrascht auf das Geschenk in ihren Händen, dann zu Antonius hoch, der sich aber zu keiner weiteren Erklärung durchringen konnte.

»Danke«, sagte sie einfach.

»Dann ruh dich jetzt aus für heute Abend. Es wird sicher wieder spät.«

Mareikje nickte. »Sicher werden alle wieder mehr trinken, als ihnen guttut.«

Antonius lächelte. »Daran wirst du dich gewöhnen müssen. Während der Markttage ist es immer besonders schlimm.« Er wandte sich um, als sie die Tür öffnete, und eilte die Holzstufen hinab.

In der karg eingerichteten Kammer drehte Mareikje von innen den Schlüssel im Schloss. Vor Antonius fürchtete sie sich nicht, aber solange Gerard van Halder in diesem Haus war, sollte sie auf sich aufpassen.

Sie setzte sich auf das Bett, das Holz knarrte. Das ungeschickt umwickelte Geschenk legte sie auf den dreibeinigen Hocker, der ihr als Nachttisch diente. Wahrscheinlich Konfekt, dachte sie.

Die Laken rochen frisch gewaschen, wenn auch ein gebleichter Fleck am linken Zipfel und mehrere Flickstellen darauf hinwiesen, dass sie schon bessere Zeiten gesehen hatten. Außer der Lagerstätte gab es noch einen Waschtisch mit einem Krug und einer Schüssel und eine Eichentruhe, in die sie ihre persönliche Habe gepackt hatte. Die Dielenbretter waren geschrubbt, aber wurmlöchrig und an manchen Stellen morsch. Schwarze Balken kreuzten sich an der Decke. Die Verschläge des Fensters standen offen und gaben den Blick frei auf die Straße und den Marktplatz dahinter. Eine Schwalbe hatte unter dem Dachgiebel gleich über dem Fenster ein Nest gebaut. Das Piepen der kleinen Vögel, die hungrig auf die Insekten in den Schnäbeln der Eltern warteten, hob sich wohlig von dem Stimmengewirr und dem Pferdegetrappel ab, das vom Markt zu ihr hochdrang.

Zwei Tage noch. Sie legte die Hände in den Schoß und blickte zu der Schwalbenfamilie. Martha hatte ihr erzählt, dass der Käsemarkt schon immer auch ein Brautmarkt gewesen war. Sie selbst war einst mit ihrem Onkel, einem Seemann aus Rotterdam, hierhergekommen, Theo hatte sich in sie verliebt, und nach einer Woche hatten seine Eltern und ihr Onkel das Geschäft perfekt gemacht. Ganz so überraschend würden die Ereignisse nicht über Mareikje hereinbrechen. Immerhin kannte sie Antonius schon lange, und auch wenn er nicht ihre große Liebe war, wurde sie sich von Tag zu Tag sicherer, dass sie die richtige Entscheidung getroffen hatte.

Ihr Blick fiel auf das rote Paket. Lustlos griff sie danach, zog die faserige Schnur ab und schälte ein Buch aus der Verpackung. Sie hielt es mit beiden Händen auf dem Schoß, blickte darauf und trat dann ans Fenster, um im einfallenden Licht den Titel zu entziffern. *Jacob Cats – Houwelijck.*

Ein Lächeln machte sich auf ihrem Gesicht breit. Einige Werke von Vader Cats hatte sie im Nachlass ihres Vaters gefunden, doch dieses Buch war nicht dabei gewesen. Trotzdem kannte sie es, hatte ein zerfleddertes Exemplar in Riekes Kammer gesehen, obwohl die Magd kaum des Lesens mächtig war, und auch ihre Tante Annie besaß eine Ausgabe. In diesem Werk stellte der Literat die Ehe dar, wie er sie gerne sehen wollte. Viele Leute glaubten ihm und duckten sich vor seinem erhobenen Zeigefinger gegen die Schamlosigkeit und den Sittenverfall. Jede Frau sollte spätestens mit der Hochzeit ein Exemplar dieses Buches mit den hübschen Emblemen besitzen und all die Kapitel gelesen haben, die die einzelnen Lebensstadien der Frau beschrieben: die unschuldige Jungfrau, die fruchtbare Geliebte, die liebliche Braut, die liebende Ehefrau, die säugende Mutter und schließlich die trauernde Witwe.

Welches Kapitel entsprach ihrem eigenen Leben derzeit? Nun, nicht mehr lange, und sie wäre die ›liebliche Braut‹. Eine Geliebte hatte sie sein wollen – Wims Geliebte, und später seine Braut und seine Frau und die Mutter seiner Kinder. Doch wenn es nach Cats ging, hatte Mareikje jetzt schon gegen alle Regeln der Moral verstoßen. Sie war aktiv geworden in der Liebe – und demütigend zurückgewiesen worden. Sie hatte es wohl nicht besser verdient; niemand hatte sie gelehrt, mit dem Erwachen ihrer Liebesgefühle umzugehen – so wie es in dem Buch eine erfahrene Anna einer jungfräulichen Phyllis zeigte. Mareikje hatte alles falsch gemacht, was man nur falsch machen konnte. Nur in die richtige Art von Mann hatte sie sich verliebt: Wim war klug, tapfer, in den Künsten gelehrt und in vielen anderen Dingen bewandert. Gewählt hatte sie einen anderen …

Warum ihr nun die Tränen über die Wangen liefen, während sie die Stiefel aufschnürte, sie abstreifte und sich mit allen Röcken aufs Bett legte, das wusste sie nicht. Sie rollte sich zur Seite, wickelte das Brusttuch um die Schultern und zog Arme und Beine an ihren Leib wie ein Kind. Schlaf fand sie allerdings keinen, denn die in ihrem Kopf kreisenden Gedanken gönnten ihr keine Ruhe – bis das Klopfen an der Tür sie zusammenzucken ließ.

»Es geht los«, flüsterte Antonius draußen, den Mund offenbar dicht an dem Spalt zwischen Rahmen und Tür. »Bist du bereit, Mareikje?«

# Zwölftes Kapitel

Wim Straaten hatte eine Entscheidung getroffen. Nicolas de Jongh hatte beharrlich gedrängt, denn auch seine Zeit war kostbar. Und so schnürte Wim denn sein Bündel und packte die Malutensilien in eine Reisekiste. In der Werkstatt legte er Leinentücher über alle Gemälde, die Sitzbank und die Kommode. Von außen hämmerte er die Verschläge vor den Fenstern zu. Als er sich von Rieke und Henk verabschiedete, bat er den Knecht, ab und zu ein Auge auf sein Heim zu werfen, und er vertraute ihnen die gelungensten Zeichnungen der Tulpen an. Sie sollten sie Mareikje geben, wenn sie aus Gouda heimkäme, als die zukünftige Mefrouw van Halder.

Wieder einmal hatte er alles besonders gut machen wollen, und wieder einmal hatte seine Verzagtheit ihn scheitern lassen. Er hätte sich bei Mijnheer van Seeg ein Ross leihen und nach Gouda galoppieren sollen, um Mareikje aus der Umklammerung dieser Pfeffersäcke zu befreien! Sie mitnehmen, zurück nach Bruikelaar, ihr ungläubiges Staunen ob des Tulpenwunders genießen und ihren Plänen lauschen – und dann darauf hoffen, dass sich ihre Liebe gegen alle Widrigkeiten durchsetzen möge.

Aber dazu hätte es wohl eines anderen Mannes als Wim Straaten bedurft. Er schüttelte den Kopf. Nein, es war besser so. Er würde nach Haarlem gehen, für ein Jahr oder zwei. Wenn er dann zurückkäme, als wohlhabender Mann, vielleicht mit einer Frau an seiner Seite, dann würde er Mareikje und Antonius besuchen, und sie würden den Kindern im Garten zusehen. Ja, so wollte er es machen.

Er drückte Henk den Schlüssel in die Hand, während die Gäule vor der Kutsche, in der de Jongh bereits saß, mit den Hufen scharrten und schnaubend die Köpfe hin und her warfen.

»Achte mir gut darauf und achte mir noch besser auf deine Rieke und auf Mareikje. Sie soll sich nicht übers Ohr hauen lassen von den Händlern und den Schnorrern. Sag ihr, sie soll sich den Rat ihres Onkels zu Herzen nehmen – der alte Fuchs weiß, was gut ist für das Meisje.«

Schnell wandte er sich ab, um sich nicht von den feuchten Augen des Knechtes anstecken zu lassen, der mit würdevoll hinter dem Rücken verschränkten Händen dastand und auf die Abreise des Malers wartete.

»Nun mach nicht so ein Gesicht«, sagte Wim, als er in den Wagen kletterte. »Ich bin nicht gestorben, ich fahre nur nach Haarlem. Wenn ich wiederkomme, werden wir ein Fest feiern, wie es Bruikelaar noch nicht gesehen hat.« Bis auf die Hochzeit von Antonius van Halder und Mareikje Hoorn, dachte er bitter und zog die Tür zu.

De Jongh – die samtene Jacke geöffnet, die bestrumpften Beine übereinandergeschlagen, sodass die braunen Schleifen an den Schuhen wippten – strahlte ihn an.

»Bis zuletzt habe ich es nicht geglaubt. Jetzt will ich den Kutscher anweisen, gleich die Rösser anzutreiben, dass Ihr es Euch nicht noch anders überlegt.« Er klopfte an die Decke des Gefährts, der Kutscher schnalzte und ließ die Peitsche über den Pferderücken knallen. Die kräftigen Tiere setzten sich in Bewegung, um Wim Straaten mit dem zerschlissenen Barett und den geflickten Beinkleidern aus Bruikelaar in ein neues, ganz seiner Kunst gewidmetes Leben zu bringen.

Am Abend dröhnten die Stimmen aufgebrachter Bauern und Händler zwischen den Backsteinmauern der Citadel. Eduard van Seeg hatte von Hein t'Hoff den Hinterraum gemietet, um sich mit den aus den umliegenden Dörfern angereisten Männern auszutauschen. Wie ein Lauffeuer hatte sich die Kunde von den besonders edlen Tulpenzüchtungen im Gemüsegarten einer ahnungslosen Bruikelaarer Bürgerin verbreitet. Nun hockten sie gedrängt um die Tische, auf Hockern, Stühlen, Fässern und gezimmerten Bänken. Saurer Schweißgeruch mischte sich mit den fettigen Schwaden, die aus der Küche ins Zimmer trieben. Zwei Hunde balgten sich um einen Knochen, der vor dem Zugang zum Schankraum von einem Teller gefallen war. Ein feister Händler, den die anderen *Peeckelhaering* nannten, weil er sich einen zweifelhaften Ruf als trinkfester Liebhaber von salzig eingelegten Heringen gemacht hatte, schnarchte auf einer Bank in der Nähe der Feuerstelle. Alle anderen aber waren hellwach und emsig darauf bedacht, ein besonders schnelles und günstiges Geschäft abzuschließen. Man schätzte Eduard van Seeg zwar als Kaufmann und fürchtete sein Verhandlungsgeschick, aber vom Tulpenhandel hatte er so viel Ahnung wie der Bock vom Kalben, tuschelten sie hinter vorgehaltener Hand.

Als das Stimmengewirr anschwoll und Rufe laut wurden, er solle Preise nennen, hob van Seeg die Hände. »Also noch einmal: Ich habe keinen von euch hierher gebeten. Ihr alle seid freiwillig gekommen, weil ihr euch von den Tulpenzwiebeln einen fetten Gewinn versprecht. Dann jammert jetzt nicht, wenn ich sage, es dauert noch ein paar Tage, bis die Entscheidung fällt, ob sie überhaupt verkauft werden oder nicht.«

Ein magerer Händler aus Amsterdam mit buckligem Rücken und Vogelaugen drängte sich an Hein t'Hoff vorbei. »Van Seeg, man sagt die Tulpen gehören Euch gar nicht, stimmt das?«

Eduard nickte. »Die Zwiebeln sind das Eigentum meiner Nichte, die aber immer noch mein Mündel ist.«

Der Bucklige lachte. »Von einem Kind macht Ihr Euren Profit abhängig? Ich frage mich, was Ihr für ein Kaufmann seid. Holt Ihr auch die Erlaubnis Eurer Frau ein, bevor Ihr Handel treibt?« Die anderen Kaufleute grölten vor Lachen.

Eduards Gesicht blieb unbewegt. »Ich habe es Euch schon gesagt. Ihr könnt nach Hause fahren, niemand hält Euch hier fest.« Er trat auf den Buckligen zu, der den Streit angezettelt hatte. »Euch würde ich das ohnehin empfehlen, denn Ihr werdet nicht zum Zuge kommen, selbst wenn Ihr doppelt so viel bietet wie die anderen.« Jetzt hatte van Seeg die Lacher auf seiner Seite.

Der Kaufmann riss seinen Rucksack vom Stuhl und warf eine Münze auf den Tisch. »Auf dass Euer schales Bier Euch auch noch den letzten Verstand aus dem Kopf schwemmt. Ich habe es doch nicht nötig, bei diesem Possenspiel mitzumachen. Noch heute Nacht fahre ich zurück nach Amsterdam. Da ist ein Geschäft noch ein Geschäft – ohne dass die Weiber und Kinder gefragt werden müssen.« Scheppernd ließ er die Tür hinter sich ins Schloss fallen.

Van Seeg sah in die Runde. »Wenn einer von euch ihm folgen will ...« Er deutete auf die Tür. »Die anderen will ich um Geduld bitten. Seid gewiss, es wird niemand übervorteilt werden. Sobald meine Nichte zurück ist, werde ich alles mit ihr besprechen. Es wird einen offenen Handel geben, bei dem derjenige den Zuschlag bekommt, der das beste Angebot auf den Tisch legt.« Er öffnete die Tür des Hinterzimmers, wandte sich um und zog ohne Eile den Hut, ehe er in die Dunkelheit trat. »Gute Nacht, die Herrschaften.«

Noch in dieser Nacht fand Eduard van Seeg den buckligen Händler aus Amsterdam erstochen im Hoorn'schen Garten. Im Dreck hatte er nach den Zwiebeln gewühlt, doch Carls Schwert war schneller als sein Messer gewesen.

Die Leiche wurde als Mahnmal auf die Straße geschleppt. »Uns wird die Arbeit leichter, wenn jeder weiß, dass wir hier nicht zum Schabernack auf Wache stehen«, sagte Carl.

Eduard betrachtete den leblosen Körper und strich sich nachdenklich über den Bart. Keiner sollte so sein Leben lassen müssen, aber die beiden Söldner hatten tatsächlich keine Wahl gehabt. Nicht zum ersten Mal fragte er sich, wo das alles noch hinführen sollte.

# Dreizehntes Kapitel

Die Schenke im Herzen von Gouda war noch immer zum Bersten gefüllt, als Mareikje sich zurückzog. Sie hatte zwei Gläser Wein getrunken, fühlte sich schwindelig und schläfrig und freute sich auf ihr Bett.

Die Gespräche der Männer drehten sich hauptsächlich um die Käsepreise und die Kauffreude der Kunden; aber je später der Abend wurde, desto lüsterner gebärdeten sich die Männer und Frauen. Paare küssten sich vor aller Augen auf der Tanzfläche, und mehr als einmal verschwand eine gierige Hand in einem Ausschnitt oder landete klatschend auf dem Hinterteil eines Mädchens. Pitt steckte mittendrin in der ausgelassenen Schar, hatte mal diese, mal jene Magd im Arm und schien das Kokettieren der Meisjes zu genießen.

Ab und zu sah Mareikje zu ihm hinüber, aber wenn sein Blick den ihren traf, wandte sie sich mit betont gleichmütiger Miene Antonius zu, der neben ihr saß, dumpf vor sich hin brütete und immer wieder den Bierkrug an die Lippen hob.

Als Gerard van Halder sich auf die Bank zwischen sie und Antonius quetschte, spürte Mareikje tiefes Unbehagen.

»Mach Platz, du weibischer Trunkenbold«, raunzte er seinen Sohn an. Antonius rückte wie ein Schaf, das der Hund verbellt hatte, zur Seite. Scheinbar väterlich jovial legte er den Arm um Mareikje. Doch sie erhob sich, entschuldigte sich unter dem Vorwand, an die frische Luft zu müssen, und eilte aus dem Festsaal in die Nacht.

Draußen sog sie die kühle Frühsommerluft und den Duft nach Heu ein.

Der Hof war zu so später Stunde verlassen, nur die beiden Torwachen standen auf ihrem Posten. Außer im Hauptgebäude mit der Schenke, in der die Festgesellschaft feierte, waren alle Fenster dunkel.

Sie zog das Brusttuch enger und ging ein paar Schritte über den gepflasterten Hof in Richtung der Ställe. In der Ferne schrie eine Kuh, aus den Schuppen neben dem Festsaal kam leise die Antwort des Viehs. Eine junge Katze tappte auf Mareikje zu, die Augen schimmerten bläulich in der Dunkelheit, als sie ihr zutraulich um die Beine strich.

Mareikje bückte sich und nahm das dünne Tier auf die Arme, das sich in ihren Ellenbogen schmiegte und sich das Köpfchen und den Rücken streicheln ließ. Mareikje legte ihre Wange an das Fell und seufzte.

Sie sehnte sich nach dem Frieden in der Malerwerkstatt, nach Wim. Hier war alles so laut und so flüchtig, die Männer prahlerisch und rüpelhaft, die Frauen flatterhaft und leichtfertig. Und mittendrin sie und Antonius, die den Bund der Ehe schließen sollten und sich nichts zu sagen hatten.

Alles schien falsch zu sein.

Ein unterdrückter Schrei ließ sie innehalten. Er kam aus dem Viehschuppen. Sie setzte die Katze ab, die mit wenigen Sätzen ins Gebüsch sprang, und schlich im gedämpften gelben Licht, das aus den Fenstern des Festsaals nach draußen drang, auf das weit aufstehende Tor des Stalles zu.

Am Eingang blickte sie vorsichtig nach rechts, wo das Milchvieh in den Pferchen stand, nach links, wo sich Heuballen türmten. Im Stall war es wärmer als auf dem Hof, der Geruch von Heu und Stroh wurde überlagert von den Ausdünstungen der Tiere.

Mareikje brauchte einige Sekunden, bis sich ihre Augen an das Dämmerlicht gewöhnt hatten. Wieder ein Schrei, ein kleiner nur. Mareikje spitzte die Ohren. Das klang nicht nach Schmerz, sondern – nach Lust? Sie trat einen Schritt näher, lugte hinter einer Holzwand hervor. Da sah sie zwei nackte Beine in zierlichen Stiefeln, die weit in die Luft gereckt waren. Dazwischen das nackte Hinterteil eines Mannes, das auf und ab wogte, die Beinkleider bis zu den Knien herabgelassen.

Dann erst verstand sie, was hier passierte.

Regine van Halder lag mit dem Rücken im Heu, zwischen ihren Schenkeln Pitt Henseler, der ihr den Kopf in den Nacken drückte. »Nun halt schon still, du Wildkatze.«

Regine lachte und kratzte ihm mit den Fingernägeln über die Hinterbacken.

Pitt stöhnte auf. »Du kleines Miststück, dir werde ich schon beibringen, wie du dich zu benehmen hast.« Er griff nach ihren Handgelenken, drückte sie ins Heu und stieß immer und immer wieder zwischen ihre Schenkel.

Regine atmete keuchend. Ihre Röcke lagen hochgeschoben auf ihrem Bauch, darüber drängten ihre großen Brüste aus der geöffneten Bluse.

Mareikje wandte sich entsetzt ab und stahl sich zum Tor zurück. Pitt wusste ebenso wie sie, dass das Mädchen verheiratet war. Das war nicht nur Unzucht, das war Ehebruch dazu … Und das, wo ihr Mann gerade mit der Flotte des Statthalters den Frieden der Provinzen gegen die Spanier verteidigte … Schon den ganzen Abend war sie um Pitt Henseler herumgeschlichen, hatte ihn geneckt, ihm ihre Brüste gegen den Arm oder die

Wange gedrückt, wenn sie glaubte, niemand sehe zu. Und sie hatte getrunken wie ein Mann. War immer lauter und alberner dabei geworden und hatte auch nicht auf die mahnenden Worte ihrer Mutter gehört. Nun bekam sie, was sie wollte, und es machte nicht den Anschein, als würde sie ihr Verhalten bereuen.

Mareikje eilte auf den Hintereingang des Kontors zu, von wo aus sie in ihre Kammer gelangen konnte, ohne dass noch jemand aus der Festgesellschaft sie aufhalten würde. Antonius war sicher längst zu betrunken, um überhaupt noch einen Gedanken an sie zu verschwenden. Morgen würde sie behaupten, sie sei müde gewesen und wollte niemandem die Laune verderben.

Das Bild von Pitt und Regine ging ihr nicht aus dem Kopf. Es war, als hätte es sich eingebrannt und lauere nun bei allem, was sie tat und dachte, im Hintergrund. Es schmerzte sie, es machte sie wütend, und zu ihrer eigenen Qual erregte es sie auch.

Sie stieg aus ihren Röcken, ging an den Waschtrog und reinigte sich mit dem Lappen, den sie in das klare kalte Wasser tunkte. Dann nahm sie sich die Spangen aus den Haaren, bürstete die Locken, bis sie glänzten, schlüpfte in ihr Nachtgewand und legte sich ins Bett.

Der Lärm aus der Halle verebbte allmählich, während Mareikje in die Dunkelheit starrte und sich einzureden versuchte, dass es sie nichts anging, was Pitt und Regine miteinander trieben. Sollte doch jeder nach der Moral leben, die ihm gefiel. Was kümmerte es sie?

Von Zeit zu Zeit knarrten die Treppenstufen, wenn einer der betrunkenen Gäste in sein Zimmer wankte.

»Mareikje?«

Hat sie da jemand gerufen? Ganz leise klopfte es nun an ihre Kammertür.

»Mareikje, bist du noch wach?«

»Wer ist da?«

»Ich bin's, Antonius.«

Sie richtete sich auf und schlang das Laken um ihren Körper. »Was willst du?«

»Ich wollte nur sehen, ob es dir gut geht.«

Sie zögerte einen Moment, überlegte und sprang dann aus dem Bett.

»Warte.«

Antonius würde ihr Mann werden. Welches Vergehen bedeutete es da schon, wenn er sie im Nachtgewand sah? Sie stand auf und entriegelte die Tür.

Schüchtern, aber erfreut trat Antonius ein und setzte sich auf die Kante des Bettes. »Schade, dass du das Fest so früh verlassen hast. Du solltest nicht trinken, ich glaube, du verträgst es nicht.«

Mareikje lachte leise. »Dann sind wir ja schon zwei.«

»Ich weiß. Ein Kelch Wein macht mich lustig, beim zweiten werde ich mutig, und mit dem dritten fällt das ganze Elend der Welt auf mich nieder.« Er sah sich in der Kammer um.

»Und wie viele hast du heute getrunken?«

»Zwei.«

Mareikje wusste, dass er log, aber sie lächelte, hob das Kinn und sah ihn herausfordernd an. Mutig also wollte er sein … Vielleicht mutig genug, dass es für sie beide reichte. Antonius würde ihr Mann werden. Nicht einmal mehr zwei Tage, und sie würde sich ihm versprechen, was machte es da schon, wenn …?

Antonius sah sie mit glänzenden Augen an. »Ich bin doch schon ganz schön mutig, wenn ich nachts hier in deine Kammer komme, oder?«

Mareikje löste das Laken von ihrem Körper und stand auf.

Antonius schnappte nach Luft. Sie ging auf ihn zu und zog ihn hoch, nahm ihn in den Arm. Hölzern drückte er sie an sich. Mareikje spürte seinen warmen Körper durch seine Kleidung hindurch. Sie ließ sich auf das Bett fallen und zog ihn mit sich. »Komm jetzt …«

Er kleidete sich mit zitternden Händen aus, legte sich unter die Decke und schmiegte sich dicht an sie. Er umarmte sie innig und hielt sie fest, als brauche er nicht das, was ein Mann von seiner Braut begehrte, sondern den Trost und die Zärtlichkeit einer Mutter. Ungeschickte Hände glitten über Körper, anscheinend wusste er so wenig wie sie, was zu tun war. Unbeholfen bewegte er sich auf ihr hin und her, aber irgendwann gelang es ihm doch, in sie einzudringen. Nach einem kurzen, schmerzhaften Ziehen fühlte Mareikje sich erleichtert und enttäuscht zugleich.

Antonius schien zufrieden mit dem, was er in der ersten Nacht mit seiner zukünftigen Frau zustande gebracht hatte, und schmiegte sich wieder an sie, um in ihrem Arm einzuschlafen, aber Mareikje schüttelte ihn behutsam.

»Antonius, du musst in deine Kammer zurück! Wach auf.«

Er sah sie verwirrt an. »Was?«

»Steh auf, ich will nicht, dass man dich morgen früh hier findet.«

Antonius nickte, stand auf und stieg in seine Beinkleider und sein Wams. Ohne ein weiteres Wort zu verlieren, schlurfte er aus der Kammer. Wenige Augenblicke später hörte Mareikje, wie er seine Tür verriegelte.

Das war es also, vor dem die einen sich fürchteten und dem die anderen so hinterherjagten, dachte Mareikje, während sie das Laken so zurechtzog, dass sie nicht auf dem feuchten Flecken liegen musste. So einfach war das. Das war nun wirklich kein Grund, sich zu fürchten – aber sicher auch kein Grund, es sich öfter als unbedingt notwendig zu wünschen.

Sie versuchte einzuschlafen, aber immer, wenn sie die Augen schloss, sah sie die nackten Beine von Regine vor sich, hörte ihre Lustschreie. Sie fiel in einen Halbschlaf, wälzte sich herum, spürte erneut den Schwindel, den der Wein verursacht hatte, und träumte, dass die Tür leise knarrte und Antonius ein zweites Mal zu ihr kam.

Kleider raschelten, starke Hände umfingen ihre Taille von hinten, heiße Lippen fuhren ihren Hals und ihren Nacken hinab, ein Knie schob sich zwischen ihre Schenkel, drückte sie auseinander, und etwas drang in sie ein, hart und kraftvoll, fordernd und gebend zugleich. Jetzt merkte Mareikje, dass das kein Traum war, sie hielt die Luft an, wollte den kräftigen Stößen ausweichen, spürte aber, wie ihr Körper den Takt aufnahm. Schweißperlen tropften von ihrer Stirn, Hände legten sich auf ihre Brüste – Hände, die es gewohnt waren, junge Pferde am Strick zu führen.

Mareikje warf den Kopf in den Nacken, hörte sich selbst stöhnen und spürte eine sengende Hitze im Unterleib. In einem Trugbild aus Traum und Wirklichkeit kam eine Erlösung über sie, um die sie nicht gebeten hatte und die sie überwältigte. Sie hatte sich nicht vorstellen können, wonach ihr Körper sich in den einsamen Nächten nach ihren Besuchen bei Wim gesehnt hatte, hatte immer nur diese Spannung erlebt, die sie umtrieb und zur Unruhe verdammte.

Dann wurde der Schleier weggerissen, sie spürte den ermatteten Körper an ihrem Rücken, und eine Stimme flüsterte in ihr Ohr: »Habe ich dir nicht versprochen, dass es dir Spaß machen würde?«

# Vierzehntes Kapitel

Die Räume, die Nicolas de Jongh hergerichtet hatte, waren nicht luxuriös, aber Wim fand alles vor, was er brauchte: ein Bett, einen Tisch, einen kleinen Schrank und einen hellen Platz für seine Staffelei. Zufrieden spannte er eine Leinwand auf den Rahmen und platzierte sie auf dem Holzgestell. Hier würde er für eine Weile vergessen und arbeiten können.

Er hatte sich zunächst gesträubt, das großzügige Angebot des Kaufmanns anzunehmen. Sich von de Jongh aushalten zu lassen, bis dieser die ersten seiner Werke verkauft hatte, war ihm nicht recht erschienen, aber de Jongh hatte ihn beruhigt: »Ich habe schon einen ersten Auftrag für Euch. Es gibt da eine junge Dame in Haarlem – eine Künstlerin, die ich unterstütze und die so schön ist, dass es eine Schande wäre, sie nicht in ihrer Vollkommenheit zu verewigen. Ich möchte, dass Ihr ein Porträt von Agnes malt, eines von der Art, wie ich es in Eurer Werkstatt gesehen habe, versteht Ihr?«

Das einzige Porträt, das Wim im letzten Jahr gemalt hatte, war das von Mareikje gewesen. De Jongh beugte sich verschwörerisch zu ihm hinüber. »Aber ich muss um Eure Diskretion bitten. Meine Frau … Ihr versteht?«

Was gingen ihn die Geheimnisse anderer Leute an? Ein wenig sehnte er sich in solchen Momenten nach Bruikelaar, nach der ehrlichen Art eines Henk, der keine Geheimnisse nötig hatte, weil er sein Leben so lebte, wie der Herrgott es vorgesehen hatte: anständig und arbeitsam.

Wim spannte den Rahmen nach und verteilte einige Farben auf der Palette. In diesem Moment klopfte es an der Tür. Wim öffnete.

Der Kaufmann hatte nicht übertrieben. Das Mädchen, das da vor ihm stand, war eine Schönheit. Lange fuchsrote Haare fielen ihr bis weit über die Schultern, ihr Gesicht war so schlank und ebenmäßig, wie von einem Bildhauer erschaffen. Sie war nicht groß, aber alles an ihr war harmonisch. Die Beine gerade lang genug, die Hände zart und schlank, die Brust groß und fest. So viel sah er schon durch die leichte Tracht, die sie trug.

»Seid Ihr Mijnheer Straaten, der Maler?«

Wim nickte, begrüßte sie und hielt ihr die Tür auf. Das Mädchen ging durch den Nebenraum, den Wim als Atelier nutzen wollte, und betrachtete seine Werkzeuge. Sie wandte sich um, als Wim hinter ihr her kam.

»Was hat Mijnheer de Jongh Euch von mir erzählt?«

»Er sagte, du bist eine Künstlerin, die er unterstützt, so ähnlich, wie er mich unterstützen will.«

Agnes' Lachen klang melodisch. »Er lügt. Ich bin in Wahrheit seine Mätresse. Meine Familie stand auf Seiten der Spanier, auch nach der Ausrufung der Unabhängigkeit der Provinzen. Als es aufflog, wurde mein Vater gehenkt, und meine Brüder landeten im Kerker. Und dann wurde unser Besitz vom Statthalter der Provinzen eingezogen.«

Warum erzählte die junge Frau ihm das? Er sah sie fragend an.

»Ich hasse de Jongh, weil ich vermute, dass er zu denen gehört, die meinen Vater denunziert haben. Aber als ich völlig mittellos dastand, machte er mir das Angebot, seine Mätresse zu werden.« Sie zuckte mit den Schultern. »Was hätte ich tun sollen?«

»Hättest du nicht irgendeine Arbeit finden können?«

Sie lachte wieder, aber fröhlich klang es nicht. »Meister Straaten, arbeiten muss man lernen. Ich konnte nichts. Fünfzehn Jahre alt und nichts gelernt. Da hatte ich die Wahl: das Angebot von de Jongh annehmen oder zu den Huren gehen.« Sie öffnete das Fenster und ließ die warme Frühlingsluft herein. »Die Entscheidung fiel mir nicht schwer, das dürft Ihr mir glauben.«

»Aber eine so schöne Frau wie du … Die Männer müssen sich doch darum geschlagen haben, um dich werben zu dürfen.«

Blut stieg ihr in die Wangen, sie presste die Lippen aufeinander und wandte ihr Gesicht ab. »Um eine wie mich wirbt keiner«, murmelte sie so leise, dass Wim sie kaum verstand, aber er spürte, dass er nicht weiter in sie dringen sollte.

»Willst du dich erst einmal setzen? Ich muss noch einiges vorbereiten, ehe wir anfangen können. Hast du schon einmal für einen Maler Modell gestanden?«

»Noch nie, aber was ist schon dabei? Ich ziehe mich aus und mache das, was Ihr sagt.« Wieder lachte sie, als trage sie die Heiterkeit wie einen Schutzschild vor sich her. »Das ist nicht anders als bei de Jongh, nur nicht so unangenehm, vermute ich.«

Wim nickte mit ernster Miene. »Keine Angst, hier wird nichts unangenehm. Ich kann ohnehin niemanden malen, der sich dabei unwohl fühlt – denn in missmutiger Stimmung wird die Arbeit noch schwerer, als sie es ohnehin schon ist.« Er rührte in der roten Farbe, die nicht weich und geschmeidig werden wollte. »Ich erkläre dir zuerst, wie ich dich malen werde. Dann fertige ich ein paar Skizzen, einige Farbvergleiche …«

Agnes nickte. »Soll ich mich ausziehen?«

»Nein, das ist heute nicht nötig. Ich werde dich am Fenster sitzend malen, im Nachtrock. Du wirst nach draußen schauen, Ausschau haltend nach dem, den du vermisst.«

»Angezogen?« Agnes hob eine Braue.

»Mir wäre es am liebsten, aber das will de Jongh ja nicht. Du brauchst nur nicht nackt hier zu sitzen, wenn ich dein Gesicht male.«

Sie lächelte. »Ihr scheint mir ein recht komischer Kauz zu sein. Bis jetzt hat mir noch keiner gesagt, ich solle angezogen bleiben, wenn ich gefragt habe.«

Wim Straaten nahm den Skizzenblock und den Kohlestift und begann mit seinen Zeichnungen.

Am schlimmsten war die Scham. Wie hatte sie sich nur so gehenlassen können? Wie hatte sie sich von dieser unsäglichen Wollust überwältigen lassen können? Mareikje war, als habe ein fremder Geist von ihr Besitz ergriffen und sie Dinge tun lassen, die nicht nur alles in Frage stellten, sondern alles zerstörten, woran sie jemals geglaubt hatte.

Nein, Pitt hatte sich nicht einfach nur genommen, was ihm gefiel, er hatte ihr auch etwas gegeben, von dem sie nicht einmal wusste, dass es existierte. Dass sie sich nicht gewehrt hatte, dass sie sich ihrer Lust in einem Akt der Selbsttäuschung hingegeben hatte, erfüllte sie mit einem nie gekannten Schuldbewusstsein.

Sie war schlecht.

Wim hatte recht daran getan, sie zurückzuweisen. Sie war nicht anders als die Hure, die Pitt ihr nacktes Hinterteil entgegengestreckt hatte, und sie war keinen Deut besser als Regine. Selbst ein Mann wie Antonius, der das Rückgrat eines Wurms besaß, hatte etwas Anständigeres verdient als eine schamlose Frau wie sie, die die körperliche Freude der Liebe mit einem Mann genossen hatte, den sie verabscheute.

Es würde keine Hochzeit geben. Niemals dürfte es dazu kommen.

»Heiraten kannst du, wen du willst, aber ich werde mir holen, was ich von dir will«, hatte Pitt gesagt, als er sich die Hosen wieder hochgezogen und mit einem spöttischen Grinsen auf sie hinabgeschaut hatte.

Mareikje hatte am ganzen Körper gezittert, unfähig zu erfassen, was da eben mit ihr geschehen war. Er beugte sich zu ihr, legte eine Hand unter ihr Kinn und küsste sie überraschend sanft auf den Mund. »Wir sind aus dem gleichen Holz geschnitzt, Mareikje Hoorn. Du weißt es nur noch nicht.«

Sie hatte mit einem Ruck den Kopf abgewandt und alle Anstrengung darauf verwendet, die Tränen zurückzuhalten.

Er stand auf. »Schließ hinter mir ab«, sagte er, als er schon an der Tür war. »Es sei denn, es juckt dich, noch auf Antonius' Vater zu warten.«

Schluchzend hatte sie ihr Gesicht in das Kissen gedrückt. Der Morgen graute bereits, als sie sich wieder einigermaßen beruhigt hatte und das Beben ihres Körpers allmählich nachließ. Zurück blieb eine Kälte, die ihr bis ins Mark ging. Trotzdem stand sie auf und wusch sich mit dem eiskalten Wasser, schrubbte sich ein ums andere Mal, bis die Haut ganz rot war. Aber der Schmutz schien tiefer zu sitzen, und das brachte sie vor Wut und Hilflosigkeit erneut zum Weinen.

Sie fühlte sich wie gelähmt, doch ihr war eines klar: Sie musste von hier verschwinden.

Sie konnte nicht warten, bis die Verlobung verkündet wurde, und sie konnte auch niemandem irgendeine Erklärung geben.

Sie musste einfach nur weg – und sie sehnte sich nach der ihr vertrauten Umgebung von Bruikelaar, nach Rieke, die ihr Milch wärmte, Annie, die ihr über die Wange strich, Onkel Eduard, der mit der Faust auf den Tisch hieb, wenn es ihm zu bunt wurde. Nur, wie sollte sie allein die weite Strecke nach Brabant zurücklegen?

Zur Frühstückszeit schnarchten die Männer noch in den Betten, nur Wilhelmine van Halder saß am Küchentisch, umklammerte einen Becher mit heißem Saft und starrte vor sich hin. Auf dem Fest hatte Mareikje sie überhaupt nicht gesehen, und wäre sie nicht so mit ihren eigenen Nöten beschäftigt, hätte der leere Blick der Frau vielleicht ihr Mitleid geweckt. So aber trank Mareikje nur einen Schluck Milch im Stehen und half dann Antonius' Tante, die putzfidel die Stube fegte, ein wenig bei der Hausarbeit.

Auch der Nachmittag verging recht schnell. Einige Männer hatten sich zusammengetan und sahen sich das Wettrennen der Käseträger vor den Toren der Stadt an, während die Frauen in der Wohnstube der van Halders saßen und das Verlobungsfest vorbereiteten. Als Antonius' Tanten sie baten, ihre Tracht vorzuführen, täuschte Mareikje Kopfschmerzen vor und zog sich in ihr Zimmer zurück.

Sie hatte zwar nicht die geringste Ahnung, wie sie es bewerkstelligen sollte, beschloss aber, noch in dieser Nacht zu fliehen.

Obwohl er ganz entspannt mit im Nacken verschränkten Händen auf dem Rücken lag, fühlte Gerard van Halder sich nicht sonderlich wohl. Neben ihm kniete die bis auf ein Band um den rechten Oberschenkel nackte Carolien und versuchte, sein Geschlecht zu voller Größe zu bringen, während die ebenfalls unbekleidete Magda ihm Stirn und Wangen massierte, um die Anspannung des Tages zu vertreiben.

Gerard versuchte, seine Umgebung zu vergessen. Der kleine Wagen der Huren wackelte bei jeder heftigen Bewegung, und er war äußerst geschmacklos eingerichtet. Nur gut, dass er diskret am Feld vor der Stadtmauer abgestellt war, wo alle anderen Wagen auch nur diesem Zweck dienten.

Unwillig riss er das neben ihm kniende Mädchen an den Haaren. »Nun mach schon, beeil dich ein wenig, ich habe nicht ewig Zeit.«

»Verzeiht die Ungeschicklichkeit des Mädchens, Mijnheer. Ihr seid einer ihrer ersten Kunden«, mischte sich Magda ein, die wahrscheinlich schon so lange in ihrem Gewerbe war wie van Halder in dem seinen.

»Was kümmert mich das?« Van Halder richtete sich auf und betrachtete sein trotz der Bemühungen des Mädchens immer noch schlaffes Glied. »Ich habe euch zwei Gulden gegeben, dafür will ich, was mir zusteht.«

Die Jüngere zuckte hilflos mit den Schultern. Magda schob sie zur Seite, griff unter den Deckenstapel an der Seite des Lagers und zog eine dünne Rute hervor. »Bitte, Mijnheer, straft mich und nicht das Kind.«

Gerards Augen leuchteten auf. Er nahm den mit weichem Leder umwickelten Weidenzweig, ließ ihn auf seine offene Handfläche klatschen und wies die Ältere lüstern an, sich umzudrehen. Schmatzend landete die Peitsche auf ihrem Hinterteil.

»Verzeiht mit, edler Herr, dass wir unsere Arbeit nicht besser gemacht haben. Bestraft mich dafür!« Ein weiterer Schlag und das theatralische Jammern der Frau sorgten dafür, dass van Halders Glied sich aufrichtete.

Die Jüngere kniete sich über den Mann und ließ sein Geschlecht routiniert zwischen ihren Beinen verschwinden, während die Ältere ihn weiter anstachelte: »Ja, Mijnheer, so ist es recht. Ich habe es nicht anders verdient.« Wieder stieß sie einen spitzen Schrei aus, als die Rute auf ihren Hintern patschte.

»Langsam, mach nicht so schnell, du ungeschickter Tölpel.« Gerard van Halder versuchte Carolien zu bremsen, aber das Mädchen schien entschlossen, den schwierigen Gast so schnell wie möglich loszuwerden. Van Halders Kehle entrang sich ein unterdrücktes Keuchen. Dann schmiss er die Peitsche in die Ecke und richtete sich mit zornesrotem Gesicht auf.

»Was fällt euch ein, ihr Miststücke? Nennt ihr das ehrliche Arbeit?« Er erhob sich, versuchte, in dem schwankenden Wagen das Gleichgewicht zu halten, und stieg in seine Kleider. »Das war nie und nimmer zwei Gulden wert.«

Auch die Frauen hatten wieder die dünnen Kleider übergestreift, in denen sie in Goudas Straßen auf Kundenfang gingen. Carolien tauchte einen Stofflappen in einen mit grüner Flüssigkeit gefüllten Krug neben dem Bett und wischte sich sauber. »Mijnheer, ich befürchte, wenn wir weitergemacht hätten, wäre bei Euch wieder alles zusammengefallen.«

»Unverschämtes Weibsbild!« Van Halder holte aus und schlug der jungen Frau mit der flachen Hand auf die Wange.

Er hörte das Zischen der Peitsche erst, als es schon zu spät war. Mit weitausholender Gebärde hatte Magda ihm das Instrument, das ihm kurz zuvor noch zur Befriedigung seiner Lust verholfen hatte, über das Gesicht gezogen. Van Halder spürte einen Blutstropfen in den Mundwinkel laufen.

»Dich werde ich lehren, wie man sich benimmt.« Der Kaufmann sprang den beiden Frauen hinterher aus dem Wagen.

Carolien und Magda flüchteten sich in den Schatten der anderen Fahrzeuge, eine von beiden pfiff schrill. Binnen Sekunden kam Leben in die stille Kolonie: Von allen Fahrzeugen sprangen Mädchen und junge Männer und scharten sich um die Streithähne.

Eine ältere Frau durchschritt den Kreis, der sich blitzschnell gebildet hatte. Sie sah Gerard van Halder an. »Mijnheer, gibt es Grund zur Klage gegen diese beiden ehrenwerten Damen?«

»Ehrenwerte Damen?« Van Halder spuckte aus. »Wenn sie nur getan hätten, wofür ich bezahlt habe, wäre ich zufrieden.«

Die Frau drehte sich zu den beiden Huren um. »Stimmt das?«

Magda schüttelte den Kopf. »Er hat sogar mehr bekommen als das, wofür er bezahlt hat.« Sie drehte sich um und lüpfte das Kleid. Die Umstehenden betrachteten mit grimmigen Mienen die dunkelroten Striemen auf dem Hinterteil der Frau.

Die Alte wandte sich wieder an van Halder. »So einer seid Ihr also. Ich würde Euch raten, geht schnell Eures Weges, sonst bekommt Ihr hier wirklichen Ärger.« Aus dem Kreis der Zuschauer lösten sich zwei breitschultrige junge Männer und bauten sich drohend vor dem alten van Halder auf.

Der Kaufmann trat den Rückzug an. »Wir werden bald wissen, was der Magistrat von Gouda zu den Dingen sagt, die sich hier abspielen. Wir sehen uns wieder, dessen seid gewiss.« Mit energischen Schritten ging er auf die Menschenwand zu und drängte sich an den finster blickenden Huren vorbei.

Die Alte lachte gackernd. »Der wird den Teufel tun und vor den Magistrat ziehen – der hat sicher ein Weib zu Hause, das ihm die Hölle heißmachen wird, wenn sie erfährt, dass er zu Huren geht.« Sie sah sich um. »Auf Meisjes, an die Arbeit! Es wird Abend, Zeit zum Geldverdienen.«

Magda lief zurück zum Wagen, kramte zwischen den Decken und kehrte mit einigen Münzen zurück. Sie drückte sie der Alten in die Hand. »Danke, Greta.«

Diese schob das Geld in die Tasche. »Ist schon in Ordnung. Und schmier dir die Striemen mit Fett ein, sonst beschwert sich der Nächste über die Narben.«

Gerard van Halder brannte die Wange immer noch, als er sich für den abendlichen Ausgang in die Stadt zurechtmachte. Er wurde noch wütender, als er feststellen musste, dass seine kostbarste Jacke mit dem Fuchsfellbesatz nicht zu finden war. Er griff zum Stock, der neben dem Doppelbett lehnte, und machte sich mit schweren Stiefelschritten auf die Suche nach seinem Sohn, den er, über einen Trog gebeugt, in der Waschküche vorfand. Antonius tunkte eines seiner Hemden in die Lauge und zog es über das Waschbrett – als sei dies nicht die Aufgabe der Wäscherinnen. Ohne großes Federlesen hieb Gerard auf ihn ein und packte ihn am Arm, als er stolpernd davonlaufen wollte.

»Ich weiß nicht, wo die Jacke ist! Ich weiß es nicht, weiß es nicht …«, rief Antonius mit hoher Stimme, als sein Vater schnaufend hervorstieß, wofür er ihm, und nur ihm allein, die Schuld gab.

Der alte van Halder ließ den Stock durch die Luft zischen, traf nur knapp am Ohr des Sohnes vorbei. »Ich weiß es nicht, weiß es nicht …«, äffte er ihn nach. »Du bist verantwortlich für das Gepäck, habe ich dir gesagt, und nun fehlt meine beste Jacke, du Faulenzer! Dir werde ich die Ordnung schon einprügeln.« Er holte aus und schlug Antonius mit dem dünnen Stock so hart gegen den Kiefer, dass der aufbrüllte.

»Brüll nur, hier wird dich keiner hören. Es weiß doch jeder, dass du deine tägliche Abreibung brauchst.«

Antonius sprang zur Seite, als der Stock wieder herunterfuhr, und zitterte am ganzen Körper. Seine Zähne schlugen klappernd aufeinander, aus seiner Nase lief ein dünnes Rinnsal hellroten Blutes.

»Was hockst du hier überhaupt herum wie eine Made im Käse und beschäftigst dich mit Weiberkram? Schau dir Pitt Henseler an, das ist ein Mannsbild! Der lehrt die Weiber, wo sie hingehören. Und du?« Gerard spuckte neben sich auf dem Boden. »Tät mich nicht wundern, wenn die kleine Hoorn sich einen sucht, der es ihr richtig besorgt, nicht so einen Duckmäuser wie dich!«

Aus Antonius' Gesicht wich alle Farbe. In seine Augen trat ein Glanz, den Gerard noch nie zuvor gesehen hatte. Mit staksigen Schritten trat der junge Mann zurück, bis er gegen den gemauerten Ofen stieß, in dem lodernde Flammen das trockene Holz fraßen. Seine Stimme klang seltsam tonlos.

»Hör auf, ich flehe dich an, hör auf, sonst …«

»Was sonst?« Sein Vater ließ den Stock sinken und lachte dunkel. »Willst du dich etwa wehren, du Memme? Tu's doch!« Er hielt die Hände hinter den Rücken und bot dem Sohn den ungeschützten Kopf dar. »Komm, schlag schon zu … aber nicht einmal das kannst du.«

Im nächsten Augenblick hatte Antonius den Schürhaken in beiden Händen. Ein Schrei wie von einem tödlich verwundeten Tier drang aus seiner Kehle, die Augen weit aufgerissen, und er stand mit einem Satz vor seinem Peiniger. In irrsinniger Wildheit ließ er den eisernen Haken auf den Vater niedersausen.

Gerard van Halder blieb keine Zeit mehr zu erkennen, dass er die letzte Demütigung seines Sohnes mit dem Leben bezahlte. Ungläubig hielt er den Blick auf Antonius gerichtet, während dieser den Eisenhaken aus seiner Schulter zog und wieder und wieder zuschlug.

Blut spritzte aus den Wunden des Alten, sickerte und strömte auf den Boden und die Wände, bis Gerard van Halder endlich auf die Knie sackte und sein Kopf auf den hölzernen Dielen aufschlug.

Schwer atmend, den Schürhaken noch immer beidhändig umklammert, stand Antonius über dem Körper, aus dem der Lebenssaft floss. Er brauchte sich nicht zu bücken, um zu wissen, dass sein Vater den letzten Atemzug getan hatte.

Aber erst als der Schürhaken scheppernd aus seiner Umklammerung zu Boden fiel, begriff Antonius van Halder wirklich, was geschehen war: Er hatte seinen Vater getötet.

# Fünfzehntes Kapitel

Eduard van Seeg strich sich mit gespreizten Fingern durch den Bart und wandte sich an die Würdenträger von Bruikelaar, die sich im Hinterzimmer der Citadel versammelt hatten. »Was meint Ihr also, soll ich tun?«

Pfarrer van der Weegelhost plusterte sich auf. »Sofort abstellen, dieses gottlose Treiben! Schmeißt die verdammten Tulpenzwiebeln in die Gracht, und der ganze Spuk ist morgen vorbei.«

Van Seeg lachte trocken. »Hätte ich das auch tun sollen, als man Euch vor zwei Wintern das Altarbild gestohlen hat? Alle Kirchenschätze in die Gracht schmeißen?«

Der Pfarrer wurde rot, schwieg aber. Dann meldete sich der alte ter Booven zu Wort. »Bisher ist ja noch kein Schaden entstanden …«

»Kein Schaden?«, mischte sich der Pfarrer wieder ein. »Ein Toter, einer, dem der Medikus wohl die Hand abnehmen muss, zwei Männer mit Stichwunden im Spital. Und das soll kein Schaden sein?«

Van Seeg bedeutete ihm mit einer Handbewegung zu schweigen. »Der Tote hatte genug Geld für die Beerdigung im Beutel, und die Verletzten werden für den Aufenthalt im Spital auch selbst aufkommen müssen. Es ist kein Schaden entstanden. Es sei denn«, er grinste den Pfarrer an, »Ihr meint den

Schaden an den armen Seelen der gottesfürchtigen Kaufleute, die versucht haben, Mareikje Hoorn zu bestehlen.« Die anderen am großen Tisch lachten.

Houvermann schlug mit der flachen Hand auf den Tisch. »Es ist mir egal, wie viele von den Windhunden aus Amsterdam oder Rotterdam dabei draufgehen, aber diese Tulpenzwiebeln sind Teufelswerk. Der tumbe Hinrich ist auf und davon, das große Geschäft machen, und jeden Morgen fehlt auf irgendeinem Hof ein Knecht, der sein Glück in den Tulpen sucht. Sogar die Kinder reden von nichts anderem mehr. Demnächst werden die beiden finsteren Gesellen vor Mareikjes Garten sich auch noch mit Weibern und Blagen schlagen müssen. Das geht so nicht weiter. Wir brauchen Ruhe, und dazu müssen als Erstes diese Zwiebeln weg.«

Eduard van Seeg nickte. »So sehe ich das auch. Aber wie?«

Houvermann trank einen Schluck und setzte den Krug ab. »Indem Ihr sie verkauft. Macht eine anständige Auktion, kassiert das Geld von den Narren, und alles wird wieder so sein wie zuvor. Mareikje Hoorn wird schon wissen, dass Ihr sie dabei nicht übers Ohr haut. Schließlich ist sie Eure Nichte.«

Eduard seufzte. »Ich fürchte, Ihr habt Recht, obwohl mir das alles nicht behagt. Ich werde die Auktion für nächsten Sonntag ansetzen.« Er sah zum Pfarrer hinüber, der schon wieder rot im Gesicht wurde und dem offenbar der Kragen am Hals zu eng wurde. »Nach dem Kirchgang, natürlich. Wir werden den Sonntag nicht entweihen.«

Die anderen Anwesenden nickten zustimmend. Eduard van Seeg war nicht ganz zufrieden, aber er hegte noch Hoffnung: Der Markt in Gouda würde am Dienstag zu Ende gehen. Vielleicht kehrte ja das Meisje bis zum Sonntag heim. Er bezahlte seine Zeche und machte sich auf den Weg, um nach den Schätzen zu schauen, die ihm in der letzten Zeit so viel Ärger bereiteten.

Wie fast immer während der letzten Tage standen zwei prächtige Kutschen vor Mareikjes Haus. Von Zeit zu Zeit verdienten sich die Söldner ein kleines Zubrot damit, dass sie vertrauenswürdige Besucher in den Garten führten und ihnen die Blumen zeigten.

Eduard ließ sich mehrmals am Tag sehen, zum einen, weil er den Landsknechten deutlich machen wollte, dass sie nicht unbeaufsichtigt waren; zum anderen aber auch, weil er gerne mit den Besuchern aus dem ganzen Land plauderte, die sich an den Blumen erfreuten.

Erst gestern hatte ihm ein Gelehrter aus Leiden erklärt, eine der Blumen sei eine ganz außerordentlich schöne und seltene Züchtung. Wie Wim Straaten hatte er lange das gelbrote Muster auf den Blättern betrachtet, wobei er ein Brevier zum Vergleich herangezogen hatte. Dann aber hatte er, fast erleichtert, abgewinkt. »Ich vermutete fast, es sei eine – aber nein, nun bin ich sicher. Sie ist sehr ähnlich, aber nein – leider.«

»Keine was?« Eduard wusste nicht, wovon der Mann sprach.

»Keine Semper Augustus. Habt Ihr nicht davon gehört? Die Semper ist die Königin der Tulpen! In den gesamten Provinzen findet Ihr keine Hand voll davon, und im Rest der Welt höchstens noch einmal so viele. Eine Semper wäre ein Grund, den Statthalter zu benachrichtigen – der würde dann sicher auch auf die Zwiebel mitbieten.« Der vornehm gekleidete Mann kratzte sich den Spitzbart. »Ich werde diese Sache noch einmal im Kollegium der Universität ansprechen. Wenn es stimmt, was ich vermute, dass diese Tulpe bisher noch unbekannt ist, dann steht mir, als dem wissenschaftlichen Entdecker, wohl das

Recht der Namensgebung zu. Wem, sagtet Ihr, gehören diese Blumen? Einer jungen Frau? Also werde ich diese Züchtung ›Regina Puellae‹ – die Königin des Mädchens – nennen.«

Es waren viele solcher wunderlichen Menschen in Bruikelaar aufgetaucht während der letzten Tage. Eduard gefiel vor allem, dass sie an der Schönheit dieser seltsamen Blüten interessiert waren und nicht an deren Preis. Mit den Tulpenliebhabern redete es sich angenehmer als mit den Händlern. Und außerdem, hatte Henk angemerkt, musste man bei denen keine Angst haben, dass sie nachts die Beete plünderten.

Als Eduard an diesem Morgen in den Garten trat, saßen die beiden Wächter in der Sonne und brachen sich Stücke von dem Honigkuchen ab, den Rieke ihnen auf einem Tonteller gebracht hatte. Sie schwätzten leise mit der Magd, während Henk misstrauisch einen aufgeputzten jungen Mann beäugte, der vor der Regina Puellae hockte und versuchte, ihre Schönheit auf ein Büttenblatt zu bannen. Auf einem Schemel neben ihm saß eine Frau, die mit runden Augen die Farbenpracht der Blüten betrachtete. Sie trug die schlichte Tracht der Nordholländer, musste also weit gereist sein für diesen Anblick. Als sie Eduard bemerkte, erhob sie sich und ging auf ihn zu.

Eduard zog den Hut, als sie zu einem förmlichen Knicks ansetzte. »Nicht doch, Mefrouw, ich bin hier nur der Amtsvorsteher und der …«

Die Frau unterbrach ihn. »Mijnheer, Ihr wisst gar nicht, welch eine Freude Ihr uns bereitet habt. Dass wir uns diese Pracht ansehen dürfen! Ich begleite Frans auf dieser Reise.« Sie deutete auf den Jüngling. »Er ist der Sohn des berühmten Meisters Frans Hals und soll diese Schönheit für uns malen.«

Der Junge blickte von seinen Farben auf und grüßte Eduard flüchtig. Anerkennend musste dieser feststellen, dass das, was der Maler auf dem Blatt abbildete, durchaus die Qualität dessen hatte, was Wim Straaten zustande brachte. Er beobachtete den Jungen, der sich sofort wieder in seine Skizze vertiefte. Er konnte höchstens vierzehn Jahre alt sein und arbeitete schon so schnell und geschickt wie ein wahrer Meister.

Eduard wandte sich ab und verließ den Garten. Er würde in den nächsten Tagen viel zu tun haben. Die Auktion war zu planen, am besten in der Citadel; Boten mussten losgeschickt werden, sodass auch Interessenten aus den großen Städten noch anreisen konnten. Gerade weil das Tulpenzeug eine Menge Ärger mit sich brachte, wollte er die Zwiebeln so teuer wie möglich losschlagen; der Aufwand sollte sich schließlich lohnen – mehr Käufer, das wusste man, bedeuteten höhere Preise. Für all die Umstände würde er seinen Anteil am Gewinn schon bekommen, da war er sicher. Dem Meisje bliebe trotzdem noch ein Vermögen.

Während sich in Bruikelaar die Zukunft seiner Braut in den schönsten Farben abzeichnete, versuchte Antonius im fernen Gouda, die Spuren seiner Tat zu beseitigen.

Eine merkwürdige Ruhe hatte ihn erfasst, als er das Blut mit Wasser aus den Holztrögen und einem Schrubber vom Boden wischte. Dann zog er die Leiche seines Vaters über den glitschigen Boden zur Tür des Waschhauses.

»Antonius, was treibst du denn hier?«

Er zuckte zusammen, fuhr herum und starrte Pitt Henseler in die Augen, der breitbeinig in der Tür stand, die Hände in die Hüften gestemmt. »Ich – nichts ist los, ich …«

»Ist dein Vater besoffen oder was?« Der junge Rosshändler kam näher und beugte sich zu dem reglosen Körper hinab. Er nahm dem toten van Halder die Kappe ab, und sein Grinsen gefror ihm im Gesicht. Schweißperlen traten auf seine Stirn. »Verdammt, was hast du getan? Was treibst du hier?«

Schluchzend ließ Antonius den Körper des Vaters zu Boden gleiten. »Ich wollte das nicht.« Er hob die Arme und ließ sie wieder sinken, als genüge das als Erklärung. Seine Stimme klang schrill, als er weitersprach: »Er hat mich geschlagen! Er hat ... Ich wollte es wirklich nicht, aber er hat gesagt, ich würde es nicht tun, und dann habe ich ...«

Mit einem Schritt war Pitt bei ihm und drückte ihn grob gegen die Wand. »Schrei hier nicht herum. Warte, ich hole meinen Mantel, und dann schaffen wir ihn erst einmal hier weg.«

Kaum eine Stunde später standen die beiden Freunde am alten Gouwehafen und warteten, bis keine Luftblasen mehr an die Wasseroberfläche stiegen. Wie einen betrunkenen Freund hatten Pitt und Antonius den Toten in die Mitte genommen und zum nächstgelegenen Wasserlauf geschleppt. Dass es dabei durch das Hurenviertel ging, hatte ihnen die Aufgabe noch erleichtert. Zwei Männer, die einem Dritten nach Hause halfen, der zu tief in den Krug geschaut hatte, das war in dieser Gegend keine Seltenheit.

Antonius zitterte trotzdem am ganzen Körper. »Und wenn er doch gefunden wird?«

Pitt Henseler grinste und hielt Gerard van Halders Beutel hoch. »Und wenn? Er hat sich gegen einen Beutelschneider gewehrt und den Kürzeren gezogen. Die Stichwunden, die fehlende Börse, da wird man schon die richtigen Schlüsse ziehen.«

Antonius nickte. »Was ist mit dem Geld? Wollen wir teilen?«

Pitt kniff ein Auge zusammen. »Mit deinem Erbe wirst du dich eh nie wieder um dein Auskommen sorgen müssen. Der

Inhalt des Beutels gehört mir.« Er schüttete die Münzen in die hohle Hand und ließ sie in seiner Hosentasche verschwinden. Dann warf er das Ledersäckchen in hohem Bogen ins trübe Wasser. »Auf jetzt, ab ins Bett. Sonst vermisst man uns noch.«

Wie betäubt trottete Antonius hinter ihm her. Sie nahmen den Umweg an der Stadtmauer entlang, der ihnen jetzt ungefährlicher erschien als der direkte.

Vor der Tür des van Halder'schen Anwesens nahm Pitt den Freund bei der Schulter. »Antonius, hör mir zu: Wir sind durch die Gassen gezogen, den ganzen Abend lang, verstehst du? Wenn dich jemand fragt …«

»Ach, Pitt …« Antonius zitterte noch immer, seine Augen glänzten. »Du bist ein guter Freund. Ich danke dir für deine Hilfe.«

In Pitts Augen trat ein lauernder Ausdruck. »Ich hab was gut bei dir – ich hoffe, du vergisst das nie.«

»Was meinst du damit?«

Der Rosshändler grinste. »Wir werden sehen.«

# Sechzehntes Kapitel

Carolien wusste, dass manche Männer besondere Vorlieben pflegten, aber dass sie vor ihrem Geschäft beten sollte, das war ihr noch nicht untergekommen. Doch die Gulden des schwarzgekleideten Mannes waren ihr so wertvoll wie die eines jeden anderen, also kniete sie in ihrer jugendlichen Nacktheit vor ihm und sprach gerade den Psalm nach, den er aufsagte, als der Vorhang zum Wagen aufgerissen wurde.

»Carolien, Magda, kommt, schnell!«

Magda machte eine abwehrende Handbewegung und zischte das Mädchen an, das durch den Vorhang lugte: »Nicht jetzt, wir haben Besuch.«

»Es ist aber wichtig, ihr sollt alles stehen und liegen lassen, sagt Greta, hört ihr?«

Magda seufzte und fasste unter ihren Rock, um dem Mann, der mit heruntergelassener Hose auf dem Karrenboden kniete, das Geldstück zurückzugeben. »Es tut mir leid, Hochwürden, vielleicht ein anderes Mal.«

Der Mann errötete und zog seine Beinkleider hoch. Ohne ein weiteres Wort zu verlieren, kletterte er hinaus und verschwand in der Dunkelheit.

Schnell war der Wagen der beiden Huren von Menschen umringt. Greta lehnte sich gegen die Ladefläche. »Ihr müsst aus der Stadt verschwinden. Jetzt sofort!«

Carolien lachte bitter. »Im besten Geschäft? An den letzten Tagen läuft es besonders gut, das wisst ihr doch. Jetzt haben alle ihren Handel abgeschlossen und wollen den Profit unter die Leute bringen.«

Die alte Greta brachte sie mit einer unwirschen Geste zum Schweigen. »Ihr müsst sofort weg! Johann hat den Kerl gefunden, der gestern Abend …«

»Gefunden?«, unterbrach Magda sie. »Was heißt ›gefunden‹?«

»In der Gouwe, am Hafenausgang. Mausetot!«

»Damit haben wir doch nichts zu tun, wir haben die ganze Nacht …«

»Wer wird euch das glauben? Denkst du, die Freier rennen vor den Magistrat, um zu bezeugen, dass sie bei euch waren?«

»Aber wir haben wirklich …« In Caroliens Augen standen Tränen.

Die Alte strich dem verstörten Mädchen über das Haar. »Das wissen wir doch alle. Ihm fehlte die Börse, sagt Johann. Also wird's ein Dieb gewesen sein. Aber wenn sie den nicht finden, wird irgendeiner sagen: ›Der hat doch bei den Huren Streit gehabt‹, und schon haben sie einen Sündenbock.« Greta spuckte auf den Boden. »Also, ihr packt zusammen und verschwindet mit den ersten Wagen, die Gouda im Morgengrauen verlassen. Das wird nicht auffallen, denn auch die ersten Händler haben schon ihre Sachen gepackt und werden sich bei Sonnenaufgang auf den Weg machen.«

»Und das Geld …« Carolien zitterte am ganzen Körper.

Magda nahm sie am Arm. »Komm, Kleine. Sie hat Recht. Mit etwas Glück schaffen wir es bis zum Tuchmarkt nach Antwerpen. Es wird besser sein, wenn wir uns in den Provinzen eine Zeit lang nicht sehen lassen.«

Greta nickte. »Ja, das ist sicherer für euch. Aber nehmt den Weg aus dem Nordtor und fahrt im Bogen um die Stadt herum – für den Fall, dass man euch suchen sollte.«

Magda nickte, zog die Jüngere auf den Wagen und begann, das Gepäck zu verstauen.

Wim Straaten hatte seine Freude an Agnes. Binnen weniger Tage richtete sie ihm mit der gleichen Unbeschwertheit wie Mareikje das karge Quartier wohnlich ein. Sie nahm Skizzen von ihm aus den Mappen und heftete sie an die Wände, legte bunte Tücher über Liege und Tisch und hängte Vorhänge vor die Fenster. Obwohl er sich noch mit den Vorarbeiten des Porträts beschäftigte, verbrachte Agnes mehr Zeit bei ihm als in ihren eigenen Räumen.

Eine erfahrene Köchin war sie außerdem. Belustigt überlegte Wim, dass es irgendwas an ihm geben musste, das junge Frauen dazu trieb, ihn zu hegen und zu versorgen. Er sah von seinem Teller mit knuspriger Hühnerleber, gestampften und gekräuterten Kartoffeln und gebratenen Zwiebeln auf.

»Wird de Jongh nicht böse sein, wenn du so viel Zeit bei mir verbringst?«

Sie schüttelte den Kopf. »Mittwochabends und Montagvormittags kommt er. Manchmal auch freitags. Und dann muss alles ganz schnell gehen. Du solltest sehen, wie ungehalten er werden kann, wenn ich bei seinem Eintreffen noch nicht im Bett liege und bereit bin für ihn. Was ich an den anderen Tagen tue, ist ihm egal.« Sie sah Wim über den Tisch hinweg an. »Störe ich dich? Willst du nicht, dass ich so oft bei dir bin?«

Wim lachte unbeschwert. »Ach was. Du bist meine Muse, Agnes. Die Arbeit geht mir leichter von der Hand, wenn du hier bist. Komm nur, so oft du willst, und bleibe, so lange du möchtest. Ich werde es dich wissen lassen, wenn es mir zu viel wird.«

Agnes legte die Gabel aus der Hand, beugte sich über den Tisch und drückte ihm einen Kuss auf die Wange.

»Wim?«

Er rieb sich die Stelle, an der ihre Lippen ihn berührt hatten.

»Wenn ich nicht … so eine wäre, glaubst du, du könntest dich in mich verlieben?«

Wim zögerte. »Solche Fragen darfst du nicht stellen, Agnes.«

Sie grinste ihn an, denn ihr war sein Blick Antwort genug. Schon am Abend fragte sie ihn, ob sie nicht bei ihm übernachten dürfe.

»Es ist doch nichts dabei«, sagte sie. »Ich lege mich zu dir, und wir wärmen uns gegenseitig. Dann spare ich mir den Weg nach Hause und kann am Morgen für uns beide das Frühstück bereiten.«

Wim nahm sie beim Wort, obwohl er das Ansinnen ungewöhnlich fand. Aber er genoss es auch, als sie sich in ihrem dünnen Unterkleid an ihn schmiegte und sich in seinen Arm kuschelte wie eine Tochter, die Geborgenheit suchte.

»Du bist der Erste, weißt du das?«, sagte sie in die Dunkelheit hinein.

»Der Erste was?«

»Der erste Mann, neben dem ich im Bett liege und der nicht – na, du weißt schon.«

Wim lächelte. »Und, ist das schlimm?«

Agnes schüttelte den Kopf. »Gar nicht. Es kommt mir so … wertvoll vor. Ich möchte dich nie mehr wieder verlieren, Wim. Ich fühle mich bei dir so geborgen.«

Wim löschte den Kerzenstummel neben dem Bett und legte seinen Arm um den Körper des Mädchens. »Schlaf gut.«

Machte er wieder alles falsch? So viele Bilder gingen ihm im Kopf herum, von Mareikje, wie sie in seiner Werkstatt nackt vor ihm stand, ihn anflehte, sie zu nehmen, sie wie eine Frau zu behandeln. Bilder von Mareikje, wie sie in Antonius van Halders Armen lag … Er schüttelte den Kopf, doch dann kamen ihm Bilder von de Jongh, der abschätzig auf Agnes wies. *Nehmt sie Euch nur, wenn sie Euch Spaß macht. Ich bezahle sie dafür. Lasst mir nur genug Feuer drin für meine Abende bei ihr. Ihr versteht?* Der Kaufmann hatte ihm verschwörerisch zugezwinkert.

Vorsichtig löste Wim sich aus dem Arm des Mädchens, um es nicht zu wecken. Er stand auf und ging zu seiner Kiste. Da war der Kohlestift, da das Papier. Er zog den Hocker vor das Bett, zündete die Kerze wieder an und drapierte das Laken über Agnes' Hüften; dann fing er an zu zeichnen.

Als er fertig war, hielt er das Papier auf Armeslänge von sich. Unwillig wischte er mit dem Daumen darüber. Sosehr er sich auch bemühte, was er auch tat: Er zeichnete den Körper des Mädchens, das da vor ihm im Bett lag. Jedes Haar, jeder Schatten, sogar der kleine Leberfleck auf ihrer Brust, alles perfekt nach dem Vorbild – nur das Gesicht … jedes Gesicht, das er zeichnete, war das von Mareikje Hoorn.

Im Haus von Antonius' Onkel warf Mareikje die wichtigsten Sachen in ihre Handtasche: ein Kleid, ein paar Gulden, das Gebetbuch, das musste reichen. Noch ein letzter Blick auf die teure Festtagstracht, die gefaltet in der Truhe lag. Sollten sie doch Lumpen daraus reißen.

Die Sonne stieg gerade über die Stadtmauer, als sie sich durch den Stalltrakt aus dem Haus der Familie van Halder schlich. Auf dem Weg zum südlichen Stadttor packte sie die schönen, aber unpraktischen Holzschuhe in die Tasche. Barfuß lief es sich bequemer, auch wenn ihre Füße schon nach wenigen Metern schwarz vor Dreck waren. Nun aber zogen die Gurte an der schweren Tasche Striemen in ihre Schulter. In ihrer Kammer im Haus der van Halders war ihr die Tasche noch so leicht erschienen – wie ihr dort überhaupt alles leicht erschienen war: einfach weggehen und nicht wiederkommen. Bald wäre sie in Bruikelaar, hatte sie gedacht, sie könnte den Kopf in Riekes Schoß legen und erst einmal zur Ruhe kommen. Dann würde sie Wim Straaten besuchen, und dann … dann würde schon alles gut werden.

Die Sonne stand schon fast senkrecht, die Räder der Windmühlen auf den Wiesen kreisten träge in der Brise, und immer noch sah sie die Mauern von Gouda hinter sich am Horizont. So würde sie nie nach Hause kommen! Sie ärgerte sich, nicht einen der Händler um eine Fahrgelegenheit gefragt zu haben, deren Kutschen aus dem Tor gerollt waren, kurz nachdem die Wächter es geöffnet hatten.

Umso erfreuter war sie, als sie nun ein rumpelndes Gefährt bemerkte, das auf sie zukam und in Richtung Süden fuhr. Der Pferdewagen zockelte gemächlich auf dem Pfad, und als er nah genug war, blickte Mareikje den beiden Frauen auf dem Kutschbock entgegen.

»He, Euch habe ich schon einmal gesehen. War das nicht bei der Anreise zum Markt?« Carolien hielt den Wagen an und sah auf die junge Frau mit den nackten Füßen herab, die am Wegesrand im Gras stand, eine große Tasche neben sich, das Gesicht blass, die Stirnlocken verschwitzt. »Wo sind Eure Begleiter?«

Mareikje zuckte mit den Schultern. »Das ist nicht wichtig. Ich muss nach Süden, nach Bruikelaar. Könnt ihr mich ein Stück mitnehmen?«

Magda klappte den Vorhang auf, der das Innere des Wagens vor den Blicken abschirmte.

»Wir sind keine Kutscher, Mefrouw. Wir müssen uns beeilen, um pünktlich auf dem nächsten Markt zu sein und unser Geld zu verdienen.«

Mareikje wischte sich den Schweiß von der Stirn. »Ich kann euch bezahlen, wenn es darum geht.« Sie griff in die Tasche, zog drei Münzen heraus und hielt sie den Frauen auf der offenen Hand hin.

Carolien sprang vom Bock, nahm Mareikjes Tasche und warf sie auf den Wagen. Dann nahm sie zwei Münzen von ihrer Handfläche.

»Eine als Fuhrlohn, eine, um uns allen auf dem Weg etwas zu essen zu kaufen. Die dritte behaltet nur für Euch, wir sind ja keine Halsabschneider.« Sie zog Mareikje an der Hand hoch und half ihr auf den Kutschbock. »Auf geht's, dann fahren wir eben über Bruikelaar.«

»Als ob uns einer was schenken würde.« Magda schüttelte den Kopf und zog den Vorhang wieder vor.

Carolien lachte. »Sie ist griesgrämig, weil wir früher aus Gouda abreisen mussten. So entgeht uns ein schönes Geschäft. Lasst sie nur, heute Abend wird sie wieder freundlicher sein.« Carolien schnalzte mit der Zunge, und der vierschrötige Braune vor dem Wagen setzte sich gemütlich in Gang. »Ihr werdet sehen, mit uns geht es nicht so schnell wie mit Euren Begleitern. Aber so Gott will und der Braune nicht schlappmacht, werden wir Bruikelaar schon irgendwann erreichen.«

Der Wachmann stand vor Theophil van Halder stramm. »Jawohl, Mijnheer, ich habe sofort den Magistrat informiert, nachdem der Fischer die Leiche ans Ufer gebracht hat.« Nur das Zucken unter seinem rechten Auge verriet, dass es ihm peinlich war, nicht auf den ersten Blick erkannt zu haben, dass es sich bei dem Toten, den die Fischer ihm vor das Kontor gelegt hatten, um den Bruder eines Ratsmitglieds von Gouda handelte.

Theophil van Halder hob kurz das Tuch an, das der Medikus über die Leiche gebreitet hatte.

»Das ist er, unzweifelhaft. Habt Ihr den Mörder schon dingfest gemacht?« Er sah den Wachmann mit kaltem Blick an. »Oder glaubt Ihr etwa, es war ein Unfall?«

Der Mann schüttelte den Kopf. »Nein, Mijnheer, das heißt … ja, Mijnheer.« Er räusperte sich. »Also, es war sicher kein Unfall. Und wir haben den Mörder bereits, sogar zwei, um genau zu sein. Strauchdiebe, die wir am Ijsselufer aufgegriffen haben. Sie hatten fünfzig Gulden bei sich, zweifellos aus dem Beutel Eures Bruders.«

»Aber mein Bruder muss fast siebzig Gulden bei sich gehabt haben.«

»Den Rest werden sie bei den Huren und in den Spelunken unter die Leute gebracht haben, Mijnheer, es tut mir leid.«

Van Halder nickte. »Haben sie schon gestanden?«

Der Wächter nickte eilfertig. »Einer schon, der andere ist noch auf der Streckbank. Es ist nur eine Frage der Zeit, bis es endgültig feststeht.«

Theo van Halder entließ ihn mit einem Winken. »Gut, dann lasst das Geld herbringen und das Urteil ausfertigen. Die Spitzbuben sollen noch zwei Tage im Kerker bleiben. Wir wollen die Leute nicht am letzten Tag noch durch eine Hinrichtung vom Handel abhalten.«

Der Mann setzte seinen Hut auf und blieb in der Tür stehen. »Mijnheer van Halder?«

Der sah von seinen Papieren auf. »Was ist denn noch? Ich habe zu tun, ich muss meinem Bruder wohl ein angemessenes Begräbnis verschaffen.«

»Der Magistrat – soll ich …?«

Theo winkte ab. »Spart Euch das und geht wieder an Eure Arbeit. Ich werde den Magistrat unterrichten und das Urteil siegeln und unterschreiben lassen.« Er wandte sich wieder seinen Papieren zu. »Ihr könnt gehen.«

Und das war das Ende des Kaufmanns Gerard van Halder. Niemals sah man auch nur eine Träne im Gesicht seiner Witwe, nicht einmal als sie, gestützt von ihrem Sohn, die Begräbniszeremonien über sich ergehen ließ. Das Haus und den Laden in Bruikelaar überließ sie ihrem Sohn Antonius, der längst alt genug war, die Geschäfte allein zu führen. Wilhelmine selbst blieb bei den Verwandten in Gouda. Und wenn Martha van Halder vermutet hatte, sie würde sich um ihre verwirrte Schwägerin kümmern müssen, von der man munkelte, sie verbringe die Tage vor sich hin starrend im Bett, so hatte sie sich getäuscht: Schon in den ersten Wochen in ihrer neuen Umgebung kehrte die Farbe zurück in die Wangen der einst schönen Frau, und als zum ersten Mal ihr Lachen durch die Räume drang, war es zwar ungewohnt, aber herzlich willkommen. Die Melancholie fiel von Wilhelmine ab wie ein Leichentuch.

Man vermutete, dies könne an der Luftveränderung liegen. Oder an der frischen Würze des neuen Maigoudas.

# Siebzehntes Kapitel

Bald ist es so weit!« Mit rotem Kopf saß Rieke am Küchentisch der van Seegs. »Und Ihr habt auch sicher nicht falsch gelesen?«

Eduard van Seeg schmunzelte. »Nein, Rieke. Ich habe das Lesen zehn Jahre lang gelernt, und nun übe ich es schon seit mehr als dreißig Jahren. Meine liebe Frau hat beinahe ebenso lange Erfahrung damit. Wenn wir nun beide dasselbe lesen, dann sollte das schon stimmen.«

Rieke nickte. »Verzeiht. Würdet Ihr es noch einmal …«

Jetzt nahm Annie van Seeg das Schreiben vom Tisch, lächelte die Magd an und begann zu lesen:

*»… werde ich schon morgen das Gut verlassen, fast mit diesem Brief zusammen. Da aber die Briefe mit dem Postreiter schneller sind als ich mit meinen kurzen Beinen, freut Euch, Vater und Mutter, auf mich, denn schon bald werde ich bei Euch sein. Auch wenn der Anlass so traurig ist«*, Annie musste sich eine Träne aus dem Augenwinkel wischen, *»so bin ich doch glücklich, Euch und Mareikje und all die anderen aus Bruikelaar wiederzusehen. Es denkt an Euch die Euch über alles Liebende – Tildie.«*

Rieke stieß ein Schnaufen aus. »Aber so spricht sie doch nicht. *Die Euch über alles Liebende* – pah. Das würde sie niemals …«

Eduard griff nach dem Brief. »Das hat sie ja auch nicht selbst geschrieben. Sicher wird es dort jemanden geben, der ihr wohl gesonnen ist. Vielleicht der Gutsverwalter oder seine Frau.« Er hielt den Brief etwas weiter von den Augen weg. »Nein, das ist nicht die Handschrift einer Frau, dafür ist sie zu kräftig und zu energisch.«

»Sei's drum«, Annie faltete den Papierbogen zusammen und reichte ihn Rieke, die ihn wieder in ihre Schürze steckte, »du kannst schon anfangen, die kleine Stube unterm Erker aufzuräumen und zu putzen. Bald wird sie da sein, deine Tildie.«

Rieke stand auf. »Die Stube habe ich doch schon vor Wochen fein gemacht, als Mareikje angeboten hat, Tildie solle nach Bruikelaar kommen.« Sie legte sich den Schal über die Schultern. »Da bleibt mir wohl nichts, als weiter auf all die Verrückten zu achten, die sich von morgens bis abends am Zaun die Hälse verrenken, um einen Blick auf die Tulipane zu erhaschen.«

Eduard van Seeg brachte die Magd zur Tür. »Tu das, Rieke, dann wird den edlen Gewächsen auch nichts passieren. Und tröste dich: noch fünf Tage, und wir sind die Last los. Dann kehrt in Bruikelaar wieder der Alltag ein.«

»Das glaubt Ihr doch selbst nicht, so toll, wie diese Zeiten sind! Wenn die Tulipane weg sind, kommt etwas anderes, das rieche ich schon. So wie früher wird's nie mehr, das lasst Euch gesagt sein, Mijnheer van Seeg.«

Eduard schloss die Tür hinter ihr und sah seine Frau an. »Wenn ich ehrlich sein soll«, er lächelte Annie an, »fürchte ich, dass Rieke Recht hat.«

Staunend beobachtete Mareikje die Veränderung der beiden Huren: Mit wenigen Handgriffen, etwas Puder, einigen Strichen mit einem seltsamen Stift, weißen Hauben und dunkelbraunen Brusttüchern verwandelten sie sich in ehrbare Frauen, die das Schicksal in dieses kleine Dorf an der Waal verschlagen hatte.

Mareikje lief neben ihnen her und beobachtete schweigend, wie sie verstohlen kleine Flaschen mit bunten Tinkturen an die jungen Frauen im Dorf weiterreichten und dafür ein paar Münzen, ein Stück Fleisch oder etwas Gemüse bekamen. Noch bevor die Sonne am Horizont versank, kehrten sie mit ihren Errungenschaften zum Wagen zurück, den sie in einem etwas abseits gelegenen Waldstück abgestellt hatten.

»Warum bleiben wir über Nacht nicht in dem Dorf? Wäre das nicht sicherer?«, fragte Mareikje.

Magda hob die Schultern. »Eigentlich schon. Aber wenn einer der Männer im Dorf unsere Tränke entdeckt, dann solltest du den Pfarrer oder die alten Böcke sehen, wie sie ›Hexe, Hexe‹ schreiend hinter uns herlaufen.«

Mareikje blickte verwundert zwischen Carolien und Magda hin und her. »Ich dachte, das gibt es bei uns nicht mehr. Das ist doch vorbei, seit die Katholen Dorf um Dorf verloren haben.«

Das Mädchen winkte ab. »Ja, die Zeiten sind hier zum Glück vorbei, aber es steckt doch noch so manchem im Kopf. Wehe, eine Fremde taucht auf, die den Dorffrauen sagt, wie man nicht schwanger wird, wenn man es nicht will, oder wie man ein Kind loswerden kann, wenn die anderen schon nicht satt werden.«

Mareikje schüttelte den Kopf. War das denn nicht wirklich Hexerei? Konnte man verhindern, dass man schwanger wurde? Durfte man das denn? Ein Kind war doch ein Geschenk Gottes! Mit einem Mal fröstelte sie. Ein paar Tage noch und sie würde wieder in Bruikelaar sein, bei Menschen, die sie kannte und die sie liebte. Sie nahm eine geschmorte Hasenkeule aus dem verbeulten Topf.

»Wer so gut kocht wie ihr, der kann gar nicht böse sein«, sagte sie aus ihren Gedanken heraus.

Magda erwiderte den freundlichen Blick. Sie hatte schnell bemerkt, wie unerfahren die junge Frau war, die sie aufgelesen hatten. Sie würde noch viel über die Menschen lernen müssen. So wie Carolien, die zwar im selben Alter war, aber deutlich erwachsener wirkte. Vier Jahre war es her, dass sie Carolien aufgesammelt hatte, die mit ihrer Schwester zusammen einer Horde schwedischer Söldner entkommen war. Die beiden hatten stocksteif hinter einem Baum gehockt, zitternd vor Angst und Scham. Magdas ganze Kunst hatte nicht ausgereicht, der zierlichen Almuth das Leben zu retten, so hatten die Landsknechte sie zugerichtet. Carolien aber war zäh und hatte die Wunden an ihrem jugendlichen Körper besser verkraftet.

Seit jenen Tagen hatte Magda die Gefährtin kaum einmal so befreit lachen gehört wie jetzt mit dieser Mareikje. Schon wieder steckten die beiden die Köpfe zusammen und gackerten.

»Schluss jetzt mit dem Gekicher. Geht zum Bach hinunter und wascht die Töpfe ab, und dann ab ins Bett mit euch. Wir wollen am Dorf vorbei sein, ehe dort die Hähne krähen.«

Mareikje sprang auf, nahm ihren Teil des Geschirrs und lief mit Carolien zum Bachufer hinunter.

»Ich dachte zuerst, Magda wäre deine Mutter«, sagte sie, während sie sorgfältig die Reste von den dicken Tellern rieb und die Becher sauber spülte.

Carolien wandte den Kopf. »Sie hat mich eines Tages gefunden und mir das Leben gerettet; seitdem ist sie zu mir wie eine Mutter.«

Mareikje stellte das nasse Geschirr ins Gras, um es von den letzten Sonnenstrahlen trocknen zu lassen. »Wo ist deine Familie?«

Das Mädchen zuckte mit den Schultern. »Ich komme aus

dem Norden, da sind die Söldner täglich über die Dörfer hergefallen. Sie erschlugen die Männer und nahmen die Frauen mit sich. Manchmal kehrte eine nach ein paar Tagen zurück, manchmal fand man sie erschlagen oder erdrosselt an einem Wegrand. Meine Mutter war eines Tages verschwunden und ist nie mehr aufgetaucht.«

Mareikje schossen die Tränen in die Augen. »Das ist furchtbar.«

Carolien beugte sich zu ihr hinüber. »Es gibt viele, die ohne Eltern durchkommen müssen. Was ist mit dir? Leben deine Leute in Bruikelaar?«

Jetzt konnte Mareikje nicht mehr an sich halten. Tränen zogen Spuren in den Straßenstaub auf ihren Wangen. »Nein, meine Mutter ist gestorben, als ich zur Welt kam, und mein Vater«, sie wischte sich mit dem Ärmel über das Gesicht, »im letzten Winter.«

Carolien legte ihr den Arm um die Schultern. »Verzeih, ich wollte nicht …«

»Schon gut, das konntest du ja nicht wissen.«

Eine Weile schwiegen die Frauen, lauschten auf das Plätschern des Baches und hingen ihren Gedanken nach.

»Warum bist du zu Fuß aus Gouda geflohen?«, fragte Carolien schließlich. »Haben sie dich schlecht behandelt?«

Mareikje richtete sich auf und strich sich das Haar aus der Stirn. »Ich sollte verheiratet werden«, antwortete sie.

Carolien sah die Freundin an. »Man wollte dich zwingen? Das kann doch nicht sein.«

Mareikje schüttelte den Kopf. »Nein, nein, es war meine eigene Entscheidung, aber ich habe es mir anders überlegt.«

»War er nicht gut zu dir?«

Sie seufzte. »Doch, doch … Antonius ist ein braver Mann,

und sein Auskommen hat er auch. Sein Vater führt einen gutgehenden Tuchhandel.«

»Dann verstehe ich dich nicht … ein reicher Bräutigam, der auch noch lieb zu dir ist … Was Besseres kann einer Frau doch nicht über den Weg laufen.«

Mareikje hielt ihrem Blick stand. »Bist du dir da sicher?«

Carolien nickte und richtete den Blick verträumt in die Ferne. »Ich gäbe was darum. Als Mädchen habe ich davon geträumt, einem braven Mann den Haushalt zu führen und ihm viele Kinder zu schenken.« Sie senkte den Kopf, starrte auf ihre Hände, die sie im Schoß gefaltet hatte.

Mareikje schwieg und legte den Arm um die andere. Sie wussten beide, dass sich dieser Wunsch wohl nicht mehr erfüllen würde.

# Achtzehntes Kapitel

Rieke weinte hemmungslos. »Dass ich das noch erleben darf, nein, dass ich das noch …«

Ihr Mann machte kein großes Aufhebens, war aber mindestens so gerührt wie sie. Er tat, als wische er sich mit einem Tuch den Staub aus dem Gesicht, aber Tildie sah genau, dass der Stoff anschließend feucht von Tränen war. Sie stellte die verschlissene Tasche mit ihren Habseligkeiten auf den Boden, küsste den Vater auf die Wangen, nahm dann die Mutter in die Arme und drückte sie an sich.

Rieke schnäuzte sich und sah zu ihr auf. »Keiner weiß es, hörst du?« Sie betrachtete ihre Tochter, deren Gesicht sie glatt und von der Sonne gebräunt in Erinnerung hatte. Als Kind war Tildie immer draußen herumgelaufen, hatte an den Grachten und auf den Dorfwiesen gespielt; wie Mareikje war sie ein rechter Springinsfeld gewesen. Nun aber wirkten ihre Augen trübe, die Gesichtsfarbe erinnerte an schlechte Milch, zwei Falten hatten sich von ihrer Nase zu ihren Mundwinkeln gegraben. Das Samtbraun ihrer Haare, die unter der weißen Haube an den Seiten hervorlugten, war stumpf geworden und von grauen Strähnen durchzogen. Die Tracht schlotterte um ihren Körper.

Tildie nahm die Mutter an der Hand und zog sie ins Haus. »Komm, erzähl, wie es euch ergangen ist in Bruikelaar. Ich bin schon so gespannt. So viele Fremde, und vor dem Haus Soldaten, was soll das alles?«

Der Söldner Jakobus sah den beiden Frauen nach, die Arm in Arm durch den Garten zum Haus gingen. »Willst du nicht mitgehen?«, fragte er Henk.

Doch der Knecht winkte ab. »Nach so vielen Jahren werden die beiden sich viel zu erzählen haben. Da störe ich nur.« Er griff nach der Harke, die er bei Tildies Ankunft am Gartenzaun abgelegt hatte, und nahm die Arbeit wieder auf. »Außerdem bleibt sie ja wohl eine Weile hier.«

Im Haus saßen die beiden Frauen inzwischen dicht nebeneinander am Küchentisch.

»Muttchen, nun erzähl doch schon. Ich bin so neugierig, was hier in Bruikelaar alles passiert ... Wo stecken all die Freunde von früher? Wo ist Mareikje?«

Rieke holte tief Luft und strich der Tochter über die Wange. »Du warst so lange weg. Wo fange ich bloß an zu erzählen?« Sie stand auf, öffnete die Dose mit den kostbaren Kakaobrocken und goss Milch in den großen Topf. »Das wird Mareikje wohl recht sein zur Feier dieses Tages.« Mit den Bechern in der Hand setzte sie sich wieder neben ihre Tochter, hakte sie unter und fing an, Tildie von den Ereignissen der letzten Jahre zu berichten.

»Und jetzt ist Mareikje in Gouda, um Antonius zu heiraten?«, fragte Tildie, als ihre Mutter geendet hatte. Sie stieß ein Lachen aus. »Wer hätte das gedacht. Der Antonius! Als Kinder haben wir ihn immer geneckt, weil er sich wie ein Mädchen aufgeführt hat.« In der Erinnerung schüttelte sie den Kopf. »Jetzt wird er Mareikjes Ehemann.« Sie sah ihre Mutter nachdenklich an. »Ist sie denn glücklich mit ihm?«

»Glücklich, glücklich«, stieß Rieke bitter hervor. »Was heißt das schon in diesen Tagen? Sie wird ihr Auskommen mit ihm haben, und fertig.«

Tildie schwieg. Sie kannte Mareikje gut genug, um zu wissen, dass es der Freundin nie gereicht hätte, nur »ihr Auskommen« zu haben. Was mochte passiert sein, dass sie sich so verändert hatte? Sie freute sich auf ihre Rückkehr, auch wenn sie selbst wenig Erfreuliches aus den letzten Jahren zu erzählen hatte. Dass sie sich in ihren Dienstherrn verguckt und geglaubt hatte, er würde sie zur Frau nehmen, war auf ihre Unerfahrenheit zurückzuführen. Dumm war sie gewesen zu glauben, Gerrit de Fries empfinde so wie sie. Nur ein paar wenige Male hatte sie das Lager mit ihm geteilt, dann hatte er sie fallengelassen wie ein Werkzeug, das er nicht mehr benötigte, und seine wahre Braut ins Haus geführt. Tildie würde das Bild nie vergessen, wie die Frau in der Eingangshalle des Hauses gestanden hatte, in ihrem mit Pelz besetzten gelben Gewand und der kostbar schimmernden Perlenkette, ein demütiges Lächeln im Gesicht, glänzende Schleifen im kunstvoll frisierten Haar. Gerrit de Fries hatte ihre Hand an seine Lippen geführt, und Tildie war zögernd in das freudige Rufen und Klatschen der anderen Dienstleute eingefallen. Dabei hatte sie die ersten Tritte des Kindes in ihrem Bauch gespürt.

»Schön, dass du da bist, Tildie.«

Sie blickte auf die vom Alter gezeichnete Hand ihrer Mutter, die Rieke auf die ihre gelegt hatte, spürte den zärtlichen Druck und sah auf. Sie versuchte zu lächeln.

Wenigstens war sie nicht allein.

Pitt Henseler schnalzte mit der Zunge, um die Pferde in Gang zu bringen. Lächelnd drehte er sich um und winkte Regine und den Küchenmädchen, die ihm hinterherschauten, mit der Peitsche. »Nun weint nicht, ich komme ja nächstes Jahr wieder!« Er zwinkerte Antonius zu. »Regine ist wirklich ein Weib, wie man es sich nur wünschen kann. Hast du sie mal …«

Antonius drehte sich entrüstet um. »Sie ist meine Cousine.«

Pitt lachte laut. »Sie ist auch verheiratet, du Hornochse, das gleicht sich aus. Du solltest wirklich mal …« Mit einem anzüglichen Grinsen sah er zu Antonius hinüber, der rot anlief. »Glaub mir, sie kann dir sicher so einiges beibringen, was deine Mareikje noch nicht kennt.« Er legte dem Tuchhändler vertraulich die Hand auf die Schulter.

Ärgerlich rückte Antonius von ihm weg. »Woher willst du schon wissen, was Mareikje …«

»Glaub mir einfach. Ich weiß es.« Pitt ließ den Peitschenschlag auf die Kruppe des Braunen sinken, und die Pferde fielen in einen lockeren Trab. »Wo sie wohl stecken mag? In der Aufregung um den Tod deines Vaters ist ihr Verschwinden beinahe untergegangen.«

Antonius zuckte mit den Schultern. »Ich bin mir gar nicht sicher, ob sie vor oder nach dem …«, er stockte, »… Unfall abgereist ist.«

»Abgereist?« Pitt bremste das Gefährt und lenkte es behutsam durch das Stadttor. »Abgehauen würde ich das nennen. Ohne einen Gruß oder einen Dank. Sie kann froh sein, dass dein Onkel zu beschäftigt war, um beleidigt zu sein.«

Antonius lehnte sich zurück. »Sie wird mir in Bruikelaar schon erklären, warum sie verschwunden ist, da bin ich mir sicher.«

Pitt grinste breit. »Das glaube ich auch, aber ich kann mir nicht vorstellen, dass sie dir die Wahrheit sagt. Wenn sie überhaupt nach Bruikelaar zurückgekehrt ist.«

Antonius starrte ihn an. »Was meinst du damit? Natürlich ist sie heimgefahren. Wo sollte sie sonst sein?«

Pitt zuckte die Schultern. »Wie soll sie das bewerkstelligt haben? Sie kennt doch keinen Menschen hier. Sie wird sich kaum zu Fremden in die Kutsche gesetzt haben.«

Antonius schob das Kinn vor. »Vielleicht ist ihr was passiert? In Gouda läuft viel Pack herum.«

»Mach dir nicht in die Hosen«, fuhr Pitt ihn ungerührt an. »Die ist zäh, die kommt immer durch.«

Antonius biss sich auf die Unterlippe und stierte vor sich hin, während die Kutsche das Stadttor passierte. Er wünschte, er hätte Pitts Zuversicht, aber die Sorge um Mareikje ließ ihn nicht los.

Rieke schnatterte unentwegt, aber folgsam nahm sie das nächste Brett aus den Händen ihrer Tochter und reichte es Henk, der auf einer Leiter stand.

Ihr Mann drückte das Holz gegen die dunkle Fensteröffnung, aus der er das Glas entfernt hatte, und zog den Hammer heraus, der zwischen den Knien klemmte. »Hör auf zu zetern und halt lieber fest.«

Rieke streckte die kurzen Arme aus und tat, was Henk ihr auftrug. Er setzte einen Nagel an und befestigte das Brett mit kraftvollen Schlägen am Fensterrahmen. Es würde zwar dunkel im Haus sein, aber wenn es um die Tulpen ging, drehten die Leute allenthalben durch. Henk bezweifelte, dass dieser Aufwand nötig war, aber ihn fragte ja keiner.

Eduard van Seeg schmunzelte und wandte sich wieder dem Gärtner Thomas van Haaften zu, der mit seinem Gehilfen Lou am Tulpenbeet hockte. Der Mann mit den grauen schulterlangen Kraushaaren und dem lang gezogenen Schnauzbart wischte sich den Schweiß von der Stirn und zog sich die Jacke aus, die er über einer rotsamtenen Weste und kniekurzen Beinkleidern trug. Seine Schnürschuhe waren nach dem Gang durch die Beete verdreckt.

»Ihr ahnt gar nicht, Mijnheer van Seeg, welch Glück Ihr bisher hattet.« Er verzog das breite Gesicht, als hätte er einen Faustschlag aufs Auge abbekommen. »Eine klare Frostnacht, und die ganze Pracht wäre hinüber gewesen.« Mit leuchtenden Augen wies er auf die Reihe der prächtig blühenden Tulpen, um die er mit grob gehobelten Latten und den Fensterscheiben des Hoorn'schen Hauses einen Schutz errichtet hatte. »Aber nun müsst Ihr Euch nicht mehr sorgen, mein Glashaus wird die Pracht bewahren.«

Eduard hockte sich neben ihn. »Glaubt mir, Meister Thomas, ich habe mit vielen Kennern, die zu Besuch kamen, gesprochen, und alle waren sich einig, dass ein Frost zwar den Blüten schaden könnte, nicht aber den kostbaren Zwiebeln.«

Thomas van Haaften nickte. Auch er war einer derjenigen, die aus den Provinzen angereist waren, um das Wunder im Hoorn'schen Garten zu bestaunen. Aber nachdem van Seeg sich davon überzeugt hatte, dass er ein einzigartiges Wissen über Tulpenzucht besaß, hatte er ihn gebeten, in der Citadel Quartier zu beziehen und ihm bei der Versteigerung der Zwiebeln zur Seite zu stehen.

»Sie haben Recht, natürlich. Aber in Eurem Falle geht es eben nicht nur um die Zwiebeln. Wenn am Sonntag die Auktion stattfinden soll, dann werden die ehrenwerten Bieter schon am Samstagmorgen hier erscheinen, um sich die Blumen anzusehen.«

Eduard erhob sich stöhnend. »Aber Meister Straaten hat von den Blüten Bilder gemalt, danach können die Käufer doch urteilen.«

Der Gärtner erhob sich und trat auf ihn zu. »Das ist sicher nicht schlecht. Manche Kaufleute werden sich gern eines der Bilder in die gute Stube hängen wollen, aber …«, er deutete auf die ›Regina Puellae‹, »eine solche Züchtung ist mit keinem Bild zu vergleichen. Wenn es uns gelingt, diese Blüte bis zum Sonntag zu erhalten, so bringt Euch das hundert Gulden mehr ein.«

Eduard pfiff durch die Zähne. »Das sollte auch Henk beruhigen – zumal er die Glasscheiben ja am Montag wieder zurückbekommt.« Er rief den Knecht herbei, der gerade das letzte Fenster an der Rückseite der Kate mit Brettern vernagelt hatte. »Hast du das gehört, Henk?«

Der Knecht nickte und brummte etwas Unverständliches. Eduard winkte dem Gehilfen des Gärtners zu, einem mageren Bürschlein mit gescheiteltem Blondhaar, Mausaugen und einem vor Schmutz starrenden Halstuch unter dem Stehkragen des dünnen Sommermantels.

»Und du, wenn du Schwierigkeiten hast, wende dich nur an unseren guten Henk oder seine Frau. Die beiden werden dir helfen, auch wenn sie meist ein grimmiges Gesicht ziehen.«

Meister Thomas mischte sich ein. »Der Junge macht zwar einen abgerissenen Eindruck, ist aber sehr geschickt, und ich werde ja nicht weit weg sein. Er beobachtet das Thermoskop. Wenn der Pegel an den kritischen Punkt kommt, wird er mich holen.«

Eduard knöpfte sich die Jacke auf. »Was ich bei dieser Wärme kaum glauben kann. Aber Ihr habt Recht: Nachts kann es immer noch sehr kalt werden.« Er musterte den Gärtner. »Was wollt Ihr dann unternehmen?«

Der Grauhaarige drehte sich zu Rieke um. »Die gute Frau hat uns ihren Herd überlassen, in dem wir den ganzen Tag über

Steine erwärmen. Diese werden wir in das Schutzhäuschen legen und den Blüten so eine erträgliche Temperatur schaffen.« Er kniete sich erneut nieder, winkte seinen Gehilfen herbei und richtete das Lattengestell auf, auf dem die Glasscheiben liegen sollten. »Vertraut mir, Mijnheer van Seeg, Eure Tulpen sind in den besten Händen.«

Eduard wandte sich ab. »Und in den teuersten, wenn ich mich nicht täusche.«

Der Gärtner schürzte die Lippen. »Jeden Gulden für mich und meinen Helfer werdet Ihr bei der Auktion zehnfach wieder hereinholen.«

Mareikje lehnte den Kopf an Caroliens Schulter. »So sehr ich mich auch auf Bruikelaar freue – ich mag gar nicht daran denken, dass ihr morgen ohne mich weiterzieht.«

Carolien hatte die Augen geschlossen. »Ich bin auch schon ganz traurig.«

Die beiden Frauen hockten mit angezogenen Knien auf einer Waldlichtung und beobachteten Magda, die mit einem Holzlöffel in einem schwarzen Gusskessel rührte. Sie hatten bei einer Herberge angehalten, um Fleisch und Brot zu kaufen. Jetzt köchelte das fette Fleisch in einem Sud aus Kräutern und Kohl vor sich hin.

Mareikje seufzte. »Wenigstens ein paar Tage solltet ihr bleiben, damit Magda meiner lieben Rieke beibringen kann, wie man richtig kocht.«

Magda stieß einen abfälligen Ton aus. »Was glaubst du, was deine Leute sagen würden, wenn du zwei Huren ins Dorf schleppst und bei dir übernachten lässt?«

Mareikje stellte sich das Gesicht von Pfarrer Weegelhost vor, wenn sie mit den beiden Frauen in der Kirche auftauchte. »Ich glaube, sie wären nicht sehr erfreut. Es ist wohl wirklich besser, wenn ihr mich vor Bruikelaar absetzt und einen Bogen um die Stadtmauern macht.« Sie löste sich von Carolien und stand auf. »Aber schade ist es trotzdem.«

Magda nickte. »Ich bin nun wahrlich keine fromme Frau, aber ich weiß eins: Wenn der Herrgott«, sie schlug vor der Brust ein Kreuzzeichen, »wenn der Herrgott will, dass Menschen zusammenkommen, dann kommen sie auch zusammen.«

Mareikje trat zu ihr, beugte sich vor und sog genussvoll den Duft ein, der aus dem Kessel aufstieg. »Was meinst du damit?«

»Nun, wenn es so sein soll, dann werden wir uns eines Tages wiedersehen.« In gespieltem Ernst schlug sie Mareikje mit dem Holzlöffel auf die Finger, als diese sich einen Fleischbrocken aus dem Topf angeln wollte. »Aber ich weiß gar nicht, ob wir so eine wie dich überhaupt wiedersehen wollen. Eine, die uns das Fleisch aus dem Kessel klaubt …«

Lachend sprang Mareikje aus dem Weg.

Wie es ihrer einfachen und umgänglichen Art entsprach, lebte Tildie sich schnell wieder in Bruikelaar ein. Sie bezog die kleine Kammer im Hoorn'schen Haus, in der sie sich schon als Kind gern mit Mareikje zusammen versteckt hatte, stand beim ersten Hahnenschrei auf und half der Mutter im Haushalt, brachte den Söldnern und Gärtnern das Essen und arbeitete Hand in Hand mit ihrem Vater beim Versorgen des Viehs.

Ein ums andere Mal wunderte sich Henk darüber, wie sehr sich seine Tochter verändert hatte. Sie wirkte still und in sich gekehrt, gleichzeitig arbeitete sie wie ein Uhrwerk und tat ihre Pflicht, wie sie es aus den Jahren als Dienstmagd kannte.

Keiner sprach über Tildies Kind, das sie unter dem Herzen

trug und das noch so klein war, dass die Wölbung ihres Bauches unter den Rockfalten auf den ersten Blick gar nicht zu erkennen war. Still waren sich Rieke und Henk einig, dass sie warten wollten, bis das Meisje selbst erzählte, wie es zu diesem Unglück gekommen war. Beide hatten sie Angst, Tildie wieder zu verlieren, wenn sie ihre Tochter zu sehr bedrängten. Des Morgens, das sah Rieke genau, war Tildies Gesichtshaut noch eine Spur fahler, aber sie löffelte tapfer den Hirsebrei, und im Laufe des Tages schien sie selbst zu vergessen, in welchen Umständen sie sich befand.

Am Nachmittag standen die beiden Frauen einträchtig am Herd und kneteten einen Teig. Rieke patschte den Klumpen mit Kraft auf die warme Platte, um die Luftblasen herauszudrücken.

»Du glaubst gar nicht, wie froh ich bin, wenn das alles vorbei ist. Sollen sie doch diese dummen Tulpenzwiebeln nehmen und dahin gehen, wo der Pfeffer wächst. Ein Glück nur, dass Mareikje das alles nicht miterleben muss.«

Tildie rollte ein Stück Teig zu einem Fladen. »Du weißt doch, wie viel Geld das für Mareikje bringen wird. Soll Mijnheer van Seeg das einfach so wegschmeißen? Mit dem Erlös der Tulpenzwiebeln wird Mareikje leben können wie eine Königin.«

Rieke setzte sich an den Küchentisch und stützte den Kopf in die Hände. »Wegschmeißen, wegschmeißen!« Sie äffte die Tochter nach. »Darum geht es doch gar nicht. Verkaufen soll er das Teufelszeug. Er gibt einem die Tulpenzwiebeln, und der gibt ihm dafür das Geld. Ich verstehe nicht, warum man da zu einer Auktion aufrufen muss.«

»Mefrouw van Seeg hat gesagt, so bringt es noch viel mehr Geld für Mareikje, und wir sollen dafür sorgen, dass die Käufer sich wohlfühlen. Kuchen, Obst, Bier, Likör und Genever – so viel, wie sie wollen.«

Rieke schüttelte den Kopf. »Das nimmt kein gutes Ende. Wie will er denn mit den Kaufleuten handeln, wenn sie betrunken sind?«

»Sie kommen doch morgen, um sich die Blüten anzuschauen, und erst am Sonntagabend soll die Auktion stattfinden, in der Citadel. Für uns ist morgen alles vorbei.«

»Wenn es denn so ist, will ich auch nichts mehr sagen. Außer«, Rieke legte die mehligen Hände nebeneinander auf den Tisch, »dass ich hoffe, unser Meisje kehrt heil mit ihrem Verlobten nach Hause zurück.«

Als Mareikje von dem klapprigen Wägelchen der beiden Frauen abstieg, hängte sie frohgemut ihr Bündel über die eine Schulter, die Holzschuhe über die andere. Mit einem dankbaren Lächeln verabschiedete sie sich von Magda, mit einer innigen Umarmung von Carolien. Dann stand sie allein am Rande des Rapsfeldes und der Wiesen, die die Stadtmauern von Bruikelaar umgaben. Die leichte Brise blies ihr eine Haarsträhne an die Wange und ließ die Flügel der majestätischen Windmühle östlich des Dorfes kreisen.

Das Rumpeln des Wagens verklang, als Magda und Carolien den Weg an den Stadtmauern vorbei in südlicher Richtung davonfuhren. Dann waren nur noch das Klappern der Störche auf den Wiesen und das Flüstern des Windes in den Feldern zu hören. Die Sonne stand tief am Horizont und tauchte den Himmel in ein Farbenmeer, warf einen rötlichen Schein auf die Giebel der Häuser und die Spitze des Kirchturms, der über die Backsteinmauern hinausragte.

Was sollte sie im Dorf erzählen? Waren Antonius und sein

Vater mit dem schnelleren Gefährt vielleicht schon dort eingetroffen und hatten ihre Familie wegen ihrer vorzeitigen Abreise in Aufregung versetzt? Wie sollte sie Antonius nur klarmachen, dass sie ihn nicht mehr heiraten konnte? Mareikje fühlte sich plötzlich einsam und verzagt, während sie auf das Stadttor zu wanderte, und auch die Freude auf das Wiedersehen mit Onkel Eduard, Tante Annie, Henk und Rieke machten ihr die Schritte nicht leichter. Was Wim Straaten von ihr denken würde, das mochte sie sich gar nicht ausmalen. Und an das erste Wiedersehen mit Pitt Henseler zu denken verursachte ihr solche Schmerzen, als drehe jemand ein Messer in ihrem Leib herum.

Als sie endlich ans Stadttor klopfte, war die Sonne untergegangen. Zu Mareikjes Überraschung dauerte es nur einen Moment, bis sich hinter dem schweren Eichentor etwas rührte.

»Heute gibt es keinen Einlass mehr, kommt morgen wieder. Die Stadt ist überfüllt, Ihr findet kein Quartier mehr!« Die Stimme klang barsch und unfreundlich.

Mareikje beugte den Kopf zu der Klappe, die es den Wächtern erlaubte, die Ankommenden zu begutachten. »Aber ich habe ein Quartier, ich bin doch aus Bruikelaar.«

Die Klappe öffnete sich, und ein bärtiges Gesicht erschien. »Da wird doch der Speck im Kessel ranzig. Ich kenne Euch, Ihr seid Mareikje Hoorn, nicht wahr?«

Sie nickte. Den Wächter kannte sie nicht, und was sollte das heißen, dass es kein Quartier mehr in ihrer Heimatstadt gab? Wen zog es schon nach Bruikelaar in Nord-Brabant?

Das Tor schwang ein Stück weit auf, und der Bewaffnete ließ sie eintreten. »Guten Abend, Mefrouw Hoorn. Sollen wir Euren Onkel benachrichtigen, dass Ihr wieder hier seid? Er hält schon seit Tagen nach Euch Ausschau.«

Mareikje schüttelte den Kopf. »Nein, die guten Leute schlafen sicher schon. Ich werde ihn morgen früh aufsuchen, das reicht.«

Der Wärter zuckte mit den Schultern. »Wenn Ihr es so wünscht …«

Die Stadt lag in Dunkelheit, nur der Kerzenschein aus den Häusern und Straßenlaternen beleuchtete die Wege und Gassen.

Erstaunt ging Mareikje durch die engen Gassen, die sonst um diese Zeit wie ausgestorben lagen. Doch heute Nacht kamen ihr eine Menge Menschen entgegen: ein Gaukler mit einem abgerichteten Hund auf der Schulter, zwei Kaufleute mit einem Laternenträger, die in ein geschäftliches Gespräch vertieft schienen, ein junges Liebespaar. War etwa ein Jahrmarkt nach Bruikelaar gekommen?

Sie schlich sich durch das heimische Gartentor. Hier kannte sie sich aus, auch wenn der Mond hinter dicken Wolken verschwunden war und kein Licht aus dem Haus auf den Weg fiel. Hier setzte sie jeden Schritt so sicher wie bei Tag.

»Halt, stehen bleiben, elendes Gesindel!«

Mareikje griff sich vor Schreck mit einer Hand an den Hals. Eine Gestalt löste sich aus dem Dunkel des Gartens, ein finster dreinblickender Mann mit gezücktem Schwert trat auf sie zu. »Wer seid Ihr?«

Sie legte den Kopf in den Nacken. »Das sollte ich Euch fragen, denn dies ist mein Haus, und Ihr steht in meinem Garten!«

Der Mann beugte sich vor, um sie genauer zu betrachten. »Ihr seid Mefrouw Hoorn? Mareikje Hoorn?«

»Allerdings.«

In diesem Moment öffnete sich die Tür, und Rieke trat heraus. »Mareikje, bist du's wirklich?« Sie funkelte den Wachtposten an. »Ich hoffe, dieser Grobian hat dich nicht …«

Mareikje eilte auf das Haus zu, schob ihre Tasche an der Magd vorbei in die Diele. »Um Himmels willen, was ist denn hier los? Wieso laufen so viele Fremde am späten Abend durch die Stadt, und warum steht in meinem Garten ein bewaffneter Mann?«

Eduard van Seeg trat aus der Stube und drückte sich an Rieke vorbei. Er breitete die Arme aus. Mareikje ließ sich erleichtert an seine Brust fallen. »Onkel Eduard, was geht hier vor?«

»Komm erst mal herein, deine Tante und Tildie machen gerade die letzten Handgriffe für den morgigen Tag.«

»Tildie ist hier?« Ein Strahlen erhellte Mareikjes staubverschmiertes Gesicht, und für einen Moment schienen alle Strapazen der langen Reise vergessen. »Seit wann? Wo ist sie? Und was soll denn das nun, mit all den …«

Eduard zog Mareikje an der Hand in die Stube. »Komm nur herein. Hoffentlich bist du nicht zu müde. Das wird dauern, bis wir dir alles erzählt haben, was seit deiner Abreise passiert ist. Aber sag, Kind, warum hat dich dein Verlobter nicht bis vors Haus gebracht, wie es sich gehört? Du siehst aus, als seist du über die Sumpfwiesen von Gouda nach Bruikelaar gekrochen und nicht in van Halders Kutsche heimgekehrt. Was ist passiert, Meisje?«

»Ich bin nicht mit Antonius gekommen, sondern … allein«, brachte Mareikje hervor. Als alle sie anstarrten, senkte sie den Kopf. Das Schweigen legte sich wie ein Tuch auf die Menschen in der Wohnstube.

»Ganz allein den weiten Weg von Gouda?«, fragte Tante Annie erschüttert. »Kind, wie konntest du …«

Mareikje hob das Kinn. »Ich hatte Freunde dabei. Sie haben sich um mich gekümmert.«

Rieke schlug die Hände über dem Kopf zusammen. »Um Himmels willen, Meisje, warum hast du das getan?«

»Ich werde Antonius nicht heiraten. Niemals«, sagte

Mareikje. An ihrem verschlossenen Gesichtsausdruck erkannten die anderen, dass sie nicht bereit war, mehr über diese Angelegenheit zu erzählen.

Die Starre löste sich, als in diesem Augenblick Tildie die Wohnstube betrat. Sie hatte in ihrer Kammer nach einem Rezept für süßes Brot gesucht, das sie mit ihrer Mutter für den nächsten Tag backen wollte. Mareikje strahlte die Freundin aus Kindertagen an und verbarg ihr Entsetzen darüber, wie sehr sich die junge Frau verändert hatte. Nichts war mehr zu sehen von ihrer jugendlichen Frische. Mit den Falten um Mund und Augen wirkte sie wie eine alte Frau. Mareikje war mit einem Satz bei ihr und nahm sie in die Arme.

»Es ist so schön, dass du da bist, Tildie.«

Tildie drückte die Nase an Mareikjes Schulter. »Du hast hier gefehlt, Mareikje. Du glaubst nicht, was hier los ist. Dein Vater hat ...«

Eduard van Seeg unterbrach sie: »Lass gut sein, Tildie. Ich werde Mareikje erzählen, welche Schätze in ihrem Garten wachsen und wie es dazu gekommen ist.« Das hätte noch gefehlt, dass Tildie auf ihre umständliche Art dem Meisje berichtete, wie sie in der Zwischenzeit nicht nur zur reichsten Frau von Bruikelaar, sondern wohl von ganz Brabant aufgestiegen war! Ein ums andere Mal schüttelte Mareikje mit offenem Mund den Kopf, während ihr Onkel sie über alles aufklärte. Als sie eine Stunde später mit Kerzen und Laternen in den Händen alle gemeinsam in den Garten traten, damit Mareikje ihre Schätze aus der Nähe betrachten konnte, ging ihr nur noch ein Gedanke durch den Kopf: Wenn es stimmte, was ihr Onkel ihr hier in den prächtigsten Farben ausmalte, dann war sie wirklich eine reiche Frau – eine Frau, die den Mann heiraten konnte, dem ihr Herz gehörte.

# Neunzehntes Kapitel

In seiner Herbergskammer in Haarlem sah Wim Straaten den Medikus mit müden Augen an. »Es tut mir leid, Mijnheer, es geht nicht. Ich kann keinen weiteren Auftrag annehmen.«

Adriaen van Doot zwirbelte sich mit Daumen und Zeigefinger den Spitzbart über dem weißen Rundkragen. »Ich sehe wohl, wie sehr Ihr beschäftigt seid, Meister Straaten. Und de Jongh hat mich vorab gewarnt, dass ich kein Glück bei Euch haben würde. Aber …«, er schloss die Augen, als wolle er überlegen, »ich frage mich, ob wir nicht doch noch zu einer Einigung finden können.«

Wim rieb sich die Augen, bis sich ein roter Hof um seine Lider bildete. »Wenn Ihr erreichen könntet, dass die Tage ein paar Stunden mehr haben, würde ich Euch Eure Bilder mit Freuden abliefern.« Er unterdrückte ein Gähnen. »Und wenn Ihr der Nacht auch noch ein paar Stunden beschaffen könntet, wäre ich Euch persönlich sehr dankbar.«

De Jongh hatte nicht gelogen, als er ihm versprochen hatte, ihm zu Aufträgen zu verhelfen, die ihm ein gutes Auskommen bescherten. Er arbeitete inzwischen Tag und Nacht nach den Vorgaben seiner Kunden. Auch wenn diese Auftragsarbeiten seiner Künstlerseele oft missfielen, so sicherten sie ihm doch sein tägliches Brot und eine ordentliche Portion Butter obendrauf.

Van Doot lachte gackernd. »Nun, als Medikus würde ich Euch gegen die Müdigkeit viel frische Luft verordnen. Wann immer es geht, solltet Ihr Euer Werk unterbrechen und einen Spaziergang machen, um Euch zu entspannen, so werdet Ihr länger schaffen können.« Er sah Wim durchdringend an. »Aber auch das wird unser Problem nicht lösen.«

Wim hatte während der letzten Tage vom ersten bis zum letzten Sonnenstrahl gearbeitet. Zwar stieg der Erlös für seine Bilder allmählich an, dennoch fragte er sich manchmal, ob es das alles wert war.

Van Doot sprach weiter. »Ohnehin würde ich Euch raten, Eure Arbeit so weit wie möglich im Freien zu verrichten. Warum müsst Ihr in dieser muffigen Bude malen? Geht hinaus in Gottes schöne Natur!«

Wim nickte, streckte die Beine lang aus und ließ seinen Körper in dem Sessel versinken. »Ich stehe jeden Tag viele Stunden in Gottes schöner Natur – entweder in der sengenden Sonne oder in Wind und Regen. Auch das erschöpft, glaubt mir. Und manche Dinge lassen sich nur in der Werkstatt erledigen. Fliegt mir ein Stäubchen in den Firnis, so ist das ganze Bild verdorben. Die Farben müssen hier drinnen trocknen.«

Der Medikus rümpfte die Nase und nickte. »Man merkt es.« Er nahm ein Fläschchen aus der Rocktasche, schüttelte es, träufelte sich einen Tropfen auf den Finger und rieb ihn sich in die Nasenlöcher. »Habt Ihr jemals anders gemalt als mit Ölfarben?«

Wim richtete sich im Sessel auf. »Natürlich. Ich beherrsche die Technik der Kohlezeichnung, das Rötelzeichnen und das Aquarellieren.«

Van Doot beugte sich vor. »Warum nutzt Ihr die Aquarelltechnik nicht für Eure Blumenbilder?«

»Wer will schon ein dahingeworfenes Aquarell von seinen Schätzen?«

»Ich.«

Wim starrte den Medikus an. »Wozu? Eine Skizze, die man nicht an die Wand hängen kann, weil jede Feuchtigkeit sie zerstören würde – was nützt Euch die?«

Van Doot stand auf und öffnete das Fenster. Er rief ein paar Worte nach unten. Wim hörte das Klappern von Holzschuhen auf dem gepflasterten Weg. Der Arzt drehte sich um. »Ich habe meinen Gehilfen angewiesen, das Tulpenbuch aus meinem Haus zu holen. Schaut es Euch an, und Ihr wisst, wofür ich die Bilder benötige.«

Wenig später klopfte es an der Tür. Wim nahm vom Gehilfen des Arztes ein in Papier eingeschlagenes Päckchen entgegen. Er ging zurück und reichte es seinem Besucher. »Jetzt habt Ihr meine Neugier geweckt.«

Van Doot lächelte und packte ein Büchlein aus. »Seht selbst. Ich bin sicher, Ihr werdet verstehen.«

Mit großen Augen blätterte Wim das Buch durch. Auf jeder rechten Seite war eine Tulpe kunstvoll aquarelliert, auf der linken Seite daneben standen mit sorgfältiger Schrift der Name der Blume, ihr Züchter und zu welcher der dreizehn Tulpengruppen sie gehörte, bei einigen der Preis, den sie erzielt hatten, und Hinweise zu ihrer Pflege. Wim zog die Luft ein.

»Nun, ich muss zugeben, da sind einige wahre Meisterwerke dabei.« Er blätterte schnell weiter und betrachtete nur dann ein Bild genauer, wenn er den Namen in der unteren rechten Ecke erkannte. »Hm, nicht für die Ewigkeit, aber trotzdem sehr kunstfertig ausgeführt.« Er legte das Buch auf seine Oberschenkel und sah den Arzt an. »Nun wollt Ihr noch solch ein Buch?«

»Nein, nein«, van Doot schüttelte den Kopf. »Mir geht es nur um die Blumen in meinem Garten. Ich tausche mich seit Jahren darüber mit befreundeten Gelehrten in Leiden aus, die auch alle von der Schönheit dieser Blumen begeistert sind. Und nun, da wir zu alt sind, um noch zweimal im Jahr eine so beschwerliche Reise anzutreten, dachte ich, ein Bild von meinen neuen Züchtungen …«

Wim überlegte kurz. »Nun, das würde natürlich schneller gehen. Die Farbe trocknet rasch, und ich brauche die Bilder nicht zu versiegeln, auch ein kleiner Fehler lässt sich recht simpel noch während des Malens ausgleichen.« Er rieb sich die Nase. »Wenn Ihr nur nicht der Einzige wärt, der solche Bilder verlangt …«

Van Doot zog erneut sein Fläschchen aus der Tasche. »Wartet nur, bis es sich in Haarlem herumgesprochen hat, dass man bei Euch Bilder seiner Blumen binnen weniger Tage bekommen kann. Die Leute werden Euch die Türe einrennen, sogar aus Amsterdam werden sie zu Euch kommen. Ihr müsst in Absprache mit Eurem Händler den Preis wohl ein wenig heruntersetzen, aber dafür schafft Ihr viel mehr – und so lohnt es sich nicht nur für Eure Kunden.«

Wim stand auf. »Ich will einen Versuch wagen. Morgen früh, bei Sonnenaufgang, werde ich bei Euch sein, wenn wir uns über den Preis für die Bilder einig werden. In zwei oder drei Tagen werdet Ihr die Aquarelle in Händen halten.«

Van Doot zog seine Geldbörse aus der Tasche. Sein Angebot war so großzügig, dass Wim Straaten sich geschämt hätte, um den Preis zu feilschen. Die Männer gaben sich zum Abschied die Hand. »Ihr solltet Euch nicht wundern, Meister Straaten, wenn Ihr in einigen Monaten einen Brief von der Universität von Leiden bekommt. Auch dort sind gute Blumenmaler knapp.«

Wim schaute dem Medikus in seinem schmucklosen schwarzen Umhang vom Fenster aus hinterher, bis er mit seinem Gehilfen um die nächste Ecke bog. Dann streckte er sich und gähnte nochmals ausgiebig. Egal, was kommen würde, jetzt brauchte er erst mal Schlaf. Agnes würde ihn schon wach klopfen, wenn sie ihn am Nachmittag besuchte.

Den ganzen Tag über trafen Händler aus allen Teilen des Landes in Bruikelaar ein. Sogar während Mareikje mit Onkel Eduard und Tante Annie beim Kirchgang war, lungerten sie vor dem Zaun des Hoorn'schen Gartens herum, nur um einen Blick auf die Tulpen zu werfen.

Mareikje konnte noch gar nicht fassen, dass sie möglicherweise am Ende dieses Tages die reichste Frau von Bruikelaar sein würde. Onkel Eduard zog alle Fäden, wie sie bemerkte. Er hatte die Auktion angesetzt. Mareikje sah keinen Grund, diese Entscheidung in Frage zu stellen. Davon abgesehen hatte er sie auch gar nicht nach ihrer Meinung gefragt.

Bis zum späten Nachmittag spazierten die Käufer durch den Garten, beugten sich über die Tulpen, inspizierten die Blätter und die Blüten und verglichen sie mit Bildern aus Heften, die sie aus den Taschen zogen. Mareikje beobachtete die Leute vom Küchenfenster aus und sah die Begeisterung in ihren Gesichtern.

Da trafen sich befreundete und verfeindete Händler, erfahrene Kaufleute und hoffnungsvolle Neulinge. Mehr als einmal mussten die beiden Wachen eingreifen, wenn es zwischen den Männern zu Rangeleien kam. Dann endlich waren die letzten Besucher aus dem Garten verschwunden, und Henk konnte sich mit Rieke und van Haaftens Gehilfen daranmachen, die Pflanzen auszugraben und in Tontöpfe mit weicher Erde zu setzen. So schafften sie das kostbare Gut unter dem Schutz der beiden Söldner in die Auktionsräume.

Am frühen Abend ging Mareikje zwischen Henk und Eduard van Seeg auf das Rathaus zu, in dessen Saal die Auktion stattfinden sollte. Das Hinterzimmer der Citadel wäre bei dem überwältigenden Andrang zu eng für all die Gäste gewesen.

»Dein Leichtsinn war wirklich sträflich«, murmelte Onkel Eduard, während er neben Mareikje schritt. »Du kannst von Glück reden, dass du Bruikelaar lebend erreicht hast.«

»Wenn ich in Gouda geblieben wäre, wäre ich viel eher gestorben«, erwiderte sie.

Er sah sie von der Seite an. »Ich verstehe das nicht, Meisje. Was ist denn bloß passiert, dass du deine Meinung über Antonius so geändert hast? Du kennst ihn doch schon seit Kindertagen.«

»Es geht nicht um Antonius«, erwiderte sie und presste die Lippen aufeinander.

Eduard verstand, dass er es wohl oder übel dabei belassen musste, also wechselte er rasch das Thema. »Das Geld, das wir heute Abend verdienen, werden wir gut anlegen.«

Mareikje hob eine Augenbraue. So dankbar sie ihrem Onkel auch war, es missfiel ihr inzwischen, dass er über ihren Kopf hinweg entschied, was aus ihrem Erbe werden sollte. Aber zunächst wollte sie abwarten, ob der Verkauf wirklich so einträglich verlaufen würde, wie ihr Onkel es sich erhoffte. Obwohl sie die Gier in den Augen der Händler gesehen hatte, konnte sie sich immer noch nicht vorstellen, dass sie ein Vermögen für die Zwiebeln ausgeben würden, wie Onkel Eduard unkte.

Dann sprach sie die Frage aus, die ihr seit ihrer Ankunft in Bruikelaar auf der Seele brannte. »Wird Wim Straaten heute Abend auch dabei sein?«

Eduard schüttelte den Kopf. »Schlag dir den Maler aus dem Kopf, Mareikje. Der hat seine Zelte hier abgebrochen, um im Norden sein Glück zu suchen.«

Mareikjes Herzschlag beschleunigte sich. »Was heißt das, er hat seine Zelte abgebrochen? Ist er weggezogen?«

Eduard nickte. »Den hat hier nichts mehr gehalten. Er hat sich einem Kunsthändler angeschlossen. War ja auch kein Auskommen hier für ihn.«

Es stimmte also, was in Bruikelaar geflüstert wurde: Wim war nicht mehr da ... Tränen stiegen Mareikje in die Augen, aber da hatten sie das Getümmel auf dem Marktplatz vor dem Rathaus schon erreicht. Henk trat einen Schritt vor und bahnte ihnen mit seinen kräftigen Armen den Weg durch die Menge, die sich aus dem Saal bis auf den Flur und den Vorplatz ausgebreitet hatte.

Antonius van Halder war alles so leid. Die Reise an der Seite seines Gefährten Pitt Henseler zurück nach Bruikelaar war eine einzige Tortur. Wie ein Wasserfall sprach Pitt über seine Pläne für Mareikje, für Antonius selbst, für deren Hochzeit und für das Leben danach. Auch den van Halder'schen Tuchhandel hatte der Pferdehändler schon dreimal komplett umgekrempelt, bevor Antonius zum ersten Mal wagte zu widersprechen.

»Du wirst mir in diesen Dingen gar nichts vorschreiben. Mir war das eh viel zu früh mit der Hochzeit. Ich wollte sie nur, um endlich Ruhe vor meinem Vater zu haben. Nun ist das alles hinfällig. Ich kann tun und lassen, was immer mir beliebt. Ich werde mit Mareikje reden, und dann ...«

»... dann redest du mit mir«, unterbrach Pitt ihn. »Du wirst einen Berater mit Verstand im Kopf gut gebrauchen können.«

Antonius drehte den Kopf zur Seite. »Ich denke nicht daran.«

Pitt lachte. »Das werden wir schon sehen. Möchtest du etwa, dass in Bruikelaar die Gerüchte hochkochen, dein Vater wäre doch nicht durch zwei Straßenhalunken ums Leben gekommen?«

Antonius spuckte aus. »Das ist es also, was du unter Freundschaft verstehst?«

»Ja.« Pitt fasste ihn an den Schultern. »Begreif doch, du brauchst jemanden, der auf dich aufpasst, jetzt, wo dein Vater nicht mehr da ist.«

»Ich kann auf mich selbst aufpassen.«

Pitt trieb die Pferde an. »Ich werde jedenfalls für dich da sein und darauf achten, dass du keinen Unfug treibst. Und um Mareikje werde ich mich auch kümmern.«

Er lenkte das Gefährt auf eine Brücke. »Gleich sind wir in Bruikelaar, dann werden wir erst mal ein Bad nehmen, uns richtig ausschlafen, und danach reden wir noch einmal über alles.«

Antonius zog den Kopf ein. Dem herrischen Pitt Henseler war er nie und nimmer gewachsen. Andererseits hatte er selbst keine Ahnung, wie es mit ihm weitergehen sollte. Seine Mutter glaubte, dass er die Geschäfte seines Vaters mit Leichtigkeit fortführen könne, aber er selbst war sich da nicht so sicher. Er wusste auch gar nicht, ob er das wollte. Nur – was blieb ihm anderes übrig?

Als sie in Bruikelaar einfuhren, vergaßen sowohl Pitt als auch Antonius ihre Auseinandersetzung. Schon am Stadttor erzählte ihnen der Wächter von dem unglaublichen Fund im Hoorn'schen Garten und dass Mareikje Hoorn über Nacht zu einer reichen Frau geworden war.

Pitt und Antonius wechselten einen Blick. Antonius war erleichtert, als er vernahm, dass Mareikje wohlbehalten heimgekehrt war. In Pitts Augen lag Triumph – er wusste, wie zäh dieses Weibsbild war, und dass sie im Besitz mehrerer kostbarer Tulpen war, machte sie für ihn nur noch anziehender. Die beiden Männer verloren keine Zeit, um ins Rathaus zu gelangen und der Auktion beizuwohnen.

In den Reihen der Händler breitete sich Erleichterung aus, als sie Eduard van Seeg erkannten. Vor dem Podium, hinter das Eduard sich jetzt bemühte, stand jemand auf. »Mijnheer van Seeg, es wurde schon gemunkelt, Ihr hättet die Tulpen im letzten Moment an einen Beauftragten des Statthalters verkauft.«

Eduard hob die Hände. »Es wurde gesagt, die Zwiebeln werden heute versteigert, und genauso wird es auch sein.«

Der Lärm ebbte ab. Mareikje ließ sich von Henk in eine Ecke des Saales drängen, wo ein paar stämmige Burschen ihnen Platz machten. Offenbar waren sie dazu ausersehen, ihre Herren zu beschützen, die im Moment noch einen prallen Geldbeutel hatten und bald eine Tulpenzwiebel ihr Eigen nennen wollten.

Eduard van Seeg fuhr fort. Mareikje folgte seinem Blick zu dem gelehrt wirkenden Mann, den sie in ihrem Garten hatte arbeiten sehen und der nun in der vordersten Reihe saß, die Beine übereinandergeschlagen, das Kinn in die Hand gestützt.

»Ich darf den ehrenwerten Herrschaften Mijnheer Thomas van Haaften vorstellen, seines Zeichens Gärtner und Gelehrter in Amsterdam. Mijnheer van Haaften beschäftigt sich schon seit vielen Jahren mit Tulipanen. Er wird den Mindestpreis für die einzelnen Zwiebeln festlegen und Euch Fragen dazu beantworten, so Ihr welche habt.«

Der Gelehrte trat an das Pult. »Sehr verehrte Herren.« Er

hob die Hände in die Höhe, um sich Gehör zu verschaffen. »Viele von Euch sind vermutlich vertraut genug mit diesem Geschäft, dass sie das meiste von dem, was ich berichten kann, selbst wissen. Verzeiht deshalb, wenn ich es trotzdem erzähle, für all diejenigen Herrschaften, die bisher noch keine Erfahrung mit den edlen Tulipanen haben.«

Mareikje studierte die Gesichter der Kaufleute und Händler. Da waren sicher welche dabei, auf die das Gesagte zutraf, aber auch Bauerngesichter waren zu erkennen. In der hinteren Ecke schienen sich ein paar Schmiede zusammengetan zu haben, vor ihnen saß eine Gruppe, die das Zunftzeichen der Weber an ihren Hüten trug.

Der Gelehrte am Pult fuhr mit seiner Rede fort. »Alle, die ein paar Gulden in der Tasche haben, sind verrückt nach Tulpen, weil man mit ihnen schnell reich werden kann. Gerade jetzt ist die beste Zeit dafür. Wer das höchste Gebot abgibt, erhält nach der Auktion die ersteigerten Zwiebeln mit der Blüte daran. Die Blüten werden in ein paar Tagen abfallen, dann bleibt nur die Zwiebel. Diese trocknet man im Dunklen und kann sie das ganze Jahr über als Handelsware mit sich tragen. Mit ein wenig Glück trägt sie noch ein oder zwei Tochterzwiebeln, die in ein paar Jahren auch gutes Geld bringen werden. Zudem steigt der Wert der Zwiebeln von Tag zu Tag.«

Van Haaften hielt nun ein Bild hoch, das Wim Straaten von einer der Tulpen gemalt hatte. Er erläuterte: »Wie bei all diesen Zwiebeln ist die genaue Herkunft nicht festzustellen. Ich bin mir nur sicher, dass keine der Blumen in den Vereinigten Provinzen bisher bekannt und verbreitet ist. Alle sind sie aufs Schönste gebrochen, also mehrfarbig, was den Wert beträchtlich steigert. Ich vermute, diese Zwiebeln kommen ursprünglich aus dem Türkenland oder von französischen Züchtern.«

Die Menschen im Saal raunten. Die Fachleute unter ihnen hatten das wohl schon vermutet, aber Seltenheit, das wusste Mareikje, würde den Preis für die kleinen Handwerker und Bauern in unerschwingliche Höhen treiben.

Van Haaften hielt das Bild einer Tulpe über den Kopf. »Wir beginnen bei dieser Auktion mit einem Preis von 20 Gulden.« Im Saal wurde es schlagartig totenstill.

Mareikje spürte, wie ihre Knie weich wurden. War das nicht zu hoch angesetzt? Sie schloss die Augen.

»Einundzwanzig.« Die Stimme kam aus der Mitte des Saales, von einem Kornmüller.

Nun kamen die Gebote im schnellen Takt: »Zweiundzwanzig ... Fünfundzwanzig ... Siebenundzwanzig ...«

Jetzt mischte sich einer der Händler aus den ersten Reihen ein. »Fünfzig!«

Unter den Handwerkern wurde es unruhig, bevor die Antwort kam. »Einundfünfzig!« Ein breitschultriger Weber stand auf und nahm kampfeslustig den Hut vom Kopf.

»Sechzig.« Der Kaufmann in der vorderen Reihe hielt die Arme vor der Brust verschränkt und drehte sich nicht einmal um.

Der Weber schluckte. »Einundsechzig.« Der Kampfesmut schien ihn ein Stück weit verlassen zu haben.

»Einhundert!« Der Kaufmann schmunzelte und sah sich jetzt erstmals um, mit wem er es im Bietgefecht zu tun hatte.

Der Weber setzte sich zerknirscht, seine Zunftgenossen legten ihm die Hände auf die Schultern und flüsterten auf ihn ein.

Der Kaufmann wandte sich wieder Thomas van Haaften zu, der immer noch mit dem Bild in der Hand hinter dem Podium stand. Er sah sich suchend um, ob es weitere Bieter gab.

»Einhundertundzehn.« Ein schmächtiger alter Mann in der dunklen Tracht des Nordens hob die Hand.

Der Kaufmann winkte ab. Er schien den Mann zu kennen und zu ahnen, dass es sinnlos wäre, gegen ihn zu bieten. Dann folgten noch zwei weitere Gebote. Bei 150 Gulden gaben auch die anderen Bieter auf.

Der schmächtige Mann trat nach vorne und tuschelte mit Thomas van Haaften. Dieser wandte sich zu Eduard van Seeg um und besprach sich mit ihm. Onkel Eduard nickte, und ein Stück Papier wechselte den Besitzer. Van Haaften drückte dem Mann das Bild der Tulpe, die er soeben erworben hatte, in die Hand. »Die erste Zwiebel geht an Mijnheer Adriaen Pauw, Ratsherr von Amsterdam.«

Mareikje legte erschrocken die Hand auf den Mund, um nicht aufzuschreien. Mijnheer Pauw war einer der reichsten Männer des ganzen Landes! Auf seinem Anwesen in der Nähe von Amsterdam empfing er nicht nur die wichtigsten Männer der Republik, auch die Könige von England und Frankreich waren dort schon zu Gast gewesen. Kein Wunder, dass die anderen Händler so bald ausgestiegen waren. Natürlich verlangte Onkel Eduard von einem so ehrenwerten Mann kein Bargeld, sondern begnügte sich mit einem Schuldbrief.

Als Nächstes kam eine Zwiebel zum Verkauf, deren Preis in Zweiguldenschritten nach oben ging. Mareikje schwirrte schon nach wenigen Augenblicken der Kopf von den Summen, die durch den Raum gerufen wurden. Mit glänzenden Augen schaute sie sich um. Gleichzeitig spürte sie Übelkeit in sich aufsteigen. Die Luft in dem Raum war inzwischen zum Schneiden dick. Als Henk sie am Arm fasste, zählte der Weber, der beim ersten Verkauf leer ausgegangen war, einhundert Gulden vor van Haaften und Onkel Eduard auf den Tisch.

Mareikje wollte Henk gerade bitten, mit ihr für einen Moment nach draußen zu gehen, als die Saaltür sich ein Stück weit öffnete und zwei verspätete Gäste eintraten. Mareikje hielt sich an Henks Arm, als sie die beiden erkannte: Antonius van Halder und Pitt Henseler. Antonius hatte den Kopf gebeugt und schlängelte sich durch die Reihen, um unauffällig einen Platz zu ergattern. Pitt hingegen reckte den Kopf, als ob er nach jemandem Ausschau hielte. Als er Mareikje entdeckte, winkte er fröhlich.

Die drehte sich zu Henk, der gespannt beobachtete, wie es auf dem Podium weiterging.

»Henk, kannst du mich hier rausbringen?«

Der Knecht sah auf sie hinab. »Jetzt kommt die Zwiebel dran, von der dein Onkel meint, sie würde …«

»Ja, es ist spannend, aber mir ist so übel, Henk.«

Er sah ihr in die Augen und schien sofort zu begreifen. Er nahm Mareikje am Arm und zog sie vorsichtig an den dicht gedrängt stehenden Menschen vorbei zur Ausgangstür.

»Recht hast du, Meisje. Es ist schließlich alles besprochen, und du weißt ja, dass dein Onkel dich nicht betrügen wird.«

Mit immer noch weichen Knien ließ Mareikje sich von ihm durch das abendliche Bruikelaar führen. Rund um das Rathaus, in der Gegend der Wohlhabenden, saßen die Frauen allein in den Häusern, stickten oder lasen in einem Buch. Erst etwas außerhalb sah man auch wieder Männer in den Stuben oder in den Gärten.

Vor dem eigenen Haus angekommen, wollte Mareikje sich von Henks Arm losmachen. Jetzt war sie weit genug entfernt, jetzt musste es auch ohne Hilfe gehen. Was war das nur für ein Anfall gewesen? Lag es an der schlechten Luft in dem Saal? Oder war die Aufregung der letzten Tage und Woche zu viel für sie?

Sie ging auf die Haustür zu und spürte, wie in ihrem Kopf ein Schwindel aufkam. Sie hob die Hand, um sich zu halten, aber da war nichts, kein Arm von Henk, kein Griff. Mareikjes Beine gaben nach, und sie fiel auf den Gartenboden, bevor Henk sie auffangen konnte.

Als Tildie ihren Vater rufen hörte, öffnete sie sofort die Tür. Da stand Henk, die leblose Mareikje auf den Armen tragend. Er schaffte sie in die Stube, wo Rieke sofort mit einem feuchten Tuch und Riechsalz zur Stelle war.

Sie legte Mareikje den Lappen auf die Stirn und wedelte mit dem Fläschchen unter ihrer Nase herum.

»Hab ich es euch nicht gleich gesagt? So viel Aufregung ist zu viel für sie! Warum hat sie es nicht den Männern überlassen?«

Die Magd verstärkte ihre Handbewegungen mit dem Riechsalz. Nur langsam fand Mareikje die Orientierung wieder. Sie stöhnte. »Was … was ist geschehen?«

Henk zuckte mit den Schultern. »Gar nichts. Wir sind nach Hause gegangen, und vor der Tür bist du plötzlich umgefallen. Einfach so.«

»Einfach so, einfach so …«, äffte Rieke ihn nach. »Das hättest du wissen müssen! Ich hab dir doch gesagt, dass …«

Mareikje unterbrach sie. »Nun lass schon, Rieke. Henk konnte nichts dafür.«

Tildie legte die Stirn in Falten. Sie kannte diese Anfälle von Übelkeit und Schwindel. Sie betete, dass sie bei Mareikje einen anderen Grund hatten als bei ihr.

»Es ist nicht gut, wenn wir Frauen uns ins Geschäft einmischen. Du hättest nicht zu dieser dummen Auktion gehen sollen«, sagte sie.

Mareikje richtete sich auf. »Kein Wort mehr darüber. Ich habe vermutlich zu wenig gegessen. Die schlechte Luft hat das ihre dazugetan. Mit der Auktion hat das überhaupt nichts zu tun, und schon gar nicht damit, dass ich eine Frau bin.« Sie setzte sich aufrecht hin und sah in die Runde. »Jetzt möchte ich gerne etwas zu essen. Steht was auf dem Herd?«

Sofort sprang Rieke auf. »Natürlich, wir haben doch auf euch gewartet. Komm, Henk, hilf mir.« Die Dienstleute verließen den Raum.

Tildie betrachtete Mareikje mit sorgenvollem Blick. »Sag, diese Übelkeit … Hast du die öfter?«

Mareikje schüttelte den Kopf. »Nein, das heißt … Den Geruch von gebratenem Speck finde ich in den letzten Tagen unerträglich. Aber sonst? Nein, eigentlich nicht. Nur morgens ist mir manchmal ein bisschen schwindelig.«

Der besorgte Ausdruck auf Tildies Zügen hielt sich. »Ich hatte das auch«, sagte sie und legte eine Hand auf ihren Unterleib. »Ganz am Anfang der Schwangerschaft. Jetzt ist es zum Glück vorbei.«

Mareikje starrte sie an. »Du meinst …«

Tildie hob die Schultern und wandte den Blick ab. »Ich weiß ja nicht, wie nah du deinem Bräutigam in Gouda gekommen bist.«

Um Mareikje begann sich wieder alles zu drehen. Nur das nicht, ging es ihr durch den Kopf. Lieber Gott, mach, dass es nicht wahr ist. Wenn sie wirklich ein Kind in sich trug, dann niemals das von Antonius. Das spürte sie instinktiv.

Eduard van Seegs Zähne blitzten zwischen seinen Barthaaren, als er zwischen den beiden Söldnern das Rathaus verließ. Der Abend war noch besser verlaufen, als er es sich mit Thomas van

Haaften ausgemalt hatte. Kaum zwei Hände voll Tulpenzwiebeln, und so ein herrlicher Profit. Vor sich hin summend, rechnete er die Kosten für van Haaften, die Söldner, den Mehraufwand an Mareikjes Haus und die Miete für den Saal zusammen und zog sie vom Erlös ab. Er lächelte selbstzufrieden. Da würde dem Meisje auch nach Abzug einer ordentlichen Provision für ihn noch eine hübsche Summe übrig bleiben.

Vor der Haustür drückte Eduard den beiden Soldaten noch jeweils einen Gulden in die Hand. Sie waren merkwürdige Gesellen, ohne Frage, aber seine Menschenkenntnis hatte ihn nicht getrogen, sie hatten ihm treu und zuverlässig gedient; das konnte man in diesen Zeiten nicht unbedingt voraussetzen.

Nachdenklich sah er ihnen nach, wie sie die Straße zum Houvenkrog hinuntergingen. Mit ihrer guten Ausbildung und ihrem wachen Verstand würden sie sicher bald eine neue Aufgabe finden. Er wünschte ihnen, dass sie sich nicht wieder als Söldner an eines der vielen Heere verdingen mussten, die immer noch durch die Lande zogen.

Sorgfältig verschloss Eduard die Haustür hinter sich, legte die Beutel mit den Münzen und die gesiegelten Schuldverschreibungen in die Eichentruhe in seinem Arbeitszimmer und trat in die Küche, wo Annie schon auf ihn wartete.

Seine Frau lächelte ihn an. »Eduard van Seeg, du solltest auch unter die Tulpenhändler gehen. Das wäre ein Geschäft, das dich glücklich machen würde.«

Eduard setzte sich an den Tisch und löste die Knöpfe seiner Weste. »Wie kommst du darauf?«

»Du solltest den Glanz in deinen Augen sehen.«

»Das hat mit den Tulpen nichts zu tun. Das ist allein der Glanz der Gulden, den ich mit den Augen einfange und dann ein paar Tage lang nicht mehr loswerde. Ich bin froh, dass wir das Geschäft mit den Tulpen zu einem guten Abschluss gebracht haben.«

Tildie war Mareikje in ihre Kammer gefolgt. Sie setzte sich auf den Stuhl, während sich Mareikje auf dem Bett lang ausstreckte.

»Kann das denn sein, dass auch du ein Kind erwartest?«, fragte Tildie geradeheraus und doch verzagt.

Mareikje richtete sich auf, stützte den Kopf auf eine Hand. »Ach, Unfug. Wie sollte das gehen? Ich bin noch nicht mit Antonius verheiratet …« Ihre Wangen brannten, aber sie wollte der Freundin nicht die Wahrheit sagen, die sie sich selbst kaum eingestehen konnte. Zu schwer wogen die Folgen.

Tildie gab sich damit zufrieden. Ihre eigenen Sorgen trieben sie um. »Mareikje, du weißt ja, dass meine Mutter glaubt, ich würde das Kind hier in Bruikelaar zur Welt bringen.«

Mareikje musterte sie erstaunt. »Willst du das denn nicht? Ich dachte, deswegen bist du hergekommen?«

Tildie starrte einen Moment lang auf ihre Hände. »Ich bin hergekommen, weil ich es in der Nähe meines Dienstherrn, der sich in Kürze vermählen wird, nicht mehr ausgehalten habe. Und weil ich mit Schimpf und Schande vertrieben worden wäre, wenn sie herausgefunden hätten, dass es sein Kind ist. Aber«, sie hob den Blick und sah Mareikje offen in die Augen, »ich will das Kind auch nicht hier in Bruikelaar. Ich will es weggeben. So, wie du es mir im Brief versprochen hast …«

»Du willst es bei den Nonnen zur Welt bringen und im Kloster lassen?«

Tildie nickte. »Ja, da wird für das Kleine gesorgt werden. Es muss sich nicht für seine Herkunft schämen, denn es wird nie erfahren, wessen Kind es ist.«

»Wenn das dein Herzenswunsch ist, Tildie, helfe ich dir

gerne. Ich habe ja nun genug Geld – falls Onkel Eduard nicht auf dumme Gedanken kommt und es bis zu meiner Heirat wegschließen will.«

Tildie blickte sie ängstlich an. »Du würdest das für mich bezahlen? Und mir auch helfen, zum Kloster zu gelangen? Ich weiß ja gar, wo ich hinmuss …«

Mareikje nahm die Hände der Freundin in die ihren. Es tat gut, sich mit den Sorgen anderer zu beschäftigen und dabei die eigenen zu vergessen. Zuversichtlich drückte sie Tildies Finger. »Alles wird gut, Tildie. Verlass dich nur auf mich. Mit Rieke und Henk rede ich auch. Sie werden das schon verstehen, vertrau mir.«

# Zwanzigstes Kapitel

Am Nachmittag des nächsten Tages betrat Mareikje tief in Gedanken versunken den Stall, einen Korb im Arm. Das Gespräch mit Antonius stand ihr noch bevor. Sie fürchtete sich davor. Auch Pitt würde nicht den Mantel des Vergessens über den Vorfall in Gouda breiten, darüber machte sie sich keine falschen Hoffnungen. Im Geiste versuchte sie, sich auf alles vorzubereiten, was er ihr vorwerfen oder womit er sie bedrohen könnte. Sie sah auf, als sie bemerkte, dass Henk mit dem Fegen innehielt und sie anstarrte.

»Henk, was ist passiert? Warum machst du nicht weiter? Ich bin nur gekommen, um ein paar Eier für Rieke zu holen. Sie will mit Tildie einen Kuchen backen.«

»Du … du kannst doch nicht im Stall nach Eiern suchen.«

Mareikje sah ihn an, als sei er krank. »Geht's dir nicht gut? Warum sollte ich das nicht können?«

Henk blickte auf seine Füße. »Nun, jetzt, wo du … na ja, du bist doch jetzt reich. Du bist die reichste Frau von Bruikelaar, hat Mijnheer van Seeg gesagt.«

Mareikje prustete laut los. »Henk, du bist verrückt. Soll ich jetzt nicht mehr tun, was mir Spaß macht, nur weil ich zu Geld gekommen bin?«

Der Knecht zuckte mit den Schultern. »Ich weiß nicht. Ich dachte, jetzt wird bestimmt alles anders.«

Mareikje winkte ab und bückte sich nach einem Ei, das sie unter der Heuraufe erspäht hatte. »Ja, es ist ein Haufen Geld, den die Tulpen eingebracht haben, aber der wird sicher genauso schnell wieder weg sein, wie er gekommen ist. Wenn ich nur denke, was ich in der nächsten Zeit alles ausgeben muss, damit es denen, die ich liebe, gutgeht ... Da reicht es vermutlich gerade mal.« Sie wusste, dass sie maßlos übertrieb. Zu genau hatte sie am Vormittag mit Tante Annie und Onkel Eduard durchgerechnet, was sie mit dem Geld alles anfangen konnte. »Eigentlich«, sie legte ein weiteres Ei in den Korb, »hätten wir gar nicht alle Tulipane verkaufen sollen. Ich habe gehört, dass die Preise Tag für Tag steigen. Wenn ich eine oder zwei Zwiebeln behalten hätte, statt sie Onkel Eduard zum Verkaufen zu geben ...«

Henk rang mit sich. Er hatte seine Befürchtungen, was passieren würde, aber es war ihm auch klar, dass er dem Meisje nicht länger verschweigen durfte, was er wusste. »Ich glaube, ich muss dir etwas zeigen.« Er winkte Mareikje, ihm zu folgen, und trat an die Rückwand des Stalls.

Vorsichtig nahm er die schmutzige alte Decke von dem unbenutzten Trog. »Schau mal.«

Mareikje starrte ungläubig auf das, was vor ihren Augen lag. Unscheinbar, verschrumpelt und braun lagen da – »Tulpenzwiebeln. Lauter Tulpenzwiebeln! Henk, wo kommen die her?«

»Die waren alle in den Säcken voller Erde, die dein Vater dir hinterlassen hat. Rieke hat doch nur eine Hand voll eingepflanzt.«

Mareikje spürte, wie ihr Herz schneller schlug. Sie vermochte sich gar nicht vorzustellen, welch unglaublicher Reichtum da in ihrem Stall lag – und die Zwiebeln gehörten ihr! Ihr ganz allein! Es war das Erbe ihres Vaters. Hastig zog sie die

Decke über den Trog. »Wer weiß davon? Wem hast du erzählt, dass da noch mehr sind?«

»Hältst du mich für einen Schwätzer? Niemandem habe ich davon erzählt.«

Mareikje zog ihn am Arm aus der Ecke. »Verzeih, Henk. Ich wollte dich nicht beleidigen. Aber bitte«, sie sah ihm in die Augen, »erzähle niemandem davon, hörst du? Auch nicht den van Seegs.«

Henk schnaufte. Als ob er jemals ein Geheimnis verraten hätte. »Vielleicht solltest du selbst mit deinem Onkel darüber reden.«

Mareikje raffte den Rock und öffnete die Tür zum Haus. »Das lass nur meine Sorge sein.«

Wenig später saß Mareikje mit ihrer Freundin Tildie am alten Kai und ließ die Füße im Wasser baumeln. Tildie warf flache Kiesel in den Fluss und versuchte, sie auf dem träge dahinfließenden braunen Wasser zum Springen zu bringen.

Lange hatte Mareikje überlegt, ob sie überhaupt mit jemandem über den Tulpenfund im Stall sprechen sollte. Ihr war klar, dass viele Leute im beschaulichen Bruikelaar mehr als froh waren, dass die Aufregung um die Tulpen endlich vorbei war. Was würde in ihnen vorgehen, wenn herauskäme, dass sie noch viel mehr davon besaß? Nein, das durfte auf keinen Fall im Ort herumgetratscht werden.

Tildie war die Einzige, der sie zutraute, dieses Geheimnis für sich zu behalten. Aber Mareikjes Freude sprang nicht auf Tildie über.

Immer wieder spielte die Freundin stattdessen durch Blicke und Worte darauf an, dass Mareikje schwanger gehen könnte. »Und was hast du nun vor?«

»Ich reise nach Amsterdam.«

Tildie hielt den Kiesel, den sie eben noch werfen wollte. »Du? Allein?«

Sie nickte. »Das Geld aus der Tulpenauktion wird mir die ersten Wochen erleichtern, bis ich mit dem Handel in der Stadt vertraut bin und mein Vermögen vermehren kann. Ich habe doch miterlebt, wie einfach es ist, die Tulpen zu verkaufen. Die Leute überschlagen sich, um sie in ihren Besitz zu bringen.«

Tildie klappte das Kinn herunter. »Wie mutig du bist, Mareikje. Hast du denn gar keine Angst allein in der großen Stadt?«

Mareikje richtete den Blick in die Ferne. »Bestimmt werde ich Angst haben.« Sie lächelte die Freundin von der Seite an. »Ich kenne eine Familie dort. Helene und Claudius Raps. Sie sind einige Male bei uns in Bruikelaar gewesen und haben mir immer angeboten, sie in der Stadt zu besuchen. Aber damals war ich noch zu jung. Sie werden sich bestimmt freuen, wenn ich vor der Tür stehe, und mir die ersten Tage Quartier gewähren.« Hoffentlich, setzte sie in Gedanken hinzu, bevor sie Tildie ernst ins Gesicht schaute. »Ich muss das Glück beim Schopf packen, Tildie. So eine Gelegenheit wird sich mir nie wieder bieten.«

Eine Gelegenheit, Pitt und Antonius den Rücken zu kehren, und vielleicht sogar eine Gelegenheit, Wim wiederzufinden. Schließlich ließ der Tulpenfund ihre Liebe doch in einem ganz anderen Licht erscheinen. Keiner konnte mehr etwas gegen eine Verbindung zwischen ihnen vorbringen. Wohin sonst als nach Amsterdam sollte Wim gezogen sein? Einen Künstler von seinem Talent würde sie in der großen Stadt schon ausfindig machen, da war sie sich sicher. In Künstlerkreisen kannte man sich, sie würde sich nur umhören und Augen und Ohren offen halten müssen.

Tildie zog die nackten Füße an und umschlang die Knie mit den Armen. »Ich weiß nicht, ob das gut geht.«

Mareikje zog ihre Holzschuhe heran und klopfte sie aus. »Es muss gut gehen, Tildie. Hier in Bruikelaar bin ich verloren. Ohne Wim.«

»Wim Straaten, der Maler?«, fragte Tildie erstaunt.

Mareikje nickte. »Das ist der Mann, dem mein Herz gehört«, sagte sie ernst.

Sie standen auf und schlüpften in ihre Schuhe. »Wann willst du weggehen?«

»Erst einmal will ich ein paar Tage abwarten, ob deine Vermutung wirklich stimmt.« Sie legte eine Hand auf ihren Bauch. Im Grunde brauchte sie keine Gewissheit mehr, aber es tat gut, den Gedanken noch weit von sich zu schieben, dass sie ein Kind im Leib trug. »Wenn es wahr sein sollte, wird man bald etwas sehen können und ich muss meinen Entschluss in den nächsten drei oder vier Wochen umsetzen. Auf dem Weg nach Amsterdam nehme ich dich mit nach Apeldoorn zu den Nonnen – wenn du das wirklich möchtest. Der Umweg über den Osten dauert höchstens zwei oder drei Tage, und dann weiß ich dich in Sicherheit.«

Tildie nickte dankbar. Was Mareikje plante, überstieg ihre Vorstellungskraft. Aber seit sie den Ausdruck in den Augen ihrer Freundin gesehen hatte, als diese von Wim Straaten sprach, wusste sie, dass Mareikje niemandes Rat mehr annehmen, sondern nur noch ihrem Herzen folgen würde.

Wenn Tildie selbst frei von diesem Kind war, das bereits Purzelbäume in ihrem Bauch schlug, und es in guter Obhut wusste, fand auch sie vielleicht noch irgendwo ein kleines Quäntchen Glück.

# Einundzwanzigstes Kapitel

Es ist verrückt, was wir getan haben«, sagte Wim und wandte sein Gesicht von Agnes ab, während sie sich eng an ihn schmiegte. In dem Haus, das er sich inzwischen in Haarlem gekauft hatte, gab es eine Schlafkammer, eine große Wohnstube und eine Küche. Oft, wenn er beim Arbeiten innehielt, erschien es ihm kalt und einsam. Nur wenn Agnes zu Besuch kam, war es von Leben und Wärme erfüllt. Obwohl er sich vorgenommen hatte, die junge Frau auf Abstand zu halten, hatte er an diesem Abend ihrem Drängen nachgegeben.

»Rede es nicht schlecht, Wim. Das ist Liebe, was wir getan haben. Du bist der erste Mann, den ich liebe. Ich habe noch niemals zuvor so für einen Mann empfunden.«

Er sah sie an, blickte in ihr Gesicht, um herauszufinden, ob sie ernst meinte, was sie da sagte. Sie hatte ihn nach allen Regeln der Kunst verführt – und Mareikje fehlte ihm seit vielen Wochen … Doch nun übermannte ihn das schlechte Gewissen. Vielleicht war Agnes doch nicht so oberflächlich, wie er geglaubt hatte. Er vermochte nicht, sich auszumalen, was das bedeutete.

»Was redest du für einen Unfug, Agnes? Wie kommst du darauf, dass wir uns lieben? Ich hab dich gern hier um mich, du bist eine wahre Schönheit, eine Frau, die von vielen begehrt wird, und du wolltest mich als Mann. Also haben wir getan, was Mann und Frau tun …«

Agnes beugte sich über ihn und küsste ihn auf die Nasenspitze. »Liebst du mich etwa nicht?« Sie runzelte die Stirn. »Wim Straaten, hör auf dein Herz. Du könntest so etwas gar nicht tun, wenn du mich nicht lieben würdest, stimmt's?«

Wim seufzte, schloss die Augen und lauschte dem Gezwitscher der Vögel im Baum vor dem offenen Fenster. Agnes war jung und schön, ihr Körper weich und willig. Ja, sie hatte ihn verführt, und er wollte nicht länger stark sein und sich in Gedanken nach der Frau verzehren, die er liebte und die er zu einem anderen geschickt hatte. Was war dabei, mit Agnes das Lager zu teilen, die schon so viele Männer beglückt hatte und die das Gleiche mit Nicolas de Jongh jede Woche tat? Er hatte doch nicht ahnen können, dass sie sein Verhalten so missverstehen würde. Wim fürchtete sich davor, ihr das Herz zu brechen.

Sie küsste ihn auf die Stirn. »Du trägst zwar keinen Ring, aber da ist doch jemand in Bruikelaar, nicht wahr? Eine Frau, die du zurückgelassen hast? Und ein Haufen Kinder?«

Wim schüttelte den Kopf. »Ja, vielleicht gibt es da jemanden – aber das gehört der Vergangenheit an.«

Agnes streckte sich. »Was es auch sein mag und was immer aus uns werden wird: Dieses eine Mal kann uns niemand mehr nehmen.« Sie schüttelte das Kissen auf und schmiegte sich in Wims Arm. »Wir gehören nun zusammen.«

Wim lag noch wach, als Agnes' Atemzüge ruhig und schwer geworden waren. Mit offenen Augen lauschte er auf die Geräusche, die aus der Gasse nach oben drangen.

Als die Vögel unter dem Dach zu zwitschern begannen, schlich er sich behutsam aus dem Bett. Jetzt, im frühen Morgenlicht, wäre eigentlich die rechte Zeit, an dem Bild weiterzumalen, das sie im Schlaf zeigte. Doch er war dazu immer noch nicht in der Lage. Es gelang ihm nicht, ihr Gesicht auch nur annähernd so abzubilden, wie es wirklich aussah. Zudem wartete ein Tag voller Arbeit auf ihn.

Er sortierte die an der Wand aufgestellten Rahmen und überprüfte, welche bald fertiggestellt werden konnten.

Die Bilder glichen sich derart, dass de Jongh ihm schon spöttisch empfohlen hatte, einen Kopisten anzustellen, um noch mehr zu produzieren. Wim schnaufte ärgerlich und stellte eines der Gemälde auf die Palette.

Ein weißer, nur ganz leicht grundierter Rand, ein Haufen aufgeworfener Erde, ein paar fette, sattgrüne Tulpenblätter – diesen Teil des Bildes hätte wirklich jeder einigermaßen begabte Kopist anfertigen können. Aber die fein geäderte und gemusterte Tulpenzwiebel und die elegante Blüte – auf diesem Bild fast durchscheinend weiß mit tief scharlachroten Flammenzungen – waren das Werk eines Künstlers. Sein Werk.

Die Haarlemer Kaufleute waren begeistert von seinen Arbeiten. Er hatte einen Blick für die Unterschiede der nur scheinbar gleichen Zwiebeln und ein Händchen für die filigranen Muster der Blütenblätter, von denen sich nur selten zwei glichen.

Er schaffte es, die Farben naturgetreu darzustellen und den Betrachter trotzdem glauben zu machen, er schaue auf ein Phantasiebild, weil es etwas so Schönes in Wirklichkeit gar nicht geben konnte.

Die ersten Bilder hatte er noch für ein paar Gulden gemalt, kaum ausreichend, um die Materialkosten zu decken. Aber de Jongh hatte ihn beruhigt. »Malt nur ein Dutzend Bilder zu diesem Preis. Wenn die anderen sie sehen, werden sie auch welche haben wollen. Dann könnt Ihr allmählich die Preise erhöhen.«

Genauso hatte er es gemacht. In den Tagen, seit er hier war, hatte er mehr Bilder fertiggestellt als im gesamten letzten Jahr.

Er trug mit ruhiger Hand den Firnis auf die getrocknete Farbe auf und sah dabei zu Agnes hinüber. Das Mädchen lag zusammengerollt in der Kuhle des Bettes. Ihr Vertrauen in ihn war unerschütterlich. Er würde ihr wohl wehtun müssen.

Sie räkelte sich unter der Decke und schlug die Augen auf. »Du arbeitest ja schon wieder.«

Wim legte den Pinsel zur Seite und verschloss den Tiegel mit dem Öl. »Ich habe früher angefangen, damit ich mein Tagwerk heute schaffe.«

Sie stieg aus dem Bett, lief nackt auf ihn zu und küsste ihn. »Heute habe ich sowieso keine Zeit für dich. Du weißt doch, gleich erwartet mich de Jongh …« Sie schaute betreten zu Boden.

»Ja, ich weiß.« Er spürte, wie sie darauf wartete, dass er mehr sage. Dass er es bedauere, dass sie zu dem anderen gehe. Sie wollte hören, dass es ihn eifersüchtig mache – aber das tat es nicht. Seine Lippen blieben verschlossen.

Sie schlüpfte in ihre Kleider und sah ihn ernst an. »Stört es dich wirklich nicht?«

Wim setzte sich an den Tisch und reinigte seine Hände. »Er hat die älteren Rechte«, sagte er. Er mochte dieses Mädchen wirklich gern, aber bei dem Gedanken, dass sie gleich in de Jonghs Bett liegen würde, empfand er lediglich einen Schmerz, der nichts mit ihr zu tun hatte. Es war der Schmerz darüber, dass Mareikje dasselbe mit Antonius tat, vielleicht gerade in diesem Augenblick.

Das eintönige Schwanken und Rütteln der Kutsche machte die beiden Frauen schläfrig und träge. Mareikje sah die Landschaft an den Fenstern des Gefährtes vorbeiziehen. Tildie hatte die Augen geschlossen und atmete schwer. Mareikje beneidete die

Freundin. Stand Tildie nicht erheblich Schlimmeres bevor als ihr? Trotzdem schlief sie den Schlaf der Gerechten, voller Gottvertrauen und ohne große Angst um die Zukunft. Das schien auch ein Geschenk zu sein, das der Herrgott den Menschen machte, wie Klugheit, Schönheit, Glück oder Erfolg. Man konnte es sich eben nicht aussuchen.

Der Kutscher öffnete die kleine Klappe zum Innenraum. »Wenn wir durchfahren, könnten wir es heute noch schaffen, Mefrouws, aber nicht mehr vor Einbruch der Dunkelheit. Ansonsten müssten wir im nächsten Ort Quartier suchen.«

Mareikje musste nicht lange überlegen. Amsterdam wartete, jetzt galt es, keine Zeit zu verlieren. »Wir sind bei den ehrwürdigen Schwestern angekündigt, fahrt nur weiter. Sie werden uns auch in der Nacht das Tor öffnen.«

Tildie drehte sich auf dem Sitz und verbarg das Gesicht hinter dem Vorhang, der die Insassen der Kutsche vor neugierigen Blicken schützen sollte. Mareikjes Gesicht war ernst und blass. Es war nicht leicht gewesen, ihre Verwandten und Freunde in Bruikelaar von dem Vorhaben zu überzeugen. Sie lächelte, als sie daran dachte, dass Onkel Eduard sie am liebsten in Ketten gelegt hätte, um sie daran zu hindern, die Stadt zu verlassen und ihren wagemutigen Plan in die Tat umzusetzen. Zu ihrer Überraschung war es dann Tante Annie gewesen, die ihr zur Seite gesprungen war, vor allem, als Mareikje erwähnt hatte, dass sie in den ersten Tagen bei Helene und Claudius van Raps wohnen würde.

»Du machst das Meisje mit deiner Sturheit unglücklich, Eduard. Merkst du das nicht?«, hatte sie ihren Mann gescholten, obwohl Mareikje wusste, dass auch sie vor Sorge fast verging. Aber Annie vertraute ihr.

Henk und Rieke konnten über Mareikjes tollkühnen Vorsatz

nur den Kopf schütteln. Aber den größeren Kummer bereitete ihnen die eigene Tochter, die nicht davon abzubringen war, ihr Kind bei den Nonnen zur Welt zu bringen und es auch dort zu lassen. So eindringlich die Alten auch ein ums andere Mal wiederholten, dass es das Kind doch gut bei ihnen hätte, Tildie ließ sich nicht umstimmen.

»Und ich? Was sollte aus mir werden? Was für ein Leben hätte ich zu erwarten?«, hatte Tildie laut schluchzend gerufen. Rieke hatte die Lippen aufeinandergepresst, und Henk war in den Stall gestapft, um sich um die weniger vertrackten Dinge im Leben zu kümmern.

Der Mond stand an diesem Abend fahl über der flachen Landschaft. Kein Baum und kein Strauch warfen einen Schatten auf die Beete und Wiesen, die das Kloster umgaben; nur ein einziger Weg führte in das nahegelegene Apeldoorn. Mareikje spürte eine Gänsehaut auf den Armen, als sie aus der Kutsche stieg.

Tildie nahm ihre Hand. »Es ist …«

»… unheimlich«, ergänzte Mareikje. Tildie nickte.

Sie ließen den schweren Türklopfer auf das Klangbrett fallen. Einmal, zweimal. Kein Ton war hinter dem Tor zu hören. Der Kutscher löste bereits die Spannseile von Tildies Truhe, um sie abladen zu können. Noch einmal betätigte Mareikje energisch den Klopfer. Die beiden Frauen lauschten.

»Da war etwas.« Tildie flüsterte.

»Ich habe nichts gehört.«

»Eine Tür hat gequietscht.«

Als sich die Luke im Tor knarrend öffnete, zuckte Mareikje zusammen. Ein junges Gesicht schob sich in die Öffnung. »Ihr seid sicher Mefrouw Hoorn, nicht wahr?«

Mareikje nickte. »Verzeiht, dass wir so spät noch um Einlass bitten.«

»Die ehrwürdigen Schwestern haben sich zur Vigil in der Kapelle versammelt, aber die Mutter Oberin hat mir und der anderen Novizin aufgetragen, Euch zu empfangen. Sie wird Euch nach der Terz begrüßen.« Die Nonne wuchtete das Tor auf. Dann bat sie Mareikje und Tildie mit einer Handbewegung herein.

Der Kutscher sprang von der Ladefläche des Wagens. »Mefrouw …«

Die Nonne wandte sich ihm zu. »Verzeiht, Mijnheer. Wir haben ein Gästehaus an der Rückseite des Klosters. Dort werdet Ihr Einlass finden und auch jemanden, der Euch mit dem Gepäck hilft.« Sie wies mit der Hand auf einen ausgetretenen Weg, der an der Klostermauer entlangführte.

Der Mann brummelte wegen des unnötigen Aufwandes, während er sich auf seinen Kutschbock schwang, und trieb dann mit einem Zungenschnalzen die Pferde an.

Erst als die Frau in der schlichten graubraunen Tracht der Novizinnen das Tor wieder verschloss, hatte Mareikje Gelegenheit, sie näher zu betrachten. Wie es üblich war, war ihre Kleidung weit geschnitten, ihre Gestalt fast vollkommen verhüllt, die Haare unter der engsitzenden Haube verborgen. Aber die schmalen Hände, die aus den weiten Ärmeln hervorkamen, das feingeschnittene Gesicht unter der Haube und die helle Stimme verrieten Mareikje, dass diese Frau vermutlich nicht älter als sie selbst war.

Mit einiger Anstrengung legte die Nonne den Balken zurück in die Halterung des Tores und drehte sich zu den beiden Gästen um. »Ich bin Anna, Novizin im Kloster der ehrwürdigen Mutter.« Sie nickte Tildie zu. »Ich werde dir in den ersten Tagen zur Seite stehen.«

Anna führte sie über den mondbeschienenen Hof zu einer

weiteren Pforte und klopfte mit der Faust. »Wir haben zwei Türen, seit es die Söldner bis in unsere Gegend verschlagen hat.« Sie sah Tildies erschrockenes Gesicht. »Nur keine Sorge, hier ist noch nie etwas passiert. Die Mutter Oberin meinte nur …« Das Quietschen der Pforte unterbrach ihren Satz.

Mareikje und Tildie bekamen eine Kammer zugewiesen, einen kargen Raum mit zwei Strohsäcken und Decken, einem wackligen Tisch, auf dem ein Wasserkrug stand, und einem Kruzifix an der Wand. Als Anna sich verabschieden wollte, hielt Tildie sie auf.

»Sag, Anna, bist du auch hierhergekommen, weil …?«

Anna schüttelte den Kopf. »Ich bin hier geboren«, sagte sie nur und schloss die Tür von außen.

Mit angewinkelten Beinen legte sich Tildie seitlich auf die raue Decke, während Mareikje ein paar Strohhalme aus dem zweiten Sack zog. Tildies Lächeln, als Mareikje es sich ebenfalls so bequem wie eben möglich gemacht hatte, wirkte bemüht.

»Ich glaube, es war die richtige Entscheidung. Wenn aus den armen Bälgern so fröhliche und hübsche Mädchen werden, dann muss es ihnen hier gut gehen. Meinst du nicht auch?« Es klang, als wolle sie sich selbst Mut machen.

Nachdem sich Tildie und Mareikje am nächsten Morgen voneinander verabschiedet hatten, machte Mareikje sich mit dem Kutscher auf den Weg nach Amsterdam.

Mareikjes Herz klopfte zum Zerspringen, als sie die quirlige Stadt erreichten. Es war, als betrete sie eine völlig neue Welt: Die hohen Treppengiebel der Häuserfassaden ragten in den Himmel, darüber Kuppeln und Türme, die in der Sonne schimmerten. Leute aus aller Herren Länder eilten durch die Straßen, ratterten in Kaleschen über das Pflaster und trieben ihre Kähne durch die Grachten. Der Geruch nach Seetang und Fisch vom Hafen her, nach Kräutern, Gewürzen und fremdartigen Früchten von den Marktplätzen und in den Gassen auch der Gestank des Unrats – all dies wehte ihr in die Nase.

Befreit stieß sie die Luft aus, als die Kutsche endlich vor einem Stadthaus mit rotem Fassadenanstrich zum Stehen kam.

Claudius van Raps und seine Frau waren von Mareikjes Ankunft überwältigt. Die beiden freuten sich von Herzen, die Tochter Geert Hoorns in ihrem Haus zu begrüßen, auch wenn der Brief, mit dem Onkel Eduard und Tante Annie ihre Nichte angekündigt hatten, noch nicht eingetroffen war.

Helene van Raps hatte gerade ihren dreißigsten Geburtstag gefeiert, und ihr Mann war ihr an Jahren nicht weit voraus. Helene hatte sich die Figur eines Mädchens erhalten, obwohl sie bereits vier Kinder zur Welt gebracht hatte, die durch das schmucke Haus mitten in Amsterdam schwirrten.

Sie trug eine farbenfrohe Tracht, die wunderbar zu ihrem langen dunklen Haar passte, und zudem lief sie auch noch barfüßig herum. So etwas wäre in Bruikelaar undenkbar gewesen. Die Festtracht dort war zwar auch in leuchtenden Farben gehalten, meist in Blau, aber man trug sie nur an hohen Feiertagen, und dann gehörten Holzschuhe dazu.

Helene lachte. »Was starrst du so auf meine Füße? Riechen sie?«

Mareikje spürte, wie sie errötete. »Nein, verzeih mir, Helene. Es ist nur – ungewöhnlich für mich, eine Frau im Haus ohne Schuhe …«

Claudius unterbrach sie. »Hier in Amsterdam wird dir vieles ungewohnt sein, Mareikje. Die vielen Händler aus allen Teilen Europas, Turkmänner, Araber, sogar aus der Neuen Welt kommen sie hierher. Sie alle bringen ihre Sitten mit, und wir Holländer suchen uns davon das aus, was uns gefällt. Du wirst dich sicher schnell daran gewöhnen. Wir lassen hier jeden so leben, wie es ihm gefällt.« Er winkte einer Dienstmagd, die an der Tür wartete. »Bring die Sachen von Mefrouw Hoorn in die freie Kammer und dann sag der Köchin, dass wir alle hungrig sind.« Er sah Mareikje an. »Oder täusche ich mich? Nach der langen Reise …«

Sie schüttelte den Kopf. »Nein, nein. Ich bin zwar furchtbar aufgeregt, aber hungrig bin ich trotzdem.« Sie eilte zur Tür und nahm der Magd die Ledertasche aus der Hand. »Lass nur! Diese Tasche nehme ich lieber selbst.« Frohen Mutes stieg sie hinter dem pummeligen Mädchen die Treppe hinauf in die Kammer.

Die meisten Dinge, die kurz darauf auf den Tisch kamen, hatte Mareikje in ihrem Leben noch nicht gesehen, aber sie langte mit gutem Appetit zu. Mit den van Raps würde sie gut auskommen, das merkte sie gleich. Helene war fröhlich und direkt, ihr Mann wirkte verschlossener, vor allem, wenn es um seine Geschäfte ging, aber er zeigte deutlich, wie sehr er von Mareikjes Wunsch, selbst in das Geschäftsleben einzusteigen, beeindruckt war. Er tat diesen Plan nicht ab wie Onkel Eduard, sondern ermutigte sie sogar. »Wenn irgendwelche Probleme auftreten, wende dich ruhig an mich. Ich kenne beinahe jeden in Amsterdam. Wenn es irgend geht, werde ich dir helfen.«

Als Mareikje eine Woche später ihren ersten Tulpenhandel in Amsterdam abschloss, schlug ihr das Herz bis zum Hals. Die Luft war stickig, obwohl man ein Fenster zur Straße hin geöffnet hatte. In allen Ecken hockten Männer in Trachten, die ihre Köpfe zusammensteckten, tuschelten, Tulpenzwiebeln oder Geldsäcke über den Tisch schoben und immer wieder nach

Bier riefen. Mareikje war die einzige Frau im Raum – von den Mägden einmal abgesehen, die mit schweren Krügen zwischen dem Schankraum und dem Hinterzimmer hin und her liefen.

»Sind wir nun einig, Mefrouw?« Der hohe schwarze Hut mit der breiten Krempe und der elegant um die Schultern geschwungene schwarze Umhang des Händlers passten nicht zu dem unsauber geschnittenen graubraunen Haar, das ihm bis auf die Schultern fiel. Sein Atem roch nach saurem Bier, obwohl er nicht den Eindruck machte, vom Alkohol benebelt zu sein. Vielmehr wirkte sein Blick lauernd, sein Mund vor Anspannung verkniffen. »Mijnheer van Raps hat Euch empfohlen, also denke ich, dass der Handel rechtens ist und dass Ihr mir die Zwiebel wirklich verkaufen dürft.«

Mareikje fixierte ihn aus den Augenwinkeln. Er war der erste Händler, der sie gleich nach ihrem Eintreffen in der Schankstube angesprochen und in ein Geschäft verwickelt hatte. Er war ihr so recht wie jeder andere, wenn es darum ging, den Preis für die Zwiebeln in die Höhe zu treiben.

»Ihr wisst so gut wie ich, dass es kein Gesetz gibt, das einer Frau den Handel mit Tulpen verbieten würde.« Sie setzte ein bezauberndes Lächeln auf. »Aber Ihr versucht, mich abzulenken. Mein letztes Angebot war dreihundert Gulden und keinen Stüver weniger. Ihr hingegen wolltet nur einhundertachtzig geben, wenn ich mich nicht täusche.«

Der Mann schmunzelte. »Nun, Ihr seid hartnäckig. Aber ich werde noch einmal aufstocken, weil Ihr mit Mijnheer van Raps bekannt seid. Ich biete Euch zweihundert Gulden.«

Mareikje legte die Zwiebel, die zwischen ihnen auf dem Tisch lag, in den Leinenbeutel zurück, schnürte ihn zu und verstaute ihn in ihrem Umhängetäschchen. »Mijnheer, ich habe nicht genügend Zeit, um sie zu verschwenden.« Sie stand auf.

»Vielleicht kommen wir ein anderes Mal ins Geschäft, wenn ich minderwertigere Ware anzubieten habe, für die Euer Geldbeutel ausreicht.«

Die Umstehenden, die den Handel gespannt beobachtet hatten, brachen in lautes Gelächter aus. Frauen, die mit Tulpen handelten, waren eine Seltenheit. Wenn es eine versuchte, konnte sie sicher sein, dass jemand sie für dumm verkaufen wollte. Nicht nur, weil ihr Gastgeber sie eindringlich gewarnt hatte, war Mareikje auf der Hut. Für einen Apfel und ein Ei konnte sie ihre kostbaren Zwiebeln schließlich auch in Bruikelaar verscherbeln. Dafür hatte sie nicht den weiten Weg in die Hauptstadt auf sich genommen.

Der Händler sprang auf und fasste Mareikje am Arm. »Nein, wartet! Ich lasse ja mit mir reden.«

Mareikje löste mit spitzen Fingern seine Hand von ihrem Unterarm. »Es ist Eure letzte Gelegenheit, Mijnheer. Dreihundert Gulden. Nehmt sie jetzt aus Eurem Säckel, oder ...« Sie brauchte den Satz nicht zu beenden.

Der Händler kniff die Augen zusammen, schnaufte durch die Nase und griff in seinen Beutel. Klackernd zählte er die geforderten Geldstücke auf den Tisch. Mareikje reichte ihm den Beutel mit der Zwiebel und verstaute die Münzen in ihrer Schürze. »Ich bedanke mich für das Geschäft, Mijnheer. Wenn Ihr wieder einmal erstklassige Ware sucht, wendet Euch gerne an mich.«

Einer der Umstehenden, ein jüngerer Mann mit Spitzenkragen und lockigem Haar, lachte ihr zu. »Gut gemacht, Mefrouw. Es wurde auch Zeit, dass dem alten Boekelman einmal jemand zeigt, wo der Kuckuck sein Nest hat.«

Mareikje sah sich um. Immer wieder verließen Händler den Raum, wenn sie ihre Geschäfte abgewickelt hatten, andere kamen neu hinzu, es war ein ständiges Kommen und Gehen. Nur die Zuschauer – Kiebitze genannt – blieben den ganzen Tag über in dem Gasthaus. Die meisten von ihnen verdienten sich mit Botengängen oder anderen Hilfstätigkeiten für die Händler ein paar Stüver, einen Krug Bier oder eine warme Mahlzeit.

Der junge Mann kam auf Mareikje zu. »Das war gut, Mefrouw, aber ich wüsste einen Weg, wie Ihr noch mehr für Eure Zwiebeln herausschlagen könntet.«

Mareikje sah ihn schweigend an, er hielt ihr lächelnd die offene Hand hin.

Mareikje schüttelte den Kopf. »Ihr wollt Geld für etwas, das ich nicht sehen kann? Haltet mich nicht für dumm.«

Der Mann beugte sich zu ihr hinüber und flüsterte: »Bilder, Mefrouw, Ihr braucht Bilder, die Eure Zwiebeln in voller Blüte zeigen.«

»Dafür wolltet Ihr Geld haben, Mijnheer? Jedes Kind weiß, dass Bilder den Preis nach oben treiben. Aber wie will jemand Bilder von meinen Zwiebeln machen, der sie nicht in der Blüte gesehen hat? Außerdem sind Tulpenbilder so begehrt, dass man gar keinen Künstler mehr findet, der Zeit hätte, sie einem zu malen.«

Der Mann antwortete so leise, dass Mareikje sich vorbeugen musste, um ihn zu verstehen. »Ich habe einen Bekannten, Mefrouw, einen Händler in Haarlem, der hat die besten Kontakte zu Künstlern. Vielleicht könnte ich …« Wieder streckte er die offene Hand vor.

»Nun, dann bringt ihn her. Oder verabredet Euch mit ihm, sodass ich dazukommen kann. Dann wird es Euer Schaden nicht sein. Aber bis dahin bleibt mein Beutel zu.« Sie deutete eine Verbeugung an und ging zum Ausgang, vorbei an Händlern, die sich den Profit des Tages durch die Kehle laufen ließen.

Auch sie waren umringt von Zuschauern und Schnorrern, die hofften, hier und da einen Stüver abzustauben.

Ein Mann ließ sich gerade vor einem Tisch in der Ecke der Schankstube auf alle viere hinab und begann zu grunzen wie ein Schwein. Die Männer am Tisch lachten. »So ist es recht! Mach uns die Sau, wenn du ein Bier haben willst!«

Mareikje drehte den Kopf, betrachtete die Szene am Tisch und blieb stehen. Der Mann auf dem Boden kam ihr merkwürdig bekannt vor. Er schüttelte sich und grunzte lauter, die Männer grölten vor Lachen. »Vergiss nicht, Hinrich, die Säue furzen auch!« Worauf der am Boden Hockende sein Hinterteil in die Höhe reckte und weitere Lachsalven in allen Ecken der Gaststube entfachte.

Angewidert wandte Mareikje sich ab. Der Tagelöhner aus Bruikelaar. Ihm hatten die Geschäfte mit den Tulpen offenbar kein Glück gebracht. Sie überlegte, ob sie ihm helfen sollte, ahnte aber, dass es keinen Zweck haben würde. Energisch drückte sie die Tür auf und verließ den verqualmten Raum.

Begierig sog sie die frische salzige Abendluft in ihre Lungen. Auf der Straße kamen ihr zwei Bewaffnete entgegen, die sie freundlich grüßten. Die Stadt hatte nach den ersten Überfällen und Tumulten zusätzliche Wachen aufgestellt, die dafür sorgen sollten, dass die Menschen über dem Handel mit dem Tulpen nicht Anstand und Moral fahren ließen.

# Zweiundzwanzigstes Kapitel

Pitt Henseler schaute missmutig auf den kahlköpfigen Mann mit der Lederschürze und dem Messer in der Hand hinab, der neben dem röchelnden Schimmel kniete. »Nun mach schon. Wenn es sein muss, muss es eben sein.«

Er drehte sich um, als der Schlachter zustach und dem teuersten Tier in Pitts Stall weiteres Leiden ersparte. Erst vor zwei Wochen hatte er von einem Einkäufer des Statthalters, dem das feurige Tier gefallen hatte, dreißig Gulden für ihn geboten bekommen. Er wandte sich wieder um und sah dem Rossschlachter zu, wie er eine Wanne unter den Schnitt in der Halsbeuge zog und so das Blut des Tieres auffing.

Pitt stieß einen Fluch aus. Der Schimmel war eine Ware wie die Tuchballen in Antonius' Lagerhaus auch. Aber er hatte an dem Tier gehangen. Er hatte es geliebt, mit ihm über die Wiesen zu galoppieren, und er hatte die Blicke der Mädchen genossen, wenn er ihn vor dem Krug in einem der Nachbarorte angebunden hatte.

Der Schlachter verstand sein Handwerk, kein langes Zucken, kein wildes Schlagen des Kopfes.

»Brauchst du mich noch, Johannes?«, fragte Pitt.

Der andere schüttelte den Kopf und wischte sich das Blut vom Kinn. »Hier nicht. Du kannst morgen vorbeikommen, dann rechnen wir ab.«

Pitt nickte und ging. Das würde ihm für ein paar Tage Luft geben. Zwei alte Ackergäule hatte er noch auf der Koppel stehen und ein paar Fohlen, die er bei den Bauern in der Umgebung untergebracht hatte. Für die brauchte er wenigstens das Futter nicht zu bezahlen, sonst sähe es in seiner Geldtruhe noch düsterer aus.

Und das alles nur wegen dieser verdammten Tulpen. Er hatte alles falsch gemacht, was man falsch machen konnte. Wie ein grüner Junge und nicht wie der gewiefte Kaufmann, der er sein wollte, hatte er sich verhalten. Erst hatte er einen ganzen Sack voller Zwiebeln viel zu teuer eingekauft, dann zum falschen Zeitpunkt wieder verkauft. Und zu allem Überdruss war ihm am Tag darauf auch noch im Houvenkrog die Hälfte des Erlöses gestohlen worden, als er mit Antje im Hinterzimmer gewesen war und seinen Beutel dummerweise unter dem Tisch abgelegt hatte.

Es stand nicht gut um Pitt Henseler.

Alle um ihn herum schienen vom Glück verwöhnt: Antonius brauchte sich nur in den Tuchhandel zu stürzen und Tag und Nacht zu ackern, um das Geschäft zu neuer Blüte zu führen – ein aussichtsreiches Unterfangen, schließlich stand der Name van Halder für hohe Qualität. Antonius brauchte nichts zu tun, als vom Ruhm seines Vaters zu profitieren. Wenn er sich nicht allzu dumm anstellte, sollte ihm das auch gelingen. Pitt hatte hin und her überlegt, wie er sein Wissen darüber, dass Antonius seinen Vater erschlagen hatte, gewinnbringend einsetzen konnte. Irgendwie musste daraus doch ein Vorteil zu schlagen sein! Den Freund in Angst zu versetzen verlor auch seinen Reiz, wenn kein Widerstand von ihm kam.

Oder Mareikje: einen Sack voller Tulpenzwiebeln als Erbe! Genauso gut hätte jemand sie mit Gold überschütten können. Wie es aussah, wusste sie mit dem wertvollen Gut ertragreicher umzugehen als er selbst. Wenn man den Schwätzern in der Citadel glauben konnte, war sie inzwischen zu einer der angesehensten Händlerinnen in Amsterdam aufgestiegen. Verdammt. Und er hockte hier und jammerte um ein verlorenes Ross. Er sollte dort sein, wo das Leben pulsierte.

Doch zunächst schlug er den Weg in die Citadel ein. Es konnte nichts schaden, sich mit ein paar Bieren das Leben schöner zu trinken. Um diese Zeit trafen sich die meisten Männer aus Bruikelaar in den Schankstuben. Vielleicht käme er in Gesellschaft anderer auf bessere Gedanken.

Den Schankmägden stand der Schweiß auf der Stirn, der Wirt rieb sich die Hände, und die Stimmung in der Citadel war so ausgelassen wie seit langem nicht mehr. Es gab kaum einen in Bruikelaar, der nach dem glänzenden Geschäft der Mareikje Hoorn nicht versucht hatte, auch ins Tulpengeschäft einzusteigen. Dass dabei der eine mehr, der andere weniger Erfolg hatte, tat der guten Laune keinen Abbruch.

Eduard van Seeg blieb trotz des erdigen Rotweines in seinem Kelch nüchtern. »Es gehen merkwürdige Dinge vor in Bruikelaar.«

Antonius van Halder nickte. Er hatte den ganzen Nachmittag im Wirtshaus verbracht, ebenso wie den Tag zuvor. Er wusste, er sollte im Geschäft sein und die Lagerbestände sortieren. Außerdem hatte ein Händler sich für den Nachmittag angekündigt, aber Antonius war nicht zu dem Treffen erschienen. Das Geschäft mit den Tuchballen langweilte ihn, erschien ihm sinnlos; und die Ratschläge von Eduard van Seeg – der zu wissen schien, dass Antonius mit dem Geschäft seines Vaters überfordert war – quittierte er mit einem gurgelnden Rülpsen, bis der Kaufmann es aufgab.

»Nun, Mijnheer van Seeg, was gefällt Euch nicht?« Pitt Henseler hatte auch getrunken, aber er war einer von denen, die wussten, wann es reichte.

Jan Jenkhoff antwortete für den Kaufmann: »Merkst du das nicht, Pitt?« Von der Hochstimmung, die die Brüder Jenkhoff noch vor wenigen Monaten ergriffen hatte, war nicht mehr viel zu spüren. Die Tulpen hatten inzwischen einen Wert, der ihre Verhältnisse bei weitem überstieg. Und sie hatten weder Güter, die sie versetzen konnten, um an den Geschäften teilzuhaben, noch als Bauern so viel Ansehen, dass irgendjemand ihre Schuldscheine akzeptiert hätte.

»Der Schein wird mehr geschätzt als das Sein in der letzten Zeit«, sagte van Seeg. »Die Leute schaffen nichts mehr mit ihren Händen, sie wollen den schnellen Reichtum, indem sie mit Tulpen handeln.«

»Was soll daran so schlimm sein?«, gab Pitt zurück.

Eduard van Seeg winkte der Magd, die Krüge noch einmal aufzufüllen. »Schlimm? Falsch ist es! Habt ihr jemals gehört, dass ein Schmied Handel treiben wollte? Oder ein Kornmüller? Oder sogar ein Knecht?« Er leerte den Krug und schob ihn ans Ende des Tisches. »Und heute will jeder mit Tulpenzwiebeln bezahlen und bezahlt werden.«

Pitt Henseler grinste und wandte sich an Pfarrer van der Weegelhost, der ein Schnauben ausstieß und sich mit einem Tuch den Schweiß vom Gesicht tupfte. »Das sollte doch in Eurem Sinne sein, wo die Kirche das Geld doch als Teufelszeug verdammt.«

»Spottet nur, Mijnheer Henseler, Ihr werdet sehen, wo das endet.« Der Pfarrer schüttelte nachdenklich den Kopf.

»Nun, Mareikje Hoorn hat ihr Glück gemacht mit den Tulpen, oder wollt Ihr das bestreiten?«

Eduards Kopf schnellte hoch. »Redet nicht von Dingen, von denen Ihr nichts versteht!«

»Verzeiht, Mijnheer van Seeg, aber ist es nicht so, dass Mareikje in Amsterdam ihren Wohlstand mehrt und ausbaut? Im Dorf erzählt man sich, sie hätte schon zwei wunderbare Anwesen erworben, direkt am Ijsselmeer mit Blick über das Herzland der Provinzen.«

»Alles Unsinn. Das Kind schreibt ja kaum, und wenn, dann steht sicher nichts von ihrem vermeintlichen Wohlstand in den Briefen. Jedenfalls schlafen meine Frau und ich kaum noch vor Sorge.«

Pitt beugte sich über den Tisch. »Als Frau in der Hauptstadt, da hat Mareikje keinen leichten Stand. Ihr solltet ihr vielleicht ein wenig zur Hand gehen.«

»Das denke ich auch.« Eduard nickte. »Aber meine Geschäfte erlauben es mir nicht, Bruikelaar in den nächsten Wochen zu verlassen.«

Antonius grunzte. »Das könnten wir … ich meine, Pitt und ich, wir … Ihr versteht, Mijnheer van Seeg?« Er schloss die Augen und ließ das Kinn wieder auf die Brust sacken.

Van Seeg schüttelte unwirsch den Kopf. »Du wärst gerade der Rechte, um Mareikje in Amsterdam beizustehen«, spottete er.

Pitt lachte leise. »Seid nicht so streng mit ihm. Der Tod des Vaters hat ihn mehr getroffen, als er zugeben mag. Dass seine Mutter jetzt in Gouda lebt, macht ihm sicher auch zu schaffen. Er wird sich schon wieder fangen.«

In diesem Moment sprang die Tür auf, und die Männer wandten die Köpfe. Vor ihnen stand ein fahrender Sänger mit rotgoldener Kappe und in einer mit bunten Bordüren abgesetzten Jacke über enganliegenden dunklen Beinkleidern, der bei seinem Eintreten in die Gaststube von den Mägden kichernd begrüßt wurde. Er sah den Wirt fragend an. Als Hein t'Hoff nickte, blitzten die Augen des jungen Mannes – er war wohl noch keine zwanzig Sommer alt. Seine Haut war weich und hell, sein Kinn glatt rasiert. Er nahm die Laute vom Rücken und legte die Jacke ab. Nach dem ersten Akkord fing er an zu singen.

Er sang ein Spottlied über Knechte, die mit dem Tulpenhandel schnell reich werden wollten und am Ende weniger hatten als zuvor, dann ein Lied über die Spanier, die zwar mit Holland im Krieg lagen, aber verkleidet nach Amsterdam kamen, um auch an den Tulpen zu verdienen. Zum Schluss trug er zum Entzücken der Mägde noch ein Liebeslied vor, von einem reichen Kaufmannssohn, der sich in eine Magd verliebte und sie zur Trauung führte. Dann nahm er seine Kappe ab und ging von Tisch zu Tisch, um sein Scherflein einzusammeln.

Antonius van Halder war bei dem Gesang wieder aufgewacht. Er beobachtete jeden Schritt des jungen Mannes. Pitt stieß ihm den Ellbogen in die Seite.

»Was starrst du ihn denn so an? Man könnte ja meinen, er sei kein Sänger, sondern eine Frau!«

In Antonius' Augen war ein Glanz getreten, von dem er selbst nichts wusste und der nicht vom übermäßigen Biergenuss kam. »He, Herr Musikus, kommt her zu uns, wir wollen Euch danken für die Kurzweil.«

Der Sänger trat an den Tisch der Honoratioren.

Pastor van der Weegelhost runzelte die Stirn. »Junger Freund, Ihr solltet Euer Geld für ein paar neue Hosen ausgeben. Das, was Ihr hier tragt, würde ein anständiger Mann nicht einmal des Nachts im Bett anziehen.« Eduard van Seeg wandte den Blick von den engen Beinkleidern des Jünglings, und Pitt grinste.

Antonius van Halder schien die Kleidung des Mannes nicht zu stören. »Lasst Euch nicht verwirren, Ihr habt uns mit Euren Liedern viel Freude bereitet.« Er griff in seine Westentasche und zog eine Münze heraus. Klingend fiel ein Guldenstück zwischen die Stüver in der Kappe.

Der Sänger hielt inne. Er schenkte Antonius ein strahlendes Lächeln. »Ihr seid sehr großzügig, edler Herr. Darf ich fragen, wer Ihr seid?«

Antonius stand mühsam auf, hielt sich mit einer Hand an der Tischkante und lüpfte mit der anderen den Hut. »Antonius van Halder, meines Zeichens Tuchhändler in Bruikelaar. Wenn Ihr nach mir sucht, fragt einfach. Hier kennt mich jeder.«

Der Musikant verbeugte sich tief und drehte ab zum Schanktresen, wo die Mägde schon ein Mahl aus Essensresten und einen Krug dünnen Bieres für ihn bereitgestellt hatten.

Claudius van Raps kratzte sich sorgenvoll hinter dem Ohr. »Ich weiß nicht, ich weiß nicht, Mareikje. Ob das alles mit rechten Dingen zugeht?«

Mareikje lächelte. »Es freut mich, dass ihr beide so besorgt um mich seid, aber glaubt mir, es ist alles in Ordnung.« Sie schob die Stapel mit Münzen zusammen und rechnete noch einmal nach. Seit ihrer Ankunft in Amsterdam war es mit ihren Geschäften immer nur aufwärts gegangen. Es schien, als habe sie genau den richtigen Zeitpunkt erwischt, um in den Tulpenhandel einzusteigen. Nur nach Wim suchte sie vergeblich. Keiner in Amsterdam hatte seinen Namen je gehört, wann immer sie ihn beiläufig erwähnte und die Ohren spitzte. Die Enttäuschung darüber ging allerdings unter in dem Taumel, der sie ergriffen hatte – ihr Geschick beim Handeln überraschte sie selbst. Mareikje genoss das irrsinnige Treiben um die Tulpen mehr, als sie jemals vermutet hätte, und die Kaufleute in den Wirtsstuben schienen ihr kaum gewachsen zu sein.

»Und du bist dir wirklich sicher, dass die Geschichte mit dem Haus rechtens ist?« Auch Helene van Raps war offensichtlich nicht überzeugt.

Mareikje schob die zusammengefaltete Urkunde über den Tisch in der Küche des Stadthauses. »Seht doch selbst, das Papier ist nicht nur vom Besitzer unterzeichnet, sondern auch vom Notarius. Es hat alles seine Ordnung so, das hat mir sogar der Büttel im Rathaus bestätigt.«

Cornelius schenkte sich und den beiden Frauen Wein nach. »Es ist nicht so, dass ich das Geschäft anzweifeln würde, Mareikje. Aber du kennst das Sprichwort: Wie gewonnen, so zerronnen. Ich mache mir Sorgen, dass du dein Vermögen genauso schnell verlieren könntest, wie es dir in die Hände gefallen ist.«

Mareikje sah ihn ernst an. »Ich weiß deine Sorge zu schätzen, Cornelius. Und glaub mir, ich betrachte die Geschäfte genauso argwöhnisch wie du. Kaum eine Hand voller Tulpen und als Preis ein Haus mit Garten! Auch mich lässt das zweifeln. Aber ist es nicht ein Grund zu jubeln, wenn ich solche Preise geboten bekomme?«

Der Kaufmann hob seinen Krug. »Ach, du hast ja Recht. Wir sehen doch, wie erfolgreich du beim Handel bist.« Er lehnte sich zurück und lächelte. »Vermutlich wollen wir dich nur nicht gehen lassen, weil wir alle hier dich lieb gewonnen haben.«

Helene legte Mareikje die Hand auf den Unterarm. »Auch die Kinder werden dich vermissen.«

Mareikje lachte unbekümmert. »Ich bin doch nicht aus der Welt! Ich werde euch oft besuchen.« Und ich werde mich auf die Suche nach Wim machen, setzte sie in Gedanken hinzu.

»Die Kinder werden sich schon bald freuen, dass jedes wieder ein eigenes Zimmer hat, wenn ich erst mal weg bin.«

Helene seufzte. »Du bist dir also ganz sicher?«

Mareikje legte ihre Hände auf den Bauch und holte tief Luft, um die aufkommende Übelkeit zu bekämpfen. »Morgen früh werden die Handwerker im Haus fertig sein, und die Träger sind für den Nachmittag bestellt.«

Helene van Raps nickte. »Du bist als Geschäftsfrau so tüchtig, warum solltest du nicht auch dein Leben in den Griff bekommen? Auch wenn du eigentlich zu jung dafür bist …«

Mareikje leerte ihr Glas und stand auf. »Ich danke euch für alles, was ihr für mich getan habt. Ich bin mir sicher, dass ich auch allein zurechtkomme. Wenn nicht«, sie lächelte Helene an, »dann weiß ich doch, zu wem ich gehen kann.«

Annie van Seeg runzelte die Stirn. Dem jungen Pitt Henseler hatte sie noch nie über den Weg getraut. Andererseits machte er, wie er jetzt gekämmt und in seinem besten Anzug in ihrer Stube saß, einen guten Eindruck – vielleicht konnte er ihnen doch die Sorge um Mareikje nehmen. Er wollte nach Amsterdam, um dem Meisje zur Seite zu stehen. Aber dazu musste er erst einmal wissen, wo er sie in der großen Stadt denn finden würde.

Während sie den Rosshändler musterte und überlegte, ob er die weite Reise wohl wirklich so uneigennützig auf sich nehmen wollte oder etwas im Schilde führte, brach Eduard das Schweigen.

»Aber musst du dich nicht um deine Rösser und um das Geschäft kümmern?«

Pitt Henseler winkte ab. »Ihr habt sicher gehört, dass ich mein bestes Pferd schlachten lassen musste. Danach habe ich alle Tiere verkauft, die Arbeit machen, und nur die Fohlen behalten, die jetzt ohnehin auf den Koppeln laufen.« Er verschwieg wohlweislich, dass da nicht viel zu verkaufen gewesen war. Die Fohlen stellten zwar einen Wert da, außerdem war ihre Unterbringung für den Rest des Jahres gesichert. Aber an Neueinkäufe brauchte er im Moment gar nicht zu denken, so leer, wie sein Säckel war. Da würde Antonius ihm aushelfen müssen.

Er schüttelte den Kopf, um diese Gedanken zu vertreiben. »Nein, das wäre kein Problem. Glaubt mir«, er sah zu Annie hinüber, »ich mache mir genauso viel Sorgen um das Meisje wie ihr.«

Eduard van Seeg zog die Unterlippe zwischen die Zähne und kaute darauf herum. Die Entscheidung fiel ihm nicht leicht. Aber was sollte schon passieren? Schließlich kannten sich Mareikje und Pitt von Kindesbeinen an.

»Also gut, wir werden dir Mareikjes Adresse in Amsterdam geben, sodass du dort nach dem Rechten sehen kannst. Außerdem bekommst du von mir ein wenig Geld, weil ich mich an deinem Aufwand beteiligen will.«

Unwillkürlich leuchteten Pitts Augen auf, aber schnell verbarg er seine Freude hinter halbherzigen Abwehrgesten. »Mijnheer van Seeg …«

Eduard stand auf. »Widersprich mir nicht, nicht in diesen Dingen. Ich weiß, wie es ist, wenn man sein Geschäft nicht betreiben kann. Die Kosten laufen weiter, aber man hat keine Einkünfte. Und in diesem Fall kommt ja auch noch die Reise hinzu.« Er ging an den Schrank, öffnete ein Fach und nahm einen Geldbeutel heraus. Sorgfältig zählte er die Münzen ab und legte sie vor Pitt Henseler auf den Tisch. »Es ist nicht viel, aber zumindest die Reise sollte damit bezahlt sein.«

Annie griff nach ihrem Stickzeug. »Bevor du abreist, komm

noch einmal bei uns vorbei. Wir werden heute Abend einen Brief an das Meisje schreiben, den du ihr geben sollst.«

Pitt nickte und stand auf. »Das mache ich gern. Aber wichtiger wird sein, dass sie merkt, dass wir sie nicht vergessen haben. Dass sie jemanden bei sich weiß, der wirklich zu ihr steht. Auch wenn sie in Amsterdam Geschäfte machen kann, es ist sicher nicht gut, als Frau dort allein zu sein.«

Eduard nickte. »Wir verlassen uns auf dich. Unsere guten Wünsche und Gebete begleiten dich.«

Pitt setzte die Mütze auf. »Seid gewiss, Ihr werdet nicht enttäuscht sein.«

# Dreiundzwanzigstes Kapitel

Mareikje zog die schweren Vorhänge vor das Fenster ihres Hauses, setzte sich aufatmend in den Sessel und löste die Bänder des engen Mieders, das sie angelegt hatte. Es dauerte einige Momente, aber dann entspannte sich ihr Bauch, wölbte sich unter dem Kittel hervor. Sie reckte das Kreuz durch. Lange hätte sie ihren Zustand im Haus der van Raps nicht mehr verbergen können. Schon des Öfteren hatte Helene sie fragend angeschaut, wenn sie sich die Hand in den Rücken gestemmt hatte, um den Druck zu lindern. Die Enge war gewiss auch nicht gut für das Kind, das in Mareikje heranwuchs.

Drei Träger rumpelten mit schweren Kisten die Außentreppe zum Dachgeschoss hoch. Mareikje zog die Tracht zurecht, stand auf und ging hinaus. »Stellt diese Kiste bitte in das kleine Zimmer.«

Einer der Männer, die sie am Hafen angesprochen und beauftragt hatte, grummelte etwas, das sie nicht verstand. Dann hörte sie, wie die Kiste auf die Holzdielen donnerte und schwere Schritte die Treppe herunterkamen. Die Arbeiter nahmen die Mützen ab, als sie vor ihr standen. »Alles fertig, Mefrouw. War ja nicht so viel.«

Mareikje griff in ihre Kitteltasche. Jeder der Helfer bekam ein paar Münzen, der Älteste die meisten.

Er deutete eine Verbeugung an. »Gott sei's gedankt, liebe

Frau. Und denkt an uns, wenn es wieder einmal etwas zu tragen gibt.« Höflich grüßend verschwanden die drei.

Mareikje stieg die Treppe hinauf, trat ins Schlafzimmer und öffnete das Fenster. Sie zog den Holzstuhl heran, setzte sich und sah hinaus. Das Haus war einfach, aber solide gebaut und etwas zu groß für sie allein. In diesem Viertel hatte sich in den letzten Jahren viel verändert. Zwar waren die Straßen in Amsterdams Außenbezirken immer noch streng einer Zunft vorbehalten – wo die Schuhmacher saßen, da war kein Platz für die Schneider, die Torfhändler wollten mit den Tuchwebern nichts zu tun haben und umgekehrt. Hier im Stadtkern aber hatte sich diese Einteilung aufgelöst, vermutlich wegen der Nähe zum Hafen. Ihr rechter Nachbar war ein Kaufmann, der mit Gewürzen aus der Neuen Welt handelte, zur Linken lebte ein Reeder, dessen Schuten die Waren von den großen Schiffen im Außenhafen zu den Verladerampen an den Kais transportierten. Beiden kam zugute, dass die Häuser mit der Rückseite an die Gracht mündeten, sodass die Schiffe und Schuten bis direkt an die Lagerräume im Untergeschoss fahren konnten.

Mareikje hatte einige der Räume säubern und verschließen lassen. Eine Vermietung hätte ihr zwar gutes Geld eingebracht, aber der einzige Interessent war ein Fischhändler gewesen, und den Geruch seiner Ware wollte sie in ihrem Zustand nicht von morgens bis abends ertragen müssen.

Auf der anderen Seite der Gracht reckten sich Lagerhäuser empor, an denen zum Teil noch gemauert wurde. Hier lagerte ein Teil der Waren, die aus den Provinzen und den Kolonien angeliefert und über Amsterdam nach ganz Europa verschifft wurden. Schauermänner luden Käselaibe aus einem der Speicher auf eine Schute, die bedenklich hin und her schwankte. Der Kaufmann, dem die Ware gehörte, stand in der offenen Tür auf der Rampe und trieb die Männer zur Eile an. »Vier Stüver extra für jeden von euch, wenn die Ware bis Sonnenuntergang im Außenhafen ist.«

Mareikje lehnte sich zurück. Immer noch erschien es ihr wie ein Traum, immer noch meinte sie, jeden Moment aufzuwachen und zur Decke ihres Häuschens in Bruikelaar emporzublicken, die Stimmen von Rieke und Henk aus der Küche zu hören …

Nicht einmal ein Jahr war vergangen seit dem Tod ihres Vaters. Und nun saß sie hier in Amsterdam in ihrem eigenen Haus und war eine angesehene Händlerin. Mit einem Kind unter dem Herzen.

Sie legte beide Hände auf ihren Unterleib. Sie wusste, dass ihr nicht mehr viel Zeit blieb, um darüber nachzudenken, was aus dem Kind werden sollte. Es versetzte ihr einen Stich, sich vorzustellen, dass sie es genau wie Tildie zu den Nonnen geben könnte. Andererseits – welche Möglichkeit blieb ihr? Das werdende Leben in ihr setzte Gefühle frei, die sie verunsicherten. Es war Pitts Kind, da war sie sich sicher. Der Gedanke daran, wie sie sich entscheiden würde, wenn es Wims Kind wäre, trieb ihr die Tränen in die Augen, und sie streichelte über ihren Bauch. Mit Wim wäre alles so viel einfacher. Ohne einen Abschiedsgruß hatte er Bruikelaar verlassen – was sein gutes Recht war. Schließlich hatte er davon ausgehen müssen, dass sie als Antonius' Verlobte aus Gouda zurückkehren würde. Er war ihr gegenüber in keiner Weise verpflichtet.

Wie es ihm jetzt wohl ging? Ob er als Maler den Erfolg hatte, den er sich immer erträumt hatte? Und ob sie ihn jemals wiedersehen würde?

Zur gleichen Zeit war Wim Straaten in Haarlem in arger Bedrängnis. Er spürte, wie ihm das Blut in den Kopf stieg, während er auf Agnes hinabblickte. Die lag zu seinen Füßen und wimmerte und flehte, er möge ihr versprechen, sie niemals zu verlassen.

»Nein, nein und nochmals nein! Ich kann dir nichts versprechen! Wann wirst du das endlich verstehen? Steh auf! Merkst du gar nicht, wie sehr du dich erniedrigst?«

Agnes ließ seine Beine los, die sie umklammert hielt. »Ach, Wim. Was soll ich denn bloß machen ohne dich?« Sie weinte, wieder einmal. »Ich … ich brauche dich doch.«

Wim zog sie an den Armen vom Boden hoch. »Dummes Ding. Ich hab es dir schon so oft gesagt: Es kann nichts werden mit uns.«

Agnes schluchzte. »Aber ich liebe dich!«

Der Maler schüttelte den Kopf. »Lieben? Du weißt gar nicht, was das heißt. Nur weil wir einmal … Das hat doch mit Liebe nichts zu tun.« Er ging an die Tür und öffnete sie. »Es geht nicht, dass du jeden Tag hierherkommst und um mich herumscharwenzelst, versteh das endlich!«

Agnes' Schultern zuckten wieder. Sie büßte ein Gutteil ihrer Schönheit ein, wenn sie sich so gehen ließ. Aber das war es nicht, was Wim abstieß. Er wollte sich keine Fesseln anlegen lassen.

»Aber … ich … Es reicht mir, wenn ich nur hier sein darf. Ich will gar nicht mehr. Ich könnte deinen Haushalt führen. Schlafen kann ich in der Kammer. Und wenn du arbeitest, werde ich still in der Ecke sitzen.« Sie sah zu ihm auf. »Wim, ich flehe dich an …« Schluchzend ließ sie sich in seinen Arm fallen.

Wim zögerte. Er musste sie wegschicken, aber was sollte

dann aus ihr werden? »Nun komm, hör schon auf zu weinen. Du kannst hierbleiben und mit mir zu Abend essen, wenn du mir versprichst, dass du anschließend nach Hause gehst.«

Das Mädchen wischte sich die Tränen aus dem Gesicht. »Danke, Wim, danke. Ich wusste, du würdest mich nicht gleich wieder fortschicken.« Sie löste sich aus seinen Armen und lief in die Küche. »Ruh dich noch ein wenig aus, ich werde uns etwas zum Essen zubereiten.«

Seufzend zog der Maler seine Jacke aus, hängte sie an den Garderobenhaken im Flur und setzte sich in den Sessel in der Wohnstube. Was sollte er nur mit diesem Mädchen machen? Wenig später hörte er Agnes in der Küche trällern.

Sie steckte den Kopf zur Tür herein. »Es ist noch ein wenig Fisch da. Ist dir das recht?«

Wim nickte müde. Er wusste, wie der Abend enden würde. Stundenlang würde sie schweigend in einer Ecke des Ateliers sitzen, während er Korrekturen an den neuesten Bildern für die Leidener vornahm. Dann würde er sie aus seinem Schlafraum schicken müssen, und sie würde sich auf dem Lager in der Kammer in den Schlaf weinen.

Er wusste, es lief alles falsch, aber er hatte keine Ahnung, wie er es anders machen sollte. Die Erinnerung an Mareikje brannte ihm auf der Seele. Wenn er doch nur ein Lebenszeichen von ihr bekommen könnte. Ob er einen Boten nach Bruikelaar schicken sollte?

Mareikje blieb wenig Zeit zum Grübeln. Ihre Aufmerksamkeit galt an diesem Abend dem Treffen mit einem älteren Geschäftsmann, den sie gern als Käufer gewinnen wollte. Aber diesmal sollten nicht Zwiebeln den Besitzer wechseln, sondern Optionsscheine.

Aus ihrem Tulpenbestand hatte sie gemeinsam mit einem Gärtner, zu dem Claudius van Raps ihr den Kontakt vermittelt hatte, mehrere Zwiebeln ausgewählt, um diese einzupflanzen und unter den besten Bedingungen in einem der neuen Glashäuser zur Blüte zu treiben. Nach den einzigartigen Exemplaren in ihrem Garten in Bruikelaar wollte sie herausfinden, ob auch andere Zwiebeln dieselbe seltene Schönheit bargen; die Gewissheit darüber würde den Preis für die Zwiebeln um ein Vielfaches in die Höhe treiben.

Für das Geschäft bedeutete dies aber, dass die Käufer bezahlen mussten, ohne Ware mitzunehmen – im Vertrauen darauf, dass sie in ein paar Monaten eine besonders seltene oder ausgefallene Sorte ihr Eigen nennen konnten. Inzwischen war eine große Zahl dieser Optionsscheine im Umlauf, denn natürlich wurde auch mit diesen gefeilscht, und wer sich einmal entschieden hatte, für vierhundert Gulden auf die Blüte oder die Tochterzwiebeln eines Tulipans zu warten, der geriet in Versuchung und hielt sich für besonders geschäftstüchtig, wenn er diesen Schein für das Doppelte wieder weiterverkaufen konnte.

Mareikje war inzwischen mit dem Handel bestens vertraut, der immer wahnwitzigere Auswüchse trieb. Sie besaß selbst mehrere Optionsscheine, die sie für gutes Geld weiterverkaufen wollte, wenn sie den Zeitpunkt für gekommen hielte. Doch ihr Handelsfreund Pieter de Frouwd zögerte, als sie ihm den Vorgang erklärte.

»Mijnheer, ich verstehe, dass Euch das nicht einleuchtet, aber was soll ich machen?« Mareikje hob die Arme und zeigte dem bärtigen Geschäftsmann ihre offenen Handflächen. »Es gibt keine Tulpen, es gibt keine Zwiebeln, im Moment gibt es rein gar nichts. Nur Optionsscheine.«

Der Händler drehte das Papier in den Händen und beäugte

es misstrauisch. »Es geht nicht gegen Euch, Mefrouw Hoorn. Ich habe Euch als eine anständige Kaufmannsfrau kennengelernt. Nur, warum sollte ich für ein Stück Papier so viel Geld ausgeben? Wenn ich Euch einen Schuldschein dafür geben könnte, und Ihr bekommt das Geld erst, wenn ich die Ware bekomme – das würde ich schon verstehen.«

Mareikje kannte das Problem, den alteingesessenen Kaufleuten die neue Form des Handelns erklären zu müssen. »Nun, Ihr seht ein, dass es dann schwierig werden würde, damit zu handeln, oder? Wenn Ihr den Optionsschein weitergeben wolltet, müsstet Ihr erst wieder zu mir kommen, und ich müsste den Vertrag mit Eurem Geschäftsfreund abschließen, damit er mir dann einen Schuldschein gibt. So ist es doch viel einfacher. Schaut her!«

Sie nahm dem Kaufmann das Dokument aus der Hand und legte es auf den Tisch. »Hier steht es: *Der Überbringer dieses Scheines erhält von Mijnheer Marinus van Dolzen aus Leiden am 12. Juni 1636 zwei Dutzend Zwiebeln der Sorte Witte Croon.*« Sie faltete das Dokument zusammen. »Ihr kennt doch Mijnheer van Dolzen, nicht wahr?«

De Frouwd nickte. »Natürlich. Ich habe schon oft mit ihm gehandelt und nie zu meinem Schaden.«

»Seht Ihr? Und mit diesem Schein verspricht Mijnheer van Dolzen, Euch im nächsten Jahr zwei Dutzend Zwiebeln zu übergeben. Das Papier ist also genauso viel wert wie die Zwiebeln selbst.« Mareikje schob das Dokument unter ihr Brusttuch. »Es ist nur leichter zu verstauen, wenn Ihr versteht, was ich meine.«

De Frouwd zog resigniert seinen Beutel aus der Tasche. »Es ist mir zuwider, Mefrouw Hoorn, aber ich vertraue Euch, auch wenn ich das alles nicht mehr verstehe. Gebt schon her den

Zettel und nehmt mein gutes Geld dafür. Ich hoffe nur, ich werde das Ding bald wieder los.«

Mareikje lachte. »Davon bin ich überzeugt, Mijnheer. Und einen schönen Gewinn werdet Ihr damit machen, das dürft Ihr mir glauben.« Sie zählte die Münzen ab, schob sie in die Rocktasche und reichte dem Mann den Optionsschein. Was würde er nur sagen, wenn sie ihm von der neuesten Art des Handels erzählte, von geteilten Optionen? Gerade an diesem Morgen hatte sie einen zehnten Anteil an einer Semper Augustus erworben, an der seltensten und teuersten Tulpe überhaupt. Natürlich würde sie nicht mit neun anderen Händlern um einen Tisch herumstehen, während einer von ihnen versuchte, die Zwiebel in zehn gleiche Teile zu zerschneiden – aber der Gedanke erheiterte sie, und sie kicherte in sich hinein. War es nicht im Grunde viel praktischer und klüger, die Zwiebeln an einem sicheren Platz zu lagern und nur noch den Handel abzuschließen, ohne die Ware an Ort und Stelle zu übergeben? Mareikje erschien der Gedanke wegweisend für die Zukunft.

»Nun, Ihr scheint zufrieden zu sein mit dem Geschäft, oder warum seid Ihr so fröhlich, Mefrouw?«

Mareikje wurde wieder ernst. »Ich glaube, wir können beide zufrieden sein. Und meine gute Laune muss mit dem schönen Wetter zusammenhängen.« Sie stand auf. »Deshalb werde ich jetzt noch einen Spaziergang durch die Stadt machen und mir das Richtfest bei den neuen Lagerhäusern ansehen.«

Der Händler winkte mürrisch ab, setzte sich seinen Spitzhut auf, den er auf den Stuhl neben sich gelegt hatte, und schloss beim Aufstehen sein Wams. »An allen Enden wird gebaut, kein Mensch kennt die Hausherren, und man erkennt die Stadt kaum noch wieder.« Er winkte der Schankmagd zum Bezahlen. »Ordentliche Handwerker und Kaufleute, die nicht mit Tulpen handeln, können sich die Mieten in der Stadt schon gar nicht mehr leisten. Versucht einmal, in Amsterdam noch einen Schneider zu finden, einen Töpfer oder einen Schmied! Die haben alle ihren Grund verkauft und sind in die Vorstädte gezogen, wo es sich noch billiger lebt.« Er nahm den letzten Schluck aus seinem Krug und zog ein Tuch aus der Hosentasche, mit dem er sich über den Mund wischte. »Aber das ist wohl der Lauf der Dinge. Ihr seid noch jung, Ihr werdet Euch eher damit abfinden. Ich werde das nicht mehr lange mitmachen. Ein gutes Geschäft noch, und es reicht mir für den Lebensabend. Dann geht es zurück nach Groningen. Dort werde ich den lieben Gott einen guten Mann sein lassen, das dürft Ihr mir glauben.«

Mareikje verabschiedete sich freundlich und trat in die warme Luft hinaus. Sie hörte so etwas nicht zum ersten Mal. Als sie durch das Gewimmel in den Straßen der Stadt schlenderte, konnte sie durchaus verstehen, dass die Alteingesessenen damit nichts mehr zu tun haben wollten.

Sie dagegen genoss es, in den Sog dieser neuen Welt gezogen zu werden. Sie fühlte sich wie an einem Ort, an dem der Puls der Zeit schlug.

# Vierundzwanzigstes Kapitel

Zerrissene Wolkenfetzen flogen wie Vorboten eines herannahenden Herbststurmes über den Himmel von Bruikelaar. Das Gartentor neben Henk klapperte bei jeder Böe in den Angeln, gelbgrünes Laub wehte über den Pfad, der zu dem Giebelhaus am Rande des Dorfes führte.

Mit zusammengezogenen Augenbrauen sah Henk der Gestalt entgegen, die sich langsam den Weg zum Hoorn'schen Haus entlangschleppte. Das Kreuz gebückt, den Kopf zwischen die Schultern gezogen – es schien ihm, als komme ihm da mit mühsamen Schritten ein altes Weib entgegen.

Erst als sie schon fast in Rufweite war, erkannte der Knecht die Frau, deren schulterlanges braungraues Haar im Wind flatterte. Er wandte sich zum Haus. »Rieke! Schnell, schau, wer da kommt!«

Die Rockschürze gerafft, eilte Rieke aus der Haustür. Sie legte die Hand über die Augen, zwinkerte ein paar Mal, aber sie hätte ihre Tochter auch in der schwärzesten Nacht erkannt.

»Tildie!«

Sie lief dem Mädchen entgegen, nahm ihr die Tasche aus der Hand und führte sie am Arm zum Haus. Henk stand immer noch im Vorgarten, stützte sich auf seinen Spaten, mit dem er gerade das Beet umgegraben hatte.

Er legte einen Arm um die Tochter, als sie vor ihm stehen

blieb. »Siehst nicht gut aus, Meisje. War eine harte Zeit, hm?«

Tildie war bis auf die Knochen abgemagert. Das Kleid hing formlos an ihrer dürren Gestalt. Es war, als hätte sie mit dem Kind auch ihre Lebendigkeit in Apeldoorn zurückgelassen. Sie lehnte sich mit der Wange an seine Schulter.

Kurz darauf saßen sie in der Küche. Henk hatte die Fenster im ganzen Haus geschlossen, die Holzverschläge am Küchenfenster quietschten leise. Auf dem Herd brutzelte das Essen im Topf und erfüllte den Raum mit dem Duft nach scharf angebratenem Schweinefleisch. Henk wartete gespannt auf den Bericht des Mädchens, aber Tildie schwieg. Bis auf Belanglosigkeiten brachte sie kein Wort über die Lippen.

Rieke hingegen schien den Zustand der Tochter nicht ungewöhnlich zu finden. Sie plapperte über die Neuigkeiten aus Bruikelaar, erzählte, wie sehr sich alle um Mareikje sorgten und dass Pitt Henseler nach Amsterdam aufgebrochen war, um ihr dort im Auftrag der van Seegs beizustehen.

Henks Blick verfinsterte sich. Selten fiel er seiner Frau ins Wort, aber heute schien es nötig – gerade, als sie die Rede auf diesen Hundsfott brachte. Was der bei Mareikje nur wollte? Jedenfalls konnte es nichts Gutes bedeuten, da war sich Henk sicher. Aber ihn fragte ja keiner um seine Meinung. Er kniff ein Auge zusammen, als er seine Frau von der Seite anredete. »Nun halt doch endlich mal den Mund und lass das Mädchen erzählen.« Er nickte Tildie zu. »Na los, erzähl, wie war es im Kloster? Was ist mit dem Kind?«

Rieke stellte klappernd die Teller auf den Tisch. »Gib doch Ruh. Wenn sie uns etwas erzählen will, dann wird sie das schon tun. Da braucht es dein Drängen nicht.«

Tildie schluckte, griff nach dem Henkelkrug, der vor ihrem

Vater stand, und nahm einen tiefen Zug von dem Bier. »Es ist vorbei, und ich lebe noch. Mehr will ich nicht sagen. Ich will nicht mehr darüber reden. Nie mehr.«

Henk starrte auf den Dielenboden. Wieder etwas, das er nie verstehen würde. Aber wenn sie nicht darüber sprechen wollte, was konnte er da ausrichten? Er beugte sich vor und strich Tildie unbeholfen übers Haar. »Ist schon recht. Nun lass es dir schmecken und ruh dich ein paar Tage lang aus, dann wird es schon wieder werden.«

Tildie nickte mit starrer Miene, bevor sie zum Messer griff, den knusprig braunen Braten aus der Pfanne auf ein Holzbrett hob und anfing, Stücke davon abzusäbeln.

Pitt Henseler räusperte sich ein paar Mal, bevor er den eisernen Klopfer ergriff und gegen das Holz pochte. Wie mochte sie ihn nach all der Zeit empfangen? Seit jener Nacht in Gouda hatte er nicht mehr mit ihr gesprochen.

Die Tür öffnete sich beinahe lautlos. »Pitt?« Mareikje sah zu ihm auf. Ein Duft nach Minze und Kamille drang aus den Räumen.

Pitt musterte sie. Sie war noch hübscher, noch fraulicher, als er sie in Erinnerung hatte. Sie trug einen taubenblauen Rock mit weißer Bordüre, darüber eine gleichfarbige Bluse, die in der Taille gerafft war und über ihre Hüften schwang. Ihr Gesicht unter der Haube wirkte voller, in den Augen lag der ihm wohlbekannte bläuliche Schimmer. »Mareikje! Du glaubst nicht, wie ich mich freue, dich wohlbehalten zu sehen.« Er breitete die Arme aus.

Widerstandslos ließ sich Mareikje von ihm umarmen. Es fühlte sich überraschend gut an. Endlich ein Vertrauter, endlich jemand aus Bruikelaar. Aber Pitts gespreizte Hand, die ihren

Rücken hinabglitt, erinnerte sie daran, dass sie auf der Hut sein musste vor ihm. Sie löste sich aus seiner Umklammerung.

»Komm rein. Erzähl, was ist los in Bruikelaar? Ich habe so lange nichts von euch gehört.«

Pitt schulterte seine Tasche und folgte ihr ins Haus. Immerhin, sie fertigte ihn nicht an der Haustür ab. Beinahe schon mehr, als er erwartet hatte.

In der Wohnstube bot sie ihm Platz auf einem der beiden mit weinrotem Samt bezogenen Stühle an, die um einen quadratischen Holztisch standen. Der Tisch diente ihr offenbar als Sekretär, denn darauf stand ein silbernes Tintenfass mit Federkiel, und mehrere Stapel mit beschriebenem Papier lagen daneben. Sie entzündete die Kerzen des dreiarmigen Leuchters und blies das Zündholz aus, bevor sie sich ihm zuwendete. »Ich hol uns einen Krug Wein. Dann können wir reden.«

Ein paar Stunden später schwirrte ihnen beiden der Kopf. Pitt von all dem, was Mareikje ihm von Tulpensorten, von der Vermehrung der Pflanzen und von den Formen des Handels erzählt hatte. Mareikje dagegen hatte viel zu viel getrunken, zunächst, weil er ihr stets nachgeschenkt hatte, dann, weil die Wärme des Weins und die Schwere in ihren Gliedern ihr gerade recht kamen.

Sie erhob sich, strich sich über die Stirn und ließ sich auf der breiten Gobelin-Liege nieder, die Arme weit von sich gestreckt. Das Seufzen konnte sie nicht unterdrücken. Es tat so gut, einmal nicht hellwach handeln und sorgfältig die Bücher führen zu müssen.

Als Pitt sich jedoch neben sie setzen wollte, hob sie abwehrend die Hände. Doch er nahm ihre Handgelenke, drückte sie nach unten und legte seine Lippen hart auf die ihren.

»Nein, Pitt, bitte, das … das geht nicht.«

»Nun komm schon, du willst es doch auch.«

Mareikje presste einen Moment die Lippen aufeinander. Sie wünschte, er hätte Unrecht, aber wie sehr hatte sie Leidenschaft und Zärtlichkeit vermisst. Sie spürte allzu deutlich, dass sie bereit für diesen Mann war, und nur mit großer Willenskraft schaffte sie es, ihn von sich zu stoßen. Doch um einem Pitt Henseler Einhalt zu gebieten, bedurfte es mehr.

Mit wenigen geübten Griffen öffnete er die Knöpfe und Haken ihres Kleides, riss ihr den Stoff von den Schultern, umfasste mit einer Hand ihre Brust, küsste ihren Hals entlang.

Da lag Mareikje nackt vor ihm, ihr Brustkorb hob und senkte sich, und er stand auf, um selbst aus den Beinkleidern zu steigen – ohne den Blick von ihr zu lassen. Mareikje kam der Fuchs in den Sinn, sein lauernder Blick aus gelben Augen, doch das Bild waberte davon.

Dann bündelte sie angestrengt ihre Aufmerksamkeit, als sie bemerkte, dass Pitt verharrte. In seinem Blick lag blankes Erstaunen, während er ihren milchweißen leicht gewölbten Leib, die aufragenden rosa Spitzen der Brüste musterte.

»Das ist doch nicht … Du bist schwanger?« Es war eine Feststellung, keine Frage.

Mareikje schluckte schwer, wischte sich mit einer Hand fahrig über die Augen, versuchte mit der anderen, ihre Nacktheit mit dem Stoff ihrer Kleider zu verbergen.

Pitt stöhnte auf. »Mit meinem Kind! Es ist mein Kind, Mareikje«, stieß er hervor. »Und das wolltest du mir verschweigen?« Sein Lachen klang tönern. In seinen Augen spiegelten sich planlose Gedanken, während er versuchte, sich auszumalen, was das für seine Zukunft bedeuten könnte, wenn er mit Mareikje Hoorn ein gemeinsames Kind hätte. Wenn sie heirateten. Und sie mussten heiraten, ob sie das wollte oder nicht.

All seine Sorgen würden sich in nichts auflösen. Eine bessere Partie als Mareikje gab es in ganz Brabant nicht!

Mareikje sammelte sich, verschloss mit kribbelnden Fingern ihre Bluse, rosa Flecken bildeten sich auf ihrem Hals und Dekolleté. »Rede keinen Unsinn. Es ist Antonius …«

Pitt lachte schallend, warf den Kopf in den Nacken und stemmte die Fäuste an die Hüften. Seine Augen blitzten, als er wieder auf sie hinabsah. »Rede keinen Unsinn – Antonius!« Spucketropfen flogen, als er den Namen voller Verachtung ausspie. »So etwas kriegt der doch gar nicht zustande.« Die Freude über diese unerwartete Wendung zeigte sich nun auch körperlich. Er sah an sich hinab, streckte das Becken vor. Dann grinste er sie begehrlich an.

Mareikje setzte sich auf, rückte die Haube zurecht und strich ihre Haarsträhnen zurück. »Es ist besser, wenn du jetzt gehst«, sagte sie beherrscht.

»Gehen? Wohin? Es ist mitten in der Nacht.« Gegen ihren Widerstand, ihre Fäuste an seiner nackten Brust, legte er sich halb über sie, packte ihre Arme und bog sie so fest nach hinten, dass sie kurz aufschrie, aber er erstickte ihren Schrei mit einem Kuss, während er gleichzeitig mit einem Bein zwischen ihre Schenkel glitt und sie spreizte. »Morgen wirst du nichts bereuen. Das kann ich dir versprechen.«

»Nein, bitte …«

»Du musst mich nicht bitten. Ich mache das freiwillig«, flüsterte er und lachte.

Dann drang er mit einem Stoß in sie ein. Mareikje stöhnte auf und ließ es zu, dass er ihre Proteste mit seinen Lippen erstickte. Dann passte sie sich endlich seinem Rhythmus an, fühlte seinen Schweiß, der sich mit ihrem mischte. Sie hörte sein schnelles Atmen und die derben Worte, die er in ihr Ohr keuchte und die ihr Blut im Einklang mit seinen kundigen Berührungen auf so unfassbar beschämende Weise zum Sieden brachten.

Ein Teil in ihr spürte genau, dass es nicht richtig war, was sie hier in der Wohnstube ihres neuen Hauses tat. Aber ein anderer Teil von ihr fühlte nicht minder deutlich, dass sie machtlos gegen dieses verfluchte Laster war.

Am nächsten Morgen warf Pitt, die Arme vor der Brust verschränkt, die Beine weit von sich gestreckt, immer wieder Blicke zu Mareikje, während sie wortlos und mit heftigen Bewegungen Geschirr scheppernd auf den Tisch stellte und eine Pfanne auf den Herd wuchtete.

»Du ziehst ein Gesicht, als hätte es dir nicht gefallen. Wie kommt's?« Seine Zufriedenheit versuchte er mit einem gleichmütigen Hochziehen der Brauen zu verbergen.

Sie drehte sich auf dem Absatz um. Der nächtliche Wein hatte keine Spuren auf ihrem ebenmäßigen Gesicht hinterlassen. Wohl aber die Freuden, die Pitt ihr ein ums andere Mal beschert hatte. Auf ihren Wangen lag ein rosiger Hauch, von dem sie nicht wusste, wie verräterisch er war. »Ich hatte zu viel getrunken, das weißt du genau. Ich will das nicht noch einmal, hörst du? Lass mich in Ruhe!«

»Aber dass es dir gefallen hat, war nicht zu überhören.« Pitt versuchte, sie am Arm festzuhalten, aber sie riss sich los. »Wir würden so gut zueinander passen, Täubchen. Warum siehst du das nicht endlich ein?« Voll erneutem Begehren glitt sein Blick an ihr hinab.

Mareikje schnaufte verächtlich. Wie verwerflich, dass sie sich ein weiteres Mal vergessen hatte! Es war wohl verständlich, wenn Pitt daraus nun Ansprüche an sie ableitete. »Dir würde es gut passen, sei wenigstens so ehrlich.« Mit Schwung nahm sie die Pfanne von der Ofenplatte und schob die gebratenen Eier auf die Teller, bevor sie zwei Becher mit frisch aufgebrühtem Sud aus Kamille und Krauseminze füllte und Löffel sämigen weißen Honigs aus dem kleinen Steinfass einrührte. »Du kommst hier an, nimmst mich in die Arme und glaubst, ich müsste dir zu Füßen liegen.« Sie setzte sich ihm gegenüber, beugte sich vor und fixierte ihn. »Ich werde dir etwas sagen: Ich kann dich nicht ausstehen, Pitt, und ich verachte mich dafür, dass ich ein zweites Mal mit dir das Lager geteilt habe. Ich will dich nicht zum Mann, Pitt. Niemals! Lieber bleibe ich allein.«

Er lachte laut auf, lehnte sich zurück, verschränkte die Hände hinter dem Kopf. »Du kannst mich nicht ausstehen? Das habe ich aber gestern Nacht ganz anders erlebt. *Pitt, hör nicht auf, Pitt, oh, bitte, Pitt! Ja, so ist es gut, Pitt* …« Mit verstellter Stimme verspottete er sie, bis Mareikjes Hand hochzuckte und zum Schlag ansetzte. Sein gerade noch belustigter Gesichtsausdruck verfinsterte sich, als er mit eisernem Griff ihr Handgelenk abfing, bevor sie ihn schlagen konnte. Er drückte so fest zu, dass sie vor Schmerzen das Gesicht verzog.

»Lass mich los, du Mistkerl«, presste sie hervor.

»Du wirst mich nicht schlagen, hörst du?«, sagte er gefährlich leise, bevor er endlich seinen Griff lockerte. Sie zog ihre Hand zurück und massierte sich das Gelenk.

»Du kommst einfach so nach Amsterdam und glaubst, ich hätte hier bloß auf jemanden wie dich gewartet. Aber ich bin hier gut allein zurechtgekommen. Ich brauche dich nicht, Pitt.«

Er hob die Schultern, als sei nichts geschehen, und wandte sich mit gutem Appetit dem Rührei auf seinem Teller zu. »Dein Onkel und deine Tante haben mich gebeten, auf dich aufzupassen. Nichts tue ich lieber als das.«

»Haben sie dich auch gebeten, mich betrunken zu machen und mir die Kleider vom Leib zu reißen?«

Er grinste wieder. »Warum gibst du eigentlich nicht zu, wie sehr es dich nach mir verlangt? Du wärst nicht die Erste.«

Mareikje riss sich zusammen, obwohl sie ihm am liebsten an die Kehle gehen wollte. Das Wichtigste war, dass er verschwand. »Hier im Viertel gibt es genügend Herbergen für reisende Kaufleute. Such dir ein Zimmer, und dann sehen wir weiter.«

Mit dem Nagel seines Zeigefingers holte er sich einen Essensrest aus den Eckzähnen, nachdem er seinen geleerten Teller von sich geschoben hatte. »Mach ich gern. Sobald ich zu Geld gekommen bin.«

Mareikje stand auf, öffnete den Küchenschrank und griff in eine der oberen Schubladen. Klirrend legte sie einige Guldenstücke auf den Tisch. »Das sollte fürs Erste reichen. Aber gib Acht, in Amsterdam wird man schnell über den Tisch gezogen.«

Mit unbewegtem Gesicht warf Pitt einen Blick auf die Münzen. »Fraglich, ob das reichen wird.«

Mareikje holte tief Luft, langte ein weiteres Mal in den Schrank und legte noch eine Hand voll Münzen dazu, die Pitt mit beiden Händen vom Tisch schob und von dort in seiner Hosentasche verschwinden ließ. Angewidert wandte sie sich ab.

Er stand auf und küsste sie zum Abschied in den Nacken. »Ich freue mich schon aufs nächste Mal«, flüsterte er ihr ins Ohr. Sie hörte sein Lachen noch, als die Tür schon hinter ihm ins Schloss gefallen war und er die Gasse entlangging. Sie warf die Wurzelbürste in das Wasser, drehte sich um und lehnte sich gegen die Anrichte, während sie gegen ein Schluchzen kämpfte.

Das war er nicht wert, dass sie seinetwegen auch nur eine Träne vergoss.

# Fünfundzwanzigstes Kapitel

Rieke nahm die Füße von der Bank und erhob sich stöhnend, um ans Fenster zu schlurfen. Sie blinzelte durch die Scheiben. »Immer noch nichts. Wo sie nur wieder stecken mag?«

Henk zuckte zusammen, er war neben dem Ofen beinahe eingeschlafen. »Im Wirtshaus, wo sonst? Da steckt sie doch in letzter Zeit immer.«

»Aber sie hat kein Geld, was soll sie da im Wirtshaus?«

»Da wird sich schon einer finden, der ihr den Wein und ab und zu einen Likör bezahlt, wenn sie denn nur recht nett zu ihm ist.«

Rieke ballte die Hände zu Fäusten und schob die Unterlippe vor. »Red nicht so über deine Tochter. Du weißt, dass sie nicht so eine ist.«

Henk hievte sich hoch und hielt sich das Kreuz. »Was immer sie auch ist, ich werde sie jetzt nach Hause holen.« Er schlüpfte in seine Ausgehjacke, die am Haken neben der Haustür hing. »Ich werde es zuerst in der Citadel probieren. Wenn sie dort steckt, bin ich schnell wieder da. Wenn nicht, geh schon zu Bett.« Er stapfte zur Tür.

»Henk?«

Ihr Mann blieb stehen. »Was?«

»Sei nicht so streng mit ihr. Sie hat eine Menge mitgemacht in der letzten Zeit.«

Henk setzte seine Kappe auf und ging hinaus.

Als die Tür zufiel, eilte Rieke an den Küchenschrank, kramte den Geldbeutel hinter dem guten Geschirr heraus und schüttete die Münzen auf die rotkarierte Tischdecke. Mit krauser Stirn zählte sie nach, indem sie die Geldstücke mit den Fingern zu kleinen Haufen türmte.

Wieder fehlte ein Gulden. Seit Wochen ging das schon so, dass alle paar Tage etwas wegkam. Was sollte sie mit dem Mädchen nur machen? Ihr flackernder Blick wanderte zu dem Küchenfenster. Die breite Gestalt ihres Mannes verschwand hinter der Grachtenbrücke.

Kaum eine Stunde verging, bis Rieke, am Küchenfenster sitzend und die Finger im Rockschoß um ein Schnupftuch gekrümmt, ihren Mann den Weg zurückkommen sah. Er ging merkwürdig gebückt. Erst als er das Gartentor erreichte, wusste sie, warum. Er trug Tildie über der Schulter. Erleichtert und gleichzeitig erschüttert öffnete Rieke die Tür.

»Ist etwas mit ihr?«

»Was soll schon sein? Besoffen ist sie wie ein Seemann. Fast hätte ich sie nicht gesehen, weil sie sich auf der Bank am Fenster ausgestreckt hatte und eingeschlafen war.« Henk stieß mit dem Fuß die Tür zu Tildies Kammer auf und ließ die junge Frau vorsichtig auf das Bett gleiten. Er drehte sich um und drängte an Rieke vorbei aus dem Raum. »Wenn du willst, zieh sie aus. Ich würde sie in ihrem eigenen Gestank liegen lassen. Ich gehe jetzt zu Bett.« Er knallte die Tür hinter sich zu.

Rieke beugte sich über ihre Tochter, die sich schnarchend auf die Seite gedreht hatte, und öffnete ihr das Kleid. Was war nur mit dem Kind los? Seit sie aus dem Kloster zurück war, erkannte sie ihre Tildie nicht mehr wieder.

Abschätzend musterte Mareikje den Mann auf dem Podium im Hinterzimmer des Gasthauses. Dieser Auktionator mit dem wallenden moosgrünen Umhang, den eng am Kopf gescheitelten langen Haaren und dem wissenden Lächeln unter dem Oberlippenbart verstand sein Geschäft. Er wusste mit wohlgesetzten Worten und Gesten die Spannung bei den Käufern so zu steigern, dass sie am Ende viel mehr Geld für die Waren bezahlten, als sie es sich vermutlich vorgenommen hatten.

Immer wieder zeigte er die Attraktionen der Auktion, einige edle Admiral-Zwiebeln, hielt Bilder in die Höhe, die ein bekannter Tulpenmaler während der Blütezeit angefertigt hatte. Dann legte er die Schätze in den Korb zurück und rief ein Los minderwertiger Zwiebeln auf.

Aus den Reihen der erfahrenen Händler, zwischen denen auch Mareikje den Kopf reckte, wurde dann zwar zu Anfang hier und da ein Angebot laut, aber das diente nur dazu, dem Auktionator zu gefallen. So wurde die Versteigerung angeheizt. Denn wenn von den Honoratioren niemand mitbot, erzielte er selten einen ordentlichen Preis.

Mareikje war nur auf einen Posten auf dieser Auktion aus: zwei kostbare Zwiebeln, die ihr der Züchter selbst empfohlen hatte, als sie ihm einige ihrer geerbten Tulpen verkauft hatte. Fasziniert hatte sie ein Ölbild der Blumen betrachtet, eine brillant gelbe Blüte prangte darauf, mit einem roten Rand, eine Schönheit, so gleichmäßig, wie man ihrer nur selten ansichtig wurde. Vielleicht würde sie die Zwiebeln unter Wert einkaufen können – der jetzige Besitzer besaß nämlich kein Bild der Blüten, mit dem er das Interesse der Mitbietenden steigern konnte.

Geduldig wartete Mareikje, bis die Kostbarkeiten zur Verhandlung kamen. Eine Kopie des Gemäldes würde ihr der Züchter sicher überlassen, wenn er nicht sogar froh war, die

Zwiebeln selbst zu einem anständigen Preis zurückkaufen zu können.

Mareikjes Blick ging zur Eingangstür, wo ein Tumult entstanden war. Zwei Männer drängten sich in den ohnehin schon überfüllten Raum. Mareikje sah nur die Hüte, ein Spitzer, wie die Händler aus Britannien sie trugen, und eine Samtkappe, wie sie die Künstler sowie die holländischen und deutschen Studenten aus Leiden bevorzugten. Die beiden Neuankömmlinge bahnten sich ihren Weg an den Schaulustigen vorbei durch den Mittelgang zum Podium. Der mit dem spitzen Hut trat vor und schwenkte zwei Papierrollen. Der Auktionator nahm sie mit einem Nicken entgegen, legte sie ab und widmete sich dann wieder der Käuferschar.

»Zweihundert Gulden. Das letzte Gebot lautet zweihundert Gulden! Was ist, Ihr Herren? Keiner von Euch will mehr als zweihundert Gulden bieten?« Der Auktionator sah über die Köpfe in den vorderen Reihen hinweg zu der Gruppe um Mareikje. »Wollt Ihr Euch wirklich von einem Bierbrauer aus Groningen eines der schönsten Stücke des heutigen Abends vor der Nase wegschnappen lassen?« Der Auktionator zwinkerte Mareikje beinahe unmerklich zu, die die Lippen schürzte. Er verstand es fürwahr, die Käufer anzustacheln.

Sie hob die Hand, der Mann auf der Bühne neigte in einer angedeuteten Verbeugung den Kopf. »Nun bitte, jetzt zeigt die Mefrouw Euch alten Geizkrägen wieder einmal, wie man gute Geschäfte macht. Zweihundertundzehn Gulden, das letzte Gebot ist …«

»Zweihundertzwanzig!« Die Stimme des jungen Mannes in der vordersten Reihe überschlug sich beinahe.

Aus den Augenwinkeln bemerkte Mareikje, wie sich der Mann mit der Samtkappe zu ihr umdrehte, aber sie ließ den

Auktionator nicht aus den Augen. Einem solch wichtigen Geschäftsmann einen Gefallen zu tun konnte sicher nicht schaden, aber sie wollte für die mickrige Ware keinesfalls die Summe bezahlen, die jetzt im Raum stand. Sie nickte erneut.

»Mefrouw Hoorn, ich sehe, Ihr erkennt den Wert dieser Zwiebeln. Zweihundertdreißig Gulden, damit diese wunderbaren Tulipane in Amsterdam bleiben.«

»Zweihundertfünfzig!« Der Bierbrauer mit den Apfelbäckchen und dem weißblonden Haar war von seinem Platz aufgesprungen und drehte sich hitzig zu Mareikje um.

Der Auktionator schmunzelte versteckt unter seinem Bart. »Ihr habt es gehört, Mefrouw? Zweihundertfünfzig Gul ...«

»Dreihundert, verdammt nochmal, das wollen wir doch jetzt mal sehen!« Mit kerzengeradem Rücken, den Kopf siegessicher erhoben, überbot der Brauer aus dem Norden sich selbst und drehte sich wieder dem Podium zu. Mareikje stieg mit einem dezenten Kopfschütteln aus der Auktion aus. Einem Gecken ein wenig Geld aus der Tasche zu ziehen, das fand sie in Ordnung, aber ruinieren wollte sie den Mann aus der Provinz nun doch nicht. Das Erwachen würde früh genug kommen, wenn ihm jemand, der etwas von der Sache verstand, sagte, dass die Zwiebeln höchstens hundertfünfzig Gulden wert waren.

Der Auktionator ließ seine Hand klatschend auf das Pult fallen. »Dieses Los geht für dreihundert Gulden an Mijnheer de Kerk aus Groningen.« Schon spurtete einer der Auktionsgehilfen mit dem Säckchen, in dem die Zwiebeln verstaut waren, zum Käufer, um die Ware gegen das Geld einzutauschen.

»Mareikje?«

Sie sah sich verwirrt um.

»Mareikje, du bist es wirklich.«

»Wim!« Das Lärmen der anderen um sie herum nahm sie nicht mehr wahr, auch nicht die Stimme des Auktionsleiters, der den nächsten Handel in Gang setzte. Nichts zählte mehr, außer den grauen Augen unter dieser Samtkappe, die ihren Blick in der Menschenmenge gefunden hatten.

Wim schob sich an mehreren dicht zusammenstehenden und die Auktion mit gereckten Hälsen verfolgenden Amsterdamern vorbei, ohne den Blick von ihr zu lassen. Dann war er bei ihr, stand dicht vor ihr, und die Schultern und Bäuche der Umstehenden drängten sie beiseite. Die Feder am Hut des Mannes links neben ihm kitzelte Wim an der Wange, aber all das zählte nicht. Nichts zählte mehr, außer dass sie sich wiedergefunden hatten in dieser brodelnden Weltstadt, der urbanen Kaiserin Europas, die ihre Arme für Menschen aus aller Herren Länder offen hielt. Zwei Menschen aus *Noord-Brabant*, die ihr Glück hier versucht hatten. In diesem Augenblick konnten sich weder Wim noch Mareikje einen größeren Segen vorstellen, als endlich wieder beieinander zu sein.

Wim stand vor ihr und schaute sie einfach nur an. Innerhalb eines Wimpernschlags nahm sie wahr, dass er schmaler geworden war. Die Wangenknochen stachen hervor, aber in seinen Augen stand diese funkelnde Lebendigkeit, die sie immer noch überraschte. Sie ließ sich in seine Arme fallen, legte die Hände um seinen Nacken, schmiegte sich an ihn. Sie spürte, wie ihre Tränen die Schultern seines Hemdes benetzten. Ein paar Sekunden hielt er sie fest, dann wurde das Rempeln um sie herum derber, während sich die Umstehenden bei der Auktion überboten und nichts davon verpassen wollten, was auf dem Podium vor sich ging.

»Komm.« Wim löste sich nur widerwillig von ihr, nahm ihre Hand in seine und führte sie durch die Menschentraube.

Endlich standen sie vor der Tür. Nieselregen hatte eingesetzt und besprühte das Kopfsteinpflaster des Gehwegs, tröpfelte von der Kante des Wirtshausschildes auf Mareikjes Haube. Graue Wolken zogen über die Stadt. Die letzten Strahlen der untergehenden Sonne schillerten auf den feuchten Steinen, zauberten einen Regenbogen über den Dächern der Stadt und ließen Mareikjes Augen schimmern.

Er legte seine Hand an ihre Wange. »Lass uns irgendwo hingehen, wo wir reden können. Oder musst du da drin noch etwas erledigen?« Er wies mit dem Kinn auf die offenstehende Wirtshaustür, aus der Schwaden von Qualm, immer lauter rufende Stimmen und stetig anschwellendes Gemurmel herausdrangen. »Habe ich dich bei deinen Geschäften gestört?«

Mareikje fuhr sich mit der Hand über die Stirn, blickte sich kurz um. Die Kostbarkeiten, derentwegen sie gekommen war, würden wohl als Nächstes auf dem Plan des Auktionators stehen. Nur kurz zögerte sie, dann schüttelte sie den Kopf. »Ich wollte ein paar Zwiebeln … ist egal. Nein, ich habe nichts vor, bleib nur. Lass uns – Ich will, ich meine … ich bin ganz durcheinander.« Sie stieß ein Lachen aus. »Ich bin verwirrt, verzeih, Wim, aber ich war so überrascht, dich zu treffen. Ich habe gedacht, ich würde dich nie mehr wiedersehen«, fügte sie leise hinzu.

Wieder sahen sie sich in die Augen, als wollten sie gegenseitig darin lesen, was sie sich noch bedeuteten nach all der Zeit. Aber dann verflog der Zauber, als die Tür zum Saal donnernd aufflog und sie sich abrupt umwandten.

Zwei Schergen traten heraus, die einen zappelnden Mann zwischen sich trugen. »Schleich dich fort und lass dich nie wieder hier sehen!« Einer der Wachmänner gab dem Unglückseligen einen Tritt. Vermutlich hatte er noch Glück gehabt, denn mit Gaunern und Taschendieben machte man sonst kurzen Prozess.

Wim zog Mareikje ein Stück weit fort und umfasste ihren Arm. »Ich hatte ein schlechtes Gewissen, weil ich aus Bruikelaar verschwunden bin.«

Mareikje trat einen Schritt zurück und sah ihn an. »Wo hätte ich dich finden sollen? Du warst wie vom Erdboden verschluckt! Und ich hatte mich so sehr auf ein Wiedersehen in Bruikelaar gefreut. Alles hätte gut werden können – mit uns beiden. Wir hätten gemeinsam mit den Tulpen ein Vermögen machen können, und niemand hätte uns im Weg gestanden.«

Wim musterte sie. Ihr fraulich rundes Gesicht, den Schwung ihrer Brauen, die blonde Locke, die sich aus ihrer Haube gelöst hatte. »Ich hatte deinen Brief«, sagte er. »Du wolltest Antonius' Frau werden. Wer bin ich, um sein Rivale zu sein? Das Tulpenvermögen gehört schließlich dir ganz allein. Ich habe mir nur erlaubt, die schönsten Blüten aus deinem Garten zu malen. Und das war mein Glück. So bin ich mit Unterstützung eines Kunsthändlers nach Haarlem gekommen. Das sollten sie dir in Bruikelaar aber erzählt haben.«

»Wer sollte mir das denn erzählen? Ich hatte gehofft, dich hier in Amsterdam zu finden.«

Wim sah sie verwirrt an. »Niemand? Hat Henk dir nichts gesagt? Dein Onkel und deine Tante? Sie haben mir doch geschrieben, dass es dir gut geht, dass die Erbschaft noch größer sei, als ihr zuerst angenommen habt.«

Sie schluckte. »Ich habe niemandem erzählt, dass ich hoffte, dich wiederzufinden«, sagte sie leise. »Nur Tildie.« Mareikje schwieg und sah zu Boden. Doch, sie hatte auch mit Onkel Eduard darüber geredet, aber der schien fest überzeugt, ein

Künstler sei keine standesgemäße Partie für seine Nichte. Der Klang seiner Stimme schwang noch in Mareikjes Ohr: *Schlag dir den Maler aus dem Kopf, Mareikje. Der hat alle Zelte abgebrochen, um im Norden sein Glück zu suchen.* Sie hätte wissen müssen, dass ihr Onkel Wims Adresse kannte. Aber hätte er sie ihr gegeben, wenn sie danach gefragt hätte? Mareikjes Knie fingen an zu zittern. Übelkeit stieg in ihr auf. Wieder hielt sie sich an Wims Arm. »Lass uns zu mir gehen. Ich habe ein Haus, nicht weit von hier.«

Kurz darauf saß sie dicht neben Wim in einer der Kutschen, die in der Stadt überall bereitstanden, um die Kaufleute schnell von einem Handelslokal zum nächsten zu bringen. Während der Fahrt erzählte er ihr, wie es ihm seit seinem Fortgang aus Bruikelaar ergangen war. Über Agnes zu sprechen hielt er allerdings für verfrüht.

Mareikje lauschte ihm beeindruckt. Es war ihm tatsächlich gelungen, sein künstlerisches Talent so einzusetzen, dass er davon ein Auskommen hatte. Wie sehr hatte sie ihm das gewünscht! Ohne zu zögern hätte sie ihn bei all seinen Schritten unterstützt, aber das war gar nicht nötig gewesen, denn er hatte es aus eigener Kraft geschafft.

Während sie ihm zuhörte, zwischendurch seinen Arm drückte und ihn immer wieder glücklich anlächelte, bemühte sie sich auch, ihn nichts von den stechenden Schmerzen merken zu lassen, die ihren Unterleib durchzuckten. Viel zu lange hatte sie mit dem enggeschnürten Mieder inmitten der Kaufleute gestanden, anstatt dass sie sich auf eine der Bänke an den Seiten gesetzt hätte.

Schon bald nach ihrer Ankunft wusste Mareikje, dass der Entschluss richtig gewesen war, Wim mit in ihr Haus zu nehmen. Instinktiv schien er zu spüren, dass ihr etwas fehlte. Er bereitete ihr aus Kissen und Leinenlaken ein Lager auf der

Liege am Fenster, sodass sie über die Grachten zum Hafen hin sehen konnte. Dann kochte er ihr einen Sud aus der Krauseminze, die er im Küchenschrank fand, brachte ihr dünngeschnittenes Brot mit leicht salziger Butter und Stücke von dem jungen Käse aus Gouda. Schließlich setzte er sich auf einen Hocker neben sie und streichelte ihre Hand.

Sie hielt seine Finger fest, drückte sie, sah ihn mit ihren Mädchenaugen an. »Es ist so viel passiert, Wim«, sagte sie leise. »Wir sind nicht mehr die, die wir in deiner Werkstatt in Bruikelaar waren.«

Er nickte. »Ich weiß, Mareikje. Ich kann dir gar nicht sagen, wie sehr ich dich bewundere – deine Kraft, deinen Mut, deine Entschlossenheit. Du hast es hier in Amsterdam wirklich geschafft.« Ein schelmisches Funkeln nistete in seinen Augenwinkeln. »Weißt du, wie sie dich in Bruikelaar nennen?«

Sie schüttelte den Kopf.

»Die Tulpenkönigin. Mareikje Hoorn, die Tulpenkönigin.« Er lachte leise, wendete den Blick von ihr und sah aus dem Fenster in Richtung Hafen, von wo die reich beladenen Schiffe der Handelsmetropole hinaus in die Welt fuhren und ihre Segel wie Flügel ausbreiteten. Dann blickte er wieder auf Mareikje hinab. »Es war alles richtig so, Mareikje. Es war richtig, dass ich nicht da war, als du den Schatz entdeckt hast, den dein Vater dir hinterlassen hat. Niemals hätte ich dich hierherziehen lassen. Ich wäre ein Klotz an deinem Bein gewesen, weil mich meine eigene Angst vor der Fremde starr gemacht hätte. So hast du ganz allein entschieden, und du hast es gut gemacht. Du kannst stolz auf dich sein, Mareikje.«

»Küss mich, Wim.«

Er beugte sich hinab, berührte ihre Lippen, liebkoste sie mit all der Zärtlichkeit und Liebe, die er für sie empfand. Sie umschlang ihn, legte die Hand an seinen Kopf, als er sich wieder aufrichten wollte, erwiderte seinen Kuss voller Hingabe.

»Ich will dich nie wieder verlieren, Wim Straaten. Nie wieder, hörst du?«

Er legte seine Stirn an ihre. Ein paar Herzschläge lang genoss jeder von ihnen die Nähe des anderen, ohne zu wissen, was die Zukunft bringen würde. Mareikje spürte, dass jetzt der Zeitpunkt gekommen war, Wim alles zu erzählen. Doch wo sollte sie anfangen? Was konnte sie ihm erzählen, ohne ihm wehzutun? Was konnte sie aussprechen, ohne Gefahr zu laufen, diese Liebe wieder zu verlieren?

Wie gut würde es tun, sich alles von der Seele zu reden, ihr Herz zu reinigen von all dem Schmutz und Betrug, von diesen falschen Gefühlen und Verirrungen. Die ganze Geschichte loszuwerden – von Antonius, von Pitt und von all dem, was ihr geschehen war. Mareikje legte wieder die Hand auf ihren Bauch und überlegte, wie einfach es wäre, das Mieder aufzuschnüren und ihm den Bauch zu zeigen, in dem das Kind eines anderen heranwuchs. Eine schnelle Geste, eine kurze Erklärung, und es wäre heraus. Doch sie fürchtete, dass sie damit alles zerstören könnte.

Wim schien zu spüren, dass Mareikje unruhig wurde. Er griff nach ihrer Hand. »Geht es dir gut? Oder fehlt dir etwas?«

Sie wandte das Gesicht ab. »Es ist alles in Ordnung. Es ist nur …« Sie fühlte, dass sie die Tränen nicht zurückhalten konnte. Und wenn er das alles nie verstehen würde? Nicht jetzt, nicht morgen, nicht in einem Monat? Wenn er sie dann nicht mehr wollte?

Wim räusperte sich, strich sich mit einem Finger über die Unterlippe. »Mareikje … Ich habe schon seit Wochen überlegt, wie ich es dir sagen könnte, wenn ich dich jemals wieder finde. Jetzt hab ich alles vergessen, was ich mir zurechtgelegt hatte.«

Er wischte ihr die Tränen von der Wange. Mareikje bemerkte, dass auch seine Augen feucht schimmerten. Abwartend sah sie ihn an.

»Mareikje Hoorn, ich möchte dich bitten, meine Frau zu werden. Willst du?« Er wagte es nicht, sie anzusehen, während er auf die Antwort wartete.

Mareikje schluckte, spürte, wie sich ihr Magen verkrampfte, dabei sollte doch ihr Herz einen Tanz aufführen. Als sie diesmal die Hand auf den Bauch legte, trat das Ungeborene nach ihr. *Ich trage das Kind eines anderen im Leib*, sollte sie ihm jetzt sagen, *gezeugt, als ich doch schon lange hätte wissen müssen, dass ich nur dich liebe.* Wieder einmal wusste sie genau, was richtig und was falsch war, und doch schaffte sie es nicht, ihre Gefühle zu besiegen. Die Vorstellung, Wim jetzt und hier für immer zu verlieren, war mehr, als sie ertragen konnte.

Sie zog sich an seinem Arm hoch, nahm sein Gesicht zwischen ihre Hände und küsste ihn sanft. »Ja, Wim Straaten. Ja, ich will deine Frau werden, obwohl ich solch ein Glück gar nicht verdient habe …« Erschöpft ließ sie sich wieder auf der Liege nieder.

Wim strahlte. »Es ist dir ernst, nicht wahr? Natürlich ist es dein Ernst, du würdest mit so etwas keine Scherze treiben.« Vorsichtig beugte er sich über sie, legte seine Arme um ihre Schultern. Ihre Lippen fanden sich zu dem Kuss, nach dem Mareikje sich so lange gesehnt hatte. Alles um sie herum wurde unwichtig, nur noch Wim und sie und ihre Liebe zählten.

Ein scharfer Schmerz im Bauch ließ sie zurückzucken. Besorgt sah Wim sie an, aber sie gab ihm keine Erklärung. Als sich ihr Leib wieder besänftigt hatte, beruhigte sich auch ihr Atmen. »Willst du bei mir wohnen, während du in Amsterdam bist?«

Wim nickte, die Stirn in Falten gezogen. Nachdem er sich wenig später mit einem Kuss von ihr verabschiedet hatte, um sein Reisegepäck aus dem von ihm bezogenen Herbergszimmer in einem Amsterdamer Wirtshaus zu holen, und die Tür hinter ihm ins Schloss fiel, lehnte sich Mareikje zurück in die Kissen.

Schweißperlen hatten sich auf ihrer Stirn gebildet. Endlich konnte sie die Bänder des Mieders lösen. Seufzend streckte sie den Bauch heraus und drückte das Kreuz durch. Endlich ein wenig Entspannung. Der ziehende Schmerz verschwand binnen weniger Sekunden.

Sie musste es Wim sagen, daran führte kein Weg vorbei. Er hatte es nicht verdient, dass sie ihn anlog. Nur nicht heute, dachte sie, heute Nacht konnte sie ihn im Wohnraum schlafen lassen, damit er ihren Zustand nicht sah. Aber morgen, morgen wäre ein guter Zeitpunkt. Sie legte den Kopf auf das Kissen, starrte gegen die Balken der Stubendecke und bemerkte die Tränen nicht, die an ihren Schläfen hinabliefen.

Titus de Bruijn ballte die Hand in der Tasche um die Münzen, die ihm der alte ter Booven, sein Dienstherr, zusätzlich ausbezahlt hatte. Den ganzen Sommer hatte er sich dafür krumm gemacht, war nicht einen Tag ausgefallen und sogar mit blutig geschrammten Knien noch aufs Feld hinausgegangen. Das würde er nicht alles an einem Abend auf den Tresen der Citadel legen, da war er sich ganz sicher.

Er hatte den guten Anzug angezogen, den er schon bei seiner Hochzeit mit Martje in der Kirche von Bruikelaar getragen hatte. Sechzehn Jahre war es jetzt schon her, dass sie und der Kleine gestorben waren, gerade mal ein halbes Jahr war das Kind alt geworden.

Jetzt, mit fast vierzig Jahren auf dem Buckel, hatte er die

Hoffnung schon beinahe aufgegeben, noch einmal eine Frau zu finden. Seit er Martje und Marius beerdigt hatte, hatte er keine Freude mehr am Leben. Er schuftete und schuftete, schob das Geld, das er dabei verdiente, in seine Truhe, aber meist wusste er gar nicht, warum er das tat. Oft genug hatten die Schankmägde im Houvenkrog ihm gezeigt, dass sie ihn gern mochten, ihnen hätte er für eine Erleichterung nicht einmal Geld geben müssen. Aber das war nicht Titus' Art. Das würde er Martje nicht antun, auch nicht nach so langer Zeit.

Vielleicht würde er sich von dem Geld einmal ein kleines Stück Land kaufen können, mit einem Häuschen darauf. Dort könnte man dann eine Kuh halten, eine Ziege und ein Schwein und nur noch zur Ernte zum Bauern gehen, um Geld zu verdienen. Sein Vater hätte ihn ausgelacht ob solcher Pläne, aber in diesen Zeiten ging so etwas schon, wenn man nur fleißig und sparsam war.

Aus der Citadel drangen Lärm und warmes Licht auf den menschenleeren Marktplatz hinaus. Unter dem Dach des alten Wirtshauses wurde gesungen, gelacht und geschrien, wie immer am Anfang des Monats, wenn die Knechte und Mägde ihren kargen Lohn in die Hand gedrückt bekamen.

Titus öffnete die Jacke, nahm den Hut ab und schob die Tür auf. Ein lautes Durcheinander von Rufen und Gelächter schallte ihm entgegen, und die Ausdünstungen der Männer und Frauen nahmen ihm den Atem. Ein struppiger Hund fegte an seinen Beinen vorbei, hinaus in die Abendluft. Offenbar war er froh, dem Trubel zu entkommen.

Titus musste ein paar Mal durchatmen, um seinen Körper an die stickige Luft im Schankraum zu gewöhnen. Er trat an den Tresen, wo ihm die Schankmagd sogleich einen Krug Bier zuschob.

»Guten Abend, Titus. Schön, dich mal wieder zu sehen.«

Titus grüßte freundlich zurück. Die Mädchen hier mochten ihn – wohl auch, weil er nicht hinter jedem Rock herrannte. Die meisten in der Gaststube hatten schon zu viele Krüge geleert. Einer packte seine Violine aus und begleitete den schrägen Gesang eines anderen, wieder ein anderer war rücklings von seinem Hocker gekippt und schlief, von einem Dorfhund beschnuppert, auf dem Gaststättenboden seinen Rausch aus. Alle redeten laut durcheinander, und manch einem lief der Hopfensaft übers Kinn.

»Halt, sag ich! Bleib stehen!« Ein junger Kerl mit zerschlissenen Beinkleidern lief quer durch den Gastraum einem Mädchen hinterher, dem die Haare unordentlich aus der Haube gerutscht waren. Titus sah den beiden nach. Vor der Tür zum Hinterzimmer stellte sich ein zweiter Heißsporn dem Mädchen in den Weg, das leicht schwankte und mit beiden Händen versuchte, das verrutschte Brusttuch schicklich zurechtzurücken.

»Halt, halt, schönes Meisje, so war's nicht abgemacht. Auf unsere Kosten hast du getrunken, da wirst du doch jetzt wohl ein bisschen nett sein zu uns, oder?« Seine Augen flackerten, als er ihr mit einer Hand in den Ausschnitt griff.

Titus runzelte die Stirn und kratzte sich am Kopf. »Wer ist das?«, fragte er die Schankmagd.

»Ludolf und Martijn, sie haben den Jenkhoffs bei der Ernte geholfen. Zwei üble Raufbolde, keiner mag sich mit ihnen anlegen.«

Titus schüttelte den Kopf. »Die meine ich nicht, sondern das Meisje.«

»Das ist die Tochter von Henk und Rieke, den Dienstleuten vom verstorbenen Geert Hoorn.«

»Tildie? Das ist Tildie? Ich wusste nicht einmal, dass sie in Bruikelaar ist. Sie war doch … lange weg.«

Das Mädchen hinter dem Schanktresen winkte ab. »Ach, im Dorf munkelt man viel über sie. Keine schöne Geschichte. Wenn du einmal am Nachmittag kommst, erzähle ich sie dir.« Sie lächelte ihn einladend an.

Doch Titus hatte sich schon wieder umgedreht. Der Bengel, der das Mädchen durch den Raum gejagt hatte, war gerade dabei, ihr den Rock hochzuschieben. Ihr Hintern hob sich gegen die dunkle Wand und den ebenso dunklen Stoff ihres Kleides ab. Martijn keuchte, weil sie sich heftig wehrte.

»Komm, Ludolf, wir nehmen sie mit nach hinten.« Er versuchte mit einer Hand, an Tildie vorbei die Tür zum Hinterzimmer zu öffnen.

»Aufhören!« Titus' Stimme übertönte allen Lärm in der Citadel.

Martijn und Ludolf hielten inne. Sie wechselten einen Blick, dann fixierte Ludolf den Bauern am Tresen. »Wer will sich hier einmischen?«

Titus blieb ruhig auf seinem Stuhl sitzen. »Lasst das Meisje in Ruhe. Sie ist ein sittsames Mädchen mit anständigen Eltern.« Er nahm einen Schluck aus seinem Bierkrug. »Wenn euch der Sinn danach steht, dann geht hinunter zum Hafen zu den Huren.«

Ludolf lachte. »Hört, hört, ein sittsames Mädchen! Aber bestimmt nicht mehr lange, stimmt's, Martijn?«

Der andere fiel in sein Lachen ein. »Und uns will dieser Büffel zu den Huren schicken? Ich glaube, dem sollten wir zuerst Manieren beibringen.« Er kam zum Tresen herüber und baute sich vor Titus auf. »Deine letzte Gelegenheit, hier mit Anstand herauszukommen: Entschuldige dich und lass uns mit der kleinen Dirne unseren Spaß haben. Dann vergessen wir das Ganze.«

Mit einem Krachen landete Titus' Faust im Gesicht des Jungen. Martijn sah ihn einen Moment lang ungläubig an, dann sank er in die Knie. »Verdammt, mein Zahn, er hat mir den Zahn …«

Sofort war sein Kumpan zur Stelle. Titus war mittlerweile von seinem Hocker aufgesprungen und erwartete den Angriff mit vor die Brust gehobenen Fäusten.

Ludolf zeigte seine schwärzlichen Zähne unter dem Flusenbart. »So nicht, du Tölpel.« Er ließ die Hand vorschnellen und zog sie an Titus' Ärmel vorbei. Mit einem zischenden Geräusch zerschnitt er den Stoff des dunklen Anzugs.

Titus sprang zur Seite, täuschte einen Angriff an, drehte sich und ließ die andere Hand vorschnellen, als der Gegner nicht damit rechnete. Er umfasste das Handgelenk des Jungen. »Lass das Messer los!«

Ludolf verzog das Gesicht vor Schmerz. »Niemals.«

Er versuchte das Messer mit der anderen Hand zu greifen. Titus drückte so zu, wie er es von seiner Arbeit her gewohnt war. Wenn man ein Kälbchen aus der Mutter zog oder einen Zaunpfahl in den Boden rammte, musste man seine Kraft nicht dosieren, man konnte alles hineinlegen, was man hatte. Mit einem hässlichen Knirschen brach das Handgelenk des Jungen. Das Messer fiel klappernd zu Boden.

Martijn hatte sich mittlerweile wieder aufgerappelt. Er zerrte den jammernden Ludolf auf die Beine und zog ihn am Ärmel aus dem Schankraum.

»Wohl getan, Titus, das haben die beiden schon lang verdient. Trink ein Bier auf meine Kosten«, meldete sich aus der Ecke einer der kleinen Bauern des Dorfes.

Titus hob das Messer auf und setzte sich wieder auf seinen Schemel. »Mein Bier kann ich wohl selbst bezahlen, te Kaat. Mir wär's lieber, Ihr würdet etwas tun gegen solche Zustände im Dorf. Wenn's nach Euch gegangen wäre, würden die beiden jetzt im Hinterzimmer ihr schändliches Spiel mit dem Meisje treiben.«

Die Magd, die hinter dem Tresen hervorgekommen war und Tildie dabei half, ihre Kleider zu richten, mischte sich ein. »Nun hört doch auf zu streiten, es ist ja alles gut gegangen. Ihr könnt das Bier der beiden Spießbrüder bezahlen, te Kaat. Die kommen bestimmt nicht wieder, um ihre Rechnung zu begleichen.« Der Bauer nickte, und die Magd schob schelmisch hinterher: »So habt Ihr Euer schlechtes Gewissen doch noch beruhigt.« Und schon hatte sie die Lacher auf ihrer Seite. Dann brachte sie Tildie, die aussah wie ein aufgescheuchtes Huhn, das dem Metzger davongeflattert war, zu Titus an den Tresen. »Was machen wir denn nun mit ihr?«

Tildie sah mit glasigen Augen von einem zum anderen. »Ich habe zu viel getrunken, das weiß ich wohl, aber ich habe ihnen doch nichts versprochen«, brachte sie hervor.

»Du brauchst dich nicht zu entschuldigen, Tildie«, sagte Titus und musterte die junge Frau unauffällig von oben bis unten. Was für eine Schande, dass sich so ein Mädchen allein in der Gaststube herumtrieb. Sie sollte mit einer Handarbeit zu Hause am Ofen sitzen und ihrem Mann einen warmen Eintopf auftischen, wenn er von der Feldarbeit heimkehrte. »Denk dir nichts. Wenn sie dich nicht gehabt hätten, hätten sie sich eine andere gegriffen.«

Die Magd nickte. »Sie wollten raufen, und sie wollten ein Mädchen – welches, das war ihnen egal.«

Tildie sah sich um. Als ihr Blick den von Titus traf, senkte sie die Lider. »Ich hab solche Angst. Wenn sie mir nun in den Gassen auflauern?«

Titus leerte seinen Krug mit einem Zug und legte eine Münze auf den Tresen. »Ich begleite dich nach Hause.«

Die Magd nahm den Stüver und drückte ihn Titus in die Hand. »Du bist unser Gast.«

Er nickte, schloss die Haken der Jacke und setzte seinen Hut wieder auf. Dann reichte er Tildie den Arm. »Lass uns gehen. Ich habe deine Eltern eh viel zu lange nicht gesehen.«

# Sechsundzwanzigstes Kapitel

Das kannst du nicht machen! Das Haus, die Kontrakte, deine ganzen Geschäfte – was soll daraus werden?« Pitt Henseler erhob sich in dem Herbergszimmer von dem Hocker, um mit Mareikje, die stehen geblieben war und ihn ohne Einleitung über ihre Pläne unterrichtet hatte, auf Augenhöhe zu sein.

»Ich wüsste nicht, was mich daran hindern sollte.« Mareikje hob das Kinn. In ihrem mitternachtsblauen Mantel, von weißem Pelz umsäumt, wirkte sie mit ihrer aufrechten Körperhaltung tatsächlich königlich. Die Haare hatte sie unter einer in edle Falten fallenden Haube verborgen, die am Hals mit einer Schleife verziert war. »Ein Haus bleibt ein Haus, und zu meinen Verpflichtungen stehe ich; meine Geschäfte kann ich von Bruikelaar aus regeln. Mein Entschluss steht fest: Ich gehe zurück nach Hause, um den Mann zu heiraten, den ich von Herzen liebe.«

»Bruikelaar! Dieses Kaff! Und dann wirst du diesen Maler heiraten, einen alten Mann ohne Saft und …«

Mareikje ballte die Hände zu Fäusten. Ihre Augen glitzerten in der Blässe ihres Gesichts. »Ich verbiete dir, so über meinen zukünftigen Mann zu reden.«

Pitt machte einen Schritt auf sie zu und griff nach ihrem Arm. »Ach ja? Verbietest du mir auch, vom Vater deines Kindes zu reden?«, zischte er.

Mareikje spürte, wie ihr die Hitze in die Wangen stieg. »Wer der Vater meines Kindes ist, geht dich gar nichts an, Pitt Henseler!«

Pitt ließ sie los und goss sich aus der halb leeren Flasche, die auf dem Tisch stand, einen Becher Genever ein. »Ich weiß, aber die Bruikelaarer werden dankbar alles aufsaugen, was ich ihnen zu erzählen habe. Meinst du nicht auch?«

Mareikje biss für einen Moment die Zähne aufeinander. »Und wenn? Glaubst du etwa, ich lasse mich von dir unter Druck setzen?«

Pitt spürte, dass er zu weit gegangen war. Es sich mit Mareikje zu verscherzen, wäre eine grenzenlose Dummheit. Und dumm hatte ihn noch niemand genannt. Wenn sie wirklich Amsterdam verlassen wollte, brauchte sie hier jemanden, der sich vor Ort um den Weitergang der Geschäfte kümmerte, auch wenn sie von Brabant aus die Fäden ziehen wollte. Und Pitt wusste ziemlich genau, wer dafür in Frage kam …

»Nun beruhige dich, Mareikje. Ich meine es doch nicht böse, glaub mir. Aber du kannst doch hier nicht alles stehen und liegen lassen und einfach so nach Bruikelaar fahren.«

»Ich werde Wim Straaten heiraten, das steht fest. Und ich werde es in Bruikelaar tun, auch das ist sicher. Ich habe mittlerweile so viel Geld, dass ich es in meinem ganzen Leben nicht ausgeben kann.«

Pitt schob Mareikje den Stuhl hin und zog sich selbst einen Hocker heran, um ihr gegenüber Platz zu nehmen. »Setz dich erst mal, und dann reden wir in Ruhe darüber. Vielleicht lohnt es sich, dass du dir meine Vorschläge wenigstens anhörst.«

Als Mareikje mehr als zwei Stunden später mit vor Anstrengung geröteten Augen vom Tisch aufstand, war sie sich nicht sicher, ob sie das Richtige getan hatte. Pitt hatte ihr recht überzeugend dargelegt, wie sie seiner Meinung nach ihre Geschäfte in Zukunft führen müsse und dass sie die Dinge nicht sich selbst überlassen dürfe, sofern sie ihr Vermögen erhalten wolle. Also hatte Mareikje Pitt eine Reihe von Vollmachten ausgestellt, mit denen er, unter Vorbehalt, ihre Geschäfte führen konnte, solange sie mit Wim in Bruikelaar war.

Sie rieb sich die Augen. »Ich weiß nicht, warum, aber ich vertraue dir. Zumindest als Kaufmann«, setzte sie mit leisem Spott hinzu. Aber als er grinsend eine Hand auf ihren Rock legte und ihren Schenkel drückte, entzog sie sich seinem Griff mit ungewohnter Heftigkeit. Alles lag klar vor ihr. Sie wünschte nur, sie könnte die sündigen Erlebnisse mit Pitt aus ihrer Erinnerung streichen.

»Du scheinst begriffen zu haben, worum es beim Tulpenhandel geht. Ich will dich nur bitten, meinen obersten Grundsatz zu beherzigen: Bleib bei allem, was du tust, immer ehrlich und anständig und lass dich nicht auf zwielichtige Gestalten ein. In Amsterdam gibt es Händler, die versprechen dir eine Verdoppelung deines Vermögens binnen eines Monats, und dann ist das Geld in einer Woche verschwunden.«

Pitt nickte mit ernster Miene und verschränkte die Arme vor der Brust – den jungen Holländer mimend, der zielstrebig und rechtschaffen seinen Teil zur blühenden Wirtschaft beitragen und das Kapital in Umlauf halten wollte. »Sicher, verlass dich nur auf mich. Und wenn es gilt, Absprachen zu treffen, weiß ich, wo ich dich finde.«

Sie erhob sich, und er reichte ihr die Tasche, die sie neben dem Stuhl auf den Boden gestellt hatte. Einen Moment lang standen sie einander gegenüber. Mareikje befürchtete schon, er würde einen weiteren Versuch unternehmen, sich ihr zu nähern, aber er ließ es bleiben. Pitt hielt die Hände auf dem Rücken verschränkt und schaute auf sie herab wie ein Sekretär, der ihr zu Diensten stand.

Mit leichtem Argwohn blickte sie zu ihm auf. Aber sie hatte an diesem Spätherbsttag in Amsterdam keine andere Wahl, als ihm zu vertrauen.

»Also dann …«, sagte sie.

Er nickte, öffnete ihr die Tür und deutete eine Verbeugung an. »Ich danke dir für dein Vertrauen, Mareikje. Ich werde dich nicht enttäuschen.«

Ein letztes Mal sah sie ihm tief in die Augen. Dann endlich glitt ein Lächeln über ihr Gesicht. »Das hoffe ich, Pitt Henseler.«

Kurz darauf stand sie vor der Herberge in der Gasse, durch die der Oktoberwind fegte. Zwei Katzen stöberten in den Fischresten, die jemand aus dem Fenster gekippt hatte. Seeleute und Händler, Mägde mit gefüllten Körben und Mütter mit Kindern an der Hand eilten geduckt an ihr vorbei. Mit vor das Gesicht gehaltenen Armen schützten sie sich gegen die Hafenbrise, die der Sturm ohne Unterlass in die Stadt peitschte. Ein mit Korn beladener Kahn trieb wie führerlos über die Gracht. Die Rufe der Händler flogen über das Wasser, während sich die Schauerleute bemühten, die Planen über dem Getreide festzuzurren. Vergebens.

Der Zeitpunkt, Amsterdam zu verlassen, schien gut gewählt. Obwohl Mareikje die Gegend gut kannte, sah sie sich nach dem Gespräch mit Pitt verwirrt um und suchte nach dem Weg, der sie zu ihrem Haus führen würde.

Sollte alles so einfach sein? Pitt hier in Amsterdam als ihr verlängerter Arm … Und sie in Bruikelaar mit Wim? Nun galt es noch, das Gespräch mit Wim zu überstehen. Am Vortag war er nach Haarlem aufgebrochen, um mit de Jongh seine neuen Pläne zu besprechen und alles für die Rückkehr in die Heimat zu regeln. Mehrere Male hatte sie in den letzten Tagen versucht, ihm zu beichten, was passiert war, aber dann hatte sie stets im letzten Moment der Mut verlassen. Nun gab es keine Ausflüchte mehr. Bevor sie den ersten Schritt in ihre gemeinsame Zukunft machten, musste sie ihm die Chance geben zu entscheiden, ob dieses Kind, das zu ihr gehörte, auch seines sein würde.

Sie wagte nicht, sich auszumalen, was sie tun sollte, wenn er sie deswegen verstieß – oder wenn er verlangte, dass sie das Kind weggab. Ihr Kind.

Mit entschlossenen Schritten trat sie auf eine Kalesche zu und sprach den Kutscher an, der auf seinem Bock kauerte und Löcher in die Luft stierte. »Mijnheer, ich brauche morgen in der Frühe eine Kutsche nach Haarlem und muss noch vor Sonnenuntergang wieder zurück sein.«

Der Mann in dem braunen Umhang sah auf Mareikje herunter. »Eigentlich bin ich frei, Mefrouw, aber …«

Mareikje kannte das Problem: Stets unterstellte man ihr, sie könne ohne einen Mann keine Geschäfte abschließen. Es war dem Burschen nicht zu verdenken. »Ihr dürft gern beim Magistrat nachfragen. Ich bin Mefrouw Hoorn, man kennt mich dort.«

Der Kutscher nickte, bestand aber trotz allem auf einer Anzahlung, die Mareikje ihm aushändigte, nachdem sie ihre Börse vor seinen neugierigen Blicken mit der Schulter geschützt hatte.

Dann eilte sie beschwingt nach Hause. Wenn sie erst mit Wim gesprochen hatte, würde alles seinen Gang gehen. Ihre kostbaren kleinen Besitztümer und die noble Kleidung, die sie sich nach erfolgreichen Handelstagen mit Freuden gegönnt hatte, könnte sie in der Kutsche mitnehmen; die liebevoll ausgesuchten Möbel würden im Haus bleiben, das Pitt beziehen sollte. Sie konnte sie später nach Bruikelaar bringen lassen, wenn sie sich mit Wim ein Heim einrichtete. Dass sie noch einmal nach Amsterdam zurückkehren würde, daran glaubte sie nicht. »Osten, Westen, zu Hause am besten«, hatte sie in der Subscriptio eines Emblems gelesen. Wie wahr.

Mareikje lächelte.

# Siebenundzwanzigstes Kapitel

So misstrauisch der Kutscher am Abend noch gewesen war, so freundlich verhielt er sich tags darauf. Es war noch fast dunkel und die Luft kalt, aber er hatte nicht nur Decken bereitgelegt, sondern auch Steine aus dem Ofen, die die Kalesche aufwärmten. Dankbar setzte Mareikje in den Morgenstunden, in denen der Nebel über die Amsterdamer Grachten zog und eine blasse Sonne hinter den Giebeln der Häuser aufstieg, ihre Füße darauf, während die Pferde die Kutsche gegen den Wind nach Haarlem zogen.

Den größten Teil der Fahrt schlief Mareikje, oder sie träumte mit offenen Augen vor sich hin. Schon vor dem Mittagsläuten hielt der Kutscher an, stieg vom Bock und öffnete ihr den Schlag. »Bitte sehr, Mefrouw, dichter heran geht es nicht.«

Mareikje räkelte sich. »Wieso?«

»Butenstraat ist eine der Künstlergassen. Die Straße ist so schmal, dass man sogar ein Reitpferd hinter sich herziehen müsste, weil man neben ihm nicht hindurchpasst.« Er reichte ihr seinen Arm, um ihr beim Aussteigen zu helfen.

Mareikje nahm einige Münzen aus dem Beutel und gab sie ihm. »Ich weiß noch nicht genau, wie lange es dauern wird. Es wäre nett, wenn Ihr, nachdem Ihr Euch gestärkt habt, hier auf mich warten würdet.«

Nach einem Blick auf die Summe, die sie ihm gegeben hatte,

nickte der Kutscher dienstbeflissen. Mareikje ließ sich die Straße zeigen und ging entschlossen auf sie zu.

Schon von weitem hörte sie Stimmen, die aus einem Dachfenster nach draußen drangen. Es klang, als würden sich zwei Leute streiten, ein Mann und eine Frau. Sie verharrte vor den Stufen des Hauses, in dem Wim wohnen musste. Die Stimmen waren jetzt noch deutlicher zu vernehmen.

Tatsächlich, der Streit schien sich in Wims Zimmern abzuspielen. Mareikje verstand nicht viel, während sie lauschte, aber offenbar versuchte der Mann – war das Wim? – eine Frau zu beruhigen, die völlig außer sich war. Mareikje spürte einen Stich im Unterleib. Trotzdem lehnte sie sich gegen die Wand und hörte zu.

»Ja, Wim Straaten, ich weiß es. Du hast mir nie etwas versprochen, ganz im Gegenteil, du hast mir immer gesagt, dass es mit uns nichts werden wird. Und trotzdem ist es«, die Frau schluchzte, »schändlich. Ganz schändlich ist es, was du mit mir machst. Mich einfach hier zurückzulassen bei diesem … Widerling!«

Durch die angelehnte Haustür trat Mareikje ein und schlich die Stufen zur Dachkammer hinauf. Vor Angst, entdeckt zu werden, wagte sie kaum zu atmen.

»Agnes, ich verstehe, dass du zornig bist. Aber ich habe dir niemals Hoffnungen gemacht, und ich liebe Mareikje. Sie ist die Frau, die ich heiraten will.«

Mareikje biss sich auf die Unterlippe. Er stand also zu ihr. Aber warum hatte er ihr nicht von dieser Agnes erzählt? So viel wusste sie von seiner Arbeit, von den Freunden und Gönnern, die er kennengelernt hatte. Doch kein Wort von ›Agnes‹.

Aber schließlich hatte auch sie ihm nicht alles gesagt, was er hätte wissen müssen. Obwohl ihr klar war, dass sie es jetzt mit ihrer Beichte einfacher haben würde, verspürte Mareikje Eifersucht. Was hatte Wim mit dieser Frau erlebt?

Das Schluchzen aus der Kammer verebbte, dann ertönte Wims Stimme ungewohnt scharf: »Zieh die Bluse wieder an, auch das wird mich nicht umstimmen.«

Mareikje holte tief Luft und öffnete die Tür, die krachend gegen eine dahinter stehende Kommode schlug. Mit einem Blick erfasste sie die Szene: Ihr Geliebter stand mitten in dem Raum, der ihm als Werkstatt diente, mit einem halbnackten Mädchen, dessen fuchsienfarbene Haare ihr bis weit über die Schulter fielen.

»Was geht hier vor?«, fragte sie und sah Wim an, ohne die andere zu beachten.

Bevor Wim reagieren konnte, sprang das Mädchen wie von Sinnen auf sie zu. »Das ist sie also?«

Mareikje wollte einen Schritt zurückweichen, doch Agnes packte sie mit ungeahnter Kraft an den Armen. In den Augen des Mädchens funkelte irrsinnige Wut, als sie Mareikje schüttelte und dabei immer wieder Wim anstarrte. »Was hat sie, was dir an mir fehlt? Reiche Eltern? Einen schöneren Hintern? Oder ist sie einfach besser als ich?«

Mareikje blickte zwischen Wim und dieser Furie hin und her, versuchte halbherzig, sich aus ihrem Griff zu befreien. »Bitte, Wim …«, rief sie. Sollte sie sich mit diesem Mädchen prügeln wie ein Raufbold im Wirtshaus?

»Nichts bitte! Du willst mir Wim wegnehmen!« Im nächsten Augenblick holte Agnes mit dem Arm aus. Bevor Mareikje sich zur Seite drehen konnte, landete der Ellbogen des Mädchens in ihrer Magengrube. Mareikje spürte gerade noch, wie Wim herbeisprang und sie auffing. Dann gaben ihre Knie nach, und sie sank zu Boden.

Schweiß trat ihr auf die Stirn, während sich der Schmerz in ihrem Bauch von Stichen zu Krämpfen entwickelte, die wellenartig kamen und wieder gingen. Instinktiv lehnte sie sich zurück, streckte den Kopf nach hinten und versuchte, die Schmerzen mit ihrer Atmung zu lindern.

»Mareikje, was ist mit dir? Schau mich an!«

Sie hechelte, um genügend Luft zu bekommen. Ihr war, als wäre ihr Brustkorb geschrumpft, zu klein, um den geschwollenen Leib mit genügend Luft zu versorgen.

»Was ist denn, was habe ich denn gemacht? Bitte …«

Die Stimme der anderen schmerzte in ihren Ohren. Mareikje spürte eine kühle Hand an ihrer Wange, ein Tuch, mit dem ihr der Schweiß von der Stirn gewischt wurde. Dann legte die Hand sich beruhigend auf ihren Bauch.

»Oh, Gott! Ein Kind. Sie trägt ein Kind!«

Mareikje fühlte geschickte Hände, die sich in ihre Tracht schoben, die Haken des Mieders lösten, die beiden Schnüre, die den Bauch stramm hielten, öffneten. Sie hechelte wieder, um endlich Luft zu bekommen, dann lichtete es sich vor ihren Augen. Angsterfüllt sah sie sich um.

Neben ihr hockte Wim, hielt ihren Kopf. Zu ihrer Seite kniete Agnes, die sanft ihren schmerzenden Bauch streichelte. Mareikje versuchte, sich aufzurichten, aber genau in diesem Moment kehrte der Schmerz zurück.

»Bleib liegen, ganz ruhig.« Agnes' Stimme war jetzt nicht mehr keifend, sondern warmherzig. »Es wird gleich besser.« Und wirklich, der Schmerz verflog so schnell, wie er gekommen war. Wieder spürte Mareikje die Hand auf ihrer Stirn. »Ist es schon so weit?« Agnes' Augen waren dicht über ihr, die Haare umrahmten ihr junges Gesicht.

Mareikje bewegte kaum wahrnehmbar den Kopf. »Noch

lange nicht.« Dann spürte sie Wims Arme in ihrem Nacken und unter ihren Knien, fühlte, wie er sie behutsam anhob, und wenig später das weiche Lager seines Bettes unter ihrem Rücken. Sie seufzte, als sie die Beine entspannt sinken ließ. Ihre Lippen fühlten sich an wie Papier, als sie sie mit der Zunge benetzte. Sofort rannte Agnes los, um ihr einen Becher Wasser zu holen.

Wim hockte sich neben sie. Sie sah die Falten auf seiner Stirn und in seinen Mundwinkeln, als er ihr ein ums andere Mal mit einem feuchten Tuch über Stirn und Wangen wischte. »Was ist denn nur mit dir?«

Sie spürte, dass er die Antwort von ihr hören wollte, obwohl er es längst wusste. Sie hielt seinen Blick, suchte darin nach dem, was er empfand. »Du hast es geahnt, nicht wahr?« Ihre Stimme war kaum mehr als ein Wispern.

Er strich ihr mit dem Tuch über die Halsbeuge, wo sich die Schweißperlen sammelten. »Ja. Ich wollte warten, bis du bereit bist, es mir zu erzählen.«

Mareikje richtete sich ein wenig auf und ließ sich von Agnes den Becher mit Wasser an den Mund führen. Gierig trank sie, bis die nächste Welle des Schmerzes sie in die Kissen zurückwarf. Es dauerte einige Minuten, bis sie ihre Umgebung wieder wahrnahm.

Sie nahm Wims Hand. »Ich bin hergekommen, um es dir zu sagen. Das ist wohl gründlich danebengegangen.«

»Weiß es Antonius?«

Wie ein heißer Stich drang diese Frage in Mareikjes Pein. Obwohl all ihre Sinne sich gegen die nächste Schmerzwelle wappneten, überschlugen sich gleichzeitig ihre Gedanken. Natürlich, was sollte Wim auch anderes glauben, als dass derjenige, mit dem sie sich fast verlobt hätte, der Vater des Kindes war? Niemals würde dieser redliche, liebe Mann annehmen, sie könnte noch mit einem anderen auf sündigste Weise das Lager geteilt haben.

Also schüttelte sie nur den Kopf und presste die Zähne aufeinander, als die nächste Welle des Schmerzes sie überrollte.

Agnes hatte mittlerweile Mareikjes Röcke geöffnet und ihr die Strümpfe von den Beinen gezogen. »Ich werde die Hebamme holen, die weiß, was zu tun ist. Aber das wird eine Weile dauern. Sie lebt am anderen Ende der Stadt.«

Mareikje fasste nach der Hand des Mädchens. »Meine Kutsche. Sie wartet drüben am Marktplatz. Sag, Mefrouw Hoorn braucht die Hebamme, der Kutscher wird sie herschaffen.« Erschöpft ließ sie sich zurückfallen.

Als sich die Tür hinter Agnes schloss, reckte Mareikje mit einem Stöhnen ihren Bauch. »Wim, es tut mir so leid. Ich hätte es dir von Anfang an sagen sollen.«

Wim Straaten drückte ihre Hand. Um seinen Mund lag ein harter Zug, der nicht zu seinen Worten zu passen schien. »Was hätten wir nicht alles tun sollen.«

Sie sah ihn an, hob eine Hand und versuchte mit zwei Fingern, die Kerben an seinem Mund glatt zu streichen. »Was machen wir nun? Das Kind eines anderen wächst in mir heran.« Wieder rollte der Schmerz heran, hinderte Mareikje weiterzureden. Sie krallte ihre Nägel in Wims Arm, bis es vorbei war.

Wim strich ihr die schweißverklebten Haare aus der Stirn. »Mareikje, ich …«

»Nein!«, unterbrach sie ihn. »Sag jetzt nichts. Denk bitte darüber nach. Ich werde deine Entscheidung akzeptieren, wie immer sie auch ausfallen wird.« Vom Reden ermattet, schloss sie die Augen. Sie war sich sicher, ein Leben ohne Wim würde qualvoll sein, aber nicht so bitter wie ein Leben an der Seite eines Mannes, den sie liebte und der ihr Kind nicht annahm.

Mareikje erwachte aus einem leichten, immer wieder von Schmerzen unterbrochenen Schlaf, als die Tür klappernd geöffnet wurde. Eine große hagere Frau, in erdbraunen Farben gewandet, trat ein. Die Haare hatte sie vollständig unter ihrer Haube verborgen, und ihr unauffälliges Gesicht, in dem eine spitze Nase dominierte, ließ kaum Rückschlüsse auf ihr Alter zu. Mit knappen Worten schickte sie Wim aus dem Raum, entkleidete Mareikje mit Agnes' Hilfe und untersuchte sie mit geschickten Griffen. Ihre langen Finger verursachten Mareikje bei der ersten Berührung Unbehagen, aber je länger sich die Hebamme mit ihr beschäftigte, desto mehr entspannte sie sich. Die Frau wusste, was zu tun war. Ihr konnte sie vertrauen. Sie drückte hier und dort auf Mareikjes Leib, fühlte unter ihrer Brust nach ihrem Herzschlag. Dann zog sie das Laken über Mareikjes Körper und nickte mit unbewegtem Gesicht. »Da habt Ihr aber nochmal Glück gehabt, junge Frau. Es ist anscheinend alles in Ordnung, die Wehen werden wieder vergehen.«

»Wehen?«

»Euer Körper wollte das Kind hinausdrängen, viel zu früh, als dass es überleben könnte. Es scheint, als hätte der Herrgott etwas dagegen gehabt.« Sie hob einen Mundwinkel. »Deswegen hat er Euch so stark gemacht.« Sie ging zur Tür und rief Wim herein.

Dann hörten sie sich gemeinsam eine Standpauke an, wie eine Schwangere sich zu benehmen hätte, und das in einer Lautstärke, die alle im Raum überraschte. »Ein Mieder, pah! Das ist Gift für das Kind. Ich möchte nicht wissen, wie viele Kinder mit Klumpfüßen und Wasserköpfen auf die Welt kommen, weil eitle Mütter sich in Mieder zwängen.«

Agnes hielt sich beide Hände vor den Mund. Klumpfuß und Wasserkopf, das waren Strafen Gottes, so erzählte es jedenfalls der Pfarrer. Die Hebamme sprach weiter, nun wieder etwas gemäßigter, während sie auf Mareikje hinabblickte. »Ich kann Euch nichts verbieten, aber wenn Ihr so weitermacht, wird das Kind den nächsten Vorfall nicht überleben.« Mit spitzen Fingern nahm sie das umstrittene Kleidungsstück und schmiss es in die Ecke. »Hübsch machen könnt Ihr Euch wieder, wenn das Kleine gesund auf der Welt ist. Wenigstens drei Tage solltet Ihr Euch nun schonen und dem Herrn danken, dass er es so gut mit Euch gemeint hat.«

Sie packte ihre Utensilien in die abgewetzte schwarze Tasche und wandte sich an Wim. »Wenn der Kutscher mich wieder nach Hause bringt, so macht das Ganze einen Viertelgulden.«

Mareikje streckte den Arm aus. »Mein Beutel ...«

Die Hebamme sah sie von oben herab an, eine Braue leicht hochgezogen. »Es ist üblich, dass der Vater des Kindes die Hebamme bezahlt.«

Wim erhob sich, und nur Mareikje merkte, dass er einmal tief Luft holte, ehe er die Worte sprach: »Ich bin der Vater.«

# Achtundzwanzigstes Kapitel

Henk lehnte sich gemütlich zurück, als Eduard van Seeg die mitgebrachte Flasche öffnete und ihm den herrlich duftenden Genever herüberschob. Er kannte Mareikjes Onkel nun schon so lange, da wusste er, dass dieser immer eine Zeit brauchte, bis er zur Sache kam. Annie van Seeg und Rieke schwatzten derweil über das, was in Bruikelaar so alles passiert war, und nippten gelegentlich an Riekes selbst aufgesetztem Beerenlikör.

Das war ein Sonntag, wie Henk ihn mochte, vor allem, weil der Kirchgang wegen der Vorbereitungen für den Besuch der van Seegs ausgefallen war.

Nur Tildie gefiel ihm immer noch nicht. Wie stets in der letzten Zeit saß sie nur teilnahmslos zwischen Rieke und Annie und starrte vor sich hin. Henk sah zu ihr hinüber, als sie mit einer kaum merklichen Geste den Likör ablehnte, den Annie ihr einschenken wollte. Seit dem Abend, an dem Titus sie nach Hause gebracht hatte, trank sie keinen Schluck mehr. Besser schien es ihr dabei aber nicht zu gehen. Henk hatte lange mit Rieke über das Mädchen gesprochen, und die hatte ihm erzählt, dass bis zu jenem Abend immer wieder ein wenig Geld verschwunden war. Nicht viel, aber immerhin. Die beiden waren sich des guten Einflusses des Knechts auf ihre Tochter bewusst, aber wie sie die Sache vorantreiben sollten, davon hatten sie keine Vorstellung.

Ein paar Mal war Titus seither zu Besuch gekommen. Jedes Mal hatte Henk sich vorgenommen, ein offenes Wort über Tildie mit ihm zu reden. Wenn es dann aber so weit war, fand er nie einen Anfang. Titus ging wieder, und nichts war passiert. Henk blickte zu Mijnheer van Seeg. Vielleicht konnte der ihm einen Rat geben?

»Henk, du hörst mir gar nicht zu.«

»Verzeiht, Mijnheer van Seeg, ich habe nachgedacht.«

»Interessiert dich die Nachricht von Mareikje?«

Henk richtete sich auf. »Mareikje? Hat sie sich gemeldet? Wie geht es ihr?« Endlich eine Nachricht von dem Meisje!

Eduard van Seeg zog einen Brief aus der Tasche, legte ihn vor sich auf den Tisch und strich ihn glatt. Dann nahm er das erste Blatt und hielt es am ausgestreckten Arm vor sich. »Lieber Onkel Eduard, geliebte Tante Annie«, begann er.

»Eduard van Seeg«, unterbrach ihn seine Frau, »du bist hier nicht in der Kirche, wo der Pastor die Bibel vorlesen muss, weil er selbst nicht versteht, was darin geschrieben ist. Erzähl einfach, was Mareikje schreibt.«

Eduard blinzelte. Ihm war das recht, strengte ihn doch das Lesen in letzter Zeit mehr und mehr an. Wenn das so weiterging, würde er sich einen aufgeweckten Burschen suchen müssen, der ihm die Briefe vorlas. »Um es kurz zu machen: Das Meisje kommt nach Hause. Schon in der nächsten Woche, wenn alles nach Plan verläuft. Ihre Geschäfte wird Pitt Henseler vorübergehend übernehmen! Hört, hört«, er sah zufrieden schmunzelnd in die Runde. »Der scheint sich doch so zu entwickeln, wie ich es mir gewünscht habe.«

Ehe er wieder vom Inhalt des Briefes abschweifen konnte, ergriff Annie das Wort. Sie fasste Mareikjes Schreiben an sie alle zusammen. Das Beste sparte sie sich für den Schluss auf. Und das Beste – da waren sich Annie und Rieke einig –, das war die Hochzeit.

Die Augen in Riekes faltigem Gesicht schimmerten blank, als sie der Mefrouw die Hand auf den Unterarm legte. »Was ist es für einer? Ein reicher Kaufmann aus Amsterdam?«

Annie lächelte fein. »Nein, es ist jemand aus Bruikelaar.«

Als Henk das hörte, verfinsterten sich seine Gesichtszüge. Unter dem Tisch ballte er die Fäuste. Das konnte doch nicht sein, dass Mareikje diesen Henseler zum Mann nehmen wollte.

»Es ist Wim Straaten, der Maler.«

Henks Anspannung löste sich, er griff zum Schnapsglas und prostete Eduard van Seeg zu. Der Pinselkleckser war in Ordnung. Er würde wohl im Leben nicht in der Lage sein, eine Frau zu ernähren, glaubte Henk, aber das hatte Mareikje ja auch nicht nötig.

»Und das Schönste ist …«, Annie machte eine Kunstpause und sah Rieke und Tildie an. »Mareikje erwartet was Kleines! Die beiden haben nur mit der Hochzeit gewartet, weil sie mit uns zusammen hier in Bruikelaar feiern wollen.«

Diese Begründung hatte nicht in dem Brief gestanden, aber Annie fand sie so notwendig wie nur etwas. Da mochten die Zeiten sich noch so schnell ändern: Wenn eine ledige Frau von Stand schwanger ging, dann musste ein guter Grund her. Annie schaute triumphierend in die Runde, hielt aber erschrocken inne.

»Tildie, was ist denn mit dir? Freust du dich gar nicht?«

Tildie kauerte stumm neben ihrer Mutter. Es schien eine Weile zu dauern, bis sie merkte, dass sie angesprochen worden war.

Endlich hob sie den Blick und sagte mit klarer Stimme in das plötzliche Schweigen hinein: »Ich will mein Kind zurück.«

Wim Straaten stemmte die Hände in die Hüften und sah sich um. Da konnte sich niemand beschweren, alles war blitzblank. Schon vor drei Tagen hatte er seine Mal-Utensilien in Kisten verpackt und nach Bruikelaar verschickt. Einzig eine Tasche mit Kleidern und ein paar Habseligkeiten musste er jetzt noch mitnehmen. Und die kleine Holzkiste, die einen ganz besonderen Schatz barg und die sich fest verschließen ließ. Ein Blick hinein entlockte Wim ein Lächeln. Dann verstaute er sie pfleglich. Er hatte mit de Jongh abgerechnet, die avisierten Werke pünktlich fertiggestellt und ausgeliefert, und seine Auftraggeber waren über den bevorstehenden Umzug und seinen neuen Aufenthaltsort unterrichtet. Alles war so, wie es sein sollte.

Nein, nicht alles, dachte er bitter, verließ seine Kammer und stieg mit seinem Gepäck zur Haustür hinab, wo Agnes immer noch weinend auf den Treppen hockte. »Agnes, nun komm ...« Wim reichte ihr ein Tuch, um die Tränen zu trocknen.

»Es ist so gemein. Warum willst du mich nicht mitnehmen in dieses Bruikelaar? Ich könnte dort Arbeit finden – in einem Haushalt, oder vielleicht würde mich ein reicher Kaufmann anstellen, um auf seine Kinder achtzugeben.«

»Wir haben das doch alles besprochen. Was hättest du davon, wenn auch du in Bruikelaar wärst?«

»Ich wäre in deiner Nähe, das würde mir doch schon reichen.«

Wim zog sie am Arm hoch. »Du wärst noch unglücklicher als hier in Haarlem. Komm, nun geh nach Hause, du wirst sehen, in ein oder zwei Wochen denkst du gar nicht mehr an mich. Aus den Augen, aus dem Sinn. So ist das in deinem Alter.« Er verschloss die Tür und hob seine Tasche auf. »Ich muss dem Käufer des Hauses noch den Schlüssel bringen, bevor die Kutsche eintrifft, dann ...«

Agnes warf sich an seine Brust. »Wim Straaten, was auch immer passieren mag, sei dir sicher: Ich werde dich nie vergessen!« Sie drückte ihm einen Kuss auf den Mund. »Und jetzt geh zu deiner Mareikje. Aber ich, Wim, ich werde auf dich warten.«

Wim wandte sich ab und schritt, ohne sich noch einmal umzudrehen, die enge Gasse hinunter – eine große aufrechte Gestalt mit einem dunkelbraunen Umhang und einem schrägsitzenden Barett. Er spürte die sengenden Blicke des Mädchens in seinem Rücken.

Währenddessen stand Mareikje in einem Gewirr aus Taschen und Kisten, Bündeln und Truhen. Die letzten Tage in Amsterdam hatte sie damit verbracht, für jeden ihrer Lieben in Bruikelaar noch etwas besonders Schönes zu kaufen: Da lagen noch die Tobakspfeife und ein kleiner Ballen von dem dazugehörigen braunen Kraut für Onkel Eduard. Mareikje wurde von dem Geruch regelmäßig übel – was sicher nicht nur an ihrem Zustand lag –, aber die Männer schienen diese neue Sitte zu mögen. Für Tante Annie hatte sie ein paar Bahnen wunderschöner Stoffe gekauft, in allen möglichen Blautönen, Annies Lieblingsfarbe. Im Geist sah Mareikje die Augen der Tante schon strahlen und ihre Finger über das Leinen fahren. Dann waren da noch die Geschenke für Rieke und Henk, für Tildie, für Antonius und für all die Freundinnen und Freunde – die Kisten platzten beinahe aus den Fugen.

Zuallerletzt legte sie Wims Hochzeitsgeschenk in die Truhe. Noch einmal klappte sie den Samt auf und betrachtete den Schatz: eine wunderbar gefertigte Palette, eine Vertiefung so ordentlich wie die andere, alle völlig gleichmäßig ausgeführt und das Holz so blank poliert wie eine Glasscheibe. Dazu ein

Dutzend der besten Pinsel, die in Amsterdam zu bekommen waren. Die Stiele aus italienischem Holz, mit herrlich weichen Dachs- und Rosshaaren. Und eine Sammlung der Farben, die man eigentlich nirgendwo kaufen konnte: Tiegel mit gemahlenem Lapislazuli aus Afrika zur Mischung von Ultramarin, mit Grünspan aus Spanien und Umbra aus Zypern – all die Farben, um die jeder Maler sich gerissen hätte, waren vertreten. Mareikje hatte ein kleines Vermögen dafür ausgegeben, als sie die Utensilien bei den italienischen Händlern im Künstlerviertel von Amsterdam erstanden hatte, aber sie war selten so glücklich gewesen wie in dem Moment, da sie das alles beisammenhatte.

Die Tür flog auf, und Pitt Henseler stürmte herein. »Da bist du ja! Die Träger sitzen im Flur und faulenzen. Ich habe ihnen schon gesagt, dass sie für das Herumsitzen nicht bezahlt werden.«

Mareikje drehte sich um. »Sie sitzen im Flur, weil ich es so angeordnet habe!« Ihr Ton war schärfer als beabsichtigt. »Aber ich bin jetzt fertig, es kann losgehen.«

Als die Männer endlich all die Kisten verstaut hatten, war Mareikje froh, dass sie und Wim sich dazu entschlossen hatten, getrennt zu fahren. In ihrer Kutsche wäre nicht einmal mehr Platz für ihn gewesen, von seinem Gepäck ganz zu schweigen. Sie entlohnte die Helfer und dankte ihnen. Dann betrat sie ein letztes Mal ihr Haus. Pitt hatte alle Türen aufgerissen und schritt, die Hände im Rücken verschränkt, von Raum zu Raum. Als er Mareikje bemerkte, kam er auf sie zu.

»Ich werde den Lagerraum lüften lassen und dann Tische und Bänke kaufen, damit man darin feiern kann.«

Mareikje sah ihn ernst an. »Ist es nicht besser, zuerst einmal zu sehen, wie die Geschäfte laufen, bevor man ans Vergnügen denkt?«

Pitt winkte ab. »Was machst du dir für Sorgen? Die Geschäfte laufen gut, seit du nach Amsterdam gekommen bist. Du hast dein Vermögen von Woche zu Woche vergrößert, sogar ohne mich. Und das in deinem Zustand.« Er warf einen Seitenblick auf ihren Bauch, der jetzt deutlich aus ihrer Reisetracht hervorstand. »Warum sollte das nicht so weitergehen? Schließlich führt jetzt ein Mann die Geschäfte. Man will doch seine Kontaktpersonen bei Laune halten, indem man nicht immer nur über den Handel spricht, sondern auch mal miteinander trinkt und feiert.«

Mareikje nickte widerstrebend. Sie konnte nur hoffen, dass er ihren guten Ruf nicht ruinierte.

»Mefrouw Hoorn? Die Pferde sind so weit. Wir können fahren«, rief ihr der Kutscher zu.

Mareikje reichte Pitt die Hand. »Was ich dir bis jetzt nicht erklärt habe, das nützt nun auch nichts mehr. Mach deine Sache gut und melde dich rechtzeitig in Bruikelaar, wenn es Schwierigkeiten geben sollte.«

Pitt lachte. »Warte nur ein paar Wochen, dann wirst du Schwierigkeiten haben, dein Vermögen noch zu überblicken!«

Kurz darauf ließ sie sich von dem Kutscher, der sie bereits so zuverlässig nach Haarlem gebracht hatte, in das bequem ausgestattete Gefährt helfen. Der Mann zeigte auf eine Kordel an der Stirnseite der Kabine. »Wenn etwas ist und ich anhalten soll, zieht nur daran. Dann klingelt bei mir vorne eine Glocke.«

Mareikje hob die Schultern. »Was soll schon sein? Ihr werdet Euren Rössern ja auch eine Rast gönnen, oder nicht?«

Der Kutscher deutete auf ihren Bauch. »So kostbare Fracht habe ich selten dabei. Da muss man vorsorgen.« Er klappte die Tür zu und schwang sich auf den Bock. Kurz darauf setzte sich das Gefährt schwankend in Bewegung.

Titus hatte seinen Dienstherrn um eine freie Zeit gebeten. Doch der willigte erst ein, nachdem Annie van Seeg unter vier Augen mit dessen Frau geredet hatte. Dann war er mit Tildie und einem Beutel voller Proviant losgezogen.

Titus trug seine Geldbörse um den Bauch gebunden. Wenn es nötig gewesen wäre, hätte er sein gesamtes Erspartes für diese Reise nach Apeldoorn ausgegeben. Aber Tildie war ebenso genügsam wie er, auch ihr reichte ein Lager in einer Scheune am Wegesrand. Zum Glück wehte der Wind hier nicht so eisig und schneidend wie an der Küste, denn einmal mussten sie sogar im Wald übernachten, und dabei waren sie sich gegen die Kälte genug. Dann endlich ragte am Horizont im orangefarbenen Licht der tiefstehenden Sonne das Klostergemäuer auf.

Titus hockte sich auf die trockene Rinde eines umgestürzten Baumstamms und wartete, während Tildie mit klopfendem Herzen auf den Eingang zuging. Er sah, wie ihr die Pforte geöffnet wurde und wie eine Nonne mit ihr sprach. Er sah, wie Tildie den Kopf senkte und wie die dunkel gekleidete Frau ihr für einen Moment die Hand auf die Schulter legte, bevor sie das Tor wieder schloss. Eine Weile stand Tildie noch so da, mit hängenden Schultern, dann wandte sie sich um und kam schleppenden Schrittes und blass auf ihn zu. Er stand auf, ging ihr entgegen. Als sie vor ihm stand, nahm er sie in die Arme.

»Es ist gestorben«, sagte sie an seiner Schulter. »Zwei Tage nach der Geburt. Es war zu schwach für diese Welt.«

Titus schluckte, zog Tildie fester an sich, streichelte über ihren Rücken.

»Du bist jung, Tildie. Wir … wir sind noch – jung genug.«

Sie wischte sich mit dem Ärmel über die Nase, bevor sie zu ihm aufschaute und in seinen Augen zu lesen versuchte.

»Lass uns einen neuen Anfang versuchen, Tildie. Du und ich.«

Sie legte den Kopf an seine Brust, und so standen sie lange schweigend da. Nur Tildies leises Weinen war zu hören.

Titus sah zu den dunklen Wolken, die über sie hinweg Richtung Osten flogen. Sie würden einen tiefblauen sternenklaren Nachthimmel freigeben.

# Neunundzwanzigstes Kapitel

Während der ganzen Fahrt hatte Mareikje immer wieder Ausschau gehalten, zu jeder Kutsche hinübergespäht, die vor oder hinter ihnen auftauchte – aber vergebens. Sie würde Wim wohl erst in Bruikelaar wiedersehen. Mindestens dreimal hatte sie dem Kutscher bei der letzten Rast erzählt, wie er fahren müsse, um sie so schnell wie möglich nach Hause zu bringen.

Nach Hause.

Das eigene Heim zu lieben und gleichzeitig die weite Welt des Handels – war das nicht ein Widerspruch? Doch auch die Schildkröte bewegt sich durch die Welt und geht doch nie aus dem Haus. Diesen Vergleich hatte sie in einem der Bücher aus dem Nachlass ihres Vaters gefunden, und merkwürdigerweise kam er ihr jetzt, während das Gefährt mit all ihren liebsten Habseligkeiten in Richtung Brabant ruckelte, wieder in den Sinn.

Noch hatte sie sich gar keine Gedanken darum gemacht, wo sie mit Wim Straaten leben wollte. Als Mefrouw Straaten, dachte sie lächelnd. Wie gut das klang. Ihr eigenes Haus war groß genug für ihre werdende Familie, aber mit Rieke, Henk und Tildie stießen sie dort auch schon an Grenzen. Das Arbeitszimmer ihres Vaters würde Mareikje für ihre Geschäfte brauchen, aber an ein Atelier für Wim war nicht mehr zu denken. Wims Haus war noch kleiner: eine Kammer zum Schlafen, die gemütliche, aber ebenfalls kleine Wohnstube und das Atelier. Das reichte nicht.

In diesem Moment hörte sie unter den Rädern der Kutsche das Klappern von Holzbohlen.

Mareikje sah hinaus. Endlich! Bruikelaar. Der Kutscher lenkte die Rösser von Westen in den Ort hinein. Das war zwar ein Umweg, aber dafür waren die Wege hier viel besser ausgebaut. Mareikje musste sich beherrschen, nicht jedes Mal, wenn sie auf der Straße jemanden erkannte, die Tür der Kutsche aufzureißen. Am liebsten wäre sie am Ortseingang ausgestiegen und neben dem Wagen hergelaufen. Aber das ging jetzt wohl nicht mehr. Nicht nur wegen ihres Bauches.

Sie blickte an sich hinab. War der blaue Kurzmantel mit dem Pelzbesatz vielleicht eine schlechte Wahl für ihre Ankunft in Bruikelaar? Andererseits hatte sie kein Kleidungsstück, das sie angenehmer wärmte. Und auch die gefütterten Stiefel aus italienischem Leder hielten ihre Füße wohlig warm.

In Bruikelaar, das hatte sie jedem Brief, den Onkel und Tante geschrieben hatten, entnehmen können, war sie jetzt nicht mehr Hoorns Mareikje, sondern Mefrouw Hoorn. Die Tulpenkönigin. Und bald würde sie Mefrouw Straaten sein. Da gehörte es sich nicht mehr, einfach die Dinge zu tun, die einem in den Sinn kamen. Sie wischte die Feuchtigkeit von der Fensterscheibe, bis sie ein Guckloch hatte, und sah wieder hinaus.

Jetzt hielt sie es nicht mehr aus. Energisch griff sie nach der Kordel und zog daran. Einen Augenblick später kam das Gefährt zum Stehen. Der Kutscher stieg von seinem Bock herunter und wollte die Tür für Mareikje öffnen, aber die rannte ihn beinahe über den Haufen. »Antonius! Antonius, hier bin ich!« Sie winkte mit den Armen.

Antonius van Halder drehte sich um, stutzte und winkte zurück. Zunächst schien er unentschlossen, aber dann drehte er sich um, steckte die Hände in die Hosentaschen und setzte seinen Weg mit eingezogenem Kopf fort.

Mareikje gab dem Fahrer ein Zeichen zu warten und lief, den Rock geschürzt, hinter dem Tuchhändler her. Er zuckte zusammen, als sie ihn an der Schulter festhielt. »Bist du noch böse mit mir?«

Mit hochrotem Kopf starrte Antonius auf Mareikjes Bauch, den sie mittlerweile weder verstecken wollte noch konnte.

»Da bist du also wieder, Mareikje Hoorn.« Er kniff die Lippen zusammen.

»Antonius! Was ist los mit dir? Freust du dich gar nicht, dass ich …«

Antonius holte Luft, als wolle er zu einer Antwort ansetzen, dann wich das Blut aus seinem Gesicht, und er drehte sich um. »Ich glaube nicht, dass wir noch etwas zu besprechen haben, Mareikje Hoorn.« Er blieb stehen, wandte sich ihr noch einmal zu. »Oder soll ich schon ›Mefrouw Straaten‹ sagen?«

Ihr blieb der Mund offen stehen. Sollte sie sich getäuscht haben? Hatte Antonius doch mehr für sie empfunden? Sie war sich so sicher gewesen, dass er nach dem Tod seines Vaters keinen Grund mehr sah, sie zu heiraten. Er brauchte es ja niemandem mehr recht zu machen … »Antonius?«

»Denk nicht, du könntest mich für dumm verkaufen.« Er wies mit dem Kinn auf ihren Bauch. »Rechnen kann auch ich, Mareikje, das zumindest kann ich.« Ruckartig machte er kehrt und sah sich nicht mehr um.

Sprachlos sah Mareikje ihm nach, dann eilte sie zur Kutsche zurück. Sie würde noch eine Menge Dinge zu klären haben, bevor sie in Bruikelaar in Frieden leben konnte. Aber der Schimmer des Grübelns verschwand schnell aus ihrem Gesicht, als sie wenig später all ihre Lieben umarmen und begrüßen konnte.

Alle eilten sie aus dem Haus, als die Kutsche vorfuhr, Rieke und Annie schnatterten um die Wette und ließen Mareikje kaum Zeit zum Luftholen. In dem Trubel blieb sogar kaum mehr Zeit für einen kleinen Kuss für Wim, der ein paar Stunden vor ihr wohlbehalten eingetroffen war. So viel wollten die beiden Frauen wissen, so viel gab es zu erzählen. Sie nahmen sie untergehakt in ihre Mitte, führten sie in ihr Elternhaus, und Annie strich ihr verstohlen über den Bauch, noch bevor sie an dem blankgeschrubbten Küchentisch saßen.

Eduard rechnete vor der Tür mit dem Kutscher ab, auch wenn es ihm nicht gefiel, was Mareikje ihm zugeflüstert hatte: »Höker nicht und sei nicht geizig. Der Mann hat sich auf der Fahrt um mich gesorgt wie eine Henne um ihre Küken.« Wim wuchtete geduldig Koffer um Koffer, Taschen und Kisten aus der Kutsche und schleppte sie ins Haus. Zeit mit seiner Mareikje allein würde ihm schon noch bleiben, wenn die Neugier der anderen erst einmal gestillt und die Wiedersehensfreude der zufriedenen Alltäglichkeit gewichen war.

Es dauerte viele Stunden, bis an diesem Tag im Haus von Mareikje Hoorn Ruhe einkehrte, bis nur noch sie, Henk und Rieke in der Küche saßen. Schweigend, alle drei, weil sie spürten, dass sie sich schon bald alles erzählen würden, und jetzt lieber die Ruhe der frühen Abendstunden genießen wollten. Plötzlich knarrte die Haustür, und als hätte sie nur darauf gewartet, sprang Rieke auf.

»Da sind sie ja, endlich.«

»Sie? Wer ist da?« Mareikje stand auf. Da trat auch schon Tildie in die Stube.

»Mareikje!«, rief sie. Ihr Gesicht leuchtete jung und gesund, wie von der Sonne beschienen. »Endlich sehe ich dich wieder!«

»Tildie!« Mareikje fiel der Freundin in die Arme und hielt sie so fest, dass es ihr fast unangenehm am Bauch wurde. Sie löste sich aus der Umarmung, hielt Tildie mit ausgestreckten Armen an den Schultern. »Aber wieso sagt Rieke ›Sie sind da‹? Wen hast du noch bei dir?«

Tildie griff durch die Tür in die dunkle Diele und zog den großgewachsenen Knecht herein, der eine hölzerne Verbeugung andeutete. »Mefrouw Hoorn …«

Mareikje kniff ein Auge zusammen, tippte sich mit dem Zeigefinger an die Wange. »Sag nichts. Ich kenne dich. Du bist doch …«, sie überlegte einen Moment. »Titus, nicht wahr? Ja, jetzt habe ich es. Du bist Titus! Früher hast du meinem Vater manchmal geholfen, seine Orgeln auseinanderzubauen und auf den Wagen zu laden, oder?«

Titus nickte. »Euer Gedächtnis ist aber sehr gut, Mefrouw Hoorn, das ist doch schon lange her.«

»Und wenn du noch einmal Mefrouw zu mir sagst, bin ich beleidigt.« Mareikje nahm den schüchtern Dastehenden einfach in die Arme, so wie sie es mit der Freundin gemacht hatte. »Ich heiße Mareikje, das weißt du doch.«

Dann wechselte sie einen Blick mit Tildie, die bereits aus dem Topf naschte, aus dem es köstlich nach Hühnersuppe duftete. In dem glücklichen Lächeln der Freundin schwang ein Hauch von Trauer mit, für die Mareikje keine Erklärung hatte. Aber sie wusste, dass Tildie sie ins Vertrauen ziehen würde. Wie früher. Wir haben uns viel zu erzählen, nicht wahr, Tildie?, sagte ihr Blick über die Köpfe der anderen hinweg. Tildie nickte und lächelte sie an.

Zum Jahreswechsel, als die Äste der Linden karg über den Grachten hingen, brummte es in Bruikelaar beinahe noch mehr als vor der Tulpenauktion, die den Ort in der ganzen Gegend bekannt gemacht hatte; diesmal allerdings aus einem Grund, den die Menschen seit Urzeiten kannten: Man bereitete sich auf eine große Hochzeit vor.

Der Winter kam in diesem Jahr mild über Brabant. Die Morgen waren kalt und neblig, die letzten Blätter der vergangenen Herbststürme wirbelten durch die Gassen und über die Giebeldächer der kleinen Stadt. Mit strengem Frost rechneten die Bauern frühestens in den letzten Tagen des Januars. Die vereinzelten weißen Flocken, die sich nachts in den Regen mischten, schmolzen im gurgelnden Wasser der Grachten.

Lange hatten Mareikje und Wim mit Onkel Eduard und Tante Annie am Weihnachtsabend geredet, welches der richtige Termin für die Hochzeit wäre. Mareikjes schwellender Bauch ließ es ratsam erscheinen, den Tag so früh wie möglich zu feiern. Andererseits war noch nicht einmal ein Jahr ins Land gezogen, seit Geert Hoorn gestorben war, und Mareikje wollte die Trauerzeit abwarten, um ihm so ein ehrendes Andenken zu bewahren.

Schließlich schlug Wim den Tag vor, an dem Geert Hoorns Jahresmesse gelesen werden sollte. Annie stimmte ihm sofort zu. »Das wäre es gewesen, was mein Bruder gewollt hätte. Ihm war immer klar, dass wir Alten irgendwann für die Jungen auf Gottes schöner Welt Platz machen müssen. Zur Freude über ein neues Leben gehörte für ihn immer auch das Wissen um die eigene Vergänglichkeit. Ja, das ist ein wunderbarer Tag für eure Hochzeit.«

In den nächsten Tagen kamen die Hochzeitsvorbereitungen richtig in Schwung. Beinahe jeder Haushalt wurde einbezogen. Hier mussten Eier bestellt werden, dort wurde ein Schwein gemästet, das zu diesem Tag schlachtreif sein sollte. Die Putzmacherin hatte nicht nur mit Mareikjes prächtigem Hochzeitskleid zu tun – aus dunkelgrüner schwerer Seide mit weitem rundem Dekolleté und einer blütenweißen, mit dunkelgrünen Bändern verzierten Bluse. Auch für Tildie gab es eine neue Tracht zu schneidern, die nicht nur für diesen einen Zweck gut sein sollte. Mareikje hatte gelächelt, als Tildie abwehren wollte. »Das geht doch nicht. So ein teures Geschenk.«

»Nun rede keinen Unsinn. Meinst du, ich würde mit einer Brautjungfer im Alltagskleid vor den Altar treten? Und dass wir dann eine Tracht fertigen lassen, die im Frühjahr für deine eigene Hochzeit umgearbeitet werden kann, ist doch wohl selbstverständlich.« Dabei hatte sie gezwinkert, denn sie wusste nur zu gut, wie wichtig es für Titus war, sich und seine Braut alleine unterhalten zu können.

Mine Hennecker hatte nicht nur mit den beiden jungen Frauen viel Arbeit. Auch Tante Annie ließ sich mit den Stoffen herausputzen, die Mareikje ihr aus Amsterdam mitgebracht hatte, und viele der anderen Frauen aus dem Dorf und aus der Umgebung wollten zu diesem Ereignis im besten Licht erscheinen.

Tuchhändler Antonius van Halder hätte ob dieser Umstände und der klingenden Kasse bester Laune sein sollen. Aber keiner in Bruikelaar bekam ihn derzeit heiter zu Gesicht. Mareikje passte einen Tag ab, an dem es in seinem Laden am Marktplatz ruhig zuging, um ihn anzusprechen.

»Mareikje Hoorn, was für eine Überraschung.« In seinem Kontor im rückwärtigen Teil des Geschäfts sah Antonius nur kurz auf und vertiefte sich dann wieder in das Schreiben, das vor ihm auf dem Sekretär lag.

Sie zog einen Stuhl heran und setzte sich ihm gegenüber.

»Wenn du einen schönen Stoff kaufen willst, musst du noch

einen Moment warten.« Er machte eine Geste mit der Hand zu den Regalen im Vorraum. »Du darfst dich solange gern umsehen, ob du etwas findest, das dir gefällt.«

Mareikje griff über den Tisch und schob den Brief beiseite, mit dem Antonius sich dem Gespräch entziehen wollte. »Du wirst mit mir reden, und zwar jetzt.« Sie pochte mit dem Zeigefinger auf das Holz. »Über uns beide wirst du mit mir reden, nicht über Stoffe.«

Antonius verzog den Mund. »Ich wüsste nicht, was es über uns noch zu reden gäbe.«

»Ach, dann warst du das gar nicht, von dem ich mir noch bis vor einem halben Jahr erträumt hatte, wir könnten beste Freunde werden?«

»Seit wann weißt du, dass du schwanger gehst?«

Wie schützend hielt sie beide Hände auf ihren Bauch. »Was hat das damit zu tun?«

Er zog eine Augenbraue hoch. »Nun, ich nehme an, du weißt, wer der Vater ist.«

Ruckartig riss sie den Kopf hoch und sah ihm in die Augen. »Was meinst du damit?«

»Wenn ich damals geahnt hätte, dass du mit dem Maler … Ich glaube, dann wäre vieles anders gelaufen zwischen uns beiden.« Mit ungewohnt kühlem Blick sah er auf Mareikje herab. »Aber immerhin hast du ihm ja das Kind unterschieben können, gut gemacht.«

»Falls du glaubst, es wäre dein Kind, Antonius: Du täuschst dich.«

Er stieß ein verächtliches Schnauben aus. »Weibsvolk«, spie er hervor. »Eine so schlecht wie die andere.«

Mareikje hielt es für das Klügste, ein Gespräch über die Schändlichkeit der Frauen zu umgehen. »Was auch immer passiert ist, Antonius, ich hoffe, dass wir einen Weg finden, wieder Freunde zu werden. Wir sollten uns die Zeit nehmen, jetzt, wo dein Vater nicht mehr da ist, um dich zu drangsalieren.«

Er dachte einen Moment nach, spielte mit dem Federkiel in seiner Hand. »Wir werden sehen«, sagte er endlich. Nur eine pulsierende Ader an seiner Schläfe zeigte, dass er nicht so gelassen war, wie er sich gab.

Da erklang aus dem Lager eine junge Stimme. »Mijnheer van Halder, die neuen Ballen sind zu schwer, um sie allein in das obere Regal zu hieven!«

Antonius' Wangen verfärbten sich, als Mareikje ihn fragend ansah. Dann stand ein hübscher junger Mann in der Tür zwischen Kontor und Lager und lächelte. Er begrüßte Mareikje und wandte sich dann an Antonius. »Ich brauche Eure Hilfe, Mijnheer.«

»Ja, ja«, Antonius machte eine fahrige Geste, um ihn aus dem Raum zu vertreiben. »Ich komme gleich, Hendrick.«

»Wer ist das?«, fragte Mareikje verdutzt, als der Junge wieder im Lager verschwunden war.

Antonius erhob sich. »Ein Musikus, der sich hier ein paar Stüver dazuverdient. Mehr nicht«, fügte er hinzu, als hätte Mareikje etwas Peinliches gefragt. »Ich wünsche dir eine große Hochzeit, Mareikje Hoorn«, sagte er zum Abschied, ohne sie anzusehen. Offenbar betrachtete er das Gespräch als beendet. Mareikje sah ein, dass der Frieden zwischen ihnen nicht mit wenigen Worten wiederhergestellt werden konnte. Aber ein Anfang war gemacht.

Sie nickte und verließ den Laden mit der vagen Zuversicht, dass die Zeit die Wunden heilen würde, die Antonius davongetragen hatte.

Am Vorabend der Hochzeit trafen einige Kutschen aus Amsterdam in Bruikelaar ein. Ihre Passagiere hatten die Kammern in den wenigen Herbergen des Ortes belegt. Auch aus den umliegenden Städten bis aus s'Hertogenbosch reisten die Gäste bereits am Vortag an, wobei diese meist Quartier bei Freunden und Verwandten fanden. Aus Gouda kam Antonius' Mutter mit zwei ihrer Nichten, nicht nur um diese in die Gesellschaft von Brabant einzuführen, sondern wohl auch, um zu zeigen, dass sie sich Bruikelaar weiterhin verbunden fühlte.

Bis spät in die Nacht schmückte Pfarrer Weegelhost die Kirche, die Frauen des Dorfes hängten bunte Tücher und getrocknete Blumen an Wände und Decken, die Männer schleppten die schweren Holzbänke aus dem Vorraum herein und sorgten dafür, dass zur Feier des Tages nahezu doppelt so viele Kirchgänger Platz finden würden.

Mareikje und Wim nutzten den Vorabend, als Familie und Freunde mit den Vorbereitungen beschäftigt waren, um sich in liebevoller Zweisamkeit ihre Vermählungsgeschenke zu überreichen.

In Wims Werkstatt hatte sich seit seiner Rückkehr nicht viel verändert. Immer noch bullerte in der einen Ecke der dreibeinige Ofen, in der anderen der größere aus Geert Hoorns Studierzimmer, den Henk vor so vielen Monaten auf dem Karren herbeigeschafft hatte. Die Bank war immer noch von den Stoffen bedeckt, die Mareikje zusammengesucht hatte. Mitten im Raum hatte Wim seine Staffelei wieder aufgebaut. In den nächsten Wochen wollte er sein Atelier ausbauen, die Fenster vergrößern, sodass der Raum von Licht durchflutet würde, die Böden reparieren, die Deckenbalken ausbessern. Hinter dem Haus würde er sich einen Garten anlegen, wie er ihn bei vielen Haarlemern bewundert hatte, mit Beeten in ordentlichen Reihen und Bänken zum Verweilen während seiner künstlerischen Schaffenspausen, mit von Bäumen beschatteten Spazierwegen, Buchsbaumhecken und Farbtupfern von Blumen.

Wohnen wollten er und Mareikje im Hoorn'schen Haus, für das sie bereits einen Anbau geplant hatten, ein Altenteil für die lieben Dienstleute. Rieke und Henk gehörten auch ohne Blutsbande zu ihrem Leben. Und um Tildie brauchte sich niemand mehr zu sorgen. Titus ging völlig darin auf, für Frau und, so hofften sie, Kind ein behagliches Heim zu schaffen.

Regentropfen platschten leise gegen das Fenster zur Straße hin und bildeten kleine Bäche, die die Scheibe hinabrannen. Die Wandfackel verbreitete rotgoldenes Licht, die Öfen verströmten knisternde Wärme. Mareikje hatte auf der Bank ihren Kopf in Wims Schoß gebettet und die Beine mit einer Decke umwickelt. Er sah mit einem Lächeln auf sie hinab und spielte mit einer Strähne ihres Haares.

»Hast du das Bild eigentlich jemals fertig gemalt?«, fragte sie.

Er brauchte nur einen Augenblick, um zu verstehen, welches sie meinte. Ein Lächeln glitt über sein Gesicht. »Was dachtest du denn! Es wäre eine Sünde, dich unvollendet zu lassen.«

Sie erwiderte sein Lächeln. »Alles aus dem Gedächtnis?«

»Ich hatte meine Aufzeichnungen, und ich habe dich gesehen. Den Anblick habe ich nie vergessen.« Er beugte sich hinunter. Sie hob ihm den Kopf zum Kuss entgegen.

»Was wirst du damit machen?«

Er hob die Schultern, blickte nachdenklich aus dem Fenster. Die Falten um seine Augen verrieten sein Schmunzeln. »Vielleicht signiere ich es nicht. Und wenn es jemand im Nachlass unserer Kindeskinder findet, wird keiner mehr wissen, wer die schöne unbekleidete Frau ist. Wäre das nicht aufregend?« Er grinste. »Vielleicht wird das Gemälde berühmt, und die Welt wird rätseln, welche Frau von solch vollendeter Schönheit es darstellt. Und natürlich, wer der talentierte Künstler war.«

Mareikje lachte und puffte ihm mit der Faust in den Bauch. »Du bist ein Träumer, Wim Straaten. Und ein Wirrkopf dazu. Wer sollte mich jemals vollendet finden?«

»Ich.« Wieder küsste er sie, diesmal länger, und Mareikje wurde es zu warm unter der Decke. Sie richtete sich auf, setzte sich neben ihn und machte eine feierliche Miene.

»Du bekommst jetzt dein Geschenk«, sagte sie.

Er verbarg erneut sein Schmunzeln. Auch wenn Mareikje in diesem Jahr bewiesen hatte, dass sie es als Frau mit der Männerwelt aufnehmen konnte, so war sie im Herzen doch das Mädchen geblieben, das er so sehr liebte. »Muss ich die Augen schließen?«

Sie nickte ernsthaft. »Natürlich. Das ist so Brauch.«

Kurz darauf befühlte er hingerissen jeden einzelnen Pinsel aus der kostbaren Utensiliensammlung, ließ die Haare über den Daumen streichen, öffnete jedes Gläschen mit Farbkristallen. Der entrückte Ausdruck in seinem Gesicht gab Mareikje die Gewissheit, dass sie ihm eine wirkliche Freude beschert hatte.

Ohne weitere Aufforderung kniff Mareikje ihrerseits die Augen zusammen, als sich Wim endlich erhob, in der Schlafkammer herumkramte und sie schließlich bat, die Augen wieder zu öffnen. Er stand mit einer länglichen hohen Holzkiste vor ihr. »Hier ist mein Geschenk für dich, Mareikje Hoorn.«

Sie hob den Deckel an und stieß einen Freudenschrei aus. Sie strahlte Wim an und schaute dann wieder in die Kiste hinein. Mitten hinein in einen Blütenkelch, aus dem scharlachrot gefederte, reinweiße Blätter wuchsen.

»Eine Tulpe der Rosensorte!«, stieß sie hervor. »Du lieber Himmel, Wim, sie ist ein Traum, ein Wunder!« Inzwischen gab es in Holland dreizehn Tulpensorten. Die Rosen, Violetten und Bizarden gehörten zu den beliebtesten. Die Rosensorten traf man am häufigsten, und immer wieder mal gelang es einem besonders umsichtigen Gärtner, eine neue Züchtung dieser Gruppe ans Licht zu locken.

Mareikje strahlte Wim an.

»Wie lange musst du gesucht haben, um so ein Prachtstück zu finden!«

Er setzte sich neben sie und zeigte ihr, dass man auch die Seitenwände der Kiste herunterklappen konnte. So kam die Tulpe in ihrer vollen Schönheit mit dem langen schlanken Stiel zur Geltung. »Ein Arzt aus Leiden, Adriaen van Doot, hat mir die Zwiebel zum Dank für meine Bilder geschenkt.« Er senkte bescheiden den Blick. »Er war wohl recht zufrieden mit meiner Arbeit. Es war kein leichtes Unterfangen, sie so zu pflegen und zu wärmen, dass sie im Januar blüht.«

Mareikje stellte die Kiste vorsichtig neben ihren Füßen auf den Boden und umarmte Wim fest. »So ein wundervolles Geschenk, lieber Wim.«

»Wirst du sie an deinem Hochzeitskleid tragen?«, fragte er dicht an ihrem Ohr.

»Ich kann mir nichts Schöneres vorstellen«, sagte sie und sank in die Kissen zurück, als er sie leidenschaftlich küsste.

# Dreißigstes Kapitel

Am Hochzeitsmorgen strahlte die Januarsonne mit all ihrer Kraft am wolkenlosen Himmel über Bruikelaar, ließ den Tau in den Wiesen verdampfen und das Wasser in den Grachten glitzern. Pfarrer Weegelhost begrüßte die Gläubigen persönlich auf der obersten Treppenstufe am weitgeöffneten zweiflügligen Kirchtor. So mancher Bruikelaarer meinte in seinen Augen ein Funkeln zu erkennen, das von der Vorfreude auf das stattliche Sümmchen kommen musste, das sich an diesem Tag wohl in den Körben sammeln sollte.

Der Ablauf der Feier klappte so gut, als habe man ihn wochenlang geübt. Kaum saßen die Letzten auf ihren Plätzen, sah der Pfarrer schon den Zug, der vom Haus der Hoorns über die Hauptstraße kam. Er ließ die Glocken anschlagen, und die Hochzeitsgesellschaft zog unter feierlichem Geläut in die Kirche ein: vorweg die Mädchen des Dorfes in den schweren, mit Damast besetzten Kindertrachten, die getrocknete Blüten verstreuten. Das ganze Jahr über hatten sie gesammelt, immer in der Gewissheit, ein Paar würde sich im Winter schon zur Hochzeit finden.

Mareikjes Erscheinen sorgte in der vollbesetzten Kirche für manches »Aah« und »Ooh«, nicht nur bei den jungen Frauen des Ortes. Die herrliche Tulpe prangte am Dekolleté ihres kostbaren Kleides, aber schöner noch war das vor Glück strahlende Antlitz der Braut.

Dass hinter Mareikje, die an Titus' starkem Arm den Mittelgang der Kirche entlangging, noch Wim kam, mit Tildie an seiner Seite, wurde kaum noch wahrgenommen. Ihm war das durchaus recht, denn weder der feine, extra für die Hochzeit geschneiderte Anzug noch die schwere Kappe oder die prächtig bemalten Holzschuhe gefielen ihm wirklich.

Als die Hochzeitsgesellschaft ihre Plätze in der ersten Reihe eingenommen hatte, kehrte wie von selbst Ruhe ein in dem großen Kirchraum, der durch die vielen Menschen beinahe aufgewärmt war. Weegelhost hielt eine sorgfältig vorbereitete Predigt, und im Gotteshaus war es zu seinem Erstaunen mäuschenstill, als lauschten sie diesmal wirklich.

Er redete lange über Geert Hoorn, über das, was die Bibel über Handwerker sagte, und über Menschen, die ihre Kinder gottesfürchtig erziehen. Dann sprach er eine Weile über die Zeiten, die sich immer ändern, und dass es nichts Verwerfliches sein könne, wenn eine Frau Geld verdiene, auch wenn manch einer das nicht einsehen wollte. Weegelhost überraschten in diesem Teil der Predigt seine eigenen Worte, aber er hatte das unbestimmte Gefühl, dass bei diesem Hochzeitspaar wohl die Braut den größeren Batzen in den Spendenkorb legen würde. Außerdem fand er ohnehin, dass eine kluge Frau leicht drei dumme Männer aufwiege.

Er schaffte einen eleganten Übergang zum Sakrament der Ehe und zur Pflicht, sich fortzupflanzen. Ohne das Thema zu vertiefen – die Gläubigen hatten ihn auch so verstanden –, kam er zum Schluss, noch ehe der Erste von den Alten in den mittleren Reihen einschlief.

Danach stieg Eduard van Seeg auf die Empore, spielte noch einmal einen Choral zu Ehren seines Freundes und Schwagers, bevor er mit einem fröhlicheren Lied zur Trauungszeremonie überleitete.

Das klar und deutlich ausgesprochene »Ja« der Brautleute ließ in der ganzen Kirche die Tränen rollen, sodass Weegelhost seine Gehilfen mit diskreten Gesten anwies, die Sammlung schon früher zu beginnen. Der Erfolg zeigte sich, als die nächsten drei Lieder gesungen waren: Die Körbe quollen beinahe über. Der Segen des Pfarrers war selten so ehrlich gemeint gewesen wie zum Abschluss dieser wunderbaren Messe.

So traf man sich kurze Zeit später zum Schlemmen und Feiern, Singen und Trinken in der mollig warmen Citadel wieder. Weegelhost musste gelegentlich Augen und Ohren verschließen und ganz fest an die Reparatur des Kirchendaches denken, um nicht aus der Haut zu fahren, und Onkel Eduard drohte mehr als einmal mit dem Finger, wenn die Anspielungen auf Mareikjes Zustand zu anstößig zu werden drohten.

Mareikje trank – wie Wim auch – nur wenig und nahm all das mit der Gelassenheit der frisch Verheirateten. Die beiden saßen am Ehrentisch mit dem Pfarrer, dem Amtmann aus s'Hertogenbosch und mit den van Raps, die Mareikje in Amsterdam so lieb gewonnen hatte.

Und dann war da noch ein Ehrengast, der erst nach der heiligen Messe angereist war: Nicolas de Jongh, Wims Förderer in Haarlem.

So ging es auch am größten Tisch in der Citadel bald nicht mehr um die Kühe in Bruikelaar oder das Wetter in Brabant, sondern um neuartige Gewürze, Farben und andere Handelswaren aus der Neuen Welt.

Die Platten mit dem Mittagsmahl waren lange abgeräumt, alles bereitete sich mit Bier und Wein auf den Kuchen vor, als die Tür sich öffnete und ein Mann in der Uniform der Amsterdamer Stadtwachen den Raum betrat. Er blickte sich kurz um und stiefelte dann auf den Ehrentisch zu. »Mijnheer van Raps? Hättet Ihr wohl einen Moment …?«

Claudius van Raps entschuldigte sich bei Mareikje und Wim, bevor er mit dem Boten den Saal verließ. Seine Frau Helene beugte sich zu Mareikje und Wim hinüber. »Verzeiht, aber er ist vom Rat der Stadt zum Schiedsmann der Kaufleute bestellt worden. Da passiert so etwas von Zeit zu Zeit.«

Claudius war unter seinen dunklen Haaren blass wie ein Leichentuch, als er endlich zurückkam. Sofort wurde er mit Fragen bestürmt. Er nahm einen Schluck aus seinem Bierkrug, bevor er sich mit ernstem Gesicht an Mareikje wendete. »Es tut mir leid, weil es dir vermutlich deine Feier verderben wird, aber ich muss es dir sagen, und zwar sofort. Pitt Henseler ist aus Amsterdam geflohen.«

Mareikje umklammerte unmerklich die Tischplatte. Die Anspannung breitete sich in ihrem Körper aus wie ein schnellwirkendes Gift. »Geflohen? Hat er etwas ausgefressen?«

Cornelius senkte die Stimme. »Es scheint so, als ob er bei fast jedem in Amsterdam Schulden hat. Das Ganze ist wohl aufgeflogen, als er Schuldscheine ausgeschrieben hat, für die dein Haus als Sicherheit dienen sollte. Jemand hat gemerkt, dass das Haus ihm gar nicht … Mareikje! Was ist los mit dir?«

Mareikjes Kopf war gegen Wims Schulter gefallen. Alle Farbe war aus ihrem Gesicht gewichen. Am Nachbartisch hatte Tildie die Situation beobachtet. Sie sprang auf und packte die Freundin unter den Armen. »Schnell! Helft mir, sie muss hier raus! Wir bringen sie nach Hause.«

In Windeseile stand de Jonghs Kutsche vor der Tür, Wim und Henk trugen Mareikje gemeinsam hinein, Eduard, Annie, Tildie, Cornelius und Helene folgten und liefen in heller Aufregung und Sorge den Weg zum Haus der Hoorns zu Fuß.

Dort war die Arbeit der Männer getan, nachdem sie Mareikje in die Schlafstube gebettet hatten. Eduard van Seeg begab sich auf den Weg zurück in die Citadel, damit wenigstens ein Familienmitglied das Ende der Hochzeitsfeier dort erlebte. Henk zog den guten Anzug aus, schlüpfte in Arbeitshose und Stalljacke und machte sich daran, das zu erledigen, was ohnehin getan werden musste. Einen anderen Weg, seine Sorgen zu vertreiben, wusste er nicht. Wim setzte sich mit Cornelius van Raps in die Küche auf die Ofenbank und wartete mit geschlossenen Augen auf Nachrichten aus der Schlafstube.

Die Frauen hatten sich um Mareikjes Bett versammelt. Tante Annie bemühte sich verzweifelt, die ganze Runde ruhig zu halten. Tildie hielt der Freundin die Hand und wischte ihr die Stirn. Helene van Raps kümmerte sich mit Rieke um das Praktische. Da waren Tücher bereitzulegen, es musste für Nachschub bei den Kerzen gesorgt werden, und man brauchte heißes Wasser, so viel, wie die Kessel in der Küche hergaben. Inzwischen war auch die Hebamme Rina eingetroffen, eine noch junge Frau, kaum älter als Mareikje. Sie hatte den Dienst erst vor wenigen Wochen von der alten Margareta übernommen, deren Finger krumm und knorpelig geworden waren. Umsichtig tastete sie den Bauch ab und fühlte mit der Hand, ob das Kind richtig lag. Sie blickte Mareikje an.

»Hab keine Angst«, sagte sie. »Es ist dein erstes Kind, ja?«

Mareikje nickte und ließ sich den Schweiß von der Stirn abtupfen, als eine heftige Wehe abflaute.

»Atme ruhig, dann ist es bald überstanden, und wir haben das Kleine auf der Welt.« Sie öffnete ihre Tasche und legte eine Schere, einen Schwamm, Nadel, Faden und eine Flasche Lilienöl bereit, mit dem sie erst ihre Hände einrieb, um es zu wärmen, und dann Mareikjes Bauch massierte.

Rina wusste, die größten Schwierigkeiten bei einer Erstgeburt waren die Angst und die Unerfahrenheit der Mutter. Da würde sie in diesem Haus genügend Unterstützung haben, denn außer Mareikje hatten alle Frauen im Raum schon Kinder geboren. Geschickt brachte sie das Gespräch auf die Geburten der anderen und sah, wie sich Mareikjes Gesichtszüge bei den Erzählungen entspannten – bis die nächste der Wehen, die in immer kürzeren Abständen kamen, sie schüttelte.

Wim Straaten, Cornelius van Raps und Henk saßen schweigend am Küchentisch und betranken sich – spätestens, seit Mareikjes Schreie durch das Haus gellten. Zuerst war es nur einer, dann kam eine lange Pause und dann der nächste. Doch bald wurden die Schreie angstvoller und lauter, die Pausen kürzer. Cornelius wischte sich den Bierschaum vom Kinn und tätschelte dem käsigen Wim die Schulter. »Wird schon, wird schon. Ist immer so, keine Sorge.«

Es war fast Mitternacht, als Rieke in die Küche kam. Die Männer hingen entspannt in den Stühlen und blickten ihr mit trübem Blick entgegen, halb volle Bierkrüge vor sich, eine fast leere Flasche Genever mitten auf dem Tisch. Henk rülpste in die hohle Hand.

Die Standpauke der alten Magd hatte sich gewaschen, und nachdem die drei sich unter der Pumpe im Stall gegenseitig den Kopf mit kaltem Wasser begossen hatten, fingen sie an, sich nützlich zu machen: Henk holte Nachschub an Brennholz, um den Ofen heiß zu halten. Wim und Cornelius sorgten dafür, dass stets genügend heißes Wasser bereitstand. Mareikjes Schreie wurden lauter und lauter, und sie hielten sich vor Verzweiflung die Ohren zu.

Rina, die noch von der alten Margareta wusste, wie viel Arbeit ein Vater machte, der bei der Geburt die Nerven verlor, drehte kleine Stofffetzen zu Kügelchen, tauchte sie kurz in Kerzenwachs und reichte sie den Männern. »Stopft euch das in die Ohren und fallt uns bloß nicht zur Last. Macht euch keine Sorgen, es ist nicht das erste Mal, dass eine Frau niederkommt.«

Der Morgen graute schon, als Wim es trotz der Tücher in den Ohren nicht mehr aushielt. »Es geht nicht mehr. Ich muss zu ihr, ich kann sie da nicht alleine lassen.« Mareikje schrie seit einer Viertelstunde ununterbrochen.

Bevor Henk ihn daran hindern konnte, war Wim aufgesprungen und zur Tür hinausgelaufen. Doch als er die Diele betrat, erstarben Mareikjes Schreie.

Einige Sekunden lang war es ganz still, dann erfüllte ein Krähen das Haus, ein Krächzen erst, dann ein wütendes hohes Geschrei, wie es nur ein kerngesundes Geschöpf von sich geben konnte.

Wim drehte um und setzte sich wieder zu den anderen. »Scheint vorbei zu sein.«

Cornelius van Raps nickte.

Keine halbe Stunde später hatten die fleißigen Frauen das Geburtszimmer wieder in einen Zustand versetzt, der auch für Männer erträglich war, und sie durften eintreten.

Wim Straaten stürmte ans Bett seiner Frau, die beiden anderen sowie Onkel Eduard, der mittlerweile mit gelöstem Kragen und geöffnetem Wams aus der Citadel zurück war, blieben in der Tür stehen.

Mareikje war in den weißen Kissen kaum zu erkennen, so blass war sie. Nur die blonden Haare und die tiefschwarzen Ringe unter den Augen hoben sich vom Bettzeug ab. Aber sie strahlte und streichelte sanft den Kopf des Kindes, das sie im Arm hielt.

Wim setzte sich vorsichtig auf die Bettkante und nahm ihre freie Hand, atemlos vor Erleichterung. »Liebste.«

Cornelius van Raps traute sich jetzt auch einen Schritt vor. Er blickte verstört auf Mareikje hinab. »Ich wage ja fast nicht zu gratulieren. Schließlich habe ich ja wohl mit den Nachrichten aus Amsterdam – na ja, wenn ich damit gewartet hätte …«

Mareikje lächelte tapfer. »Lass nur, Cornelius. Es ist ja alles gut gegangen, und nun werde ich keine Zeit verlieren, um mir mein …«, sie hielt inne und küsste das eingeschlafene Kind sanft auf die Stirn, »um unser Geld zurückzubeschaffen.« Sie sah das winzige Bündel in ihren Armen an. »Oder was denkst du, Rieke-Marie?«

ENDE

# Nachwort

Mareikje, Wim und die anderen sind fiktive Figuren in einer von uns geschaffenen Stadt. Aber trotz aller schriftstellerischen Freiheit haben wir Wert darauf gelegt, ihre Geschichte in den dokumentierten historischen Zusammenhang zu betten. Die alltäglichen Ereignisse in Amsterdam, Haarlem, Gouda und in unserem Bruikelaar hätten – ebenso wie Mareikjes Geschichte – im Rahmen des Tulpenfiebers genauso stattfinden können, und vielleicht haben sie das auch.

Tulpen stammen, wie im Roman beschrieben, ursprünglich aus dem asiatischen Raum, und keiner weiß genau, auf welchem Weg und wann die Blume erstmals in Europa auftauchte. Als Vater der gärtnerisch kultivierten Tulpe gilt aber generell Carolus Clusius, der größte Botaniker des 16. Jahrhunderts. Er katalogisierte und klassifizierte die Blumen und schuf damit ein Bewertungssystem, ohne das sich der Tulpenhandel nicht hätte entwickeln können. Gegen Ende des 16. Jahrhundert trat Clusius, der lange Zeit als Leiter des kaiserlichen botanischen Gartens in Wien gearbeitet hatte, eine Stelle an der medizinischen Fakultät der Universität Leiden an und trug mit seiner umfangreichen Zwiebelsammlung und seinen Kenntnissen wie kaum ein anderer dazu bei, die Tulpe so unglaublich populär zu machen.

Das Tulpenfieber ist in vieler Hinsicht ein unerklärliches Phänomen und stellt in sich ein Lehrstück der Psychologie von spekulativen Exzessen dar. Von dem Massenwahn, wie er in unserem Roman bis nach Noord-Brabant schwappt, blieb in Holland kaum jemand verschont, die gesamte Bevölkerung war infiziert.

Erklärungen, wie es zu einer solch folgenschweren Sucht in einem Land kommen konnte, dessen Bewohner über seine Grenzen hinaus als äußerst sparsam, nüchtern und arbeitsam galten, müssen vage bleiben.

Die Vereinigten Provinzen der Niederlande waren im 17. Jahrhundert eine Großmacht. Die Loslösung vom spanischen Habsburgerreich und die Einsetzung eines Statthalters waren verbunden mit einer spürbaren Reduzierung der Steuerlasten des Landes. Gleichzeitig brachte die Kolonisierung der neuentdeckten Länder, speziell Javas, und der Import der dortigen Bodenschätze, Gewürze und neuartigen Lebensmittel einen ungeheuren Reichtum in das kleine Land an der Nordseeküste.

Währenddessen sorgten der achtzigjährige Krieg gegen Spanien und die immer wieder aufflammenden Pestepidemien für einen spürbaren Mangel an Arbeitskräften. In der Folge stiegen die Löhne für einfache Arbeiter und Handwerker ebenso wie die Preise. Der Reichtum aus Übersee landete nicht nur bei den Kaufleuten und Reedern, ein Teil davon wurde nach unten weitergereicht.

In den Städten konzentrierte sich großer Geldreichtum, die wohlhabenden Bürger gingen ihren Liebhabereien nach, und eine davon war die Hobbygärtnerei. Bei den reichen Mijnheers galt es als Statussymbol, den Gästen einen gepflegten Garten mit seltenen Blumen zu präsentieren. So avancierte die Tulpe zur Modeblume, erlangte Berühmtheit und Wertschätzung. Die Preise stiegen und stiegen – wovon eben nicht nur rechtschaffene Händler, sondern auch Halunken profitierten. Allenthalben wurden Spelunken zu Tulpenbörsen umfunktioniert. Durch die schnellen Gewinne angezogen, stiegen bald auch die zu bescheidenem Wohlstand gelangten kleinen Handwerker und Bauern in die Spekulation mit den Blumenzwiebeln ein.

Die Tulpenmanie gilt als Vorbote späterer Finanzkatastrophen und wird heute von Wirtschaftsexperten zum Vergleich herangezogen, wenn Anleihen oder Wertpapiere höher als ihr eigentlicher Wert gehandelt werden.

Als holländischer Bürger lebte man in Wohlstand und von der Gewissheit getragen, dass man mit seinen Lebensumständen zufrieden sein konnte. Vor diesem Hintergrund brachte das Goldene Zeitalter der Niederlande eine Kultur hervor, die in Europa damals einzigartig war. Rembrandt, Vermeer und Rubens waren Zeitgenossen von Mareikje und Wim, sie haben das Tulpenfieber wirklich miterlebt.

Was Emotionalität und Toleranz gegen andere anbelangt, waren die Holländer ihrer Zeit voraus. Kinder hatten innerhalb der Familie als »vollwertige Menschen« ein Recht auf liebevolle Umsorgung. Die holländisch-bürgerliche Mentalität Anfang des 17. Jahrhunderts trug bereits moderne Züge.

Hexenverbrennungen wie im benachbarten Deutschland, in dem der Dreißigjährige Krieg tobte, gab es im 17. Jahrhundert in Holland nicht mehr, wohl aber steckte man Straftäter in

Arbeitshäuser, um mit teils grausamen Methoden fleißige Holländer aus ihnen zu machen.

Ehen wurden nicht, wie überall sonst in Europa, nur aus rationalen Gründen geschlossen. Man liebte seinen Partner, wie wir es in unserem Roman beschrieben haben, hörte allerdings nicht allein auf sein Gefühl, sondern auch auf seine Eltern. Die empfindsame Gefühlskultur, der mehr als ein Jahrhundert später Goethes Werther in Deutschland zum gesellschaftlichen Durchbruch verhalf, deutete sich in Holland bereits zu Beginn des 17. Jahrhunderts an. Die holländische Frau hatte damals eine deutlich stärkere Position als ihre deutsche Geschlechtsgenossin, wenn auch ihre Stellung in der bürgerlichen Gesellschaft noch nicht wirklich von Gleichberechtigung geprägt war: An den Grundfesten der patriarchalischen Struktur wurde nicht gerüttelt. Eine mit hocherhobenem Kopf um ihr Recht kämpfende Mareikje ist nach den historischen Quellen eine durchaus realistische Person ihrer Zeit, auch wenn sie eine klassische Männerrolle ausfüllt, indem sie allein wirtschaftet und sich bildet.

Generell aber erwartete der gebildete Holländer, dass sich seine Frau häuslich, gefühlsbetont, sittsam und tugendhaft verhielt. Die Frau war dem Ehemann untertan, auch wenn man sich liebte. Der damals viel gelesene Jacob Cats, dessen Werke Mareikje im Nachlass ihres Vaters findet, thematisiert diese Ansprüche in seinen Schriften. Literatur spielte keine geringe Rolle, zumal der Grad der Alphabetisierung in Holland relativ hoch war. Man fühlte sich von Büchern nicht gemaßregelt, man erwartete von ihnen sogar Belehrung.

Die Genremalerei des 17. Jahrhunderts vermittelt einen lebhaften Eindruck des bürgerlichen Lebens, wobei der gebildete Holländer, der wichtigste Kunde der Künstler, in den realistisch anmutenden Bildern mehr als nur das Abgebildete sah. Die Symbolik in nur oberflächlich betrachtet realistischen Gemälden entging den Kunstverständigen nicht.

Das Zentrum der niederländischen Genremalerei war Haarlem. Zwischen 1610 und 1635 erlebte die Stadt einen einmaligen künstlerischen Aufschwung. Darstellungen von fröhlichen Gesellschaften in Parks und Wirtshäusern sowie von Bauern in Dörfern und Spelunken waren beliebt und fanden guten Absatz beim bürgerlichen Mittelstand. Für uns waren diese Werke, die es in zahlreichen Bildbänden und Museen zu bewundern gibt, eine Quelle der Inspiration bei der Beschreibung des Alltagslebens.

So faszinierend und spannend sich die Tulpomanie in der Geschichte Hollands darstellt – sie endete in einem nationalen Desaster. Der Traum vom Reichwerden platzte in einer einzigen Nacht und stürzte ungezählte Menschen in den Ruin. Aber davon wollen wir zu einem späteren Zeitpunkt erzählen.

*Martina Sahler & Hendrik Gruner* im September 2006

# Literatur

Martin Bachmann: *Holländische Mentalität – moderne Mentalität?* Untersuchungen zum Bürgertum der Provinz Holland im 17. Jahrhundert, Hamburg 1999

Pieter Biesboer/Martina Sitt (Hg.): *Vergnügliches Leben – Verborgene Lust.* Holländische Gesellschaftsszenen von Frans Hals bis Jan Steen. Erschienen anlässlich der Ausstellung in der Hamburger Kunsthalle 2004

Michael Bockemühl: *Rembrandt*, Köln 2001

Mike Dash: *Tulpenwahn.* Die verrückteste Spekulation der Geschichte, München 2001

Jeroen Giltaij (Hg.): *Der Zauber des Alltäglichen.* Holländische Malerei von Adriaen Brouwer bis Johannes Vermeer. Erschienen anlässlich der Ausstellung im Museum Boijmans Van Beuningen, Rotterdam 2004/2005, Städelsches Kunstinstitut und Städtische Galerie, Frankfurt 2005

Stanley Killingback: *Tulpen* – Ein illustriertes Handbuch zur Bestimmung und Zucht, Köln 2001

Maria E. Müller: *Eheglück und Liebesjoch – Bilder von Liebe, Ehe und Familie in der Literatur des 15. und 16. Jahrhunderts*, Berlin (West) 1986

Anna Pavord: *Die Tulpe* – Eine Kulturgeschichte, Frankfurt 2003

Otto Rombach: *Adrian der Tulpendieb*, Berlin 1936

Otto Rombach: *Tulpen-Wunder* – Wanderung und Wandlung einer Blume, Stuttgart 1956

Norbert Schneider: *Vermeer.* Sämtliche Gemälde, Köln 2006

Zbigniew Herbert: *Der Tulpen bitterer Duft*, Frankfurt 2001

# Danksagung

Unser Dank gilt Frank Dräger, Inge Festesen, Gunnar Sahler, Frederic und Felix Oertel, Michael Meller und seinem Agentur-Team, Ruza Kelava von der Verlagsgruppe Weltbild sowie dem Autorenforum Montsegur.